Nora Engel

Gretas Geheimnis – Die Winzerin

NORA
ENGEL

gretas geheimnis

DIE WINZERIN

ROMAN

dtv

Von Nora Engel ist im dtv außerdem erschienen:
Gretas Erbe – Die Winzerin

FSC
www.fsc.org
MIX
Papier aus verantwortungsvollen Quellen
FSC® C019821

2. Auflage 2023

Umschlaggestaltung: U1berlin / Patrizia Di Stefano
Umschlagmotiv: Rekha Garton & Arcangel Images
Satz: Greiner & Reichel, Köln
Gesetzt aus der Palatino
Druck und Bindung: Druckerei C.H.Beck, Nördlingen
Printed in Germany · ISBN 978-3-423-22017-0

»Wenn Sie ihn verstanden haben,
werden Sie von nun an keinen Wein mehr trinken,
sondern Geheimnisse kosten.«
Salvador Dalí

PROLOG

Kirchheim,
2. März 1975

Renate Hellert zog die Schublade zu ihrem Nachttischkästchen auf und nahm einen Brief heraus. Als sie ihn Anfang Februar aus dem Briefkasten geholt hatte, hatte sie ihn eigentlich gleich an die Empfängerin weiterreichen wollen. Deren Name hatte groß und deutlich auf dem hellblauen Luftpostumschlag gestanden. Aber dann hatte Renate gezögert, ihn in ihre Handtasche gesteckt und mit auf ihr Zimmer genommen. Sie konnte sich nicht mehr daran erinnern, wie später das Messer in ihre Hand gekommen war und sie den Brief mit einem Schnitt aufgeschlitzt hatte.

Mittlerweile kannte sie ihn auswendig. Trotzdem faltete sie den Briefbogen jetzt auseinander. Der rotviolette Airmail-Stempel schimmerte leicht hinter dem handgeschriebenen Text durch. Sie trat einen Schritt zum Fenster und begann zu lesen.

New York, Greenwich Village,
24.12.1974

Liebe Greta,
es ist jetzt der zehnte Brief, den ich Dir schreibe. Und dieses Mal bin ich mir sicher, dass ich ihn abschicke. Vielleicht nicht gleich morgen, aber ich werde den Mut finden, ihn einzuwerfen.

Heute ist Weihnachten, da fühle ich mich irgendwie mutig und entschlossener.
Ich war damals so dumm! Total blöd! Und ich glaube, wenn ich Du wäre, würde ich mir nicht verzeihen. Aber Du bist ja so viel klüger als ich, und ich will nichts unversucht lassen, Dich zurückzubekommen. Ich liebe Dich, Greta! Jeden Tag denke ich an Dich. Bei den Gigs bist Du immer bei mir. Wenn wir die Instrumente stimmen, wenn der Soundcheck gemacht wird, wenn das Konzert losgeht, wenn das Publikum klatscht und pfeift – es vergeht nicht eine Minute, wo Du nicht in meinem Kopf bist. Das muss doch Liebe sein? Das ist Liebe! Du bist meine Liebe!
Ich glaube, ich bin erwachsen geworden hier in Amerika. Ich hatte wirklich riesiges Glück, dass mich der Agent an Billy Joel vermittelt hatte. Unser letzter Auftritt war in Philadelphia, bis Anfang Januar bin ich noch in New York, dann geht die Tour weiter. Mein Job ist am 28. Februar zu Ende, das Flugticket habe ich schon gebucht. Ich komme am 2. März in Kirchheim an. Und ich hoffe, Du hast mir bis dahin verziehen, vergeben und nimmst mich zurück!
Unser Streit tut mir so leid, vor allem, weil ich gar nicht richtig verstehe, wie es dazu kommen konnte. Na ja, ich will ehrlich sein. Im Grunde war ich schuld. Ich hätte mit Dir reden sollen, statt mich auf die Bühne zu stellen und anzugeben. Und noch ehrlicher: Ich dachte, dass ich Dich damit aus der Reserve locken könnte. Und Du mit mir kommen würdest. Ich habe damals nicht gesehen, dass das für Dich unmöglich war. Heute verstehe ich Dich.
Bitte sei da, wenn ich komme. Dann singe ich »Get back« von den Beatles. Ich habe es erst neulich hier bei einer Session gespielt. Aber dann kannst Du mich hören – und erhörst mich dann hoffentlich.

Ich küsse Dich, so wie ich Dir jeden Abend einen Kuss über den Ozean schicke.
Verzeih mir!
Ewig Dein, ewig mein, ewig uns.
Robert

Renate sah hinunter auf den Hof, wo ihr Vater in seinem VW 1600 vorfuhr. Harald hatte Robert vom Flughafen in Frankfurt abgeholt. Schnell zog sie ein Streichholzbriefchen aus ihrer Rocktasche und zündete den Brief an einer Ecke an, bevor sie ihn in den runden Aschenbecher legte. Jedes Mal, wenn sie ihn gelesen hatte, hatte sie sich gewünscht, dass ihr Verlobter Detlef ihr eines Tages auch einen solchen Liebesbrief schreiben würde. Die bittere Erkenntnis, dass dies kaum eintreten würde und sie auch zuvor von ihren Verehrern nie einen Liebesbrief bekommen hatte, schmerzte. Sie würde heiraten, ihren Detlef, aber eben ohne Liebesbrief. Als Kaufmannssohn konnte er besser mit Zahlen als mit dem geschriebenen Wort umgehen. Hauptsache war, dass er sie liebte, hatte ihre Mutter Elfriede bemerkt, als sie sich letzte Woche gemeinsam im Neckermann-Katalog Brautkleider angesehen hatten.

Ihre Ziehschwester Greta, diese elende Verräterin, hatte diesen Brief nicht verdient. Jahrelang hatte sie hinter dem Rücken der Familie eine Affäre mit ihrem Bruder gehabt. Sie gehörte nicht mehr zu ihnen, hatte nie dazu gehört. Und schon gar nicht gehörte sie zu Robert. Renate beobachtete, wie sich schwarze Ränder auf dem dünnen Papier ausbreiteten, kleine Flammen daran leckten und der Brief schließlich zu Asche verfiel.

Kurz darauf klopfte es an ihrer Tür. Als sie »Herein!« rief, trat Robert ein. Er hielt sich ein unsichtbares Mikrofon vor den Mund und sang laut »Renate, Renate, Renate« zur Melodie des Schlagers »Marina« von Rocco Granata. Dann sah er auf ihren grobgeblümten orangefarbenen Frotteebademantel mit dem breiten braunen Reißverschluss und fuhr fort: »Dein Chic und dein Charme …« Er brach ab und zog die Nase kraus. »Rauchst du immer noch heimlich?«

Renate machte einen Schritt auf ihn zu, stellte sich vor den Aschenbecher und musterte ihren Bruder. Ihr Blick fiel auf seine Stiefel. »Hallo Cowboy«, sagte sie grinsend.

Robert holte ein Päckchen amerikanische Zigaretten aus der Hosentasche und bot ihr eine an. »Weißt du, was mit Greta ist? Vater hat auf der Fahrt so eine seltsame Bemerkung gemacht …«

ERSTER TEIL

1975–1979

1. KAPITEL

Weingut Freudberg,
3. März 1975

Greta trug kein weißes Brautkleid. Sie hatte sich für ein schlichtes mittelblaues Kostüm entschieden, das sie in einem kleinen Kaufhaus in Bad Dürkheim gekauft hatte. Kritisch betrachtete sie sich im Spiegel. Der Rock war ein bisschen zu lang, die dunkelblauen, flachen Schuhe ein bisschen zu langweilig, ihr Gesicht ein bisschen zu blass.

Sie tuschte ihre Wimpern, um ihre blauen Augen zu betonen. Gegen die Blässe tupfte sie ein wenig Rouge auf ihre Wangen. Dann begann sie, ihr langes blondes Haar zu bürsten. Sie wollte es offen tragen, ohne Blumenkranz. Es war schließlich keine festliche Hochzeit mit einer strahlenden Braut.

Greta würde nicht mit einem Schleier aus der Dorfkirche treten, es würde keine kleinen Mädchen geben, die Blumen streuten. Und es würde nicht der Mann an ihrer Seite sein, von dem sie geglaubt hatte, ihn eines Tages zu heiraten.

Mit Bruno würde sie sicher keinen Baumstamm zersägen als Symbol, dass sie als Eheleute jedes Hindernis aus dem Weg räumen könnten. Dass sie ihn heiratete, hatte nichts mit der Erfüllung eines romantischen Traums zu tun. Und doch hatte sie sich für ihn entschieden.

Noch vor kurzer Zeit wäre das undenkbar gewesen. Waren während ihrer Schulzeit alle Mädchen in ihrer Klasse bei jedem Foto von John Lennons und Yoko Onos Hochzeit in Gibraltar und ihren Flitterwochen in Amsterdam in hysterisches Getuschel und Schwärmen ausgebrochen, hatten kollektiv geseufzt, als Mick Jagger seine Bianca in St. Tropez geheiratet hatte, so hatte Greta nur davon geträumt, mit Robert zusammen sein zu können. Und dass sie ihre Liebe nicht mehr verheimlichen müssten.

Dieser Traum war vor genau fünf Monaten und vierundzwanzig Tagen geplatzt, als Robert nach Amerika verschwunden war. Auch ihre anderen Träume gingen nicht in Erfüllung. Greta hatte Abitur machen, studieren und Lehrerin werden wollen. Doch ihre Zieheltern, die Hellerts, hatten sie vom Gymnasium genommen und zur Winzerschule geschickt. Wenn Greta zurückblickte, war es eine Zeit voller Lügen gewesen, und dennoch auch eine Zeit voller Sehnsucht. Eine Zeit, die derart aufregend, leidenschaftlich und erfüllt gewesen war, dass Greta sich hatte hinreißen lassen, zu Robert zu sagen: »Du bist meine Zukunft.«

Aber ihr Leben hatte sich von einem Tag auf den anderen verändert. Und heute nun heiratete sie einen fast Fremden.

Es klopfte an der Tür.

Greta ließ die Bürste sinken und rief: »Herein.«

Adela Freudberg betrat das Zimmer. Ihre Großmutter trug heute nicht eines ihrer schlichten Alltagskleider, sondern ein dunkelgrünes elegantes Kostüm aus einem feinen Wollstoff. Die alte Frau musterte Greta aufmerksam und nickte anerkennend. In der Hand hielt sie eine kleine Schmuckschatulle, die sie auf die Frisierkommode stellte.

»Für mich?«, fragte Greta erstaunt.

Adela tätschelte ihre Hand. »Für wen denn sonst, mein Kind? Hübsch siehst du aus.«

»Ich komme mir in dem Kostüm wie eine Stewardess von Pan Am vor.«

»Weil es ein ähnliches Blau ist? Es ist nur ein ungewohnter Anblick für dich. Und ich glaube, es fehlt noch etwas …« Sie öffnete das Kästchen und nahm eine matt glänzende Perlenkette heraus. »Meine Eltern schenkten sie mir zum einundzwanzigsten Geburtstag. Nun sollst du sie bekommen.« Sie trat hinter Greta, um ihr die Kette anzulegen.

Kühl schmiegten sich die weißen Perlen an die zarte Haut um Gretas Hals. Sie berührte sie vorsichtig und beugte sich vor, um sich besser im Spiegel sehen zu können. »Sie sind sehr schön. Bist du sicher, dass ich sie bekommen soll?«

»Alles hat seine Zeit im Leben«, erwiderte Adela. »Und jetzt ist für dich die Zeit der Perlen gekommen.«

»Danke, Adela. Das ist wirklich sehr lieb von dir.«

»Du bist meine einzige Enkeltochter. Sie sind bei dir gut aufgehoben«, meinte Adela schlicht. Sie bemerkte Gretas skeptischen Blick. »Gefällt sie dir nicht?«, hakte sie nach. Als Greta zögerte, fügte sie hinzu: »Du kannst ruhig ehrlich sein.« Aufmunternd nickte sie ihr zu.

Greta strich mit einem Finger die aufgezogenen Perlen entlang. »Findest du nicht, dass ich damit so erwachsen aussehe?«

Adela nickte. »Du bist volljährig, wirst in wenigen Stunden heiraten und das größte Weingut in der Pfalz führen. Du bist erwachsen, Greta.«

Erst nach dem Unfalltod von Fritz Freudberg und seiner Frau Ilse im Januar hatte Greta erfahren, dass dieser ihr leiblicher Vater war und Adela Freudberg ihre Großmutter.

Greta erbte das Weingut unter drei Bedingungen: Adela konnte auf dem Weingut wohnen bleiben, Greta durfte kein Land verkaufen, und sie musste innerhalb von drei Monaten Freudbergs Kellermeister Bruno Bachstern heiraten. Greta hatte das Erbe angenommen. Für sie kam es dadurch zum Bruch mit ihren Zieheltern, Elfriede und Harald Hellert. Die beiden hatten sie nach dem Tod ihrer Mutter Maria, die als Dienstmädchen bei den Hellerts gelebt und gearbeitet hatte, aufgenommen. Maria war bei Gretas Geburt gestorben. Niemand hatte gewusst, dass Fritz Freudberg der Vater war. Doch nicht das war der Grund für die Feindschaft der Hellerts mit Fritz Freudberg. Kurz nach dem Zweiten Weltkrieg war es Freudberg gelungen, das riesige Weingut, auf das auch die Hellerts spekuliert hatten, von den französischen Besatzern zu bekommen. Dafür hatte ihn Harald Hellert zeitlebens gehasst.

Adela sah auf die Uhr. »Lass uns gehen. Bruno wartet schon. Ich glaube, er ist ein bisschen nervös.« Sie lachte leise auf. »Er weiß noch nicht so recht, wie ihm geschieht.«

Greta nestelte an der Perlenkette. »Ich weiß es auch noch nicht.«

Adela wischte die Bedenken ihrer Enkeltochter fort. »Du tust genau das Richtige. Ich bin froh, dass du dich so entschieden hast. Oder hast du es dir anders überlegt?«, hakte Adela nach, als Greta schwieg.

»Nein, natürlich nicht.« Greta umarmte sie. »Es ist nur, dass ich Bruno kaum kenne. Er ist mir so fremd.«

Adela schien erleichtert. »Du wirst ihn schon noch besser kennenlernen. Er ist ein feiner Kerl. Ich sage dir: Eine Ehe besteht aus viel mehr als aus Verliebtheit. Es braucht Vertrauen, Bestand, Verlässlichkeit – und auf Bruno kannst du dich verlassen.« Sie warf einen prüfenden Blick auf Gretas schlichtes Kostüm. »Und wer weiß, vielleicht holt ihr ja die Hochzeit in Weiß eines Tages nach. Jetzt gilt es erst mal, dass ihr den Trauschein habt. Das ist wichtig und auch richtig für das Weingut. Du verstehst zwar viel von Wein, das habe ich in den letzten Wochen sehr wohl bemerkt. Aber Bruno hat die jahrelange Erfahrung, hervorragende Weine zu machen. Ihr habt eine gute Basis, denke ich. Und ich verspreche dir, dass ich alles dafür tun werde, dass du glücklich wirst.«

Die letzte Woche hatten sie das kleine Haus neben der Scheune für Adela renoviert. Die Holzdielen waren frisch abgezogen und lackiert worden. Zusammen waren sie ins Möbelhaus nach Mannheim gefahren, und Adela hatte sich ein fliederfarbenes Sofa ausgesucht. Dazu hatte sie sich einen buntgeblümten Ohrensessel bestellt.

Bruno, der seit 1970 Freudbergs Kellermeister war, wohnte in dem kleinen Fachwerkhaus weiter hinten auf dem Hof. Vor dieser Anstellung hatte er im Elsass auf einem Weingut gearbeitet, so viel wusste Greta inzwischen. Aber sie verstand nicht, wieso ihre Großmutter in dem kleinen Haus wohnen wollte. Selbst wenn Bruno und sie nun das renovierte und neu eingerichtete große Schlafzimmer hatten, stünde Adela ihr bisheriges Zimmer noch immer zur Verfügung. Allein im ersten Stock gab es fünf Räume.

Doch davon hatte Adela nichts wissen wollen. »Ein junges Paar braucht Zweisamkeit. Es schickt sich nicht, dass ich mit euch unter einem Dach lebe. Du bist jetzt die neue Herrin auf Gut Freudberg! Hier ist dein Zuhause. Dein Glück und das Gut, nur das zählt«, hatte Adela resolut gesagt, und damit war die Entscheidung gefallen.

Als Greta wenig später mit Adela aus dem Haus trat, verriet ihr der Geruch von Pfeifentabak, dass Bruno in der Nähe sein musste. Sie sah sich um, und tatsächlich: Er wartete neben dem grünen Mercedes, einer 280er SE Limousine, Baujahr 1974. Fritz Freudberg hatte sich alle zwei Jahre das neueste Modell geleistet.

Normalerweise trug Bruno ausgebeulte schwarze Hosen und dazu ein Küferhemd, die kräftigen Arme und der breite Oberkörper steckten in einer blauen Drillichjacke, das dunkle Haar war zurückgekämmt und unter einer Wollkappe verborgen. Er war schweigsam und etwas streng, sich seiner Rolle als Kellermeister jede Sekunde bewusst. Heute sah er verändert aus. Sein Anblick rührte Greta. Leicht verlegen wirkte er in seinem dunkelblauen Anzug, in dem sie ihm das erste Mal vor zwei Jahren auf dem Weinfest in Grünstadt begegnet war.

Greta lächelte. Das weiße Hemd war am Kragen zerknittert. Er trug keine Krawatte, der oberste Hemdknopf war geöffnet. Zudem hatte er einen Fedora-Hut auf, einen weichen grauen Filzhut mit breiter Krempe.

Den einzigen Mann, den Greta kannte, der einen Hut trug, war ihr Ziehvater Harald Hellert, wenn er sonntags in die Kirche ging. Die jungen Männer in ihrem Alter trugen keinen Hut. Weder hätte das zu ihrem Stil noch zu ihren Frisuren gepasst, die langgestuft wie die von Mick Jagger, zerzaust wie die von John Lennon oder vorne kurz und hinten lang wie die von Rod Stewart waren.

Greta wusste, dass der Schauspieler Sean Connery in den *James Bond*-Filmen auch manchmal solch einen Hut trug, und lächelte still in sich hinein. Diese kleine Extravaganz stand Bruno gut.

Ihr zukünftiger Ehemann bemerkte ihren Blick und lüpfte kurz den Hut. »Aus gegebenem Anlass, dachte ich.« Er lächelte sie aus seinen grünen Augen an.

Greta hatte ihn in den vergangenen Wochen selten lächeln sehen. Bruno Bachstern war ein ernster Mann, zehn Jahre älter als sie.

Er reichte ihr einen kleinen Strauß mit weißen Krokussen und zeigte zum Mercedesstern, an dem ebenfalls ein winziger Strauß gebunden war. »Der Hochzeitsschmuck.«

»Das ist sehr aufmerksam, Bruno. Danke schön.«

Er öffnete ihr die Wagentür. »Sind wir bereit?«

Sie hörte eine leichte Unsicherheit in seiner Stimme. Sollte sie ihm sagen, dass auch sie sich nicht sicher war, ob sie beide das Richtige taten?, überlegte sie kurz. Doch rasch schob sie den Gedanken zur Seite und legte ihre Hand auf seine. »Ja, das sind wir.« Sie stieg ein, Bruno schloss die Tür, ließ Adela hinten Platz nehmen und fuhr los.

Souverän lenkte er den Wagen seines verstorbenen Chefs. Greta hatte keine Fahrerlaubnis, dafür hatten ihre Zieheltern kein Geld ausgeben wollen. Obwohl sie in dem Winzerbetrieb der Hellerts mitgearbeitet hatte, hatte ihr Lohn nur aus Kost und Logis bestanden. Sie schwor sich, so schnell wie möglich den Führerschein zu machen.

Bruno bog schwungvoll von der Auffahrt auf die Straße und bremste abrupt ab. Vor ihm fuhr ein Traktor mit Anhänger, auf dem sich alte, trockene Weinstöcke türmten. Hinter ihm herfahrend, passierten sie langsam den Hof der Hellerts. Greta schaute zur Einfahrt hinüber – und zuckte zusammen. Da war Robert! Seit wann war er zurück?

Robert schob gerade seine alte Honda in Richtung Straße und schaute nun zu ihrer Limousine. Ausgerechnet in dem Moment, in dem sie die Auffahrt passierten, bremste der Traktor und setzte den Blinker, um in einen Feldweg abzubiegen. Greta folgte Roberts Blick, der auf den Blumenschmuck am Mercedesstern fiel. Dann sah er direkt in ihre Augen. Ein Schatten glitt über sein Gesicht. Etwas Brennendes stieg langsam aus Gretas Magen in den Hals. Oder kam dieser Schmerz vom Herzen? Greta hielt seinem Blick stand, glaubte, seine Gedanken lesen zu können: *Du heiratest heute Bachstern?! Warum verrätst du dich? Und warum tust du mir so weh?* Sie glaubte, dieser stumme Austausch würde nie enden, bis Bruno endlich den ersten Gang einlegte und weiterfuhr.

Sie schloss die Augen und sah sich mit Robert vor fast vier Jahren auf einer Wiese liegen – unschuldig, ehrlich und unendlich verliebt. Auf dem Rückweg von einem Rockkonzert, bei dem sie sich zum ersten Mal geküsst hatten, hatten sie einen Stopp beim Hambacher Schloss eingelegt. Dort hatte sie ihm erzählt, dass sie sich, obwohl sie in seiner Familie aufgewachsen war, immer wie eine Fremde gefühlt hatte. Robert hatte ihr versichert, dass sie, wenn auch nicht zu seiner Familie, doch zu ihm gehörte. Es war ein Versprechen gewesen, das für immer hatte gelten sollen …

Aber nicht ein Mal hatte er ihr geschrieben, sich gemeldet oder gar entschuldigt. Es war Verrat gewesen: Greta hatte sich für ihn entschieden, und er hatte bei einem Auftritt auf der Bühne verkündet, dass er nach Amerika gehen und dort in einer Band spielen würde.

Sie spürte erneut Schmerz in sich aufsteigen und verbat sich jeden weiteren Gedanken an die Zeit mit Robert. Ihre Zukunft ohne ihn hatte längst begonnen.

Als sie die Augen wieder öffnete, lag Kirchheim bereits hinter ihnen. Sie schaute starr auf die Straße, die nach Bad Dürkheim führte. Adelas Stimme erklang vom Rücksitz. »Ich weiß, es ist vielleicht unpassend. Aber in ein paar Minuten gibt es Nachrichten, und ich würde sie gern hören nach dem, was in den letzten Tagen passiert ist.«

»Natürlich.« Greta schaltete ein, froh über die Ablenkung. Sie fragte sich, woher bei ihrer Großmutter dieser Hunger nach Informationen kam. Bei der Hausarbeit lief in der Küche ständig das Radio. Wenn die Eröffnungsmelodie des Südwest-Rundfunks erklang, ließ sie ruhen, was immer sie gerade putzte oder kochte.

»Guten Tag, meine Damen und Herren«, tönte es aus dem Radio. »Soeben hob eine Boeing 707 in Frankfurt Richtung Jemen ab. An Bord der Maschine nach Aden befindet sich der ehemalige Berliner Bürgermeister Pfarrer Heinrich Albertz sowie fünf RAF-Strafgefangene. Sie sollen im Austausch zu Peter Lorenz, der am 27. Februar in die Gewalt der Terrorgruppe Bewegung 2. Juni geriet, freigelassen werden.«

»Der Staat lässt sich erpressen«, kommentierte Adela auf dem Rücksitz.

»Vielleicht ist es der einzige Weg, Lorenz' Ermordung zu vermeiden. Wir werden erst später wissen, ob es die richtige Entscheidung war«, meinte Greta.

»Diesen Terroristen kann man doch nicht trauen! Wenn sie ihn überhaupt freilassen«, sagte Adela erbost. »Denen ist nichts heilig.«

Die Nachrichten über die RAF nahmen kein Ende. Es schien Greta unwirklich, dass der Terror sogar an ihrem Hochzeitstag allgegenwärtig war.

Als Bruno den Wagen in der Nähe des Standesamtes parkte und das Radio ausschaltete, fiel Greta auf, dass er während der ganzen Fahrt nicht ein Wort gesprochen hatte. In den letzten Wochen hatten sie viel Zeit zusammen verbracht.

Ihre Gespräche hatten sich meist um die anstehenden Frühjahrsarbeiten in den Weinbergen gedreht, selten über die bevorstehende Hochzeit. Ohne Worte hatten sie sich beide körperlich zurückgehalten. Hatten dem anderen Zeit gegeben. Brunos wenige Berührungen waren eher zufällig und immer sehr behutsam gewesen. Mehr wie ein Wissen darum, dass sie sich beide mit der Liebe Zeit geben sollten.

Vor dem Standesamt wartete bereits Alfons Brenner auf sie. Der langjährige Vorarbeiter auf Gut Freudberg mit der spiegelblanken Glatze trug zur Feier des Tages eine graue Hose mit einer steifen Bügelfalte und zu dem weißen Hemd sogar eine gestreifte Krawatte, die unter seinem geöffneten Lederblouson rot-blau hervorblitzte. Er hatte eine ähnliche Statur wie Bruno, doch er war etwas breitschultriger. Erwartungsvoll sah er ihnen entgegen.

Bruno hatte ihn gebeten, sein Trauzeuge zu sein. Sein bester Freund, Paul Hoffmann, mit dem er im Elsass zusammengearbeitet hatte, war 1970 nach Italien der Liebe wegen ausgewandert und führte dort ein Weingut. Paul sei es so kurzfristig nicht möglich, nach Deutschland zu kommen, hatte Bruno Greta erklärt. Brunos Vater war in den letzten Kriegswochen gefallen, seine Mutter vor zehn Jahren an einer Blutvergiftung gestorben. Er selbst war ein Einzelkind und hatte keine weiteren Verwandten. Enge Freunde hatte Bruno nicht. In seiner wenigen Freizeit las er Zeitschriften und Bücher, um sich über Weinanbau fortzubilden. Selten ging er am Wochenende wandern im Pfälzer oder im Bayerischen Wald.

Greta hatte kurz überlegt, ihren alten Schulkameraden Lutz Fritsch zu fragen, ob er ihr Trauzeuge sein möchte. Doch sie hatte diesen Gedanken schnell wieder verworfen.

Lutz war noch immer mit Sabine Schütter zusammen. Die ehemalige Klassenkameradin hatte Greta erst am vergangenen Silvesterabend feindselig beschimpft und hätte sicher alles darangesetzt, dass Lutz ihr absagte. Einen Korb wollte Greta sich nicht holen und auch Lutz nicht in die Bredouille bringen.

Schließlich hatte sie ihre Großmutter gebeten, ihre Trauzeugin zu sein. Adela hatte erfreut Ja gesagt.

Nachdem Bruno Alfons mit Handschlag begrüßt hatte, nahm Adela ihn zur Seite: »Hast du an die Ringe gedacht?«

Bruno zog eine kleine Schachtel aus seiner Jackentasche und klappte sie auf.

Adela klopfte ihm anerkennend auf die Schulter. »Gut gemacht.«

Die Ehe mit Greta würde Bruno zu einem reichen Mann machen, aber noch war er es nicht. Die mattgoldenen, schlichten Ringe hatte er aus eigener Tasche bezahlt.

Der Standesbeamte bat die kleine Gesellschaft ins Trauzimmer des Rathauses. Als alle Platz genommen hatten, begann er mit so monotoner Stimme seine Einleitungsrede aufzusagen, dass Gretas Gedanken abschweiften.

Sie war nach der Testamentseröffnung direkt zu Bruno gegangen. Es hatte sie Mut gekostet, ihm die Bedingung, dass sie ihn heiraten musste, um das Gut zu erben, zu erzählen.

Bruno hatte ihr aufmerksam zugehört. Wenn sie es wirklich wollte, würde er sie heiraten, hatte er erklärt.

Sie hatte tief Luft geholt. »Willst du mein Mann werden?«

»Ja, darf ich dich küssen?«

Und Greta hatte genickt. Seine weichen, vollen Lippen

hatten sich zärtlich auf ihre gelegt, und je länger der Kuss andauerte, desto leidenschaftlicher war er geworden. Greta war überrascht von der Sinnlichkeit gewesen, die dieser Kuss auch in ihr ausgelöst hatte.

Die Tage mit Bruno im Weinkeller waren für Greta sehr lehrreich. Er erklärte ihr seine Vorgehensweise des Kelterns, sprach von Weinfässern und Lagerung. Als Kellermeister war er dort in seinem Element. Er fragte sie nach ihrer Einschätzung, und so konnte sie endlich das Gelernte von der Schule und von den Hellerts zusammenfügen. Sie begriff, dass Bruno individuellere Weine als Harald machte. Von ihm lernte sie mehr als in all den Jahren zuvor.

»Wenn du über Wein sprichts, klingt es, als ob du von deiner Geliebten redest«, hatte Greta einmal lachend zu ihm gesagt. »Das sollte nun eigentlich meine Rolle sein.«

Er hatte sie schuldbewusst in den Arm genommen und einen Moment festgehalten. Sie hatte diese Berührung unvorbereitet getroffen. Doch sie hatte seine Umarmung, die erneut in einem Kuss endete, spontan erwidert. Es hatte sich gut angefühlt.

Zwanzig Minuten später tauschten sie vor dem Standesbeamten die Ringe. Greta drehte ihren Kopf zu Bruno, der sie leicht an sich zog und zärtlich küsste. »Wir sind jetzt verheiratet, Frau Bachstern«, raunte er ihr leise zu und lächelte.

Sie griff nach seiner Hand und sah auf ihren Ring, den Bruno ihr an den Mittelfinger gesteckt hatte, denn er war etwas zu groß. Bruno wollte die Ringe noch einmal zum Juwelier bringen, für eine Gravur war keine Zeit mehr gewesen: *Greta und Bruno – 3. März 1975* sollte eingraviert werden.

Alfons bestand darauf, das frisch vermählte Paar vor dem Standesamt zu fotografieren. Dafür hatte er eigens eine Polaroidkamera gekauft. Greta und Bruno nahmen vor dem Rathaus Aufstellung, Adela schob ihre Enkeltochter an Brunos andere Seite. »Die Frau steht immer rechts«, bemerkte sie liebevoll und zupfte Greta einen Fusel vom Kostüm, ehe sie einen Schritt zurücktrat und sich neben Alfons stellte.

»Eins mit Kuss, bitte«, rief er dem Brautpaar fröhlich zu. Bruno beugte den Kopf zu Greta, die ihn anlächelte, bevor ihre Lippen sich zart berührten, während es klickte. Zu dritt standen sie um Alfons herum und beobachteten staunend, wie sich das Foto aus der Kamera schob und allmählich ihre Umrisse erschienen: Greta hatte den Kopf leicht in den Nacken gelegt, und Bruno hatte in dem Moment, als Alfons fotografierte, seine Hand auf ihre rechte Schulter gelegt und drückte sie an sich. Es lag viel Innigkeit in dieser Haltung, stellte Greta fest und wunderte sich, warum ihr dieser Anblick so bekannt vorkam. Und plötzlich wusste sie, woran sie das Foto erinnerte.

Robert hatte in seinem WG-Zimmer eine kleine Postkarte von »Der Kuss« des französischen Fotografen Robert Doisneau mit einer Reißzwecke neben seinem Bett befestigt gehabt. »Von meinem Namensvetter. Es erinnert mich an uns«, hatte er ihr damals ins Ohr geflüstert, als sie die Karte betrachtet hatte.

Mit einer kleinen Verbeugung überreichte Alfons Greta das Foto. »Das Hochzeitsfoto«, sagte er feierlich.

»Wir haben vor dem Essen noch ein wenig Zeit, uns die Beine zu vertreten. Der Tisch in der *Alten Klosterschänke* ist für zwei Uhr reserviert«, bemerkte Adela. Auch wenn es keine große Hochzeitsfeier gab, würden sie diesen Tag in einem angemessenen Rahmen zelebrieren, hatte sie gemeint und kurzerhand reserviert. Mit der Selbstverständlichkeit einer älteren Frau hakte sie sich bei Alfons unter.

Greta griff nach Brunos Arm. Es erschien ihr so unwirklich, ihn geheiratet zu haben. *Wir sind jetzt tatsächlich Mann und Frau,* schoss es ihr durch den Kopf. In wenigen Tagen, wenn sie beim Notar ihr neues rotes Familienstammbuch vorlegte, würde das Weingut ihr gehören. Sie hatte ein Zuhause.

Als sie am Gradierwerk vorbeikamen, blieb Adela stehen und atmete tief durch. Die gewaltige offene Holzkonstruktion dehnte sich vor ihnen aus, nur wenige Kurgäste besuchten es heute. Dann drehte sie sich zu Greta und Bruno um, die auch stehen geblieben waren. »Manchmal komme ich einfach nur her, um dieses Wunderwerk zu sehen. Es fasziniert mich immer wieder, dass die Menschen schon im Mittelalter erkannt haben, wie wohltuend Salzluft ist.«

Auch Greta atmete tief ein und schloss für einen kurzen Augenblick die Augen. »Wenn ich als Kind hier war, habe ich mir immer eingebildet, dass so das Meer riechen müsste.«

Alfons wandte sich an Bruno. »Wo verbringt ihr eigentlich eure Flitterwochen? Auf Mallorca? Das soll sehr schön sein.«

Greta sah zu Bruno, gleichzeitig schüttelten sie leicht die Köpfe. Sie hatten zwar nicht über Flitterwochen gesprochen, doch Greta wusste genau wie Bruno, dass jetzt die Arbeiten auf dem Weingut keine Zeit dafür ließen. »Irgendwann fahren wir sicher mal ans Meer, oder was meinst du, Bruno?« Sie wandte sich an Alfons. »Aber ganz sicher nicht im ersten Jahr, wo wir erst einmal uns und das Weingut besser kennenlernen sollten.«

Adela warf ihr einen zufriedenen Blick zu.

Bruno nickte. »Im März haben wir alle Hände voll zu tun, wenn die Reben erwachen. Das solltest du eigentlich wissen, Alfons.« Er wandte sich an Greta. »Aufgeschoben ist ja nicht aufgehoben. Vielleicht schaffen wir es nächstes Jahr, Paul in Italien zu besuchen.«

Greta nickte. »Das wäre schön.«

Bruno lief schweigend neben ihr. Sein klarer Blick und seine Bodenständigkeit gaben ihr Zuversicht. An sein Schweigen würde sie sich gewöhnen. Oder, noch besser, sie würde ihn aus sich herauslocken, ihn besser kennenlernen und eine gute Ehe mit ihm führen. Es würde alles gut werden. Sie sollte Adela vertrauen, die ihr Mut zugesprochen hatte: Eine Ehe wuchs. Eines Tages würden sie und Bruno zusammen verreisen, fremde Länder besuchen und die ganze Welt sehen. Und das Meer.

In der *Alten Klosterschänke* war ein weiß eingedeckter Tisch für sie reserviert. Greta und Bruno nahmen auf der gepolsterten Bank Platz, Adela und Alfons setzten sich ihnen gegenüber.

Der Wirt Klaus Brücher kam an den Tisch und begrüßte zuerst Adela Freudberg, bevor er sich an Greta und Bruno wandte. »Ich gratuliere zur Eheschließung.« Er überreichte Greta einen Strauß Tulpen. »Normalerweise bekommt das Brautpaar eine gute Flasche Wein aus unserem Weinsortiment. Aber das wäre ja bei Ihnen wie Bäume in den Wald tragen, nicht wahr?« Er lachte dröhnend über seinen eigenen Witz und reichte ihnen die Speisekarten. Auf sein Zeichen kam ein Kellner herbeigeeilt und reichte jedem ein Glas Sekt, auch dem Wirt. Zusammen stießen sie an.

»Wie darf ich Sie denn jetzt ansprechen, Fräulein Freudberg?«

Greta zuckte zusammen. *Aber natürlich nennt er mich so,* kombinierte sie. Adela hatte sicherlich bei der Tischreservierung erwähnt, dass ihre Enkelin heiratete. Von daher ging der Wirt davon aus, dass sie Freudberg hieß. Doch der Wirt war ihr nicht sehr sympathisch. Sie erinnerte sich zu gut an seine Feilscherei, als Harald ihm vor einigen Jahren Rieslanerwein geliefert und lange auf das Geld hatte warten müssen.

»Bestimmt nicht mit Fräulein. Ich heiße Bachstern, Herr Brücher. So wie mein Mann«, gab sie freundlich zurück.

»Oh! Na, das erstaunt mich jetzt aber! Doppelnamen sind doch heutzutage bei den jungen Frauen so modern, gerade jetzt, im Jahr der Frau! Und der Name Freudberg hat doch hier in der Gegend Gewicht«, bemerkte er.

Bevor Greta antworten konnte, sagte Adela: »Herr Brücher, ich bitte Sie! Bachstern ist ein sehr schöner Name, der in der Weinwelt bereits an Bedeutung gewonnen hat.« Sie nickte, als ob das Thema damit beendet sei. »Heiraten macht hungrig. Was empfehlen Sie denn?«

Greta hatte aus Nervosität noch nichts gegessen und spürte, wie ihr der Alkohol zu Kopf stieg. Sie war über Adelas Eingreifen froh und lauschte, was der Kellner ihnen riet: Königinnenpastete als Vorspeise, Wildgulasch als Hauptgericht und als Nachtisch Fürst-Pückler-Eis. Sie bestellten alle vier das Gleiche.

Auf den ersten Gang mussten sie nicht lange warten. Während Greta den Blätterteigdeckel zur Seite schob, um die würzige Worcestersauce auf die Füllung zu träufeln, entspannte sie sich allmählich.

Die Stimmung wurde lebhafter. *Liegt es am Wein?*, fragte sich Greta, als der Kellner eine weitere Flasche öffnete und ihnen nachschenkte.

»Wie bist du eigentlich nach Gut Freudberg gekommen, Bruno?«, fragte sie und reichte dem Kellner ihren leeren Teller.

Bruno hob das Glas. »Das verdanke ich Ilse Freudberg. Ein Toast auf sie!«

Adela schmunzelte. »Ja, Ilse wusste ganz genau, was sie wollte. Damals, 1968.«

Die Antwort irritierte Greta. Was hatte denn Ilse 1968 mit Brunos Einstellung von 1970 zu tun?

Bruno stellte sein Glas ab. »Die Chefin wollte unbedingt in dem Jahr zur *Foire aux Vins d'Alsace*, dieser großen Weinmesse im Elsass. Dort trat Gilbert Bécaud auf. Sie überredete ihren Mann, gemeinsam zur Messe zu fahren. Dort stellte auch der Winzer aus, für den ich damals arbeitete. Und während die Chefin dem französischen Sänger lauschte, probierte Freudberg meinen Gewürztraminer und bot mir eine Stelle an.«

»Aber du hast nicht gleich angenommen?«, fragte Greta.

Bruno schwieg einen Moment, als suchte er nach einer Antwort. »Na ja, ich hatte dort auch Verpflichtungen. Es war kurz vor der Lese …«

Alfons fiel ein. »Gib zu, du hast dich vom Chef ganz schön bitten lassen.«

Adela schmunzelte. »Fritz hat nicht lockergelassen und ist im nächsten Jahr wieder zu dieser Messe gefahren. Er wollte dich unbedingt als Kellermeister. Ein halbes Jahr musste er dennoch warten, bis du dich endlich durchringen konntest und zu uns kamst.«

Greta sah Bruno fragend von der Seite an, aber da fuhr Adela bereits fort: »Ilse war über jeden Besuch im Elsass glücklich. Mit einem Fuß war sie ja immer in Frankreich. Ihre Großeltern stammten aus Lothringen. Ihre Plattensammlung besteht fast nur aus französischen Chansonniers.«

Greta nickte. Sie hatte die Schallplatten im Salon, wie sie das vordere Zimmer im Erdgeschoss nannten, längst entdeckt. Die frankophile Ilse hatte den Salon mit französischen Lilientapeten tapezieren lassen und sie mit einer Chaiselongue und einem kleinen Sekretär ausgestattet. Als Greta an einem Abend mit Bruno im Wohnzimmer vor dem Kamin zusammengesessen hatte, hatte sie einige Platten aus dem Salon geholt und aufgelegt, um den rauchigen Stimmen zu lauschen.

Alfons begann leise zu summen. »*Mon guide* …« Er warf Greta einen aufmunternden Blick zu, und sie fiel ein:

»*Nathalie* …« Sie mochte diesen Chanson von Gilbert Bécaud sehr.

Adela klatschte in die Hände. »Was für ein schönes Liebeslied. Ilse hat es geliebt. Ich glaube, manchmal wünschte sie sich, sie hieße Nathalie.«

Sie lachten, nur Bruno verzog keine Miene. Er stand auf. »Entschuldigt mich.« Seine Stimme klang rau.

Greta sah ihm nach, als er den Gastraum verließ. Dass er im Elsass gearbeitet hatte, hatte er ihr bereits erzählt. Wie es wohl für ihn dort gewesen war? Sie wusste zu wenig über ihn. Wie er aufgewachsen war, was er gern aß, welche Filme er mochte – alles Fragen, die sie nicht beantworten konnte. Sie griff nach ihrem Glas und nahm sich fest vor, die Antworten herauszufinden. Nach und nach.

Auch wenn sie wusste, dass sie zu viel trank, leerte sie das Glas in einem Zug. Sie hatte Bruno nichts von Robert erzählt. *Besser keine Wahrheit als nur die halbe Wahrheit*, dachte sie. Sie hatte das Gefühl, als würde sie dann beide Männer verraten. Und dazu war sie nicht bereit.

Als Bruno zurückkam, setzte er sich wieder zu Greta auf die Bank und bestellte für alle Kaffee. Doch die gelöste Stimmung kehrte nicht wieder zurück. Greta verstand nicht, wieso das so war. Schweigend tranken sie aus, Adela zahlte, und sie verließen das Restaurant.

Als sie auf die Straße traten, zuckte Greta zusammen und blieb stehen. Robert Hellert lehnte auf der gegenüberliegenden Straßenseite lässig gegen eine Hauswand und rauchte eine Zigarette. *Sicher eine Selbstgedrehte,* schoss es Greta durch den Kopf. Er blickte zu ihnen hinüber, doch aus dieser Entfernung konnte sie seinen Gesichtsausdruck nicht deuten. Sie sah nur seine langen Locken, das schmale Gesicht, seine Ähnlichkeit mit Roger Daltrey von The Who. Regungslos und abwartend stand er da. Als er verstand, dass sie seinem Blick standhielt und nicht daran dachte, den Kopf abzuwenden, warf er die Kippe auf den Boden und zertrat sie demonstrativ. Dann wandte er sich ab und stieg auf seine Honda. Einmal ließ er den Motor aufheulen, dann brauste er davon.

Greta sah ihm nach. Sie fühlte sich leer. Adela, Bruno und Alfons waren nun ebenfalls stehen geblieben, als sie bemerkten, dass Greta ihnen nicht folgte. Ob sie Robert gesehen hatten, vermochte Greta nicht zu sagen.

Bruno kam zu ihr zurück und griff nach ihrer Hand. »Komm, ich bringe dich nach Hause.«

Es klang für Greta, als sei für sie das Weingut der einzig sichere Ort.

2. KAPITEL

Weingut Freudberg,
April und Mai 1975

Greta und Bruno standen im Weinberg beim Gewürztraminer.

»Ich weiß, es ist eine deiner Lieblinge. Aber der Boden ist viel zu trocken für diese Rebsorte.«

»Fritz und ich haben hier so viel Arbeit reingesteckt.« Bruno streckte die Hand aus und zupfte ein winziges Weinblatt ab. »Auch wenn dein Vater sonst immer die richtigen Entscheidungen getroffen hat – hier hat er sich getäuscht. Wir haben nie die maximale Ertragshöhe auch nur annähernd erreicht. Im letzten Jahr sind wir gerade mal auf ein Drittel gekommen.«

»Der Gewürztraminer ist eine Diva unter den Rebsorten. Anfällig für Schädlinge und Pilzkrankheiten«, konstatierte Greta. Sie strich Bruno leicht über die Hand, und er ließ das Weinblatt fallen, um seine Hand mit der ihren zu verschränken.

»Dann probieren wir es mit dem Kerner?«, fragte Greta hoffnungsvoll.

»Ich finde deine Idee gut.«

Greta nickte. »Dann ist es entschieden. Wir fangen mit einem Hektar an. Die Sorte ist robust. Und in unseren Leseablauf passt er auch gut. Er ist ja etwas früher reif als der

Riesling.« Sie zog die Stirn kraus. »Nächstes Jahr sehen wir, wie er sich macht und ob die Idee wirklich gut ist.«

Bruno glättete mit den Fingerspitzen ihre Falten. »Jetzt doch Zweifel?«

Greta stieß die Luft aus. »Es ist die erste große Entscheidung, die wir treffen.«

»Die du triffst. Es ist dein Weingut. Und es ist die richtige Entscheidung.« Bruno bückte sich, griff nach einem vertrockneten Rebstock und riss ihn mit einer jähen Bewegung aus der Erde.

»Bruno!«, rief Greta erschrocken.

»Er ist nur einer von vielen, die ich rausreißen werde.« Bruno holte aus und schleuderte den verdorrten Weinstock weit in den Weinberg hinein. »Je mehr wir uns von dem Alten trennen, desto mehr Platz bekommen wir für das Neue.«

»Ist das ein Versprechen? Ein Versprechen an uns? Wir sind das Neue?«

Bruno nickte. »Jeden Tag ein Stück mehr ›uns‹.«

Hand in Hand liefen sie zurück zum Feldweg. Und Greta hatte das Gefühl, diesem Mann an ihrer Seite allmählich etwas näherzukommen.

Fünf Wochen später betrat Greta das Haus und schloss die Tür hinter sich. Noch bevor sie ihren leichten Mantel an die Garderobe gehängt hatte, kam Adela aus der Küche, einen Kochlöffel in der Hand.

»Und?«, fragte sie erwartungsvoll. Als Greta nicht gleich antwortete, trat Adela zu ihr, wedelte mit dem Kochlöffel und wiederholte: »Und? Nun sag schon …«

Greta sah in die warmen Augen ihrer Großmutter. Sie lächelte und nickte. Adelas Augen leuchteten auf, und sie umarmte ihre Enkeltochter. So fest drückte sie sie an sich, dass Greta sich lachend aus der Umarmung befreite. »Du lässt mir ja keine Luft mehr.«

»Oh, entschuldige, Liebes.« Adela trat einen Schritt zurück, hielt Greta jedoch an beiden Armen fest. »Du passt jetzt gut auf euch zwei auf. Versprich es mir«, sagte sie ernst. Es klang so liebevoll, dass Greta Tränen in die Augen schossen und jetzt sie ihre Großmutter umarmte. Als sie sich voneinander lösten, tätschelte Adela ihr die Wange. »Bruno ist beim Gewürztraminer.«

Die Maisonne gab sich alle Mühe, die graue Wolkenwand zu durchbrechen. Ein leichter Wind wehte über die Weinberge, als Greta ihr Fahrrad aus dem kleinen Verschlag holte. Früher hatte es Ilse gehört, die es aber die letzten Jahre kaum benutzt hatte. Als Greta es das erste Mal inspiziert hatte, waren beide Reifen platt gewesen, der Rahmen verschmutzt, die Chromteile blind. Bruno hatte Jockel, der im letzten Jahr seine Lehre beendet und auf Gut Freudberg angefangen hatte, beauftragt, es zu reparieren. Wenige Tage darauf hatte der Junge mit stolzgeschwellter Brust vor ihr gestanden und ihr das Fahrrad präsentiert, mit prallen Reifen, sauberem Rahmen und blitzenden Chromteilen. Greta hatte mit dem Rad eine Runde auf dem Hof gedreht und ihm ein Fünf-Mark-Stück in die Hand gedrückt. Jockel hatte den Heiermann, wie er das Geldstück nannte, an seinem Arbeitsoverall blankgerieben und in die Tasche gesteckt. Damit hatte sie Jockel für sich gewonnen.

Mit Alfons hatte es dagegen Probleme gegeben. In den ersten Wochen hatte er bei jeder Anweisung, die sie ihm gegeben hatte, prüfend zu Bruno geschaut, ob er damit einverstanden sei. Greta hatte sich erst hilflos, dann unglücklich gefühlt. Bis sie sich einen Ruck gegeben und Alfons in ihr Arbeitszimmer zitiert hatte. Höflich, aber in aller Deutlichkeit hatte sie ihm zu verstehen gegeben, dass er genau zwei Möglichkeiten hatte: Entweder er tat, was sie sagte, oder er ging. Seitdem konnte sie sich keinen besseren Vorarbeiter vorstellen.

Greta schwang sich auf das Rad. Vom Haus aus führte der schmale Weg zu dem Feld, wo der Gewürztraminer stand, sanft bergab. Greta ließ sich rollen. Von Weitem sah sie den Traktor, der zwischen den Rebreihen stand, und erkannte Bruno, Alfons und Jockel. Sie waren dabei, die alten Gewürztraminerrebstöcke aus dem Boden zu holen. Übermütig und von einem Glücksgefühl überwältigt, betätigte sie die Fahrradklingel gleich mehrmals.

Brunos Hündin Jolie, die unter den Rebstöcken in der Nebenreihe ein Schläfchen gemacht hatte, schreckte auf. Schwanzwedelnd kam sie auf Greta zugelaufen, die abbremste, vom Rad stieg und es am Feldrand vor den langen Rebreihen in das frische, hellgrüne Gras legte.

Bruno warf eine Rebe auf den Hänger, wischte sich die Hände an seiner Arbeitshose ab und kam auf sie zu. Sie hatte ihm heute Morgen erzählt, dass sie einen Termin bei Professor Fritsch hatte, um Gewissheit zu haben, ob sie schwanger war. Kurz dachte sie an ihre Hochzeitsnacht zurück. Alles an Bruno hatte sich fremd angefühlt. Seine Hände waren an ihrem Körper entlanggeglitten. Es war ein sanftes Ertasten gewesen. Greta genoss seine vorsichtigen Berührungen und verbot sich jeglichen Vergleich. Sie wollte sich in Bruno in ihrer ersten gemeinsamen Nacht verlieren. Alles andere wäre ihr verlogen vorgekommen.

Als er sie jetzt fragend ansah, nickte sie lächelnd.

Und Bruno, sonst immer so ernst, lief los, nahm sie in den Arm und drückte sie an sich. Greta wartete einen Moment, ob er etwas sagen würde. Doch Bruno schwieg, was sie nicht überraschte. Er brauchte immer noch Zeit, um die richtigen Worte zu finden, zumindest bei allen Themen, die nicht den Weinbau betrafen. Gefühle, Träume, Hoffnungen – es fiel ihm schwer, darüber zu sprechen.

Bruno umfasste ihre Taille, hob sie hoch und drehte sich um sich selbst. »Du machst mich sehr glücklich, Greta.«

Er wirbelte sie weiter um sich herum, drehte sich mit ihr im Kreis.

Greta schlang ihre Arme um seinen Hals. »Ja, wir werden Eltern.« Sie lehnte ihren Kopf zurück und verspürte eine wunderbare Leichtigkeit, genoss diesen ungewöhnlich gelösten Augenblick zwischen ihnen, wie er sie in seinen kräftigen Armen hielt, als würde er sie nie wieder loslassen wollen. Sie schlug ihm leicht auf die Schulter. »Lass mich runter, Bruno. Mir wird schon ganz schwindelig.«

Er drückte sie an sich, während er sich noch einmal um sich selbst drehte. Sein Gesicht verzog sich zu einem breiten Grinsen. »Ich werde der beste Winzer-Papa der Pfalz. Alles werde ich unserem Kind beibringen. Es wird euch nichts geschehen. Ich passe auf euch gut auf. Das verspreche ich dir.« Er küsste sie und setzte sie vorsichtig ab.

»Was wünschst du dir? Einen Jungen oder ein Mädchen?«

»Ein Mädchen so wie du, oder einen Jungen so wie ich«, lachte Bruno.

»Ich glaube, die Chancen stehen ganz gut«, gab Greta glücklich zurück.

Dieser Tag gehörte der Freude über die Nachricht, dass sie Eltern wurden. Seit Greta im Januar nach Gut Freudberg gekommen war, hatte sie geglaubt, dass sie aufgrund ihrer gemeinsamen Ziele eine gute Ehe mit Bruno führen könnte. Auch wenn sie sich gelegentlich dabei ertappte, dass sie an Robert dachte, hatte sie sich für ein Leben an Brunos Seite entschieden. Nun wuchs neues Leben in ihr. Und sie hatte einen Mann, der alles dafür tun wollte, dass es ihr und dem Baby gut ging. Was für ein wunderbares Gefühl.

Bruno schien ähnlich zu fühlen. »Danke für dieses Geschenk«, sagte er mit einem Mal und nahm ihre Hand. Er rief Jockel und Alfons zu: »Macht allein weiter und legt die Rebstöcke auf einen Haufen. Ich brauche den Traktor.«

Als er das Fahrrad auf den Hänger gelegt hatte, fasste er sie an ihrer Taille und hob sie auf den Trecker, bevor er selbst hinaufkletterte. Greta war auf den Fahrersitz gerutscht und hielt ihm die geöffnete Hand entgegen.

Bruno runzelte die Stirn. »Du willst fahren?«

»Warum denn nicht?«, blinzelte sie ihn herausfordernd an.

»Du bist schwanger!«

»Richtig. Ich bin schwanger und nicht krank. Professor Fritsch hat gesagt, ich kann alles machen, was mir guttut. Und Traktorfahren tut mir gut. Außerdem habe ich doch schon den theoretischen Teil der Fahrprüfung bestanden. Ich brauche nur noch ein paar Fahrstunden«, lachte sie seine Bedenken hinfort.

Zögerlich hielt ihr Bruno den Schlüssel hin.

Sie griff danach und startete den Motor, der rumpelnd zum Leben erwachte. Langsam fuhr sie los. Brunos wachsamen Blick spürte sie fast körperlich, als sie nach links statt nach rechts in den Feldweg abbog.

»Wo willst du hin?«, fragte er erstaunt.

»Unserem Kind die Weinberge zeigen«, sagte Greta und

schaltete einen Gang hoch. »Es wird doch wissen wollen, wo es aufwachsen wird.«

Eine Stunde später lenkte sie den Traktor auf den Hof und hielt. Sie zog den Schlüssel ab.

»Wir werden die besten Eltern, nicht wahr?«, sagte sie zuversichtlich. Bruno nickte wortlos. Sie sah zu der Silvanerrebe, die sie im vergangenen Jahr bei der Besichtigung der Rebschule Aurora als Andenken bekommen hatte. Als sie von den Hellerts weggegangen war, hatte sie den jungen Rebstock mitgenommen und ihn noch am ersten Abend auf Gut Freudberg eingepflanzt. Jetzt schlug der Steckling aus. Nicht mehr lange, und sie würde seine frischen Triebe an dem Rankgerüst neben der Eingangstür zum Wohnhaus festbinden müssen, an dem bis jetzt nur die Klematis wuchs.

Sie drehte sich zu Bruno. »Ich ruf bei Froböss in der Rebschule an. Es bleibt doch dabei, dass wir übermorgen die Kerner-Stecklinge holen?«

Er nickte abwesend. »Im Winter sind wir zu dritt«, sagte er und strich sanft über ihren flachen Bauch.

Im Arbeitszimmer setzte sich Greta hinter den schweren Mahagonischreibtisch. Seit sie das Weingut verwaltete, war kein Tag vergangen, an dem sie das nicht getan hatte. Sie legte ihre schmalen Hände, an denen nur ihr Ehering schimmerte, auf die Lederunterlage. Von diesem Platz aus, mit dem Blick auf die weiten Weinberge, hatte ihr Vater sein Weingut geleitet. Nun war es an Greta. Doch obwohl sie sich dieser Aufgabe gern stellte, hatte sie auch großen Respekt davor. Manchmal sogar Angst.

Auf einmal verspürte sie wie schon mehrfach, seit sie auf

dem Gut war, Wut in sich aufsteigen. Ihr Vater Fritz hatte sich zeitlebens nicht zu ihr bekannt, geschweige denn, sich um sie gekümmert. Erst in den letzten Jahren, als sie ihm hin und wieder begegnet war, hatte er bemerkt, dass sie ein Händchen für Wein hatte. Im Testament dann zu verfügen, dass sie das Weingut nur unter bestimmten Voraussetzungen erhielt, war feige und dazu auch frech. Greta fühlte sich fremdbestimmt. Schließlich hatte Fritz Freudberg sie niemals gefragt, ob sie diese gewaltige Aufgabe überhaupt übernehmen wollte. Und doch hatte sie das Angebot nicht ausgeschlagen, das Erbe nach erstem Zögern nicht abgelehnt.

Hätte ich anders gehandelt, wenn ich mehr Zeit zum Überlegen gehabt hätte?, fragte sie sich. Sie wusste es nicht, aber im Januar hatte sie es als Chance gesehen und den Sprung gewagt. Ins kalte, ins eiskalte Wasser war sie gesprungen. Sie hoffte inständig, dass sie nicht scheitern würde.

Ihr Blick fiel auf den kleinen Bücherstapel auf ihrem Schreibtisch. Die Romane, die sie sich aus der Bücherei geliehen hatte, warteten auf sie. Obwohl sie nun Geld hatte, sich eigene Bücher zu kaufen, ging sie immer noch gern in die Bücherei. Sie mochte die Vorstellung, dass schon andere Menschen das Buch vor ihr gelesen hatten. Sie seufzte. Heinrich Böll *Die verlorene Ehre der Katharina Blum*, Erich Fromm *Haben oder Sein*, Christa Wolf *Der geteilte Himmel*, Walter Kempowski *Tadellöser und Wolff*, Ephraim Kishon *Kein Öl, Moses?*. Für Adela hatte sie die Autobiografie von Lilli Palmer, *Dicke Lilli – gutes Kind*, mitgebracht. Sie wusste, dass Adela die Schauspielerin verehrte. Doch Greta fragte sich, wann sie selbst die Zeit finden würde, diese Bücher zu lesen.

Vor ihr lag die unglaubliche Herausforderung, diesen

Besitz sicher in die Zukunft zu führen. Manchmal kam sie sich wie eine Kapitänin vor, die bisher nur mit einem Ruderkahn auf dem Teich herumgepaddelt war und nun ein riesiges Passagierschiff steuerte. Die Hellerts hatten zwei Hektar. Das war eine Größe, mit der sie vertraut gewesen war. Nun besaß sie sechzig Hektar, und das Land, die Reben, die Menschen, die davon lebten, verließen sich auf sie. War es naiv gewesen, zu glauben, dass sie das schaffen würde? Würde sie dem Weingut mit allem, was daran hing, gerecht werden und nicht damit untergehen? Sie hätte viel für eine Kristallkugel gegeben, die ihr einen Blick in die Zukunft gewähren würde.

Sie seufzte und drehte an dem Rolodex, um die Nummer der Rebschule Aurora herauszusuchen und Herrn Froböss anzurufen. Dabei fiel ihr Blick auf das gerahmte Hochzeitsfoto, auf dem Bruno und sie sich küssten und das Alfons gemacht hatte. Sie und Bruno … Sie lächelte.

Aber als sie das Foto daneben sah, in einem breiten Silberrahmen, runzelte sie die Stirn.

Es zeigte Fritz Freudberg und seine Ehefrau Ilse. Der hochgewachsene Winzer mit dem sandfarbenen Haar und die zierliche Ilse sahen glücklich miteinander aus. Das Foto war in New York aufgenommen worden, und beim Betrachten spürte Greta jähes Fernweh. Ihr Vater und seine Frau standen vor dem berühmten Juweliergeschäft Tiffany. Ilse hielt lachend ihre linke Hand in die Kamera. Ein Diamantring blitzte daran. Fritz Freudberg, der sie um einen Kopf überragte, hatte den Arm um sie gelegt und blickte zärtlich auf seine Frau hinab.

Greta war jedes Mal verwundert, wie ein Blick so viel Liebe ausdrücken konnte. Adela hatte ihr erzählt, dass Fritz seiner Frau jeden Wunsch von den Lippen abgelesen hatte.

Nur einen hatte er ihr nicht erfüllen können: den nach einem Kind. Aus Angst, dass ihre Ehe daran zerbrechen könnte, hatte er Ilse nie erzählt, dass er eine uneheliche Tochter hatte.

Sie legte eine Hand auf ihren Bauch. »Du wirst immer von beiden Eltern geliebt werden, mein Kleines«, flüsterte sie. »Niemand wird dich jemals verleugnen. Das verspreche ich dir.«

Greta nahm das gerahmte Foto von Fritz und Ilse und wollte es mit dem Gesicht nach unten in die unterste Schublade des Schreibtischs legen. Doch dort lag eine Papierrolle, die den ganzen Platz einnahm. Als sie sie aufwickelte, erkannte sie eine Landkarte der Pfalz. Eingezeichnet waren auf ihr die großen Lagen, die im Weingesetz 1971 festgelegt worden waren. Sie stutzte und strich das Papier glatt. In der Winzerschule hatte sie auf ihre Fragen zur Aufteilung der Großen Lagen und Einzellagen von ihrem Lehrer Herrn Hirtz keine bekommen. Wahrscheinlich, weil er sie selbst nicht kannte. Greta war die Bedeutung, einen Weinberg in einer großen Lage oder einer Einzellage zu haben, bewusst. Die Einzellage war im Weinbau eine Möglichkeit, die Herkunft des Weins zu bestimmen und einen hervorragenden Wein zu machen. Aufmerksam studierte sie die Karte. Und stellte verblüfft fest, dass wohl der Müller-Thurgau hinter dem Haus, auf den sie jeden Morgen blickte, auf einer Einzellage stand. Wenn sie die Karte richtig interpretierte, hieß dieses Stück Flammenpfad. Der Boden war dort besonders kalkhaltig, mineralienhaltig und porös. Es kam ihr so vor, als wenn sie gerade eine Schatzkarte betrachtete. Und sie beschloss, eines Tages diesen Schatz zu heben. Sie würde Bruno davon erzählen.

Greta öffnete die Schublade, in der sie ihre persönlichen

Gegenstände und Unterlagen verwahrte, und holte ein anderes Foto heraus. Es zeigte ihre Mutter Maria als junges Mädchen, zusammen mit ihrer Großmutter Magda. Gemeinsam waren die beiden nach dem Krieg aus der Nähe von Breslau in den Westen geflohen und schließlich bei den Hellerts gelandet. Es war das einzige Bild, das sie von ihrer Mutter hatte. Greta betrachtete es liebevoll und stellte es schließlich genau an die Stelle, an der das andere Foto gestanden hatte.

Sie griff gerade nach dem Telefonhörer, als Adela das Arbeitszimmer betrat. In der Hand hielt sie einen kleinen Teller, auf dem rote und grüne Paprikaschnitze lagen. »Vitamin C ist ganz wichtig während der Schwangerschaft«, bemerkte sie resolut. »Greif zu. Ich wusste nicht, ob du lieber rote oder grüne isst.«

Greta legte den Hörer zurück auf die Gabel. Sie schaute zu ihrer Großmutter, dann auf den Teller. Kurz überlegte sie, doch entschloss sie sich, ehrlich zu sein. »Das ist lieb von dir, Adela. Ich esse wirklich alles, aber ich mag weder rote noch grüne Paprika.«

Adela nahm einen Schnitz und schob ihn sich selbst in den Mund. »Na, da habe ich ja mitten ins Schwarze getroffen.« Als sie Gretas betroffenen Gesichtsausdruck bemerkte, fügte sie hinzu: »Wir lernen uns gerade erst kennen. Da ist es doch normal, dass wir nicht alles voneinander wissen. Wir wäre es mit einem Orangensaft? Da ist auch viel Vitamin C drin.«

Greta schluckte. »Weißt du, obwohl ich nur über die Straße in das Nachbargut gezogen bin, ist mein ganzes Leben auf den Kopf gestellt. Von jetzt auf gleich habe ich einen Mann, bekomme ein Kind und besitze eines der größten Weingüter in der Pfalz.«

Adela zog sich einen Stuhl heran und setzte sich Greta gegenüber. »Ich weiß, das ist alles ein bisschen viel auf einmal. Und sicher kannst du nicht alles auf einmal lösen. Versuch es vielleicht mal mit etwas Pragmatismus. Was stört dich am meisten?« Die alte Frau schmunzelte. »Dass du einen Mann hast oder dass du ein Kind erwartest? Oder ist es die Last der Verantwortung?«

Bedrückt antwortete Greta: »Dass ich für all das verantwortlich bin, obwohl ich keine richtige Winzerin bin. Ich habe keine Ausbildung, Adela, habe weder die Lehre noch die Winzerschule abgeschlossen. Ich bin nichts.«

»Papperlapapp. Mach dich nicht kleiner, als du bist.«

»Ich habe letzte Woche mit drei Winzern gesprochen, die einen Ausbildungsbetrieb haben. Ich dachte, bei einem von ihnen könnte ich meine Lehre zu Ende machen. Ich habe ja nur noch ein halbes Jahr. Aber kaum habe ich meinen Namen genannt, kaum das Weingut Freudberg erwähnt, wollten sie mich nicht mal mehr ausreden lassen.«

Adela lachte, aber es klang ein bisschen bitter. »Wundert dich das?«

Greta nickte. »Ja, natürlich. Es ist ungerecht, dass ich meine Lehre nicht abschließen kann. Als ich von den Hellerts weg bin, war mir klar, dass ich mir einen neuen Ausbilder suchen muss.«

Adela stand auf, stützte sich auf den Schreibtisch und beugte sich leicht vor.

»Ach, Greta. Was glaubst du denn? Niemals wird dich ein anderer Winzer nehmen. Du bist jetzt die größte Konkurrentin aller Winzer in der Pfalz und noch nicht mal einundzwanzig Jahre alt. Ein halbes Jahr bei einem von ihnen und du wüsstest genau, welche Strukturen sie haben und wie sie ihren Wein machen.«

Greta wollte etwas einwerfen, aber Adela winkte ungeduldig ab. »Jetzt sag mir nicht, du würdest deinen größten Konkurrenten auf den Hof holen.« Sie zog scharf die Luft ein. »Hinzu kommt: Du bist eine Frau, Liebes. Eine Frau, die gerade in eine Männerdomäne eindringt, eine Frau, die mehr von Wein versteht als so manch gestandener Winzer. Du wirst kämpfen müssen. Und ich weiß, dass du das kannst. Das hast du schon oft in deinem kurzen Leben beweisen müssen. Es ist völlig egal, ob du einen Abschluss hast, der dir bescheinigt, dass du eine Winzerin bist. Ich sage dir: Du bist eine Winzerin, auch ohne jedes Papier. Du hast die besten Voraussetzungen, die besten Instrumente dazu. Denn du hast Wissen, Macht und Geld. Und vor allem hast du es im Blut! Mehr geht doch nicht.« Adela setzte sich wieder auf ihren Stuhl, griff nach einem Paprikaschnitz, schob ihn sich in den Mund und blickte ihre Enkelin abwartend an.

Greta hatte ihre Großmutter bislang zumeist duldsam, gütig und nachgiebig erlebt. Jetzt lernte sie eine neue Seite von Adela kennen. Langsam verzog sie ihren Mund zu einem Lächeln. »Du meinst also, ich könnte diesen Wisch, den ich in einem halben Jahr bekommen würde, wenn sich jemand dazu herablassen würde, mich auszubilden, genauso gut aufs Klo hängen?«

Adela nickte. »Ich meine, dass du deine Energie und dein erstaunliches Talent nicht an ein Stück Papier verschwenden solltest. Investiere sie in dein Weingut! Es ist groß, es braucht all deine Ideen und deine Intelligenz, damit es gut in die nächsten Jahre geführt wird. Dein Vater wusste, dass du das schaffst. Außerdem bist du mit dem besten Kellermeister in der Pfalz verheiratet. Mach etwas daraus. Das ist bei Weitem lukrativer, befriedigender und gesünder, als an die Türen mittelmäßiger Winzer zu klopfen und sie um einen Ausbildungsplatz zu bitten. Und jetzt hole ich dir deinen Orangensaft.«

Greta lehnte sich in dem Stuhl zurück. Sie war es, die jetzt die Entscheidungen traf. Und sie hatte auch schon damit begonnen. Nicht fremdbestimmt, sondern selbstbestimmt. Sie sollte aufhören, an sich zu zweifeln: Sie wusste, dass sie noch viel lernen musste. Doch das war ihr Weg. Der Weg einer Winzerin!

3. KAPITEL

Kirchheim an der Weinstraße,
Dezember 1975

Greta zog sich wieder an und trat hinter dem Paravent hervor.

Frauenarzt Professor Fritsch saß bereits an seinem Schreibtisch. Er lächelte sie über seine Brille hinweg an. »Frau Bachstern, es ist alles bestens. Am Geburtstermin hat sich nichts geändert, ich denke, Ende des Monats ist es so weit, wenn sich das Kleine nicht verspätet. Bei der ersten Geburt lassen sich Babys manchmal Zeit.«

»Danke, Herr Professor. Wir freuen uns schon so«, sagte Greta. Sie griff nach ihrem Mantel und schlüpfte hinein. »Kommt denn Lutz über Weihnachten zu Ihnen? Wenn ja, grüßen Sie ihn bitte von mir.«

Professor Fritsch nickte. »Er verlässt über die Weihnachtsfeiertage ausnahmsweise seine Studentenbude in Mainz. Aber wir werden ihn sicher wieder wenig sehen. Seine Freundin nimmt ihn sehr in Beschlag. Kennen Sie sie, sie heißt Sabine Schütter?«

»Ja, wir waren damals alle drei in einer Klasse. Sabine macht eine Banklehre in Bad Dürkheim, richtig?«, fragte Greta. Sie sagte nicht, dass sie sie nicht ausstehen konnte, sie für berechnend hielt. Sabine war darauf aus, Lutz, den angehenden Arzt, schnellstmöglich an sich zu binden.

»Auf jeden Fall fahren meine Frau und ich wie immer gleich nach den Feiertagen nach Kitzbühel«, fuhr Professor Fritsch fort. »Eine Hebamme haben Sie für die Betreuung nach der Geburt? Im Kreiskrankenhaus sind Sie in der Entbindungsstation angemeldet?«

Greta nickte. »Ja, ich möchte mein Baby keinesfalls zu Hause bekommen.«

»Das verstehe ich. Glauben Sie mir, im Kreiskrankenhaus sind Sie in den allerbesten Händen.«

Der Professor stand auf. Die Art und Weise, wie er sich bewegte, wie er den Kopf hielt und sie fragend anschaute, ließ ihn auf Greta wie eine vierzig Jahre ältere Ausgabe ihres Schulfreunds wirken. Unwillkürlich musste sie schmunzeln.

Er reichte ihr die Hand. »Ich wünsche Ihnen alles Gute. Ich bin sicher, dass es eine leichte Geburt sein wird. Sie sind jung und gesund, das Baby liegt genau richtig.«

Er klang so väterlich-liebevoll, dass Greta auf einmal einen Kloß im Hals hatte. Und sie fragte sich, ob Lutz seinem Vater erzählt hatte, dass ihre Mutter bei ihrer Geburt gestorben war. »Danke, Herr Professor.«

Bruno hatte darauf bestanden, sie nach Bad Dürkheim zu fahren. Er hatte gemurmelt, dass er etwas erledigen müsse, und Greta hatte nicht weiter nachgefragt. Als sie jetzt aus dem Altbau trat, in dem Professor Fritsch seine Praxis hatte, blickte sie suchend die Straße entlang. Sie entdeckte den grünen Mercedes drei Häuser weiter. Gegen den Winterwind, der kalt durch die Straßen fuhr, schlug sie den Kragen ihres mit Fell gefütterten Mantels hoch und ging vorsichtig los. Der Bürgersteig war vereist.

Bruno saß bei geöffnetem Fenster, sog an seiner Pfeife

und las in einem Weinmagazin. Als sie die Wagentür öffnete, legte er die Zeitschrift beiseite und lächelte sie an. »Alles in Ordnung?«, fragte er und klopfte seine Pfeife aus.

»Ja, alles ist gut«, antwortete Greta und rutschte auf den Beifahrersitz. Er fragte sie selten, wie es ihr ging, doch an seinen Blicken und vor allem an seinem Schweigen konnte sie ablesen, dass er sich wegen ihrer Schwangerschaft um sie sorgte. Greta hatte in den vergangenen Monaten gelernt, Brunos Schweigen zu interpretieren. Für sich unterschied sie in freundliches, abwartendes, zärtliches, wohlwollendes und abweisendes Schweigen. Manchmal irritierte sie sein schweigendes Schweigen. Dann war er ihr fremd. Doch jetzt schien ihr sein Schweigen besorgt. Sie sah ihn an und sagte: »Lass uns nach Hause fahren. Es ist so ungemütlich.«

Seit fast einem Jahr lebte Greta nun schon auf dem Weingut. Jetzt, im Dezember, lagen die Weinberge im Winterschlaf. Was nicht hieß, dass es nichts zu tun gab. Bruno verbrachte in den Wintermonaten viel Zeit im Weinkeller, wo er an der Qualitätsverbesserung der Weine arbeitete. Greta kümmerte sich hingegen um die Verwaltung. In den letzten Monaten war diese Aufgabe nicht leichter geworden. Tagtäglich gab es viele Überlegungen gegeneinander abzuwiegen und zahlreiche Entscheidungen zu treffen.

Und so ging Greta auch nun ins Arbeitszimmer. Als sie sich mit ihrem dicken Bauch behäbig an den Schreibtisch setzte, fiel ihr Blick auf einen Brief, den Adela wohl aus dem Briefkasten genommen und ihr hingelegt hatte. Er war nicht an das Weingut adressiert, sondern an sie persönlich. Neugierig drehte sie ihn um: *Irene Heuser, Nieland 36, 2250 Husum-Hockensbüll*, las sie. Ihre alte Deutschlehrerin schrieb ihr? Greta griff zum Brieföffner.

Husum, 13. Dezember 1975

Meine liebste Greta,
auf dem letzten Klassentreffen erzählte mir Lutz Fritsch, dass Du geheiratet hast, und er gab mir Deine Adresse.
Ich wünsche Dir von Herzen, dass Du Dein Glück gefunden hast. Als ich damals erfuhr, dass Du das Gymnasium verlassen musstest, war das für mich wie ein Schlag ins Gesicht. Ich glaubte, Deinen Schmerz bis hinauf an die Nordsee fühlen zu können.
Immer wieder habe ich mich gefragt, ob ich nicht noch mehr für Dich hätte kämpfen müssen. Einstehen für Deine Ausbildung, damit Du Dein Abitur machen und studieren kannst.
Ich bin mir sicher, dass Du Dich damals, als ich eines nachmittags auf dem Hof deiner Zieheltern auftauchte, gefragt hast, was ich dort wollte. Nun, ich erpresste (ja, du liest richtig, »erpresste«, ich bin nicht stolz darauf, doch blieb mir keine andere Wahl) Harald Hellert damit, dass ich sein Geheimnis preisgeben würde, wenn er Dich nicht weiter zur Schule gehen lassen würde. Ich wusste damals ja, dass er schon eine Lehrstelle für Dich organisiert hatte. Da musste ich eingreifen. Ich war – und bin es noch heute – davon überzeugt, dass ein so talentiertes und bildungshungriges Mädchen wie Du die beste Ausbildung verdient hat.
Ich konnte nicht ahnen, dass Dich die Hellerts, die doch Deine einzige Familie waren, derart schlecht behandeln würden. Wie sie Dich kurz vor dem Abitur von der Schule abmeldeten und Dich als billige Arbeitskraft in ihrem Weinberg benutzen würden.
Aber das ist inzwischen alles Vergangenheit.
Nun bleibt mir nur, Dir ein glückliches und erfülltes Leben

zu wünschen. Sicher gelingt es Dir, Deinem Bildungshunger privat nachzukommen. Wenn ich einen Fehler in meinem Leben gemacht habe, so ist es vielleicht dieser: keine Kinder zu haben.
Auf der anderen Seite: Als Lehrerin habe ich viele Kinder. Du bist eins von ihnen und vielleicht sogar mein liebstes. Denn Du warst nicht nur eine sehr begabte Schülerin, Du warst vor allem immer aufrichtig und hattest – und hast sicher noch – das Herz am rechten Fleck.
Hab Kinder, liebe Greta. Sie sind so wichtig.
Deine
Irene Heuser

Greta legte den Brief zur Seite. Sie hätte nie damit gerechnet, dass ihr Schicksal ihre Lehrerin derart beschäftigt hatte. Dass sie ihr mit einer solchen Offenheit geschrieben hatte, rührte sie.

Mühsam erhob sie sich. Das Gewicht des Babys drückte immer mehr auf ihren Rücken.

Sie würde zu Jockel gehen und ihn bitten, eine Kiste ihres bestens Weins für Fräulein Heuser zusammenzustellen. Einen Antwortbrief, den sie dazulegen wollte, würde sie heute Abend schreiben.

Und noch etwas anderes wollte sie mit Jockel besprechen. Greta hatte eingeführt, dass die besten Kunden zu Weihnachten einen Präsentkorb bekamen. Darin befanden sich neben zwei Flaschen Wein auch Pfälzer Spezialitäten, Schokolade, ein Pfund Kaffee und Nürnberger Lebkuchen. Ja, wie ihre ehemalige Lehrerin geschrieben hatte: Ihr Ziehvater Harald hatte sich kaltherzig über Gretas Wünsche hinweggesetzt. An ihn dachte sie so wenig wie möglich. Aber ihrer Ziehmutter Elfriede, die es mit ihrem Mann oft nicht leicht hatte, war Greta dankbar. Jockel sollte einen Präsentkorb auch für sie vorbereiten, den Greta ihr vor die Tür stellen wollte. Heute Morgen hatte sie den Wagen der Hellerts am Gut vorbeifahren sehen. Greta vermutete, dass die Familie wie jedes Jahr gemeinsam nach Worms fuhr, um Weihnachtseinkäufe zu erledigen.

Sie nahm den Weg durch die Halle und trat zu der Treppe, die in den Weinkeller hinunterführte. Alfons hielt Jockel gerade eine Standpauke. Der junge Geselle hatte offenbar eine Flasche Rotwein fallen lassen, deren Inhalt nun eine große Lache auf dem gefliesten Boden bildete.

»Sei nicht so streng mit dem Jungen«, mischte Greta sich ein, als sie bei ihnen war. »Bald ist Weihnachten, und ihr wart alle so fleißig.«

In der Tat hatten sie das ganze Jahr über schwer gearbeitet. Kurz vor Erntebeginn hatte Greta entschieden, mehr Erntehelfer einzustellen. Sie hatte fast doppelt so viele Arbeiter wie Freudberg in den Jahren zuvor beschäftigt. Im Morgengrauen hatten sie sich im Weinberg getroffen, bis zum Abend die reifen Trauben geschnitten und Eimer um Eimer gefüllt. Wie immer waren es überwiegend Frauen aus dem Dorf gewesen, die mit angepackt hatten. Natürlich erhöhten die zusätzlichen Helfer die Lohnkosten. Aber die Ernte war ausnehmend gut ausgefallen. Gretas Entscheidung hatte sich materiell wegen der höheren Erntemenge getragen – und ideell, weil sie einen Ruf als verantwortungsvolle Winzerin bekommen hatte, die ihre Arbeiter nicht ausnutzte und anständig behandelte. Auch Greta hatte im Weinberg gestanden, trotz ihrer Schwangerschaft.

Wie jedes Jahr hatte auch dieser Jahrgang des Pfälzer Weins von der Stadt Neustadt einen Taufnamen bekommen. »Sorgenbrecher« hieß er. Greta mochte ihn. Sie sah ihn als Zeichen, denn auch ihre Sorgen waren kleiner geworden: Das erste Jahr war geschafft.

»Bitte, mach mir doch einen Korb zurecht, Jockel. Aber leg keinen Wein hinein. Nimm dafür eine von den Lachsseiten, die ich für die Stammkunden besorgt habe, und ein paar Tafeln Schokolade mehr. Er soll gut gefüllt sein«, sagte Greta. Flaschen von ihrem eigenen Weingut wären für die Hellerts eine Provokation.

»Ist der für mich?«, gab Jockel vorwitzig zurück, um gleich darauf eine angedeutete Kopfnuss von Alfons zu bekommen.

»Nun geh schon, ich mach das hier weg. Die Chefin hat immer Vorrang.« Alfons zwinkerte Greta zu.

Insgeheim freute sie sich über diesen Satz, denn er bestätigte, dass Alfons sie akzeptierte. »Was machst du an Heiligabend, Alfons?«, fragte sie ihn. Sie wusste, dass er keine Familie hatte und allein sein würde.

»Ach, das passt schon. Das Fernsehprogramm soll ganz gut sein.«

»Wenn du keine Lust auf Fernsehen hast, freuen wir uns, wenn du zum Essen kommst.«

Alfons nickte bedächtig. »Aber nur, wenn es dir nicht zu viel wird.«

Greta lächelte. »Wir brauchen dich als vierten Mann zum Canastaspielen.«

Jetzt lachte auch Alfons. »Dann nehme ich die Einladung gern an. Danke.«

Jockel kam mit einem gefüllten Korb zurück, den er mit einem Geschirrtuch in den blau-grünen Farben von Gut Freudberg ausgelegt hatte. »Bitte schön, Chefin.« Er streckte ihr den Korb entgegen. »Kann ich Ihnen sonst noch irgendwie helfen?«

»Ja, stell einen Karton mit unseren besten Weinen zusammen. Verpack ihn aber noch nicht. Ich gebe dir später die Adresse und einen Brief, der noch mit ins Paket hineinsoll.«

Jockel nickte und verschwand Richtung Lager.

Greta griff nach dem Korb. Er war schwerer als gedacht. Als sie durch den Torbogen gegangen war, setzte sie ihn kurz ab, um sich einen Moment auszuruhen. Sie strich sich über ihren Bauch, bevor sie sich vorbeugte und mit der anderen Hand nach dem Korb griff. Als sie wieder aufsah, erblickte sie eine Gestalt, die gerade in die Auffahrt getreten war und auf das Tor zulief. Es war Elfriede. Sie trug etwas Großes mit beiden Händen, das mit einem weißen Laken bedeckt war. Als sie Greta sah, blieb sie abrupt stehen. Fast hatte es den Anschein, als wollte sie auf dem Absatz kehrtmachen.

Da hob Greta die freie Hand zum Gruß und eilte ihr entgegen.

Schweigend standen sich die beiden Frauen gegenüber. Wenn Greta die Hellerts sonntags in der Kirche gesehen hatte, hatten diese sich demonstrativ von ihr abgewandt. Greta hatte Harald ein paar Mal auf dem Traktor durchs Dorf fahren sehen und ihn gegrüßt. Doch jedes Mal hatte er sie ignoriert. Und auch ihr ältester Ziehbruder, Johann, dem sie im April in der Rebschule begegnet war, hatte sofort die Halle grußlos verlassen und Herrn Froböss zugerufen, dass er am Nachmittag wiederkäme. Nur der vierzehnjährige Matse, um den Greta sich viel gekümmert hatte und den sie wie einen jüngeren Bruder liebte, hatte im Mai den Mut gehabt, sich heimlich zu ihr zu schleichen. Er hatte Greta den blauen Brief gezeigt, den er bekommen und gerade noch rechtzeitig vor seinen Eltern aus dem Briefkasten gefischt hatte. Von da an war er regelmäßig vorbeigekommen. Greta hatte ihm Übungsaufgaben für Englisch und Mathematik gestellt, die sie gemeinsam besprochen hatten. Sie hatte eigens einen amerikanischen Briefkasten unten an der Zufahrt angebracht, damit Matse seine Nachrichten »im Vorbeigehen« einwerfen konnte. Bruno hatte nichts dazu gesagt, doch Adela hatte dem Jungen jedes Mal eine Süßigkeit zugesteckt. Am Tag der Zeugnisvergabe war Matse zuerst zu Greta gekommen und ihr um den Hals gefallen. Er war nicht hängengeblieben, hatte er strahlend berichtet. Wie fast immer, wenn er Greta besuchte, hatte er seinen »Geheimgang« genutzt. Er führte zwischen den Rhododendronbüschen durch den Garten zum Haupthaus. Wenn Matse dort entlangging, konnte man ihn von dem Haus der Hellerts nicht sehen.

Greta half Matse gern. Doch sie sprachen nie über seine Familie. Keinesfalls wollte sie den Jungen in eine Zwickmühle bringen. Ihre Informationen über die Hellerts bekam sie von Detlef, der im Frühsommer Renate Hellert geheiratet hatte. Zusammen mit seinem Vater führte er den kleinen Edeka in Kirchheim. Er mochte Greta und nahm sich immer Zeit für sie.

Anfangs hatte sie gehofft, dort hin und wieder Elfriede zu treffen. Doch die schien bewusst ihre Einkaufstage geändert zu haben, um ihr nicht zu begegnen. Dass sie jetzt hier war, freute und erstaunte Greta. »Hallo, Elfriede«, sagte sie warmherzig. »Ich wollte auch gerade zu dir.«

»Zu mir?« Elfriede stellte den großen Gegenstand ab und sah auf Gretas runden Bauch. »Wie geht es dir? Also, ich meine, wie geht es euch?«, fragte sie.

Greta spürte ihre Unsicherheit. »Danke, Elfriede. Mir und dem Baby geht es gut.«

Elfriede nickte wiederholt. »Das ist gut. Das ist sehr gut. Detlef hat mir erzählt, dass es bald so weit ist. Deshalb dachte ich ...« Sie holte tief Luft. »Ich habe etwas für dich.« Sie zeigte auf den Gegenstand, den sie neben sich abgestellt hatte, und zog das Tuch ab, das darübergelegen hatte. Verlegen lächelte sie Greta an. »Du weißt ja, alle Hellert-Kinder haben in dieser Korbwiege gelegen, die ich damals selbst geflochten hatte. Und ich dachte, vielleicht würdest du dein Kind dort gern hineinlegen, auch wenn ...« Sie verstummte.

»Auch wenn es kein echtes Hellert-Baby ist?«, vollendete Greta den Satz.

Elfriede nickte. »Aber irgendwie doch. Oder nicht?« Sie suchte nach den richtigen Worten. »Immerhin bist du bei uns aufgewachsen. Ich meine, auch wenn ich nicht immer alles richtig gemacht habe, so bist du doch auch irgendwie meine Tochter.«

Greta trat zu ihr und umarmte sie. »Danke, Elfriede.« Einen kurzen Moment verharrten die beiden Frauen, bevor sich Elfriede löste.

Diese Geste berührte Greta sehr. Über zwanzig Jahre hatte sie auf solch ein Zeichen der Zuwendung gewartet. Behutsam strich sie über das Weidengeflecht. Es hatte etwas Versöhnliches, dass Elfriede auf sie zuging, jetzt, wo sie eine eigene Familie hatte, mit Menschen, die sie liebte und die sie liebten. All die Jahre zuvor hatte sie sich inmitten der vier Hellert-Kinder wie das fünfte Rad am Wagen gefühlt.

»Manchmal erkennt man erst, was einem jemand bedeutet, wenn dieser Jemand nicht mehr da ist«, sagte Elfriede. »Es tut mir leid«, fügte sie etwas leiser hinzu.

Greta sah, dass sie Tränen in den Augen hatte.

»Brauchen Renate und Dagmar die Korbwiege nicht?«, fragte sie schließlich.

Elfriede schüttelte den Kopf. »Du kennst doch Daggi und ihre Ansprüche. Der wäre die Wiege nicht gut genug. Und Renate, na ja, da ist kein Baby in Sicht. Ich habe beschlossen, dass du sie bekommst. Für deine Kinder. Auch als Dankeschön, weil du Matse dieses Jahr mit der Schule so geholfen hast. Der Junge tut sich ja manchmal schwer.«

Greta nickte. Es wunderte sie nicht, dass Elfriede von Matses Besuchen auf Gut Freudberg wusste.

Elfriede wurde unruhig. »Ich muss zurück. Die Arbeit … Und du kennst ja Harald …« Sie versuchte ein verschmitztes Lächeln.

»Bist du deswegen heute nicht mit nach Worms gefahren? Weil du zu mir wolltest?«, fragte Greta.

»Was er nicht weiß, macht ihn nicht heiß«, erwiderte Elfriede entschlossen.

Greta lächelte. »Von mir erfährt Harald bestimmt nicht, dass du hier warst.«

Elfriede nickte dankbar. »Frohe Weihnachten.«

Greta reichte ihr den Präsentkorb. »Ich habe auch etwas für dich. Ich wollte ihn gerade rüberbringen. Na ja, er ist für euch, für die Familie. Ein Weihnachtsgruß.«

Elfriede nahm den Korb entgegen. »Das ist sehr lieb von dir.«

Greta wurde ganz warm ums Herz: Es war das erste Mal in einundzwanzig Jahren, dass Elfriede ihren Namen aussprach. Bei den Hellerts war sie sonst immer nur das »Mädsche« gewesen. »Frohe Weihnachten, Elfriede.«

Greta sah ihrer Ziehmutter nach, die nun die Auffahrt zur Straße hinunterging. Was für ein Leben sie hatte. Aufgewachsen bei ihrer alleinstehenden Mutter, hatte Elfriede kurz nach dem Krieg Harald geheiratet und vier Kinder großgezogen, mit Greta sogar fünf. Greta wusste, dass sie es nicht leicht gehabt hatte. Aber mit Stolz, Eigensinn und geradem Rücken hatte sie nach außen immer eine heile Welt bewahrt.

Greta fiel auf, dass Elfriede ein bisschen schief lief, als ob eine Last sie niederdrückte. Aber vielleicht lag es auch an dem schweren Präsentkorb.

Greta trug die Korbwiege von Elfriede hinauf ins Kinderzimmer. Die Wände hatte sie hellgelb gestrichen, ein Schaukelstuhl stand einladend vor dem Fenster. Bruno hatte eine alte Kommode, die er im hinteren Teil der Scheune gefunden hatte, restauriert und mit einer Marmorplatte und einem weichen Aufsatz zur Wickelkommode umfunktioniert.

Morgen hatte Greta mit Adela nach Worms fahren wollen, um eine Wiege zu kaufen. Aber jetzt hatte sie diese wundervolle Korbwiege, die ihr mehr bedeutete, als ein neues Kinderbettchen es jemals hätte tun können. Sie würde später Adela bitten, es zusammen mit ihr herzurichten.

Doch zuvor wollte sie ihre Mutter auf dem Friedhof besuchen.

An der Garderobe griff sie nach ihrer warmen Winterjacke, die ihr gerade noch so passte, und schlüpfte in die fellgefütterten Stiefel. Sie beschloss, zu Fuß zu gehen und nicht mit dem Wagen zu fahren. Ihr dicker Bauch passte kaum mehr hinters Lenkrad.

Die Strahlen der Wintersonne tauchten die Kirche in ein blasses Licht, als Greta das Tor zum Friedhof aufstieß. Langsam ging sie den Weg zum Grab ihrer Mutter. Sie sah zu dem kleinen Gesteck, dass sie letzte Woche zusammen mit Adela hergebracht hatte. Wie immer, wenn sie hierherkam, beugte sie sich zum Grabstein hinunter und fuhr mit dem Finger den Namen *Maria Piontek* nach. Es war wie ein Begrüßungsritual für sie. So nahm sie jedes Mal zu ihrer Mutter Kontakt auf.

»Hallo, Mama. Wundere dich nicht, wenn ich dich in den nächsten Tagen nicht besuche. Aber ich habe das Gefühl, dass ich schon ganz bald selbst Mama werde. Ich komme das nächste Mal dann mit dem Baby zu dir.« Sie zupfte ein paar festgefrorene Kastanienblätter vom Grabstein. »Stell dir vor: Elfriede hat mir das Körbchen gebracht, in dem ich selbst einmal gelegen habe. Das fand ich lieb von ihr. Ich weiß gar nicht, wie oft ich mich allein gefühlt habe, weil du nicht mehr am Leben warst und ich keinen Vater hatte. Ich möchte, dass mein Baby glücklich wird. Und das wird es sein, denn es hat ja mich, einen Vater, Adela, Elfriede – und dich in meinem Herzen. Das ist doch ein schöner Tag heute für uns, findest du nicht?«

Greta strich noch einmal über den Grabstein und richtete sich auf. »Wir kommen bald wieder.«

Eine Woche später stand sie bei Detlef Mahlig an der Käsetheke. Es war der 24. Dezember, in einer knappen Stunde würde der kleine Laden schließen. Adela hatte darauf bestanden, sich wie all die Jahre zuvor um das weihnachtliche Festmahl zu kümmern. Greta hatte sich sofort angeboten, das Malzbier zu holen, das Adela vergessen hatte einzukaufen. Sie brauchte es für die Sauce.

Detlef, der wie immer einen weißen, gestärkten Kittel mit Namensschild trug, reichte ihr das Päckchen über den Tresen. »Ich habe es doppelt eingepackt. Riecht ja etwas streng.«

Greta lachte. »Ich weiß. Aber ich liebe Harzer Käse, seit ich schwanger bin. Wie ich Adela kenne, wird sie das Päckchen gleich noch extra in eine Tupperdose verfrachten.«

Detlef kam hinter dem Tresen hervor. »Und jetzt hole ich dir das Malzbier, für das du ja eigentlich gekommen bist.«

Kaum war er im Lager hinter dem Verkaufsraum verschwunden, als Detlefs Vater, Schorsch Mahlig – ebenfalls im weißen Kittel und mit Namensschild, als ob ihn niemand in Kirchheim mit Namen kennen würde, obwohl er seit über dreißig Jahren den kleinen Edeka betrieb –, auf sie zu kam. »Ja, die Frau Bachstern! Das freut mich, dass wir uns doch noch sehen, bevor das Christkind kommt«, begrüßte er sie.

»Wie oft soll ich das denn noch sagen, Herr Mahlig. Für Sie bin und bleibe ich die Greta«, sagte sie lachend.

»Aber das geht doch nicht, immerhin hast du, äh, haben Sie jetzt ein großes Weingut …«

»Sie kennen mich von klein auf und haben mir immer Bonbons zugesteckt«, unterbrach Greta ihn.

»Also gut. Dann bleibt es beim Du. Wie oft habe ich schon gedacht, wie jammerschade es ist, dass Harald dich damals nicht bei mir in die Lehre geschickt hat. Wobei …« Er schlug einen vertraulichen Ton an: »Ich habe mich damals schon sehr gewundert. Du mit deinem Wein-Talent …«

»Manchmal kommt alles ganz anders im Leben, als man denkt.«

Mahlig nickte. »Wie wahr, wie wahr.« Er streckte ihr ein kleines Körbchen entgegen. Es war in Cellophan eingewickelt und mit einem rosafarbenen und blauen Band zusammengebunden. »Hier ist eine Erstausstattung für das Kleine.«

Greta sah durch die durchsichtige Folie eine Babyrassel,

ein Lätzchen und zwei verschiedenfarbige Schnuller. »So bist du jetzt gewappnet.«

»Danke, Herr Mahlig. Was für ein schönes Geschenk.« Sie freute sich darüber, dass dieses Körbchen schon länger für sie in seinem Laden bereit lag.

Detlef kam mit einer Kiste Malzbier zurück und trat hinter die Kasse. »Du brauchst sicher nicht den ganzen Kasten, oder? Sonst kann ich ihn dir auch gern liefern.«

»Nein, nein, gib mir zwei Flaschen. Das reicht.«

Er nahm zwei Flaschen aus der Kiste, tippte den Preis in die Kasse und sah auf das Körbchen. »Seit ich verheiratet bin, hat mein Vater Babyprodukte mit ins Sortiment genommen. Ich glaube, er will mir damit etwas sagen.«

Schorsch Mahlig lachte. »Ertappt. Aber eines Tages wirst du es mir danken, wenn ihr nicht für jedes Babygläschen in den Wagen steigen und nach Grünstadt fahren müsst.« Er wandte sich an Greta. »Frohe Weihnachten, Greta. Ich räume schon mal die Obstkisten rein. Ich muss zusehen, dass die Gänsekeulen in den Römertopf kommen, seit Mutti im März von uns gegangen ist.«

»Sie sind sehr tapfer, Herr Mahlig«, sagte Greta. Seine Frau war im Frühjahr nach kurzer schwerer Krankheit gestorben. Damals hatte sie im Namen aller von Gut Freudberg ein Gesteck und eine Karte geschickt. Die Beerdigung hatte im engsten Familienkreis stattgefunden, nur Schorsch und sein Sohn hatten am Grab Abschied genommen. Das ganze Dorf hatte das respektiert. Nur Renate hatte sich beschwert, die sich extra ein schwarzes Kostüm und einen Hut mit Schleier gekauft hatte, damit man sie als trauernde zukünftige Schwiegertochter bemitleiden und bewundern konnte.

»Pass gut auf euch zwei auf. Ich erwarte natürlich, dass

dein erster Spaziergang mit dem Kindchen zu mir führt«, sagte Schorsch Mahlig mit Blick auf ihren dicken Bauch.

»Versprochen, Herr Mahlig. Und danke für diese niedlichen Babysachen.« Als er gegangen war, legte Greta das Körbchen zum Käse und den Flaschen in ihr Einkaufsnetz. »Wie aufmerksam von deinem Vater.«

Detlef stand noch immer hinter der Kasse. Mit gesenktem Blick meinte er leise: »Sein größter Traum ist es, Großvater zu werden. Aber bislang konnten Renate und ich ihm diesen Wunsch nicht erfüllen.«

»Ihr werdet sicherlich auch bald Eltern«, sprach sie ihm Mut zu.

»Ja, ja. Bestimmt«, versicherte er ihr. »Wir sind ja auch sehr glücklich. Zumindest beim Tanzen.«

Renate und Detlef waren Mitglieder im Tanzclub Bad Dürkheim Grünsilber 03.

Detlef riss den Kassenbon ab, legte ihn aufs Band. »Das macht …«

In diesem Moment ruckte etwas in Greta. Sie stieß einen kleinen Schrei aus und spürte, wie eine warme Flüssigkeit an den Innenseiten ihrer Oberschenkel hinablief, und sah an sich herab: Ihre hellgraue Wollstrumpfhose färbte sich dunkel.

»Was ist denn?«, fragte Detlef erschrocken und trat hinter der Kasse hervor.

Greta krallte die Hand in seinen Arm. »Ich glaube, es geht los …«

Er sah ihr noch einmal erschrocken ins Gesicht, dann rannte er zur Ladentür, riss sie auf und schrie: »Papa, schnell! Die Greta bekommt ihr Kind!«

Sofort kam Mahlig hereingestürzt. »Ganz ruhig, ganz ruhig«, sagte er flatternd, wie um sich selbst zu beruhigen, und schob Greta einen Stuhl hin. »Setz dich, Greta. Setz dich.« Er griff in die Hosentasche und warf seinem Sohn den Wagenschlüssel zu. »Du fährst den Kombi direkt vor die Tür und bringst sie ins Krankenhaus.« Ruhig wandte er sich an Greta. »Keine Angst, wir kümmern uns um alles.«

»Ich habe aber Angst«, sagte Greta und sah ihn verzweifelt an. Sie hatte niemandem erzählt, wie sehr sie sich vor der Geburt fürchtete. Greta hatte in Büchern und Zeitschriften viel über den Vorgang gelesen, natürlich auch über mögliche Komplikationen. Und nicht zuletzt schürte auch der Verlust ihrer eigenen Mutter, die bei Gretas Geburt gestorben war, diese Angst.

Schorsch Mahlig tätschelte unbeholfen ihre Hand. »Das wird schon. Ich fahre gleich zum Gut und sage Bescheid«, versuchte er sie zu beruhigen.

»Wie wäre es, du rufst dort einfach an?«, warf Detlef ein und eilte aus dem Laden.

Ein ziehender Schmerz durchfuhr Greta. Das musste die erste Wehe sein. »Meine Einkäufe, Herr Mahlig«, sagte sie etwas atemlos, »die hole ich ein anderes Mal.«

In der Zwischenzeit war Detlef vorgefahren. Greta stand auf. Mahlig begleitete sie zur Tür und half ihr, sich auf den Beifahrersitz zu setzen.

Bittend sah Greta zu ihm hoch: »Sagen Sie Bruno, dass er schnell kommen soll …?«.

Kurz vor Mitternacht legte ihr die Hebamme ein kleines Bündel in die Arme. Erschöpft blickte Greta auf ihr Baby, das die Augen geschlossen hatte, und strich ihm zart über die Stirn, über den dunklen Flaum auf dem Köpfchen. Sie war zutiefst glücklich, ein gesundes Kind auf die Welt gebracht und die Geburt unversehrt überstanden hatte. Sie hatte sich nie gefragt, wie ihr Baby wohl aussehen würde. Aber in diesem Moment wusste sie, dass sie genau diesen Anblick während der ganzen Schwangerschaft vor Augen gehabt hatte. Es kam ihr wie ein Wunder vor, jetzt diesen kleinen Menschen in den Armen zu halten. Sacht griff sie nach der kleinen Hand und küsste jeden einzelnen Finger.

Es klopfte an Gretas Krankenzimmertür. Adela hatte dafür gesorgt, dass sie ein Einzelzimmer bekam.

Als Greta leise »Ja, bitte« rief, betrat Bruno das Zimmer. Die Hebamme hatte ihr erzählt, dass er unten in der Empfangshalle wartete. Im Kreißsaal waren Männer nicht zugelassen.

Brunos Blick wanderte von ihr zum in die Decke eingewickelten Baby.

»Setz dich zu mir«, bat ihn Greta.

Vorsichtig nahm er auf der Bettkante Platz, strich ihr über ihr Haar, bevor er sie auf die Stirn küsste. Erst dann berührte er zaghaft mit seinem breiten Zeigefinger die Wange des schlafenden Babys, als hätte er Angst, es zu verletzen. Greta lehnte sich, das Baby im Arm, an ihn. »Das ist unser Christkind, Bruno. Wir haben einen Sohn.«

4. KAPITEL

Kirchheim an der Weinstraße,
Silvester 1975

Es war noch dunkel, als es am Silvestermorgen an die Küchenscheibe klopfte. Trotz des nahen Morgens stand der Mond über den Weinbergen und tauchte die Rebstöcke in ein silbernes Licht. Im Haus war es still. Bruno schlief, und auch in Adelas Häuschen regte sich nichts.

Greta stand an der Spüle und ließ Wasser in den Kessel, um sich einen Tee zu machen. Sie hatte sich in ihren grünweißen Frotteebademantel eingehüllt. Bei dem leise klirrenden Geräusch an der Scheibe schaute sie auf. Als sie sah, dass Matse draußen in der Kälte stand, lächelte sie. Er hielt ein kleines Päckchen, eingeschlagen in Packpapier, hoch. Er musste von hinten durch den Garten gekommen sein. Seine Nase war von der Kälte fast genauso rot wie seine Pudelmütze.

Rasch drehte Greta den Hahn zu, stellte den Wasserkessel auf den Herd und eilte zur Küchentür, um ihm zu öffnen. Ein eisiger Windstoß fuhr in die Küche, als Matse eintrat, und Greta schloss sie schnell hinter ihm.

»Was bist du denn schon so früh unterwegs?«, fragte sie leise.

Matse drückte ihr einen Kuss auf die Wange. »Ich muss doch meinem kleinen Neffen Hallo sagen. Hier, das ist für ihn.« Er drückte ihr das Geschenk in die Hand. »Wo ist er denn?« Er knöpfte seine Jacke auf und zog sich die Pudelmütze vom Kopf.

Greta deutete auf die kleine Korbwiege, die neben dem Herd stand. »Leonhard Friedrich schläft. Endlich.« Sie selbst hatte wenig Schlaf bekommen, stundenlang war sie mit dem weinenden Baby durchs Haus gelaufen, um es zu beruhigen.

»Friedrich?«, fragte Matse erstaunt. »Nach Fritz Freudberg?«

»Adela hat mich darum gebeten. Ich wollte ihr diesen Wunsch nicht abschlagen.«

»Sehr großzügig von dir.« Matse trat zu der Wiege und schob den Stoffhimmel ein wenig zur Seite. Schon wollte er die rosige Wange des Babys streicheln, doch Greta hielt ihn zurück. »Weck ihn bloß nicht auf mit deiner kalten Hand!«

»Er ist so niedlich. Und sieht aus wie ein kleiner Leo. Hoffentlich wacht er schnell auf, damit ich ihn mal halten darf, ja?«, fragte Matse. Verzückt beobachtete er, wie das Baby mit seiner winzigen Faust durch die Luft fuhr, dabei aber weiterschlief.

Greta lächelte. Es passte zu dem empfindsamen Matse, dass er Babys mochte. »Natürlich darfst du Leo dann auf den Arm nehmen. Der Name gefällt mir.«

»Wenn du nicht willst, dass er wach wird, solltest du die Pfeife vom Kessel nehmen.« Matse grinste frech, ohne Leo aus den Augen zu lassen.

»Da hast du recht.« Greta nahm die Kesselpfeife ab, die durch den austretenden Dampf leise zu sirren begonnen hatte.

Vorsichtig schob Matse die kleine Wiege hin und her. »Ich war wohl der Letzte, der in diesem Korb gelegen hat.

Wo hast du ihn denn her? Hast du ihn aus der alten Scheune geklaut?«, fragte er.

»Genau, nachts bin ich heimlich zu euch rübergeschlichen und habe riskiert, von Harald oder Johann erwischt zu werden.« Greta verdrehte die Augen.

»Dann hat ihn dir Mutti gegeben«, stellte Matse fest. »Die keifende Daggi war es sicher nicht. Die Dicke ist so anstrengend, seit der Hausbau gestoppt wurde.«

Als Johann Dagmar geheiratet hatte, hatte die schnell klargestellt, dass sie ein eigenes Haus haben wollte. Bei ihrem Vater, einem reichen Metzger, hatte sie so lange gequengelt, bis er ihnen das nötige Startkapital gab. Johann hatte angefangen, zwischen dem Haus seiner Eltern und dem Weinberg, auf dem der Spätburgunder der Hellerts wuchs, zu bauen.

»Es war ja auch ziemlich dämlich von Johann, ohne Baugenehmigung anzufangen.« Im Dorf hatte Greta gehört, dass das Bauamt den Bau stillgelegt und auf Rückbau bestanden hatte.

Matse zog die Augenbrauen hoch und ahmte seinen Vater täuschend ähnlich nach. »Der Buwe hat sein Haasehärn an der Garderobe abgegeben.«

»Höre ich da etwa Schadenfreude?«, lächelte Greta.

Matse zuckte mit den Schultern. »Vielleicht ein bisschen. Wobei ich es viel angenehmer fände, wenn ›Daggi‹ und ›Bärle‹ woanders wohnen würden. Aber noch lieber würde ich selbst ausziehen.«

»Du musst noch eineinhalb Jahre durchhalten, Matse. Versprichst du mir das? Du brauchst einen guten Schulabschluss.«

Wieder verzog sich sein Mund zu einem breiten Grinsen. »Meinen Abschluss mache ich auf jeden Fall. Ich will ja nicht so enden wie du und zur größten Winzerin werden.«

Greta kniff ihn in die Wange. »Jetzt werd nicht frech! Auch wenn ich nur Mittlere Reife habe, nehme ich es mit dir allemal auf!«

»Puh, wenn ich da nur schon wäre.«

Greta wollte etwas erwidern, aber in diesem Moment meldete sich der kleine Leo leise krähend in seiner Korbwiege.

Sofort streckte Matse seine Hände aus und sah Greta bittend an. »Darf ich?«

»Ja, Moment.« Sie hob Leo hoch und legte ihn in Matses Arme. »Du musst sein Köpfchen ein bisschen stützen.«

Er nickte, beugte sich zu ihm und sog tief die Luft ein. »Er riecht so gut, Mimi. Nach Baby und nach dir.«

Einen Moment sahen beide still auf den kleinen Leo hinunter. Dann flüsterte Matse Leo etwas zu, das Greta aber hören konnte. »Hallo Kleiner, jetzt bist du dran. Ich weiß, wie es ist, der Kleinste zu sein. Manchmal gar nicht so einfach. Aber du hast ja mich. Du kannst immer zu deinem Onkel kommen.«

Greta sah lächelnd aus dem Fenster. Es dämmerte über den Weinbergen und versprach ein klarer kalter Silvestertag zu werden. Sie musste an Frau Heusers Brief denken. Kinder zu haben war ein großes Glück. Eines Tages würde Leo vielleicht auch einen kleinen Bruder haben, so wie sie Matse.

Ihr Ziehbruder räusperte sich und reichte ihr das Baby. »Ich muss zurück, bevor jemand dumme Fragen stellt, wo ich so früh war. Die sind immer noch schlecht auf dich zu sprechen, Mimi«, sagte er bedauernd. Er deutete auf die Korbwiege. »Bis auf Mutti natürlich. Aber die hält sich da ja wie immer aus allem raus.« Er lief zur Tür und summte leise »Never Can Say Goodbye« von Gloria Gaynor.

»Du bist ein Kindskopf, Matse. Schön, dass du da warst.«

Als Matse in seinem Geheimgang zwischen den Rhododendronbüschen hüpfend und wahrscheinlich immer noch singend verschwunden war, fiel ihr Blick auf das Päckchen, das sie auf die Arbeitsplatte neben den Herd gelegt hatte. Schon wollte sie danach greifen, als Leo sich lautstark bemerkbar machte. Sie nahm ihn hoch und begann, ihn beruhigend zu wiegen.

Sie frühstückten zu dritt in der Küche, aber gleich nach dem Frühstück verschwand Bruno im Weinkeller. Adela und Greta blieben allein zurück. »Ich kann gern mit Leo spazieren gehen, wenn du dich noch mal hinlegen möchtest. Du siehst müde aus«, meinte Adela.

Greta schüttelte den Kopf. »Ich bin zwar müde, aber ich möchte nachher mit Leo zu Detlef und mich endlich bei ihm bedanken.«

Adela nickte verstehend. »Recht so, Greta. Das war ein feiner Zug vom jungen Mahlig, dass er dich nach Bad Dürkheim gefahren hat. Hätte nicht jeder gemacht, dich in diesem Zustand in seinem Auto mitzunehmen. Dann kümmere ich mich in der Zwischenzeit mal um die Silvesterkreppel.« So wie Adela für die Weihnachtsgans zuständig war, legte sie Wert darauf, zu Silvester Krapfen zu backen. Das hatte sie für Fritz und Ilse getan, und das würde sie auch für Greta und Bruno machen.

Kurz darauf schob Greta den Kinderwagen die Auffahrt zur Straße hinunter und lief Richtung Kirchheim. Die frische Luft tat ihr gut. Zwar war sie schon immer mit wenig Schlaf ausgekommen, doch die letzten Nächte waren ungewohnt anstrengend für sie gewesen. Es war, als ob ihr kleiner Sohn ihr das Recht auf Tiefschlaf genommen hatte.

Sie war noch nicht weit gegangen, als ihr ein Motorrad entgegenkam. Der Fahrer bremste abrupt, hielt an und stellte den Motor aus. Auch Greta blieb stehen, unfähig, auch nur einen Schritt weiterzugehen.

Robert stieg von der Maschine und bockte sie auf. Flüchtig registrierte Greta, dass er nicht mehr die goldgelbe Honda, sondern nun eine schwere blaue Kawasaki fuhr.

Sie musterte Robert, als er auf sie zutrat. Den Reißverschluss seiner Lederjacke hatte er bis zum Hals hochgezogen, er trug dicke Handschuhe, aber keinen Helm. *Wie typisch, dass er alle Freiheiten ausnutzt,* schoss es Greta durch den Kopf. Erst ab morgen galt für alle Motorradfahrer die Helmpflicht, heute war es noch legal, dass er eine schlichte Wollmütze trug, die aber seine langen dunklen Locken nicht vollständig bedeckte.

Greta hielt den Griff des Kinderwagens fest umklammert, als er direkt vor ihr stehen blieb. Sie sah in seine braunen Augen, die ihr über die Jahre so vertraut geworden waren. Deren Blicke sie schon als Kind, später als Jugendliche und schließlich als Geliebte immer richtig hatte deuten können. In der Vergangenheit hatte dieses Augenpaar sie meist zärtlich und liebevoll gemustert, manchmal etwas spöttisch und gelegentlich auch ernst. Aber jetzt meinte Greta, einen Schmerz und eine Wut darin zu entdecken, die sie so noch nie bei Robert gesehen hatte.

Was hat das Leben mit dir gemacht?, wollte sie ihn fragen. *Wer hat dich geliebt, nachdem du mich verlassen hast?*

Doch sie schwiegen beide. Greta war es unmöglich, ihren Blick abzuwenden. Denn dann wäre diese stille Verbindung für immer getrennt und würde unwiederbringlich der Vergangenheit angehören. Robert schien es genauso zu gehen. Auch er hielt ihrem Blick stand.

»Geht es dir gut?«, fragte sie schließlich leise. Es war der einzige Satz, der ihrer Meinung nach aufrichtig war.

Er zuckte mit den Achseln und streckte den Arm aus, als wolle er sie berühren, ließ ihn aber gleich wieder sinken.

»Also nicht gut«, beantwortete Greta ihre eigene Frage.

»Und wie geht es dir? Was ist aus deinen Plänen geworden? War dein Abschluss nicht dein größter Traum? Deshalb hast du doch mit mir Schluss gemacht? Aber anscheinend hast du dich kaufen lassen mit all diesen Weinbergen.« Er machte eine weit ausholende Bewegung. »Sag, wie fühlt es sich an, auf einmal reich zu sein?«

Greta zuckte zusammen. »Das ist unfair«, sagte sie. »Du bist unfair.«

Robert deutete mit dem Kinn auf den Kinderwagen, sah dabei aber unverwandt Greta an. »Ach ja? Schon vergessen? Wir wollten unsere Zukunft sein. Ich war es, der dich das erste Mal geküsst hat! Dich geliebt hat. Auch das schon vergessen?!«, brach es mit einem Mal aus ihm heraus.

»Du warst es, der gegangen ist! Hast du dich einmal gefragt, wie es mir damit ging?«, gab Greta heftig zurück.

Robert atmete tief durch. »Wie gern würde ich das Rad der Zeit zurückdrehen, Gretchen«, sagte er leise. »Aber ich bin wieder zu spät.«

»Was meinst du mit ›zu spät‹? Meine Heirat oder die Geburt meines Sohnes? Du hast dich monatelang nicht gemeldet, bist durch Amerika getingelt. Und stehst plötzlich vor der *Alten Klosterschänke*, nur wenige Stunden nachdem ich Bruno mein Ja-Wort gegeben hatte? Bei dir piept es doch!«

In den letzten Monaten hatte Greta jeden aufkommenden Gedanken an Robert verdrängt. Ihm jetzt gegenüberzustehen und mit Vorwürfen überschüttet zu werden, stürzte sie in ein Gefühlschaos. »Unsere Vergangenheit ist vorbei. Für mich zählt nur noch meine eigene Zukunft«, sagte sie wütend, drehte sich um und ging zurück zum Weingut.

Adela kam aus der Küche, als Greta mit Leo auf dem Arm das Haus betrat. »Du bist schon zurück?«, fragte sie erstaunt.

»Leo war so unruhig«, sagte Greta.

Adela musterte den schlafenden Säugling und warf Greta einen kritischen Blick zu. »Tatsächlich?«

Greta schob sich an ihrer Großmutter vorbei in die Küche. »Ich dachte, ich hätte heute Morgen hier seinen Schnuller liegen lassen.« Ihr Blick fiel auf Matses Geschenk, und sie griff danach. »Wahrscheinlich liegt er noch oben in seinem Bettchen.«

Adela hielt sie fest. »Jetzt setzt du dich mal einen Moment hin und erzählst, was los ist.« Sie drückte Greta sanft auf einen Stuhl.

»Robert Hellert ist in Kirchheim«, sagte Greta.

»So, so«, nickte Adela. »Der hübsche Musiker?«

Greta holte tief Luft. »Er und ich. Ich dachte, es ist für immer.«

»Und jetzt merkst du, dass nichts für immer im Leben ist, weil du einen anderen Weg eingeschlagen hast?«, fragte Adela behutsam.

»Ja. Nein. Ach, ich weiß im Moment überhaupt nichts, Adela. Ich weiß nur, dass das hier mein Zuhause ist.«

»Dann weißt du alles, was du wissen musst.«

Greta wich Adelas liebevollem Blick aus, griff nach dem Päckchen von Matse und floh mit Leo aus der Küche.

Im Kinderzimmer legte sie ihren schlafenden Sohn in seine Korbwiege und deckte ihn zu. Sie setzte sich in den Schaukelstuhl und löste das Papier von Matses Päckchen. Eine kleine Spieluhr in Form eines flauschigen hellbraunen Teddys kam zum Vorschein. Sie erkannte sofort, dass Matse den kleinen Bären selbst genäht hatte, da er neuerdings jedes seiner Unikate mit einem aufgestickten lilafarbenen *MH* versah. Behutsam zog sie an der Aufziehschnur und stutzte, als die Melodie von »Good Night« von den Beatles erklang. Sie kannte auch den Text des Wiegenlieds. Als die Spieluhr zu der Stelle kam, an der Ringo Starr in der Originalversion sang, dass sie süße Träume für den anderen und der andere für sie träumen sollte, schluchzte sie auf. Die Musik der Beatles brachte schlagartig die schönsten Momente zurück, die sie mit Robert erlebt hatte.

Wieder und wieder zog sie die Spieluhr auf, schaukelte mit dem Stuhl vor und zurück. Sie fragte sich, warum sie die Begegnung mit Robert derart aufwühlte. Hatte sie nicht längst aufgehört, ihn zu lieben? Sie sah zu Leo, der friedlich in seinem Bettchen schlief. Mit einer fahrigen Handbewegung wischte sie sich die Tränen aus dem Gesicht. Gut Freudberg bedeutete für sie eine Familie und ein Zuhause. Als die Spieluhr verstummte, zog sie sie nicht mehr auf. Weich und still lag der Teddy in ihren Händen.

Sie hörte, wie hinter ihr die Tür geöffnet wurde.

Bruno betrat das Kinderzimmer. Er beugte sich zu ihr und strich ihr sanft über die Wange. »Ich musste euch sehen. Ihr seid mein Glück.«

Sie hob den Kopf. Eine Zärtlichkeit lag in seinem Blick, die sie so zuvor bei ihm noch nie gesehen hatte. Und sie wusste: Hier war ihre Zukunft.

5. KAPITEL

Kirchheim an der Weinstraße,
Juni 1976

Wie jeden Morgen schlich Greta sich aus dem Schlafzimmer, um ihre Runde zu drehen, wie Bruno es nannte. Es war zwar Samstag, aber für Greta gab es kein Wochenende, schon gar nicht im Sommer.

Jetzt hielt sie mit der rechten Hand das Lenkrad fest, setzte ihren breitkrempigen Strohhut ab und zog mit der linken Hand das Haargummi aus ihrem Pferdeschwanz. Sofort fuhr ihr der Fahrtwind durch das offene Haar, strich über ihre nackten Arme. Es war ein warmer Junimorgen, und der Tag versprach schwül und drückend zu werden, weshalb Greta unter der Jeanslatzhose nur eine kurzärmelige Bluse trug. Sie trat das Gaspedal durch und beschleunigte. Sosehr sie Leo liebte, war sie doch froh, dass sie ihn nicht mehr stillte. Das gab ihr ein Stück Unabhängigkeit zurück. Zudem konnte sie sich besser auf ihre Arbeit konzentrieren, wenn sie Leo nicht ständig im Schlepptau hatte.

»Gut festhalten, Jolie.« Greta sah zu dem braun-weißen Mischling, der neben ihr saß und dessen Ohren vom Fahrtwind nach hinten geweht wurden. Sie lachte dem Hund zu. Es war ihr zur Gewohnheit geworden, jeden Morgen allein durch die Weinberge zu fahren. Häufig begleitete sie Jolie, die sonst nicht von Brunos Seite wich. Als Greta ihren Führerschein gemacht hatte, war ihr klar gewesen, dass sie sich einen eigenen Wagen zulegen würde. Sie hatte nicht lange überlegen müssen. Bei dem Autohändler in Ludwigshafen hatte sie einen quietschgrünen Citroën Mehari gekauft.

Eigentlich war er eher für den Strand als für den Weinberg geeignet, ohne Türen und mit einem Stoffverdeck. Bruno hatte prüfend auf den Kühler geklopft und angemerkt, dass das Metall doch dicker sei, als er angenommen hatte. Adela hingegen hatte skeptisch die Augenbrauen in die Höhe gezogen, den Kopf geschüttelt und war mit Leo auf dem Arm kommentarlos ins Haus zurückgegangen.

Greta war nicht verschwenderisch, obwohl sie jetzt über mehr Geld verfügte, als sie es sich jemals erträumt hatte. Normalerweise war es ihr wichtig, dass Adela ihre Entscheidungen verstand. Ihre Großmutter hatte vorgeschlagen, dass sie sich einen massiven Jeep kaufte. Aber Greta wollte ein Auto, das leicht war, mit dem sie fliegen konnte, oder es sich zumindest so anfühlte. Dieses Auto hatte es eben sein müssen. Auf dem Hof nannten es alle etwas ironisch den »Flugfrosch«.

Im Winter würde sie die Rebreihen wieder zu Fuß abschreiten. Aber jetzt, wo der Wein zu blühen begann und seinen zarten Duft über den Weinbergen verströmte, fuhr Greta der Sonne entgegen. Allein, frei und glücklich. Als im Autoradio »Fly, Robin, Fly« von den Silver Convention erklang, drehte sie die Lautstärke hoch.

Im hinteren Weinberg, beim Müller-Thurgau, angekommen, bremste Greta und sprang aus dem Wagen. Als sie die Gänge abschritt, gefiel ihr, was sie sah. Die Blüte stand in voller Pracht, obwohl es in den letzten Wochen kaum geregnet hatte. Die Weinsorte stellte relativ geringe Ansprüche an Klima und Bodenbeschaffenheit. Obwohl das Gebiet, wie Greta im letzten Jahr festgestellt hatte, als Einzellage eingestuft war. Sie hatte mit Bruno gesprochen, der nichts darüber gewusst hatte. Müller-Thurgau war der Wein, den sie anteilig am meisten anbauten – zwanzig Hektar. Doch mit diesem fünfzehn Hektar großen Weinberg konnte sie andere Ziele verfolgen, einen noch besseren Wein machen. Sie musste sich genau überlegen, welche Sorte sie hier anbauen wollte.

Es wäre gut, wenn es heute Nachmittag Regen geben würde, wie vorausgesagt. Kritisch betrachtete sie die Weinranken. Alfons und seine Leute mussten sie dringend einschlaufen, die langen Ranken an die Drahtrahmen binden.

Sie stieg wieder in den Wagen und fuhr weiter, hinüber zum Kerner. Der hatte sich im letzten Jahr gut entwickelt. Sie hatten die Triebe bereits auf dem einen Hektar, auf dem sie ihn anbauten, zurückgeschnitten, um die richtige Wuchsrichtung vorzugeben. Bruno und sie hatten die Arbeit zusammen gemacht, ohne Unterstützung von Alfons oder Jockel. Greta hatte darauf bestanden, denn es war ihr Wein, ihr erstes gemeinsames Projekt. Er hatte flink und besonnen gearbeitet, aber hatte ihr mit seinem Schweigen deutlich zu verstehen gegeben, dass er lieber im Weinkeller wäre, als mit ihr zusammen im Weinberg zu stehen. Daraufhin hatte Greta beschlossen, dass sie Bruno nicht mehr zu gemeinsamen Arbeiten überreden würde. In zwei Jahren würde er die ersten Kerner-Trauben im Weinkeller haben und bestimmt einen guten Wein daraus herstellen.

Als Greta auf das Gut zurückkam, war im Erdgeschoss alles still. »Bruno?«, rief sie und ging suchend durch die Räume. Aber sie konnte ihn weder in der Küche noch im Arbeits-

oder Wohnzimmer finden. Er war wohl bereits im Weinkeller und hatte ohne sie gefrühstückt.

Von oben hörte sie ein leises Babykrähen. Im Kinderzimmer war Adela dabei, den temperamentvoll strampelnden Leo zu wickeln. »Heute Mittag gibt es nur etwas Kaltes. Das habe ich Bruno vorhin auch schon gesagt«, sagte sie, während sie die Knöpfe von Leos Strampler schloss.

»Hast du keine Lust zu kochen?«, fragte Greta schmunzelnd. »Ich kann auch gern etwas für uns machen.«

»So weit kommt es noch. Heute bleibt die Küche kalt …«

»… wir gehen in den Wienerwald?«, vollendete Greta den Werbeslogan.

»Natürlich nicht. Heute heiratet doch Silvia Sommerlath ihren Carl Gustaf! Wir setzen uns mit ein paar Broten ins Wohnzimmer und schauen uns an, wie eine Deutsche Königin wird«, meinte Adela bestimmt. »Um Punkt zwölf geht es los.«

»Da bleibt mir ja noch genügend Zeit für die Buchhaltung«, meinte Greta.

Adela tätschelte ihr geistesabwesend auf den Arm und nahm Leo hoch. »Mach das, Liebes, mach das, aber sei pünktlich. Wir erwarten dich im Wohnzimmer.«

Greta setzte sich an den Schreibtisch und zog den grauen Tischrechner ein Stück zu sich heran. Bei den Hellerts hatte sich Elfriede um die Buchhaltung gekümmert und dafür alles auf Papier geschrieben und gerechnet. Doch hier auf Gut Freudberg wurden die Zahlenreihen in schwarzer und roter Farbe ausgedruckt, die Papierstreifen an die Belege geheftet und zu dem Steuerberater in Grünstadt gebracht.

Adela hatte Greta kurz nach ihrem Einzug die Buchhaltung übertragen. Als Chefin des Weinguts sei es an ihr, die

Zahlen im Blick zu haben. Greta hatte Adelas System rasch verstanden und sich zu eigen gemacht. Mittlerweile konnte sie den Rechner »blind« bedienen. Ihre Finger flogen nur so über die Tasten, als sie Einnahmen und Ausgaben der vergangenen Monate eintippte. Das ratternde Geräusch, wenn die kleine Walze den Papierstreifen weiter ausfuhr, empfand Greta als beruhigend.

Sie hatte es sich zur Angewohnheit gemacht, wöchentlich im Kopf die Zahlen zu überschlagen, und wusste, dass sie in den vergangenen Monaten gute Einnahmen erzielt hatten. Doch als sie den Streifen an der Maschine abriss und die Zahl sah, stutzte sie, so hoch war die Summe. Hatte sie irgendwelche Ausgaben überblättert? Sie verglich die Belege mit den addierten und subtrahierten Zahlen und fand keinen Fehler. Greta lächelte. Ihre Bemühungen, weitere Restaurants für ihren Wein zu gewinnen und zu beliefern, waren aufgegangen.

Sie kringelte die Zahl mit einem Kugelschreiber ein und überlegte. Fritz Freudberg hatte ihr nicht nur das Weingut vererbt, sondern auch genügend Geld zurückgelegt, für den Fall, dass es mal ein oder zwei schlechte Weinjahre gab. Greta hatte sich fest vorgenommen, das Geld nicht anzutasten, was ihr bisher auch gelungen war. Aber dieses Geld hier hatte sie selbst verdient. Sie lehnte sich in ihrem Stuhl zurück, dann sah sie wieder auf den kleinen Zettel und strich über die Zahl. Wie hätte ihr Vater entschieden? Wie oft hatte er in diesem Stuhl gesessen und überlegt, was zu tun war? Wie oft hatte er richtiggelegen und wie oft hatte er wohl falsche Entscheidungen getroffen? *Wer keine Fehler macht, lernt nichts dazu,* schoss es ihr durch den Kopf. Doch sie wollte nicht leichtsinnig handeln. Sie würde die Hälfte des Geldes zurücklegen und die andere Hälfte in Kerner-

Stecklinge investieren. Sie griff zum Telefon und wählte die Nummer der Rebschule Aurora.

»Froböss«, erklang es am anderen Ende.

»Greta Bachstern hier. Haben Sie einen Moment, Herr Froböss?«, fragte sie freundlich.

»Aber nur einen klitzekleinen. Meine Frau bringt mich um, wenn ich nicht pünktlich zur Hochzeit von unserer Silvia bin.«

Greta lachte laut auf. »Das geht mir mit meiner Großmutter ganz ähnlich. Ich fasse mich kurz: Ich brauche Kerner-Stecklinge für drei Hektar. Können Sie mir die ziehen?«

»Aber natürlich, Frau Bachstern! Sehr gerne. Damit haben Sie mir die bevorstehende Zeremonie sehr versüßt!«

»Ich danke Ihnen. Und grüßen Sie Ihre Frau. Viel Spaß bei der Hochzeit.« Greta beendete das Telefonat. Hatte sie das wirklich getan? Dreißigtausend Stecklinge bestellt? Sie stand auf. Sie hatte ein schlechtes Gewissen, da sie zuvor nicht mit Bruno gesprochen hatte.

Alfons stand vor dem weitläufigen Unterstand, in dem der Fuhrpark untergebracht war, als Greta über den Hof lief.

»Der Müller-Thurgau muss dringend eingeschlauft werden«, rief sie ihm zu. Alfons streckte zum Zeichen, dass er sie verstanden hatte, den Daumen nach oben.

Als Greta die Halle zum Eingang des Weinkellers durchquerte, bemerkte sie zufrieden, dass Jockel gestern Abend noch ihrer Aufforderung, den Steinfußboden zu fegen, nachgekommen war. Sie ließ die Hand über die aufgestapelten Kartonagen für den Versand von Weinbestellungen gleiten und sah hinüber zu dem Etikettenstapel, der bald zum Einsatz kommen würde. Vor der nächsten Weinlese sollten sie noch den Müller-Thurgau vom letzten Jahr abfüllen. Er reifte in den Doppelstück-Fässern, die in langen Reihen unten im Keller standen.

Als sie die Treppe zum Weinkeller hinterlief, kam Jolie ihr schwanzwedelnd entgegen.

»Na, du kleine Verräterin? Heute Morgen war ich dir noch gut genug für einen Ausflug in den Weinberg. Aber jetzt, wo es schon wieder so heiß ist, bist du lieber bei Herrchen im kühlen Keller, nicht wahr?« Sie strich der Hündin über das glänzende Fell.

Als sie sich aufrichtete, trat Bruno aus einem Nebenraum heraus. Trotz der Wärme, die in den Weinbergen herrschte, trug er sein langärmliges Küferhemd. In der einen Hand hielt er eine Pipette, mit der er wohl etwas Wein entnommen hatte, in der anderen Hand ein halb gefülltes Glas. »Guten Morgen«, sagte er. Er reichte ihr das Glas. »Hier, probier mal.«

Greta hielt es gegen das Licht. »Schöne Farbe, ist das der Müller-Thurgau?«, fragte sie. Mit geschlossenen Augen schnupperte sie. »Blumig, süffig … milde Säure …« Schließlich nippte sie daran. »Noch zu wenig Muskataroma?« Sie gab ihm das Glas zurück.

Bruno nahm auch einen Schluck. »Ja, du hast recht. Der kann noch ein bisschen.«

»Ich bin fürs Erste durch mit der Buchhaltung. Wir stehen sehr gut da.«

»Da hat sich also die Schafferei gelohnt.«

Sie zögerte kurz. Wie sollte sie ihm am besten sagen, was sie, ohne sich mit ihm abzustimmen, getan hatte. »Was hältst du davon, noch mehr Kerner anzubauen?«

»Du meinst, sich vom Gewürztraminer ganz zu trennen? Der Kerner macht sich ja sehr gut. Aber das ist allein deine Entscheidung, es ist dein Weingut.« Er machte eine Handbewegung, die Greta mittlerweile schon oft gesehen hatte, eine Art horizontalen Karateschlag, als gäbe es nichts mehr zu sagen.

Greta wurde klar, was sie schon seit geraumer Zeit gefühlt hatte. Bruno würde nie die Verantwortung für das Weingut übernehmen, weil es ihr gehörte, obwohl sie hier zusammen arbeiteten und verheiratet waren. Sie wusste nicht, ob sie sich darüber freuen sollte, dass er akzeptierte, dass sie die Chefin war. Oder traurig sein sollte, dass es nie ein »zusammen« mit Bruno geben würde. Er zog eine Linie zwischen ihnen, bestand auf einer klaren Aufgabenverteilung, vielleicht, um sich so seine Selbstständigkeit als Kellermeister zu bewahren. Es war richtig gewesen, dass sie die Kerner-Stecklinge bestellt hatte, allein entschieden hatte. So wie sie sein Verhalten akzeptieren musste, würde auch er ihre Entscheidungen nicht infrage stellen. Es war eine andere Zusammenarbeit, wie sie Greta sich anfangs vorgestellt hatte, aber durchaus befriedigend. Sie gab ihm einen Kuss. »Ich vermute, du hast keine Zeit, dir die schwedische Hochzeit im Fernsehen mit uns anzusehen?«

Bruno grinste. »Da vermutest du richtig. Ich habe zu tun.« Er streichelte Jolie.

»Um den Gewürztraminer ist es nicht schade. Fritz hätte sich schon längst von ihm trennen sollen, auch wenn es der Lieblingswein der Chefin war. Habe ich dir erzählt, dass er mich deswegen aus dem Elsass abgeworben hatte, damit ich diesen Gewürztraminer keltere?«

»Nein, hast du nicht. Aber jetzt bin ich ja die Chefin«, lachte Greta. »Ich habe eben dreißigtausend Kerner-Stecklinge bestellt.«

Als sie zurück zum Haus ging, dachte sie an das letzte Mal, als sie tagsüber ferngesehen hatte. Damals hatte sie noch bei den Hellerts gewohnt. 1972 war das gewesen, als die Olympischen Sommerspiele, die in München stattgefunden hatten, übertragen worden waren. Ihre Erinnerungen an das furchtbare Attentat waren in den letzten Tagen immer wieder hochgekommen, wenn im Radio darüber berichtet wurde, dass Silvia Sommerlath ihren zukünftigen Ehemann, den schwedischen König, bei den »heiteren Spielen« kennengelernt hatte. Spiele, die nach dem blutigen Überfall auf das Quartier der israelischen Sportler diese Bezeichnung verloren hatten. Vier Jahre hatte es gedauert, bis die beiden nun heirateten. Nicht so bei ihr und Bruno: Nur vier Wochen nach ihrem Antrag hatten sie sich das Ja-Wort gegeben.

Greta hielt beim Außenwasserhahn inne, drehte auf und ließ kaltes Wasser über die Arminnenseiten laufen. Bruno und sie waren jetzt fast eineinhalb Jahre verheiratet. Der Weinbau, das Gut, die Liebe zur Natur, das alles verband sie. Und Leo natürlich. So unterschiedlich sie waren – er oft wortkarg, sie hingegen mit dem Drang, über Gefühle zu sprechen –, waren sie ein Team, was gut harmonierte, was sie hin und wieder selbst überraschte. Adela hatte recht gehabt: Greta konnte Bruno bedingungslos vertrauen.

Sie drehte den Wasserhahn zu.

Statt zur Haustür ging sie in den Garten. Von hier hatte man einen wundervollen Blick auf den Weinberg, wo die Müller-Thurgau-Reben in ihrer vollen Pracht standen. Sie erinnerte sich noch genau an den Augenblick, als ihr bewusst wurde, wie sehr sie dieses Land hier mochte. Es gab für sie keinen schöneren Anblick als die Weinberge.

Als Greta ins Wohnzimmer kam, lief der Fernseher bereits. Mit einem für diesen Anlass viel zu ernsten Gesicht verkündete eine Sprecherin, dass die Übertragung in wenigen Minuten beginnen würde. Adela kam mit einem Tablett aus der Küche und stellte es auf den Wohnzimmertisch. »Es geht gleich los. Kommt Bruno denn nicht?«, fragte sie.

»Der hat noch im Weinkeller zu tun«, meinte Greta. Sie ging zur Korbwiege, zog die Decke ein wenig fester um den schlafenden Leo, schob sie neben das Sofa und nahm Platz. Ihr Blick fiel auf das Holzbrett, auf dem belegte Brote lagen. Auch gab es Schälchen mit kleinen Gewürzgurken und Silberzwiebeln.

»Kein Festessen, wie die Königlichen Hoheiten es heute sicher bekommen, aber wir werden satt«, meinte Adela. »Schau mal, wer uns wieder besucht.« Sie zeigte auf einen schwarzen Kater, der sich durch die Terrassentür geschlichen haben musste und jetzt vor der Korbliege stand, bereit hineinzuspringen.

Greta hielt ihn davon ab. »Na, du alter Murr?« Es war der Kater der Hellerts, der in letzter Zeit immer häufiger auf das Gut kam. Greta fragte sich, ob daran die Leckerbissen schuld waren, mit denen Adela ihn gelegentlich fütterte, oder ob er sie suchte. Die Leckerbissen wahrscheinlich, dachte sie. Sie nahm Kater Murr hoch und brachte ihn auf die Terrasse. »Du hast hier nichts verloren, Murr. Lauf und fang ein paar Mäuse. Aber lass dich nicht von Jolie erwischen.«

Adela schob sich eine Perlzwiebel in den Mund und lehnte sich in ihrem Sessel zurück. »Ist es nicht schön? Gleich sehen wir unsere Silvia und den gesamten europäischen Hochadel! Da, schau! Ist das nicht die Beatrix?«

Greta schmunzelte. Adela war ja ganz aus dem Häuschen. Ihr Faible für den Adel schien ihrer Großmutter in die Wiege gelegt worden zu sein. Immerhin hatte es noch einen deutschen Kaiser gegeben, als Adela geboren wurde. Gestern Abend hatte sie Greta verraten, dass in ihrem Geburtsjahr eine deutsche Prinzessin den dänischen Kronprinzen geheiratet hatte.

Greta fragte sich, woher diese emanzipierte Frau ihre Vorliebe für den europäischen Adel hatte. Es wollte nicht so recht zu ihrer politischen Haltung passen, denn ihre Großmutter verfolgte jede Diskussion der Frauenbewegung mit großem Interesse.

Sie machte es sich auf dem Sofa bequem und biss in ein Käsebrot. »Wie war eigentlich deine Hochzeit?«, fragte sie ihre Großmutter.

Adela wandte den Blick nicht vom Fernseher. »Das willst du gar nicht so genau wissen.«

»Doch, Adela, natürlich will ich das.«

»Ich bin damals durchgebrannt.« Sie zeigte zum Bildschirm. »Schau, da ist Walter Scheel, unser Bundespräsident.«

Greta zog die nackten Füße aufs Sofa. »Nicht ablenken, Adela. Wie bist du durchgebrannt und mit wem und warum?«

»Er hieß Wilhelm. Wilhelm Freudberg«, sagte Adela leise. Es klang, als wenn sie sich selbst den Namen noch einmal ins Gedächtnis rief.

Doch Greta sah, dass ihre Augen feucht wurden. »Wenn es dir schwerfällt, dann erzähl es mir ein anderes Mal.«

Adela schüttelte den Kopf. »Ich hatte natürlich nicht so ein schönes Kleid an wie Silvia heute. Aber ich war mindestens genauso glücklich, wie sie es wohl heute ist.« Adela seufzte leise. »Das war schon eine verrückte Angelegenheit. Aber es war ja auch eine verrückte Zeit.« Sie seufzte auf. »Ich denke, du hast ein Recht auf diesen Teil deiner Familiengeschichte.«

»Erzähl mir bitte davon.«

Adela trank einen großen Schluck Wasser, dann begann sie zu erzählen: »Ich war ungefähr so alt, wie du es heute bist, und liebte Willi schon als junges Mädchen. Sechzehn war ich gerade geworden, als er mich das erste Mal küsste. Und ich wusste, dass ich für den Rest meines Lebens mit ihm zusammenbleiben wollte. Doch es kam alles anders, als ich es mir erträumt hatte. Denn mein Vater war strikt gegen diese Verbindung. Du musst wissen, als Apotheker genoss er damals großes Ansehen, meine Eltern spielten in der Gesellschaft von Sindelfingen eine nicht unerhebliche Rolle. Willis Vater hingegen war …«, sie machte mit den Fingern zwei Anführungszeichen in die Luft, »… nur ein einfacher Bahnhofsvorsteher von dem kleinen Bahnhof. Nur Personenzüge hielten dort, die Schnellzüge fuhren durch bis zum nächsten größeren Bahnhof, und das war Stuttgart.« Sie griff nach einer weiteren Perlzwiebel. »Ich weiß gar nicht, warum mir das so im Gedächtnis geblieben ist. Aber es war wie ein fehlendes Statussymbol, diese Schnellzüge, die niemals hielten.« Sie beobachtete, wie Silvia und Carl Gustaf langsam den Gang der Kirche zum Altar entlangschritten. »Wir liebten uns, liebten uns sehr. Einen Monat nachdem mich Willi geküsst hatte, wurde er eingezogen. Ich versprach ihm, auf ihn zu warten. Und er versprach mir, heil aus dem Krieg zurückzukommen. Damals ahnten wir beide nicht, dass es fünf Jahre dauern würde, bis wir uns wiedersehen würden. Am Tag meiner Volljährigkeit kehrte Willi unversehrt aus der französischen Kriegsgefangenschaft zurück. Es war mein schönstes Geburtstagsgeschenk.« Sie seufzte auf. »Gegen den Willen meiner Eltern wollte ich Willi unbedingt heiraten. Also brannte ich mit ihm durch, und wir zogen als junges Ehepaar nach Cannstatt. Willi fand dort eine Anstellung als Vertreter in der AlRika Schokoladenfabrik.« Sie hielt kurz inne und sah zu Greta. »Schau«, sie zeigte auf die Tafel Nugatschokolade, die auf dem Tisch lag. »In den Dreißigern wurde aus AlRika Ritter Sport.«

»Quadratisch, praktisch, gut. Meine Lieblingsschokolade.« Greta knickte die Tafel in der Mitte durch, brach ein Stückchen ab und steckte es sich in den Mund.

Adela nickte. »Willi fuhr mit einem Motorrad über Land. Anfangs begleitete ich ihn im Sozius. Doch als ich schwanger wurde, fuhr er allein. Wir waren glücklich. Mein Willi war fleißig und stieg in der Hierarchie rasch auf. Fritz wurde eingeschult, und Willi fuhr uns mit dem Firmenwagen zur Schule. Bis der Krieg kam und er erneut eingezogen wurde. Ich war wie gelähmt, und Fritz fehlte der Vater. Doch schon als Junge versuchte er, mich zu unterstützen, wo es ging. Als ich herausfand, dass er die Schule schwänzte, um bei einem Weinbauern mitzuhelfen, kam ich zur Besinnung. Und arbeitete statt seiner bei dem Bauern. Die Lebensmittel, die ich im Gegenzug dafür erhielt, reichten gerade mal so eben für uns zwei. Doch mir war wichtig, dass Fritz das Abitur machte. Aber auch dazu kam es nicht. Denn Fritz war schon immer ein vorlauter Junge gewesen. Er hasste den Krieg, in dem sein Vater kämpfte. Er hielt mit seiner Meinung über diese Sinnlosigkeit, die er darin sah, nicht hinter dem Berg, und zur HJ wollte er auf keinen Fall, was uns in ernsthafte Schwierigkeiten brachte. Am Tag vor seiner letzten Abiturprüfung musste er sich bei seiner Einheit melden. Als Fritz ging, brach ich zusammen. Ich weiß nicht, wer meinem Vater verriet, wie es um mich stand. Ich hatte ihn nicht mehr gesehen, seit ich durchgebrannt war. Doch er kam, trug mich wortlos in sein Auto, nahm mich mit nach Sindelfingen. Meine Mutter päppelte mich wieder auf.« Sie holte tief Luft, ohne Gretas Reaktion abzuwarten, und fuhr fort. »Ich schrieb Willi jeden Tag. Sein letzter Brief erreichte mich 1940. Er fiel bei Dünkirchen, wo die Nazis einen großen Sieg errangen. An dem Tag, als ich von seinem Tod erfuhr, kam die Nachricht, dass Fritz als verschollen galt. Meine Welt brach abermals zusammen. Doch erneut standen mir meine Eltern zur Seite und machten mir Mut.« Sie lächelte Greta traurig an. »Das ist die Geschichte. Die Geschichte deines Großvaters. Als mein Vater starb und kurz darauf meine Mutter, erbte ich ein bisschen Geld. Ich lebte sparsam. Und als Fritz aus dem Krieg zurückkehrte und dann hier das Weingut erhielt, zog ich zu ihm und gab ihm mein Erbe als Startkapital. Das Gut hatte im Krieg gelitten, Arbeiter aus dem Dorf mussten bezahlt, eine neue Zugmaschine angeschafft werden.«

Das Schicksal ihrer Großmutter ging Greta nahe. So viel Liebe, so viel Hoffnung und so viel Leid … Schweigend schaute sie zum Fernseher. Silvia und Carl Gustaf hatten ihre Ehegelübde vor dem Altar abgelegt. Langsam schritten sie durchs Kirchenportal, vor dem eine prachtvolle Kutsche auf sie wartete.

Wie anders war meine Hochzeit, dachte Greta. So schlicht und unscheinbar.

»Das ist ein sehr volles Leben, von dem du mir da erzählst.«

Adela nickte. »Mit vielen Höhen und Tiefen, wie es wohl bei jedem ist. Und jetzt lass uns an diesem Höhepunkt im Fernsehen teilnehmen. Das war alles nur Geschwätz einer alten Frau.«

»Das war es ganz bestimmt nicht«, protestierte Greta.

Eine Bö riss die leicht geöffnete Terrassentür auf. Greta stand auf und sah zum Himmel. Dunkle Wolken zogen auf, erste Tropfen fielen, und auf einmal öffnete der Himmel seine Schleusen. »Den Regen können wir gut gebrauchen«, sagte sie. »Da hat der Wetterbericht ausnahmsweise mal die Wahrheit gesagt.« Als sie die Tür schloss, bummerte es an der Eingangstür.

»Ich geh schon«, sagte Greta.

Adela schien sie nicht gehört zu haben. Fasziniert sah sie zu, wie die frischgebackene Königin Silvia alle Hände voll zu tun hatte, in der Kutsche ihre lange Schleppe, die ihr ein Page reichte, ordentlich zu verstauen.

Als Greta die Haustür öffnete, stand Matse davor. Mittlerweile goss es wie aus Kübeln, und er war klitschnass geworden, was erklärte, dass er nicht seinen längeren Geheimweg durch den Garten genommen hatte. Er zeigte auf den Türklopfer, einen schweren Ring, der in einem Löwenmaul hing. »Wann schafft ihr euch endlich mal eine vernünftige Klingel an?« Unruhig trat er von einem Fuß auf den anderen. »Schaut ihr die Hochzeit?«

»Natürlich, komm rein.«

Schon schoss er an ihr vorbei und lief ins Wohnzimmer.

»Hallo«, sagte er zu Adela und sah genau wie sie gebannt zum Fernseher. Ohne seinen Blick abzuwenden, meinte er: »Ich darf doch diese Hochzeit nicht verpassen.« Er ließ sich in einen Sessel fallen, griff nach einem Käsebrot und starrte auf den Bildschirm. »Dior. Silvia trägt Christian Dior. Das ist das schönste Kleid, das ich je gesehen habe!«

»Warum schaust du nicht zu Hause?«, wollte Greta wissen, setzte sich zu ihm und schob den Teller mit den belegten Broten näher zu ihm. Matse war immer hungrig.

»Hat Vati verboten. Aber ich muss doch wissen, was für Designerkleider bei so einem Anlass getragen werden. Nicht nur von der Braut, sondern auch von den Gästen.« Er seufzte verzückt, als Silvia in Nahaufnahme zu sehen war. »Ich habe mir etwas überlegt, Mimi«, fuhr er fort. Erwartungsvoll sah er zu Greta, ob er auch ihre volle Aufmerksamkeit hatte.

Greta tat ihm den Gefallen. »Das da wäre?«

»Ich werde ein Modekönig. So wie Dior, Yves Saint Laurent, Gianni Versace. Oder wie Karl Lagerfeld.«

Greta wuschelte Matse durchs Haar. »Alles ist möglich. Du siehst ja, eine Deutsche ist eben schwedische Königin geworden. Daran hat auch niemand gedacht, als die beiden sich kennenlernten.«

Es liegt erstaunlich viel Selbstbewusstsein in Matses Plan, Designer zu werden, schoss es ihr durch den Kopf. Wenn er bei ihr auf Gut Freudberg war, schien er jedes Mal verändert, obwohl sie ihn ja bei den Hellerts nicht mehr erlebte. Hier sagte er frei heraus, was er dachte, wovon er träumte. Wahrscheinlich, weil er sich sicher sein konnte, dass er dafür nicht kritisiert, sondern akzeptiert wurde. Hier bekam er die Unterstützung, die jedem Menschen zustand, der dabei war, seinen eigenen Weg zu finden. Greta wusste aus eigener Erfahrung, wie viel Stärke aus Liebe hervorging und wie viel Unglück aus Missachtung.

»Dann pass auf, dass Harald dich nicht beim ›Mahlig Schorsch‹ in die Lehre steckt, so wie er das bei mir damals geplant hatte«, zog sie ihn auf.

»Das würde Mutti nicht zulassen«, gab Matse zurück.

In dem Moment betrat Bruno das Wohnzimmer. Das

Küferhemd hatte er ausgezogen, er trug nun ein schlichtes T-Shirt. Er ging zur Korbwiege und schaukelte vorsichtig den schlafenden Leo. »Na, kleiner Prinz?«, fragte er leise. »Hallo, Matse«, begrüßte er den Jungen.

Adela scheuchte ihn mit einer Handbewegung fort. »Lass deinen Sohn schlafen. Und geh ein Stück zur Seite, ich kann nichts sehen!«

Bruno setzte sich neben Greta auf die Couch.

»Ich dachte, du hast noch zu tun?«, fragte sie.

»Alles erledigt.«

»Du magst diesen Adelsquatsch doch nicht?«

»Aber ich mag dich.« Er griff nach einem belegten Brot, hielt es ihr entgegen, damit sie davon abbeißen konnte.

Greta nahm einen Bissen und lehnte sich auf dem Sofa zurück. Sie ließ den Blick schweifen. Hier war sie umgeben von den Menschen, die ihr am liebsten waren. Wenn alles genau so blieb, war sie die glücklichste Frau in der Pfalz.

6. KAPITEL

Kirchheim an der Weinstraße,
September und Oktober 1976

Greta hielt Leo im Arm und legte ihm zwei Finger auf die Stirn. Sein Fieber schien gesunken, aber noch nicht ganz überstanden zu sein. Die halbe Nacht hatte sie im Schaukelstuhl gesessen und ihn in ihren Armen gehalten. Jetzt schlief der Kleine tief und fest.

Noch war es dunkel. Greta hatte jegliches Zeitgefühl verloren, fühlte sich erschöpft und übermüdet. Sie hörte, dass hinter ihr die Tür geöffnet wurde und jemand das Zimmer betrat.

»Guten Morgen. Sag nicht, du hast die ganze Nacht hier im Schaukelstuhl zugebracht?« Adelas Stimme klang warm und besorgt und tat Greta unendlich gut.

»Ich wollte Leo nicht allein lassen.«

»Mach dir nicht so viel Sorgen.«

»Er war noch nie krank. Vielleicht habe ich ihn gestern nicht warm genug angezogen, als wir im Weinberg waren.«

Adela streckte die Hände nach dem kleinen Jungen aus. »Jetzt gib ihn mir mal. In meinen Armen ist er gut aufgehoben.«

Greta sah zu ihrer Großmutter hoch, die sich im Schein der kleinen Nachttischlampe über sie gebeugt hatte. »Aber er fiebert.«

»Ich weiß, Liebes. Aber du hast dich schon die ganze Nacht um ihn gekümmert. Jetzt bin ich dran. Du weißt doch: Um ein Kind großzuziehen, braucht es ein ganzes Dorf. Das schaffst du nicht allein.« Sie nahm ihr Leo aus dem Arm. »Du hast jetzt zwei Möglichkeiten. Entweder du kriechst in dein Bett und schläfst oder …«

Greta stand auf. »… oder ich springe unter die Dusche. Was glaubst du, für welche Variante ich mich am ersten Tag der Weinlese entscheide?«

»Raus mit dir«, meinte Adela und setzte sich mit Leo in den Schaukelstuhl. »Und wir zwei sehen uns gleich den Sonnenaufgang an«, flüsterte sie dem Baby zu. »Es sei denn, du möchtest dich weiter gesund schlafen.« Sie wandte sich an Greta. »Es ist nicht die Quantität, sondern die Qualität der Zeit, die du mit deinem Sohn verbringst und die ihn prägen wird. Wir zwei kommen hier gut ohne dich zurecht.«

Greta lächelte Adela dankbar an. »Das sehe ich.«

Sie duschte, zog sich einen Pulli an und schlüpfte in ihre Latzhose. Zuletzt band sie sich das Haar mit einem Tuch zurück, lief hinunter in die Küche und hoffte, dass noch etwas Kaffee übrig war. Sie schmunzelte, als sie sah, dass Adela eine Thermoskanne für sie gefüllt hatte – ein Zettel lag daneben, auf dem sie mit einem roten Stift geschrieben hatte: Dieser Kaffee ist für Greta!

Greta konnte sich nicht erinnern, dass sie früher je mit solch kleinen Dingen umsorgt gewesen war.

Hör sofort auf mit der Gefühlsduselei, schalt sie sich, als sie merkte, wie ihr die Tränen in die Augen traten. Sie griff nach der Thermoskanne und einem zusammengeklappten Butterbrot, das auf einem Holzbrett lag, und biss hinein.

Sie wusste, dass dieser Tag sie viel Energie kosten würde. Letztes Jahr hatte Adela drauf geachtet, dass sie sich in ihrem schwangeren Zustand nicht übernahm. Und auch Bruno hatte darauf bestanden, dass sie nicht zu viele Stunden im Weinberg stand. Doch in diesem Jahr würde das anders sein.

Gestern Abend war sie mit Bruno zusammen die Müller-Thurgau-Reihen abgeschritten. Die Weinstöcke hingen so voll, dass Greta mit deutlich mehr Ertrag rechnete. Auch Bruno hatte noch nie einen so dichten Traubenstand auf Gut Freudberg gesehen. Den anderen Winzern im Leiningerland erging es ähnlich. Es war schwierig gewesen, genügend Erntehelfer zu finden. Greta war es über den Landfrauenverband gelungen, zusätzliche Helferinnen zu gewinnen.

Bereits im letzten Jahr hatte sie sich bei den Landfrauen engagiert. Es war Adelas Idee gewesen, dass Greta sich dem Verband anschloss, in dem sich Frauen aller Generationen austauschten und sich unterstützten. Freundlich hatten die meisten von ihnen Greta willkommen geheißen und ihr gratuliert, dass sie, so eine junge Frau, die erste Winzerin im Leiningerland war. Heute gehörte Greta fest zu ihnen.

Unerwartet hatte sie noch von anderer Seite Hilfe bekommen. Vor zwei Wochen war Lutz überraschend in seinem gelben Postkäfer auf dem Hof vorgefahren. Er war ihr stürmisch um den Hals gefallen und hatte den kleinen Leo bestaunt. Doch schon nach wenigen Minuten war er mit dem eigentlichen Grund seines Besuchs herausgeplatzt. Er wollte, dass Greta ihn und seinen Freund Michi als Erntehelfer beschäftigte. Sie hatten im Sommer ihr ganzes Geld ausgegeben, als sie im Käfer zusammen mit Sabine quer durch Europa gefahren waren. Lutz hatte sogar Schulden gemacht, um Sabine einzuladen. Sie brauchten Geld. Greta hatte Ja gesagt.

Auf dem Weg zur alten Scheune schlüpfte sie in ihre Jacke. Alfons und Jockel hatten den großen und den kleinen Traktor herausgefahren. Sie waren gerade dabei, die Hänger anzukuppeln.

»Morgen, Chefin«, rief Alfons zu ihr herüber und verschwand gleich wieder in der Scheune. Greta verharrte einen kurzen Moment, wandte ihr Gesicht dem schmalen rötlichen Streifen entgegen, der am Horizont auftauchte, schloss die Augen und atmete tief durch.

»Guten Morgen«, murmelte Bruno, der hinter sie getreten war. Wie so oft war das Bett schon leer gewesen, als Greta nach dem Duschen ins Schlafzimmer gekommen war.

Sie öffnete die Augen.

»Wie geht es Leo?«, wollte er wissen.

»Er hat noch etwas Fieber. Adela hat mich aus dem Kinderzimmer geworfen. Sie kümmert sich.«

Bruno nickte und ging zu Alfons.

Greta sah aus den Augenwinkeln eine Bewegung und wandte sich um. Eine Gruppe Frauen kam auf ihren Fahrrädern die Auffahrt emporgefahren. Greta winkte ihnen und wies in die Ecke des Hofes, wo sie ihre Räder abstellen konnten.

»Haben wir genügend Transportmöglichkeiten, um alle in den Weinberg zu bringen?«, rief sie Bruno zu.

»Ja!«

»Ich habe denen, die mit dem Wagen kommen, gesagt, in welcher Reihe wir heute beim Müller-Thurgau beginnen, Chefin!«, mischte sich Alfons ein. »Die fahren direkt hin.

Die anderen nehmen wir im Bus und auf dem Anhänger mit. Und die Studierten sind ja motorisiert, hast du gesagt.«

»Danke, Alfons«, gab Greta zurück.

Bruno war nicht begeistert gewesen, als sie ihm von Lutz und seinem Freund erzählt hatte. Ein angehender Arzt im Weinberg? Studenten, die die meiste Zeit mit Büchern verbrachten, hatten kaum genug Muskelkraft, um einen Tag auf dem Weinberg durchzuhalten, prophezeite er.

Aber heute zählte jede Hand, egal wie untrainiert sie war. Greta warf einen Blick auf ihre Armbanduhr und sah zum Torbogen. Wo blieb Lutz? Sie hatten sieben Uhr ausgemacht.

Eine zierliche Frau trat auf Greta zu, ihr graues Haar war präzise gescheitelt, ihre Augen blickten etwas müde. »Guten Morgen, Frau Bachstern. Ich freu mich, dass ich bei der Lese dabei sein kann.« Es war Frau Schütter, Sabines Mutter, die seit vielen Jahren zwei Mal in der Woche auf Gut Freudberg als Haushaltshilfe arbeitete.

»Guten Morgen, Frau Schütter«, sagte Greta. »Wir freuen uns über jeden, der bei der Lese mitmacht.«

Als Jockel zum Zeichen der Abfahrt hupte, kletterten die Erntehelfer auf die Anhänger und in den orangefarbenen VW Bus. Auch Frau Schütter stieg in den Bus.

Bruno trat zu Greta. »Ich fahre den Traktor mit dem Hänger, Jockel nimmt den Kleinen. Glaubst du, deine Freunde kommen noch?«

Sie ärgerte sich, dass Lutz zu spät war. Auf Gut Freudberg gab es eine Tradition, die sie »den ersten Schnitt« nannten. Fritz Freudberg hatte jedes Jahr vor seinen Helfern die erste Traube abgeschnitten, sie hochgehalten und seine Helfer begrüßt. Greta hatte das im letzten Jahr fortgeführt. Die Leute erwarteten diese Geste. Sie war der Auftakt zu einer intensiven, wochenlangen Arbeit, die sie gemeinsam bewältigen würden. Natürlich könnte sie den ersten Schnitt Bruno überlassen, doch das würde die Tradition brechen.

»Ich komme mit«, entschied sie. »Ich nehme den Citroën.«

Bruno lief zum Traktor, als Lutz mit dem Käfer auf den Hof brauste, gefolgt von einem Alfa Romeo.

Greta ging zu ihm und beugte sich durch die geöffnete Scheibe. »Hallo, Lutz. Ach, hallo, Sabine«, sagte sie erstaunt, als sie auf dem Beifahrersitz Sabine Schütter sah. »Ich wusste nicht, dass du auch kommst.«

»Ist doch super, dass Sabine Zeit hat. Du hast gesagt, du kannst jede Hand gebrauchen«, erklärte Lutz eifrig.

Greta nickte. »Und ich habe auch gesagt, dass Arbeitsbeginn bei uns um sieben ist. Pünktlich!«, fügte sie hinzu. »Und unser Hof ist kein Parkplatz. Wir müssen hier nachher mit den Hängern rangieren.«

Lutz sah sie verdattert an.

»Alla hopp«, rief Alfons. »Geparkt wird auf der Straße. Lernt man das nicht an der Universität?«

Einige Erntehelfer lachten.

»Beeilt euch, Lutz. Parkt auf der Straße«, drängte Greta. »Und sag Michi Bescheid. Ihr fahrt bei mir mit.«

Greta fuhr mit Lutz, seinem Kommilitonen Michi und Sabine zum Weinberg. Sie war noch immer verblüfft, dass sie zur Lese mitgekommen war. Sicher, Sabine war Lutz' Freundin. Aber sie hatte für die Arbeit in den Weinbergen immer nur Verachtung übriggehabt. Außerdem machte sie eine Banklehre. Ob sie sich dort krankgemeldet hatte? Greta sah in den Rückspiegel und beobachtete, wie Sabine Lutz etwas zuflüsterte. Dann verstand sie: Die chronisch eifersüchtige Sabine wollte verhindern, dass Greta mit Lutz allein war.

»Entschuldige. Das war echt kein guter Auftritt von uns eben.« Lutz beugte sich zwischen den Sitzen vor. »Aber Michi musste mir mit seinem Alfa Starthilfe geben. Der Käfer ist bald total Schrott.«

»Ist schon in Ordnung«, meinte Greta. »Aber seid in Zukunft pünktlich.«

Sie hielt hinter dem VW Bus am Feldrand und sprang aus dem Wagen. »Lasst euch von Jockel je einen Eimer und eine Schere geben. Eure Wasserflaschen könnt ihr in den Bus legen.«

»Ich habe gar nichts dabei. Ich dachte, hier bekommt man zu essen und zu trinken. Schließlich arbeiten wir ja auch«, beschwerte sich Sabine.

»Und werdet dafür anständig bezahlt«, konterte Greta. »Aber selbstverständlich kannst du dich heute von Trauben ernähren.« Damit ließ sie die kleine Truppe stehen. Natürlich würde sie dafür sorgen, dass sie alle etwas zu trinken bekamen. Jockel hatte immer ein paar Kisten als Reserve im Bus. Sie lief zu ihm. Er reichte ihr sogleich Schere und Eimer.

Die anderen Helfer, die selbstständig in den Weinberg gekommen waren, begrüßten sie freundlich. Viele von ihnen trugen Gummistiefel, an denen, wie Greta wusste, am Ende des Tages schwere Klumpen Lehm kleben würden. Obwohl die Sonne inzwischen aufgegangen war, war es kühl. Das Gras am Rand des Weges war nass von Tau.

Greta sah sich suchend um. Bruno stand neben Alfons. Als er ihren Blick bemerkte, nickte er ihr zu. Mit einem Mal verstummten Gelächter und Gespräche. Stille breitete sich aus, nur der hohe Schrei eines Bussards auf Morgenjagd war über den Weinbergen zu hören. Die Erntehelfer formierten sich in einem Halbkreis auf dem Feldweg und sahen Greta erwartungsvoll an.

Sie lief zur ersten Reihe und streckte die Hände in die Höhe. In der einen hielt sie den Eimer, in der anderen die Schere. Greta genoss diesen Moment, in dem sie alle für die Arbeit, die sie im letzten Jahr geleistet hatten, belohnt wurden. Es war ein überwältigendes Gefühl. »Danke, dass ihr gekommen seid!«, rief sie, sodass jeder sie hören konnte. »Die nächsten Wochen werden anstrengend. Lasst uns gespannt sein, auf welchen Namen der Wein dieses Jahr getauft wird.« Sie beugte sich zu dem ersten Rebstock und schnitt eine Traube ab, ein makelloses, reifes Exemplar. Sie hielt sie in die Höhe und rief wieder laut: »Angeschnitten ist!«

Die Erntehelfer applaudierten. Greta fing die irritierten Blicke von Lutz, Sabine und Michi auf. *Willkommen in meiner Welt, ihr werdet viel lernen,* dachte sie.

Alfons unterbrach den Applaus mit lauter Stimme: »Alla hopp! Ihr habt gehört, was die Chefin gesagt hat. Jetzt wird geschafft. Ich teile euch ein, damit in jeder Reihe ein kräftiger Mann ist, der die vollen Eimer unten durchreichen kann. Jockel und ich leeren sie dann aus. Ihr wisst ja, wie das läuft.«

»Du kommst mit mir in eine Reihe«, rief Greta Lutz zu und bekam umgehend von Sabine einen bösen Blick zugeworfen.

»Möchtest du mit deiner Mutter vielleicht lesen?«

Sabine schüttelte den Kopf. »Nicht nötig. Die sehe ich ja jeden Tag zu Hause.«

»Dann kommt mit. Ich zeige euch, worauf ihr achten

müsst.« Greta deutete den dreien, näher zu kommen. »Hier, seht ihr diese?« Sie zeigte auf zwei blasse, aufgequollene Trauben. Mit der Spitze ihrer Schere zupfte Greta sie flink heraus. »Die müssen weg. Die haben Essigfäule. Das ist schlecht für den Wein. Er darf nicht zu viel Säure haben, damit der Muskatgeschmack zur vollen Geltung kommt.«

»Muskat macht meine Mutter an Kartoffelbrei«, entfuhr es Michi, und insgeheim verdrehte Greta die Augen.

»Rede nicht vom Essen, ich bekomme jetzt schon Hunger«, maulte Sabine.

»Außerdem legt die Essigfliege ihre Eier dort ab, und die Maden fressen das Fruchtfleisch«, fuhr Greta fort. Sie zeigte auf die Spitze der Weinrebe, wo mehrere braune, vertrocknete Trauben hingen »Dann sehen sie so aus. Die wollen wir auch nicht.« Rasch zupfte Greta auch sie mit der Schere weg und hielt die nun makellose Traube den anderen hin. »So sollen sie aussehen.« Sie ließ sie in den Eimer fallen.

»Und das müssen wir bis heute Abend machen?«, fragte Sabine.

Greta lächelte. »Ja. Und morgen wieder, und übermorgen auch. Bis der Müller-Thurgau fertig gelesen ist. Ihr seht ja selbst, wie lang die Reihen sind.« Sie zeigte zum Weinberg, der sich weit hinzog. »Dann man los. Und seid bitte gründlich.«

»Ja, Chefin«, sagten Michi und Lutz wie aus einem Mund.

Greta wandte sich schmunzelnd ab. Sie dachte gar nicht daran, ihnen zu sagen, dass Metzgermeister Dreckmann pünktlich um zwölf mit einer Gulaschkanone zum Weinberg kommen würde und dann Zeit für eine halbe Stunde Mittagspause war.

Allmählich wurde es wärmer. Die Septembersonne schien auf sie herunter. Greta war froh, dass sie ihren Sonnenhut trug. Sie ließ Lutz auf der Schattenseite in der Reihe arbeiten. Er stellte sich geschickt an, doch mit ihrem Tempo konnte er nicht mithalten. Das konnte kaum einer. Wie es schon Harald Hellert vor Jahren bemerkt hatte, war niemand so flink mit der Schere wie Greta. Als sie am Reihenende ankam, leerte sie den Eimer selbst in einen der Lesekübel, die auf dem ersten Anhänger hinter dem Traktor standen. Sie warf einen Blick hinein. »Alfons, wo steckst du?«, rief sie und blickte die Reihen entlang.

»Hier«, ertönte es. »Ich komme.« Er trat aus einer der Reihen auf sie zu.

»Die Lesekübel auf dem ersten Hänger sind fast voll«, meinte Greta. »Am besten, ihr fahrt sie vor der Mittagspause zum Gut.«

Alfons nickte. »Geht klar, Chefin.« Er wischte sich mit einem Taschentuch den Schweiß von der Stirn. Während er Jockel zu sich winkte, kam Bruno zu ihr. »Ich bleibe dann unten, Greta. Die Trauben müssen aus der Sonne. Ich werfe gleich die Presse an.«

»Untersteh dich, in deinem kühlen Keller den Müller-Thurgau vom letzten Jahr probieren. Wir trinken heute Abend ein Glas zusammen, ja?« Greta lächelte ihn an. Heute war so ein fantastischer erster Lesetag, dieses Jahr schien vielversprechend zu werden. Darauf wollte sie gern mit Bruno anstoßen.

»Ich freue mich drauf«, sagte Bruno und kletterte auf den Traktor.

Als sich die Zugmaschine mit den drei Männern in Bewegung setzte, ging Greta zurück zu Lutz. Er hatte die Arbeit in seiner Reihe ebenfalls beendet, griff zur Wasserflasche und nahm einen großen Schluck. Sabine stand neben ihm.

»Hätte ich geahnt, was das hier für eine Schinderei ist, hätte ich dir diese Aktion ausgeredet«, beschwerte sie sich gerade und streckte ihm ihre Hände entgegen. »Hätte ich mir doch nur ein paar Putzhandschuhe mitgenommen. Meine Hände sind heute Abend bestimmt ruiniert.«

Greta trat zu ihr. »Mit den dicken Handschuhen kann man nicht gut arbeiten. Außerdem kriegst du Blasen, weil du in dem Gummi so schwitzt.«

»Alles klebt«, sagte Sabine. »Und meine Bluse ist ruiniert.«

»Zieh doch die Bluse aus! Ich gebe dir mein Hawaiihemd. Ich habe noch ein Unterhemd drunter«, rief Michi ihr zwinkernd zu.

»Und dann glaubst du wohl, du siehst aus wie Paul Newman in *Der Clou*?«, gab Lutz zurück.

»Noch cooler«, erwiderte Michi selbstbewusst. »Mir fehlt nur noch der passende Hut dazu.«

Greta verkniff sich ein Grinsen und wandte sich an Sabine. »Spül Hände und Schere zwischendurch immer mal wieder in dem Wassereimer ab, der am zweiten Anhänger hängt. Wenn die Schere zu verklebt ist, schneidet sie nicht mehr so gut.«

Sabine sah sie ungehalten an. Ihr war deutlich anzumerken, dass sie sich von Greta nichts sagen lassen wollte und ihr eine Bösartigkeit auf der Zunge lag.

Auch Lutz schien das zu bemerken und lenkte ab. Er wandte sich an Michi. »Kleines Wettschneiden gefällig? Wer als Erster am Ende ist?« Er streckte Michi die Hand entgegen.

Der schlug sofort ein. »Zieh dich schon mal warm an.«

»Nicht wer zuerst am Ende ist, sondern wer die meisten Trauben liest, gewinnt«, mischte sich Greta ein.

Michi nickte zustimmend. »Du weißt, worauf es ankommt«, entfuhr es ihm anerkennend.

»Ja, und wir Landmädchen verstehen es ja auch, so richtig zuzupacken, nicht wahr?« Sie zwinkerte ihm zu.

Michi grinste sie breit an. »Du erinnerst dich?«

»Wolltest du mich nicht anrufen?«, gab Greta schlagfertig zurück. Nie würde sie jenen Silvesterabend vor fast zwei Jahren vergessen. Nur um vor ihrer eigenen Verlorenheit und ihrem Liebeskummer wegen Robert zu fliehen, war sie damals zu Lutz' Party gegangen. An dem Abend hatte Michi sie ziemlich plump angebaggert. Schon damals studierte er Architektur und hatte eine Vorliebe für ausgesprochen bunt gemusterte Hawaiihemden. Greta fragte sich, ob seine Häuser später einmal so verrückt aussehen würden wie seine Hemden. Vielleicht würden sie dann wie die Gebäude dieses österreichischen Künstlers und Architekten sein, über den sie neulich gelesen hatte – Hundertwasser? An jenem Abend hatte Michi sie von oben herab behandelt, sie spöttisch »Landmädchen« genannt und über Buschtrommeln statt Telefone in den Weinbergen schwadroniert. Und jetzt versuchte er erneut, mit ihr zu flirten?

Eigentlich war er doch ganz nett. Damals hatte sie das nicht gesehen, so verzagt, unsicher und traurig, wie sie gewesen war. Heute war sie eine andere Greta, eine Greta, die verheiratet war, ein Kind hatte und das größte Weingut in der Pfalz führte, zusammen mit Bruno.

Und doch reichte der Gedanke an jenen Abend, um die Erinnerung an Robert zu wecken. Dabei gab es für ihn weder in ihrem Leben noch in ihrem Herzen einen Platz …

Michi holte sie aus ihren Gedanken zurück ins Jetzt. »Du

hast mir damals deine Telefonnummer nicht gegeben. Es war nicht meine Schuld, dass ich dich nicht anrufen konnte«, flirtete er.

»Und auch heute wirst du mich nicht anrufen, obwohl ich im Telefonbuch stehe«, gab Greta schlagfertig zurück. »Ich glaube kaum, dass das meinem Mann gefallen würde.« Sie wandte sich an Sabine. »Komm, wir lesen diese Reihe gemeinsam.«

Sabine schien so überrumpelt von Gretas Freundlichkeit, dass sie ihr wortlos folgte. Greta hörte noch, wie Michi Lutz zuraunte: »Schade, dass sie schon vergeben ist. Du hättest dich mehr um sie bemühen sollen. Statt einer Winzermillionärin hast du jetzt die Tochter einer Putzfrau am Hacken.«

Greta hoffte, dass Sabine Michis letzten Satz nicht mitbekommen hatte. Doch ein Seitenblick verriet ihr, dass sie jedes Wort gehört hatte. Verbissen griff Sabine nach einer Traube, schnitt sie ab und warf sie wütend in den Leseeimer. Auch wenn sie nie besonders nett zu ihr gewesen war, hatte Greta Mitleid mit ihr. Sie wusste genau, wie es sich anfühlte, ausgeschlossen und nicht respektiert zu werden. Denn das hatte ihr Sabine früher immer mal wieder zu verstehen gegeben. Mit einem Mal begriff Greta, dass sie die Rollen getauscht hatten. Doch sie würde Sabine nicht von oben herab behandeln.

Alfons und Jockel hatten Bierbankgarnituren in den Schatten einer kleinen Baumgruppe aufgestellt, Metzgermeister Dreckmann brachte die Gulaschkanone persönlich. Es war das erste Mal, dass die Helfer auf Gut Freudberg mittags verköstigt wurden, und sie langten ordentlich zu. Bruno hatte Bedenken geäußert. Er fand diese Aufmerksamkeit übertrieben. Doch Greta hatte entschieden: »Wer hart arbeitet, bekommt eine ordentliche Mahlzeit. Ein Butterbrot macht nicht satt. Es ist nicht nur ein Dankeschön, sondern auch ein Zeichen des Respekts.«

Während die Helfer Platz nahmen, kam Gisela Wallert, die Vorsitzende der Landfrauen, auf Greta zu. »Ich soll dir im Namen aller für das Essen Danke sagen. Wir sind begeistert.«

Greta freute sich, dass sie mit ihrer Einschätzung richtiggelegen hatte. »Bei uns gibt es jeden Tag eine warme Mahlzeit für euch.«

Nach der Mittagspause arbeitete Greta wieder mit Lutz in einer Reihe. Als sie eine Weile geschnitten hatten, schüttelte er die Arme aus. »Mann«, schnaufte er, »das hab ich mir echt nicht so anstrengend vorgestellt.« Er rollte mit den Schultern, um seine Verkrampfungen zu lösen.

»Da musst du jetzt leider durch. Am dritten oder vierten Tag wird es besser«, meinte Greta, ohne dabei aufzuhören zu schneiden.

Lutz sah sie alarmiert an.

»Morgen hast du Muskelkater, das wird hart. Aber dein Körper gewöhnt sich jeden Tag mehr an diese ungewohnte Arbeit. Das wird schon, glaub mir.«

Lutz drückte den Rücken durch und arbeitete weiter. »Ich habe das damals überhaupt nicht kapiert, was du geleistet hast. Schule und diese Schafferei hier in den Weinbergen. Tut mir leid.«

»Das muss es nicht. Ich liebe diese Arbeit. Wirklich. Ich bin hier genau richtig.«

Er schwieg einen Moment. »Mal sehen, ob ich den richtigen Weg gehe mit dem Medizinstudium. Die Vorstellung, eines Tages die Praxis meines Vaters zu übernehmen, macht mir ein bisschen Angst.«

Greta las weiter und legte die Trauben in den Eimer. »Das ist doch normal. Oder glaubst du, ich stehe jeden Morgen auf und weiß, ob ich das Richtige tue? Sei froh, Lutz, du hast einen Vater, der dir alles zeigen und dich unterstützen kann, bevor du allein losschwimmen musst.«

Lutz nickte. »Für dich war es echt wie ein Sprung ins kalte Wasser, nicht wahr? Die Größe? Die Verantwortung?«

»Eiskalt. Aber es wird jeden Tag ein bisschen wärmer.«

Lutz druckste einen Moment herum. Als Greta das bemerkte, stieß sie ihm kameradschaftlich in die Seite. »Was hast du denn?«

Er holte tief Luft. »Ist ja noch einer ins kalte Wasser gesprungen.«

»Hör auf, herumzufaseln wie damals in der Schule!«, sagte Greta. »Wen meinst du?«

»Robert ist wieder on tour«, platzte Lutz heraus.

Greta hielt in ihrer Arbeit inne. Hatte sie vorhin nicht eben erst seit langer Zeit wieder an Robert gedacht? Und jetzt wusste Lutz Neuigkeiten über ihn? All die Male, die sie zusammengezuckt war, wenn auf der Landstraße ein Motorrad vorbeigedonnert war, und dann ihre Erleichterung, wenn es ein Motorrad war, das sie nicht kannte … Er war gar nicht mehr in Kirchheim? Ihre Gedanken schlugen Purzelbäume.

»So, er macht wieder Musik«, meinte sie, bemüht, dass ihre Stimme nicht zu viel Neugier verriet.

»Mit einer neuen Band. Er hat mich eingeladen, nach Mannheim zu kommen, zusammen mit Sabine. Sie spielen als Vorgruppe von dem Liedermacher aus Bayern, der gerade angesagt ist. Konstantin Wecker, schon mal gehört? Aber wenn du lieber mitkommen möchtest …«

Greta fiel ihm ins Wort. »Das ist keine gute Idee, Lutz!«, meinte sie eine Spur zu laut, sodass Lutz sie erstaunt ansah. »Ich werde während der Weinlese bestimmt nicht zu einem Konzert nach Mannheim fahren!«, fügte sie erklärend hinzu. Plötzlich schoss ihr ein Songtext durch den Kopf. Sie hatte das Lied in den letzten Wochen oft im Radio gehört. Sie mochte es, weil es so eine positive Sehnsucht ausstrahlte und die Zeilen eine ganz eigene, neue, unverbrauchte Poesie hatten. »*Wenn der Sommer nicht mehr weit ist*«, ja, was würde sie dann tun, hatte sie gedacht, als sie das Lied das erste Mal gehört hatte. »Und ganz nebenbei: Robert interessiert mich nicht mehr!«, fügte sie aufgewühlt hinzu.

Lutz sah sie stumm an, und Greta ahnte, dass er ihre Lüge durchschaute. Oh, wie sie sich wünschte, Robert noch einmal auf der Bühne zu sehen, ihn singen und spielen zu hören. Sie schämte sich für diesen Gedanken.

Sie hatten Glück mit dem Wetter. Nicht einen Tag regnete es während der nächsten vier Wochen. Nur zwei Nächte nieselte es leicht, was den Trauben nicht schadete.

Adela hielt ihr den Rücken frei und kümmerte sich fürsorglich um den kleinen Leo, während Greta mit den Erntehelferinnen und Erntehelfern Hektar um Hektar aberntete. Manchmal schaffte sie es abends, Leo ins Bett zu bringen. Wenn nicht, holte sie ihn später zu sich ins Bett. Es hatte etwas Beruhigendes und Tröstliches, ihren kleinen Sohn neben sich atmen zu hören.

Bruno verbrachte wenig Zeit im Weinberg, so viel hatte er im Weinkeller zu tun. Nur am ersten Tag, zum Anschnitt, war er im Weinberg gewesen.

Heute, Mitte Oktober, war der letzte Erntetag. Greta hatte ihn herbeigesehnt und sich darauf gefreut. Bis zum frühen Nachmittag würden sie die Rieslingtrauben in dem Weinberg, den Fritz Freudberg vor sechs Jahren Harald Hellert vor der Nase weggeschnappt hatte, fertig gelesen haben. Damals hatte das zusätzlich Öl ins Feuer des Hasses gegossen, das bei den Hellerts immer aufloderte, wenn es um Freudberg ging.

Wie schon im letzten Jahr hatte Greta sich ein wenig gewunden, an diesem Tag mit zur Lese zu gehen. Denn auf dem Weg zum Riesling fuhren sie an den Weinbergen der Hellerts vorbei. Sie bei der Ernte zu sehen, weckte ungute Erinnerungen. Damals war sie auf dem Gut geblieben. Doch jetzt war Greta entschlossen, sich nicht vom Früher, von den Hellerts, einschüchtern zu lassen, und sich stattdessen um das Heute, um ihre Leute, zu kümmern. Es gab während der Ernte nun einmal zwei Tage, an denen sie nicht fehlen durfte: den ersten – und den letzten.

Wie jeden Tag fuhren sie in einer Kolonne in den Weinberg, der heute auf den Schlussakkord wartete: der Traktor mit den zwei Anhängern, darauf die noch leeren Lesekübel, der orangefarbene VW Bus und Greta mit ihren Freunden im offenen Citroën. Dass Sabine die gesamte Lese durchgehalten hatte, überraschte und freute Greta. Auch bewunderte sie Sabine dafür, dass sie Michis abwertende Bemerkung so souverän wie möglich übergangen hatte.

Als die Kolonne sich dem Weinberg näherte, sah Greta den Traktor der Hellerts in der ersten Reihe bei ihrem Riesling stehen. Sie konnte nicht anders, als hinzuschauen. Da standen sie gebückt und ernteten: Elfriede, Johann und Harald. Als sie auf gleicher Höhe waren, richteten sich die drei auf. Elfriede deutete ein Winken an. Greta sah, wie Harald stumm die Lippen bewegte. Er schien ihre Erntehelfer abzuzählen. Johann hingegen drehte ihnen demonstrativ den Rücken zu.

Greta fuhr an ihnen vorbei. Jahrelang hatten sie mit diesen Menschen unter einem Dach gelebt. Sie waren es gewesen, die ihre Kindheit und ihre Jugend bestimmt hatten. Diese Zeit hätte so viel schöner sein können.

Greta hatte richtig kalkuliert: Sie schafften den Rieslingschlag bis zum Nachmittag. Die Lese war eingebracht.

Als sie zurück zum Hof fuhren, hörte Greta die Landfrauen auf dem ersten Anhänger ausgelassen »Hoch auf dem gelben Wagen« singen. Seit Walter Scheel einen Hit damit gelandet hatte, war es plötzlich wieder angesagt, Volkslieder zu singen. Den Bruchteil einer Sekunde lang fragte Greta sich, wie Robert dazu stand ... weg mit dem Gedanken. Wichtiger war es, sich auf das Fest zu konzentrieren. Greta und Adela hatten es abgesprochen: Heute Abend wurde das Ende der Ernte gefeiert. Die Vorbereitungen hatte Greta ihrer Großmutter überlassen, die von Frau Schütter unterstützt wurde. Greta war überwältigt, als sie auf den Hof fuhren. Die beiden Frauen hatten sich selbst übertroffen.

Eine große Tafel war der Länge nach in der Mitte des Hofes gedeckt. Weiße Tischdecken wehten leicht in der Brise, die Tische waren mit Weinranken geschmückt, in großen Einmachgläsern steckten Sträuße von rosafarbenen Malven, Goldrute und roten Dahlien. Bierbänke waren aufgestellt, dazwischen standen einfache Holzstühle. Adela hatte sogar die Stereoanlage aus dem Wohnzimmer draußen aufgebaut. »Damit die jungen Leute tanzen können«, hatte sie beim Frühstück zu Greta gesagt.

Im großen Grill glühten bereits die Kohlen, auf dem Teewagen daneben standen abgedeckte Platten mit allem, was zur Feier des Tages gegrillt werden sollte. Alfons stieg hastig vom Traktor und band sich eine große Schürze um, die Adela ihm reichte. Er würde den Grillmeister geben.

Greta lief mit ausgebreiteten Armen zu Adela, die den kleinen Leo gerade in seine Kinderkarre setzte. »Wir haben es geschafft«, rief sie.

»Solltest du dein Glück nicht besser mit deinem Mann teilen?«, fragte sie.

Greta wischte sich eine blonde Strähne aus ihrem verschwitzten Gesicht.

»Du hast recht.« Greta gab Leo einen Kuss auf die Wange und ging in den Weinkeller. Suchend eilte sie den Hauptgang entlang »Bruno?« Sie entdeckte ihn im letzten Quergang. »Wir haben es geschafft!«, sagte sie. »Wir sind fertig.«

»Gratuliere.« Er drückte sie einen Moment heftig an sich, um sie im nächsten Augenblick abrupt loszulassen »Ich feiere nicht mit«, stieß er hervor.

Greta setzte sich auf ein Fass. »Wieso nicht?«

Bruno lehnte sich an ein Fass ihr gegenüber. »Ich habe hier noch zu tun.«

Greta lachte auf. »Ich glaube dir kein Wort. Das ist doch eine Ausrede.«

Er sah ihr in die Augen. »Es wird mir gerade alles zu viel.«

»Was meinst du mit zu viel? Zu viel Arbeit? Zu viel Verantwortung? Zu viele Menschen?«

Bruno schwieg.

»Zu viel Greta?«, fügte sie leise hinzu.

»Ich weiß es nicht«, sagte er.

Greta erschrak. War sie doch in den vergangenen Monaten davon ausgegangen, dass sie sich liebten. Auch wenn sie sich sehr wohl bewusst war, dass sie Bruno auf eine andere Weise liebte als sie es bei Robert getan hatte. Doch hatte sie sich diesen Unterschied damit erklärt, dass sie noch so jung und unerfahren war. Nicht einmal hatte sie sich gefragt, ob Bruno sie liebte. Das hatte sie einfach angenommen. Sie war doch jung, hübsch, klug und besaß dieses Weingut. Und waren sie nicht so verabredet? »Haben wir uns nicht versprochen, uns jeden Tag ein bisschen mehr kennenzulernen?«

»Wie gut können wir uns überhaupt kennenlernen, wo wir doch kein emotionales Fundament haben.«

»Willst du damit sagen, dass unsere Ehe kein Fundament hat? So wie ein Kartenhaus keins hat und beim kleinsten Windstoß in sich zusammenfallen kann?«, fragte Greta.

»So ungefähr. Wir sind da in etwas hineinkatapultiert worden, womit wir beide nicht umzugehen wissen. Oder ich weiß es zumindest nicht.«

Greta nickte. »Du hast noch nie zu mir gesagt: Ich liebe dich.«

»Weil ich es nicht weiß.«

Der Satz war wie eine Ohrfeige für Greta. In ihrem Kopf wirbelten die Gedanken durcheinander. Sie stand auf und nahm zwei Gläser aus dem Hängeregal. »Ich glaube, wir brauchen beide einen Schluck von deinem Rotberger. Wie damals, als wir unsere Zukunft besprochen haben. Als wir beschlossen haben zu heiraten. Als ich glaubte, du würdest mich eines Tages lieben.«

Bruno stand auf, holte eine Flasche und schenkte ihnen ein. »Liebst du mich denn?«

Statt einer Antwort hob Greta das Glas. Bruno prostete

ihr stumm zu. »Vielleicht brauchen wir einfach mehr Zeit. Miteinander und füreinander«, sagte sie und nahm einen Schluck. »Die letzten Wochen waren hart. Wir haben uns kaum gesehen, kaum miteinander geredet und wissen immer noch viel zu wenig voneinander.« Sie hob den Kopf und sah Bruno an. »Vielleicht werden wir uns eines Tages lieben.«

»Das hoffe ich sehr. Aber noch sind wir allein. Jeder ist für sich.« Abrupt wandte er sich ab und verschwand in einem der Nebengänge des Weinkellers.

Erst als seine Schritte verklungen waren und sich tiefe Stille ausbreitete, stieg Greta langsam die Stufen hinauf in die Halle. Es sollte für alle der schönste Tag in diesem Jahr sein. Aber nun war es der Tag, an dem sie schmerzvoll erkannte, wie sehr sie sich getäuscht hatte.

Auf dem Hof herrschte eine ausgelassene Stimmung. Einige der Erntehelfer hatten bereits am Tisch Platz genommen, reichten sich die Weinflaschen und prosteten sich zu. Frau Schütter kam mit einer großen Schüssel Salat aus dem Haus und stellte sie auf den langen Tisch. Auf Holzbrettern lag aufgeschnittenes Brot.

Sosehr Greta über das Gespräch mit Bruno erschrocken und aufgewühlt war, durfte sie die Menschen, die wochenlang für sie gearbeitet hatten, nicht enttäuschen. Sie sah zu Alfons, der sie beobachtet hatte. Nun klatschte er laut in die Hände und rief: »Ruhe! Die Chefin will etwas sagen.«

Die Frauen und Männer verstummten und sahen erwartungsvoll zu ihr.

Greta räusperte sich »Ich danke euch allen! Von Herzen. Ohne eure Hilfe und euren Einsatz hätten wir diese Ernte nicht geschafft. Ich danke der Magie, die uns Jahr für Jahr, Ernte für Ernte dazu bringt, Wein herzustellen. Es ist ein besonderes Weinjahr gewesen. Und da ihr mir in den letzten Wochen alle so vertraut geworden seid …«, sie warf einen Blick zu Lutz, Sabine und Michi, »… ja, auch die, die zum ersten Mal im Weinberg standen, verrate ich euch ein kleines Geheimnis. Ihr habt euch vielleicht vorhin gefragt, wo ich heute Mittag hingefahren bin und warum ich euch nicht geholfen habe.«

Michi unterbrach sie und rief: »Zum Friseur! Du siehst fantastisch aus, Greta«, wofür er eine leichte Kopfnuss von Lutz einkassierte. »Pst!«

Greta lächelte. »Nicht ganz, Michi. Ich war in Neustadt und habe meinen Vorschlag abgegeben, wie der Taufname dieses Jahrgangs heißen soll.« Sie hielt einen kurzen Moment inne. »Ich habe ›Sonnenschlucker‹ vorgeschlagen.« Sie hob ihr Glas. »Auf euch, auf uns und vielleicht auf den Sonnenschlucker!«

Die Leute applaudierten und erhoben dann ebenfalls ihre Gläser.

Alfons trat zu ihr. »Großartiger Vorschlag, Chefin. Und damit Prost.« Er hob sein Glas und sah zu den Umstehenden. »Wir erheben unser Glas auf Greta. Die Winzerin der Herzen!«

Greta freute sich sehr über diesen neuen Titel. Sie griff nach einer Gabel vom Tisch und schlug leicht damit gegen ihr Glas.

»Danke, Alfons. Der alte Grieche Euripides hat einmal gesagt:

Der Wein erfüllt uns
Mit wollustiger Trunkenheit,

der Wein lädt uns zum Tanz und
Lässt uns unsere Schmerzen vergessen.

Auf euch, ihr Lieben! Und nun trinkt und esst und lasst uns feiern, dass die Ernte eingebracht ist.«

Ja, und lasst uns unsere Schmerzen vergessen, dachte sie. Sie beobachtete die Landfrauen, die Helfer und ihre Freunde. Einige waren gleich nach ihrer kurzen Rede aufgestanden und warteten nun mit ihren Tellern am Grill bei Alfons auf ein gegrilltes Würstchen oder ein Stück Fleisch.

Aus den Lautsprechern erklang passend zu ihrem Zitat von Euripides Udo Jürgens' »Griechischer Wein«.

Sabine, die wohl schon mehr als ein Glas getrunken hatte, stand auf, stieg auf den Tisch und sang lauthals mit. Lutz und Michi umarmten sich.

Adela kam zu ihr und stieß mit ihr an. »Du machst alles richtig.«

Greta nahm erneut einen großen Schluck. Was für ein Tag! Wie nah Freud und Leid zusammenlagen. Als Winzerin hatte sie alles richtig gemacht. Aber hatte Bruno recht, und ihre Ehe, die er mit einem Kartenhaus verglichen hatte, war dabei, einzustürzen?

Sie hatte sich und Bruno im letzten Jahr als eine Einheit gesehen, aber die waren sie noch nicht, obwohl sie – jenseits ihrer Beziehung und Leo – ein gemeinsames Ziel verfolgten: Sie wollten die bestmöglichen Weine herstellen und das Weingut in die Zukunft führen. Doch je besser sie ihre Aufgaben gemeistert hatten, desto mehr hatten sie sich voneinander entfernt. Fast kam es ihr so vor, als würde sie wie damals bei den Hellerts immer auf eine Familie hoffen, die niemals die ihre sein konnte. Sie hatte geglaubt, endlich ihren Platz gefunden zu haben. Aber nun fühlte sie genau wie in ihrer Jugend wieder Trauer und Hoffnung zugleich. Es war, als sei sie zwischen diesen zwei Welten, der Welt der Liebe und der Welt des Weins, gefangen.

7. KAPITEL

Kirchheim an der Weinstraße,
Weihnachten 1976

Greta öffnete den Karton mit den weißen Kerzen. Sie steckte sie in die silbernen Clips, die sie besorgt hatte, und klammerte die Halter an die einzelnen Äste des Tannenbaums. Rote Kugeln und Strohsterne hingen bereits an Zweigen. Sogar kleine Schokoringe, mit winzigen bunten Zuckerperlen bedeckt, hatte sie an dünnen roten Bändchen aufgehängt. Der harzige Duft des Nadelbaums erfüllte das Wohnzimmer.

Adela kam herein und stellte eine flache Schale mit selbst gebackenen Plätzchen auf den Tisch.

Greta hatte sich über die vielen Rezepte gewundert, die auf dem Küchentisch gelegen hatten. Verschmitzt hatte Adela erklärt, dass sie gern aus Zeitungen Rezepte herausriss, selbst im Wartezimmer von ihren Ärzten. So war sie auch zu den köstlichen Rezepten von Spitzbuben und Vanillekipferl gekommen. Auch diese Plätzchen in der Schale. Sie ging zum Plattenspieler und legte eine Platte auf. Es erklang »White Christmas« von Dean Martin und Nat King Cole. Adela wiegte sich leicht im Takt dazu. »Ich mag dieses Lied.«

Greta stieg auf die kleine Trittleiter, um einen großen Strohstern als Spitze auf dem Baum zu befestigen. Sie begann mitzusummen und sah hinunter zu Leo, der auf einer bunten Krabbeldecke saß, die Adela ihm gestrickt hatte. Neben ihm hatte sich Kater Murr zusammengerollt und schlief friedlich. Der Kater suchte Leos Nähe, seit er auf der Welt war. Und Greta hatte irgendwann aufgehört, ihn davon abzuhalten, hier sein neues Zuhause zu sehen. Der Kleine spielte mit seinen neuen Holzklötzchen, die Bruno zu seinem ersten Geburtstag besorgt hatte. Adela hatte Leo eine mit einer Kuh verzierte Dose aus Pappe geschenkt, die laut muhte, wenn man sie umdrehte – woraufhin Leo beim ersten Mal verschreckt geweint hatte.

Das Gespräch, das Greta und Bruno am letzten Erntetag im Weinkeller geführt hatten, hatte Spuren hinterlassen. Weder war es danach zu einer Aussprache noch zu einer liebevollen Umarmung gekommen. Sie gingen sehr bemüht seitdem miteinander um. Greta fragte sich oft, wie es möglich war, dass sie ihren Alltag trotzdem so gut bewältigten. Vermutlich lag es an Leo. Erst gestern war kurz ein Lächeln über Brunos Gesicht gehuscht, als Leo sich an seinem Hosenbein hochgezogen und dann für drei Sekunden ganz alleine gestanden hatte. Greta hatte verstohlen beobachtet, wie weich und nahbar Bruno einen Moment lang ausgesehen hatte.

Leo hob den Arm und holte aus. Mit einem horizontalen Karateschlag warf er den Turm um. Die Bewegung ähnelte Brunos Armbewegung, wenn er anzeigte, dass er ein Thema für beendet hielt und nicht weiterreden wollte.

»Wie Bruno«, kommentierte Adela, als hätte sie ihre Gedanken gelesen.

»Ich kenne zwar die Mendelschen Vererbungsregeln, doch war mir nicht bewusst, dass diese auch auf Karatetechniken zutrifft«, schmunzelte Greta.

Leo gluckste auf und sah seine Mutter mit großen Augen an.

Greta stieg von dem Tritt. »Da musst du wohl einen neuen bauen.« Sie beugte sich zu ihm hinunter und setzte ein paar Klötzchen aufeinander, die Leo mit der gleichen raschen Handbewegung wieder zum Einsturz brachte. Greta lachte und gab ihm einen Kuss. Sie zeigte zum Baum. »Sieh nur, das wird der schönste Baum, den es jemals auf Gut Freudberg gab.«

»Das sieht wirklich schon sehr hübsch aus. Fehlt nur noch das Lametta«, meinte Adela.

»Das mag ich nicht«, erwiderte Greta. Sie dachte daran, was Elfriede immer für ein Gewese um die Glitzerfäden gemacht, wie sie sie gebügelt hatte, bevor sie dann, sorgfältig über ein Stück Pappe gelegt, bis zum nächsten Jahr verstaut wurden.

Adela nickte. »Schmück ihn, wie er dir gefällt. Ich kann da gern drauf verzichten. Das ist sowieso immer so eine Pfriemelei beim Abschmücken.«

Greta trat zwei Schritte vom Baum zurück. Zufrieden betrachtete sie ihr Werk. »Ja, so habe ich mir einen Baum immer vorgestellt.« Dann nahm sie unvermittelt eine Schere, die außerhalb von Leos Reichweite im Bücherregal lag, und schnitt einen Ast ab. Wo vorher eine perfekte Baumsilhouette gewesen war, tat sich plötzlich eine Lücke auf.

»Was machst du denn da?«, fragte Adela erschrocken.

»Seit ein paar Jahren gehe ich am Heiligen Abend auf den Friedhof und lege einen Tannenzweig auf das Grab meiner Mutter. Bei den Hellerts habe ich immer nur einen ganz kleinen Zweig nehmen dürfen, einen, der angeknackst oder abgebrochen war. Dieses Jahr soll sie einen richtigen bekommen.«

»Das ist eine schöne Geste, Greta.«

»Ich habe gelesen, dass es ein Weihnachtsbrauch bei der Familie Bonhoeffer gewesen ist. Dietrich Bonhoeffers Schwester hat es in ihrem Buch beschrieben. Die Familie hat für ihren im Ersten Weltkrieg gestorbenen Sohn einen Tannenzweig genommen und ihn aufs Grab gelegt.« Sie zeigte auf die leere Stelle zwischen den Zweigen. »Dieser Brauch hat mir so gut gefallen, dass ich ihn seitdem übernommen habe.«

»Darf ich dich begleiten? Oder möchtest du lieber allein sein?«, fragte Adela.

Doch Greta nickte bereits. »Wir gehen alle drei. Und den kleinen Mann packen wir warm ein.«

Greta öffnete das Friedhofstor. Adela hielt Leo an der Hand, der mit seinen tapsigen Schritten nur langsam vorankam. Greta beugte sich zu ihm hinunter und nahm ihn auf den Arm. »Komm, mein Schatz, wir haben heute noch eine Menge vor.«

Sie gingen zum Grab ihrer Mutter. Greta setzte Leo ab, beugte sich zum Grabstein und fuhr mit dem Finger den Namen ihrer Mutter nach. »Hallo, Mama.« Adela reichte ihr den Tannenzweig, den Greta behutsam aufs Grab legte. »Frohe Weihnacht.«

Adela holte ein Taschentuch aus ihrer Manteltasche und wischte sich ein paar Tränen weg. »Ich erinnere mich gut an deine Mutter«, sagte sie leise. »Sie war so ein aufgewecktes und fröhliches Mädchen.«

Greta schwieg. Sie wollte Adela nicht unterbrechen. Viel zu selten erzählte ihre Großmutter etwas über Maria.

»Es tut mir unendlich leid, Greta. Ich schäme mich, dass ich dich so allein gelassen habe.«

Greta griff nach Adelas behandschuhter Hand. »Du hast keine Schuld.«

Adela sah sie an. »Doch, Greta. Ich bin deine Großmutter und habe mich all die Jahre nicht um dich gekümmert. Das liegt mir schon so lange auf der Seele. Ich habe das immer verdrängt. Es wäre meine Aufgabe gewesen, Fritz den Kopf zu waschen, von ihm zu fordern, dass er sich zu dir bekennt. Doch blind vor Mutterliebe war ich dazu nicht fähig. Es ist der größte Fehler, den ich je in meinem Leben gemacht habe.«

Greta atmete tief durch. Es war ihr nie in den Sinn gekommen, ihr Vorwürfe zu machen. Doch sie spürte, wie sehr Adela ihr eigenes Verhalten beschäftigte. Sie drückte ihre Hand. »Jetzt haben wir uns ja gefunden.«

»Ich verspreche dir, ich bin immer an deiner Seite, egal, was kommt, egal, was du brauchst, egal, was dich beschäftigt«, versprach Adela mit fester Stimme.

»Danke«, erwiderte Greta schlicht. Sie bückte sich und nahm Leo auf den Arm, der mit einem vertrockneten Kastanienblatt spielte.

Adela wandte sich zu ihr. »Wollen wir noch zu Fritz?«

Greta nickte, und Seite an Seite gingen sie langsam die Wege entlang, bis sie Fritz und Ilse Freudbergs Grab erreichten. »Bei Gott, er hatte seine Fehler, aber er war trotz allem ein guter Sohn«, seufzte Adela.

»Aber ein miserabler Vater«, entfuhr es Greta, »ein Vater, der keiner war. Feige und egoistisch.«

»Ich habe dir doch erklärt, dass er für Ilse geschwiegen hat.«

»Du meinst, Liebe ist dicker als Blut«, meinte Greta verletzt. Mit einem Mal hatte sie das Bedürfnis, all die Ablehnung, die sie in ihrem Leben erfahren hatte, einmal auszusprechen. Sie sah zum Grabstein, richtete sich direkt an ihren Vater: »Ich möchte dir von mir, von deiner Tochter, erzählen. Wie es mir bislang in meinem Leben ergangen ist, all die Jahre nur ein paar hundert Meter von dir entfernt. Du wusstest, dass du mein Vater bist, du wusstest, dass ich bei den Hellerts aufwuchs. Du kanntest die Familie, kanntest Harald, hattest ja für ihn gearbeitet. Und dennoch hast du mich dortgelassen, hast gewusst, dass ich dort geduldet und ungeliebt war, ausgenutzt wurde.« Sie warf einen kurzen Blick zu Adela, die ihr still zuhörte, dann konzentrierte sie sich wieder auf Fritz Freudberg. »Ich habe verstanden, dass du Ilse schützen wolltest. Aber was war mit mir? Hättest du mich nicht auch beschützen müssen? Doch du hast das Gegenteil getan: Du hast mir sogar geschadet! Warum?, fragst du dich jetzt vielleicht. Ich will es dir gern sagen: Erinnerst du dich, wie du den Hellerts die Weinberge der Muserts vor der Nase weggeschnappt hast? Damit hattest du zum zweiten Mal meine Zukunft, meinen Lebensweg bestimmt. Denn mit diesen beiden Hektar hätte sich die finanzielle Situation bei den Hellerts entspannt. Sie hätten es vielleicht erlaubt, dass ich mein Abitur mache. Und danach hätte ich studieren können. Aber das ist nun endgültig vorbei. Denn selbst nach deinem Tod beeinflusst du noch mein Leben. Wie sagt man so schön? Aller guten Dinge sind drei.« Sie holte tief Luft. »Manchmal frage ich mich, ob es der richtige Weg war, das Erbe eines Mannes anzunehmen, der nie zu mir gestanden hat.«

Erschrocken über sich selbst hielt Greta inne. Hatte sie das tatsächlich alles gesagt? Wo kam ihre Wut nur auf einmal her? Hilflos sah sie zu Adela.

»Das musste mal raus.« In Adelas Stimme lag so viel Verständnis und Liebe, dass Greta sich für ihre Worte schämte. »Möchtest du ihm noch etwas sagen?«, fragte ihre Großmutter.

Greta blickte auf Fritz' Grab. »Ich weiß, dass du und Ilse gelitten habt, weil ihr keine Kinder hattet. Aber du hattest eine Tochter. Ich war immer da.«

Als sie zurück auf dem Gut waren, brachte Adela Leo für ein kleines Mittagsschläfchen zu Bett.

Greta schmeckte den Kartoffelsalat ab, als Bruno in die Küche kam. »Seid ihr fertig im Weinkeller?«, fragte sie.

»Uns sind die Korken ausgegangen. Wir können nicht weitermachen.«

»Ich habe schon letzte Woche nachbestellt. Wahrscheinlich ist die Sendung in der Korkfabrik Delmenhorst nicht mehr vor Weihnachten rausgegangen.«

»Ist nicht zu ändern.« Er sah sich um, schnupperte, als ob er einen bestimmten Duft erwartete. »Gibt's heute keine Gans?«

»Nein, Frankfurter Würstchen und Kartoffelsalat schmecken auch gut. Und machen weniger Arbeit.«

Bruno nickte. »Du wolltest auch noch in die Kirche. Möchtest du nicht mal mit Pfarrer Altrus sprechen wegen Leos Taufe?«

Greta hatte das Thema bislang ausgeklammert. Wenn es nach ihr ginge, würden sie ihren Sohn evangelisch taufen lassen. Aber sie fürchtete die Auseinandersetzung mit Bruno, der katholisch war. Auf keinen Fall wollte sie ihm das Gefühl geben, dass sie alles allein entschied. »Du willst, dass Leo evangelisch getauft wird?«, fragte sie erstaunt.

»Wieso nicht? Weil ich katholisch bin? Lass es uns wie im jüdischen Glauben halten, da nimmt doch das Kind auch die Konfession der Mutter an.«

»Und das geht für dich in Ordnung?«

»Sonst würde ich es wohl nicht sagen. Ich bin kein praktizierender Katholik. Aber das kannst du nicht wissen, denn wir haben ja kaum miteinander geredet. Das sollten wir ändern, oder?«

Greta schien es wie ein Friedensangebot. Doch bevor sie etwas darauf erwidern konnte, betrat Adela mit Leo auf dem Arm die Küche.

»Ich glaube, Leo bekommt einen neuen Zahn. Er will partout keinen Mittagsschlaf machen.« Adela gab Bruno den Jungen. »Nimmst du ihn mal? Ich werde ihm einen Kamillentee kochen. Das beruhigt ihn vielleicht ein bisschen.«

Bruno nahm seinen Sohn auf den Arm.

Adela ließ Wasser in den Kessel und stellte ihn auf den Herd. Dann sah sie an Greta und Bruno herab. »Ihr solltet euch rechtzeitig für die Kirche umziehen.«

Greta verkniff sich ein Lächeln. »Natürlich. Ich werde das rote Etuikleid anziehen, dass du mir bestellt hast.« Sie wusste, dass Adela viel Wert auf eine ordentliche Kleidung legte, wenn sie zu offiziellen Anlässen ging. Sie wollte sich nicht nachsagen lassen, dass die Bewohner vom großen Weingut Freudberg unpassend gekleidet waren, hatte sie Greta gegenüber betont. Sie würden schließlich etwas repräsentieren.

Im Mercedes fuhren sie nach Kirchheim. In der Kirche nahmen sie in der ersten Reihe Platz. Greta wollte möglichst weit von den Hellerts entfernt sitzen, die immer spät kamen und deshalb dann in den hinteren Reihen saßen. Sie fragte sich, ob Robert die Tour schon beendet hatte und Weihnachten mit seiner Familie verbringen würde. Als sie sich verstohlen umwandte, die Hellerts entdeckte, aber

Robert nirgends sah, war sie enttäuscht und erleichtert zugleich.

Während Pastor Altrus eine für seine Verhältnisse recht kurze Fassung der Weihnachtsgeschichte verlas, betrachtete Greta den geschmückten Baum neben dem Altar. Er war über und über mit Lametta behängt. Schließlich hob der Chor an, »Es ist ein Ros' entsprungen« zu singen. Greta mochte das Lied. Sie sah zur Empore hoch und entdeckte unter den Chorsängerinnen Renate und Dagmar. Greta bemerkte, dass Renate nur die Lippen zum Text bewegte, während Dagmar inbrünstig einen kleinen Solopart schmetterte. Die beiden hatten sich herausgeputzt. Renate hatte ihren falschen Fuchsschwanz zu dem Chorauftritt nicht abgenommen und trug ihn stolz um den Hals drapiert. Bei Dagmars aufwendiger Hochsteckfrisur mit dem deutlich erkennbaren Haarteil vermutete Greta, dass sie heute Morgen einen Termin bei Friseur Fahlbusch gehabt hatte.

Nach dem von allen gesungenen »Stille Nacht« endete der Gottesdienst. Adela hakte sich bei Bruno ein, Greta folgte ihnen mit Leo auf dem Arm.

Draußen standen die Hellerts zusammen. Als Elfriede Greta sah, drückte sie den Rücken durch und erwiderte Gretas »Fröhliche Weihnachten«, während Johann und Harald starr an ihr vorbeisahen. Detlef, Renates Mann, begrüßte sie hingegen freundlich. Matse umarmte Greta spontan und gab Leo ein Küsschen. Sie konnte ihm gerade noch unbemerkt einen Schein zustecken, bis Harald scharf »Matthias, wir gehen« sagte.

Es war ein schöner Weihnachtstag gewesen. Harmonischer, als Greta sich je hätte vorstellen können, und im Grunde das erste Weihnachtsfest, das sie zusammen als Familie feierten. Letztes Jahr um diese Zeit hatte sie im Krankenhaus gelegen und Leo zur Welt gebracht. Da hatte ihr der Sinn nicht nach Weihnachten gestanden. An dem diesjährigen Fest jedoch war alles neu. Und das Beste: Sie bestimmte den Ablauf selbst.

Sie sah zu Bruno, der ihr gegenüber in einem Sessel saß. Er hatte sich die Leselampe herangerückt, der warme Schein fiel auf das Buch, in dem er konzentriert las. Greta hatte ihm den neuen *Großen Weinatlas* geschenkt. Bruno hatte seine Krawatte abgenommen, einen Hemdknopf aufgemacht und sein Jackett ausgezogen. Sein dunkles Haar fiel ihm ins Gesicht. Hin und wieder zog er an seiner Pfeife.

Greta lehnte sich auf der Couch zurück und sah zu den brennenden Kerzen am Weihnachtsbaum. Sie waren bereits runtergebrannt. Besser, sie löschte sie, eine nach der anderen.

Bruno klappte seinen Atlas zu, legte ihn auf den Wohnzimmertisch und stand auf. »Ich möchte dir etwas zeigen. Eine Weihnachtsüberraschung. Im Keller«, sagte er und griff nach ihrer Hand. Greta freute sich über diese Geste. Seine Hand fühlte sich rau und warm an.

Im Weinkeller schaltete Bruno das Licht an, dann führte er sie den Mittelgang entlang bis ans Ende zu einem kleinen Seitenraum, wo er allerlei Gerätschaften verstaute. Greta nannte es heimlich »das Verlies«, nur Bruno schien sich in diesem etwas düsteren Durcheinander auszukennen.

Vor einem hohen Regal in der hintersten Ecke blieb Bruno stehen. Verkorkte, nicht etikettierte Flaschen lagen darin. »Jetzt kommt mein Geschenk an dich.« Er griff sich eine Flasche, löste die Agraffe und drehte den Korken vorsichtig ab, bis dieser mit einem leisen *Plopp* aus dem Flaschenhals gedrückt wurde. Es schäumte, als sie offen war. Bruno nahm zwei Gläser und füllte sie. Erwartungsvoll reichte er ihr ein Glas. »Prost.«

Greta sah auf die moussierende Flüssigkeit. »Du hast Sekt gemacht«, sagte sie überrascht. »Als Flaschengärung. Das ist viel Arbeit gewesen. Was für ein wundervolles Geschenk.« Es rührte sie, dass er ihr mit diesem Sekt das zu Füßen legte, was ihm in seinem Leben am Wichtigsten war: die Kunst des Kelterns.

Bruno nippte an seinem Glas und sah sie fragend an.

Auch Greta trank einen Schluck, behielt ihn einen Moment im Mund, bevor sie ihn hinunterschluckte. »Ein blumig-duftiges Bouquet, feine Nuancen von grünem Apfel und etwas Zitrone. Du hast dich für den Müller-Thurgau entschieden. Willst du ihn noch länger reifen lassen?«

»Unbedingt. Ich habe nur bei einigen Flaschen den Hefepfropfen entfernt. Eigentlich liegen sie noch nicht lange genug und müssten sich noch ein paar Wochen von diesem Stress dieses Vorgangs erholen. Aber heute wollte ich unbedingt ein Glas mit dir zusammen probieren.«

»Das heißt, du kannst bei den anderen noch die Dosage verändern«, stellte Greta fest.

»Ja, ich wollte mit dir sprechen, wie süß wir ihn wollen und welche Aromen ich noch hinzufüge.«

Greta wusste, dass bei der Sektherstellung als letzter Schritt die Hefe aus der Flasche genommen und die fehlende Menge mit einem süßen Wein oder Sirup aufgefüllt wurde. Ihr war das Verfahren bisher zu aufwendig vorgekommen, um es auf dem Gut auszuprobieren. »Er wird perfekt sein, Bruno.« Sie zögerte kurz, doch sie wollte bestätigt haben, was ihr gerade durch den Kopf ging. »Du hast das Gespräch bei unserer ersten Begegnung nicht vergessen?«

Bruno lächelte.

Vor über drei Jahren hatte Greta mit Fritz Freudberg auf dem Weinfest in Grünstadt kurz über die Möglichkeit der Sektherstellung gesprochen. Bruno und sie hatten sich da das erste Mal gesehen. Kein Wort hatte er zu der Unterhaltung beigetragen, obwohl Freudberg behauptete, dass er, sein Kellermeister, auch schon die Idee gehabt hätte, Sekt zu machen.

Sie sah zu ihrem Ehemann, der immer wieder einen Schluck Sekt nahm, um herauszuschmecken, was er verbessern könnte. Greta gefiel diese Herangehensweise – wie er seine Arbeit hinterfragte. Auf dieser Ebene waren sie sich sehr ähnlich. *Nach dem Besten suchen, nicht verharren, nicht stehen bleiben, vorangehen,* schoss es Greta durch den Kopf. Bruno zeigte ihr mit diesem Sekt, wie viel Zuneigung er für sie empfand. Er würde niemals Worte dafür finden.

Als sie eine Weile später aus der Halle traten, hatte es angefangen zu schneien. Die Flocken tanzten vor dem schwach erleuchteten Fenster des Haupthauses, fielen zur Erde, deckten den Hof und die Weinberge zu. Die Luft war kalt und klar. Sie hielten beide für einen Moment inne und atmeten tief ein und aus.

»Die weiße Welt schläft«, flüsterte Greta. Eine friedliche Stille lag über dem Weingut.

Bruno legte einen Arm um sie.

Greta schmiegte sich an ihn und sah zu ihm auf. »Sind wir auf einem guten Weg?«

Bruno nickte.

Sie nahm seine Hand.

8. KAPITEL

Poggiobello, Italien,
März 1977

Die Mercedeslimousine schlängelte sich in Serpentinen den Berg hinauf. Greta sah zu dem unbefestigten Fahrbahnrand der Schotterstraße, die nach Poggiobello führte. Unmittelbar danach ging es steil nach unten. Sie hielt sich mit beiden Händen am Sitz fest. »Fahr nicht so schnell, Bruno. Ich möchte nicht auf unserer Hochzeitsreise verunglücken. Leo braucht uns. Und unser nächstes Baby auch.«

»Keine Angst. Ich gebe acht. Aber irgendwann müssen wir mal ankommen«, grummelte Bruno. Sie waren am frühen Morgen in Kirchheim losgefahren, jetzt war es spät am Nachmittag. Seit Stunden saß er hinter dem Steuer, den Blick konzentriert nach vorn gerichtet. Er hatte sich mit Greta nicht abwechseln wollen, weil sie im dritten Monat schwanger war. »Paul und Sophia warten sicher schon auf uns.«

Sie waren auf dem Weg zum Weingut Vino Massimo, in das Brunos Freund Paul eingeheiratet hatte. Paul hatte Sophia, die einzige Tochter des Winzers Ettore Massimo, bei einem Kurzurlaub mit Bruno an der Adriaküste in Rimini kennen- und lieben gelernt. Noch bevor der Urlaub vorbei war, hatte Paul ihr einen Antrag gemacht und war mit ihr ins Friaul zu ihren Eltern gefahren, um offiziell um ihre

Hand anzuhalten. Bruno war ungehalten mit dem Zug ins Elsass zurückgereist, im Wissen, dass er seinen einzigen Freund verloren hatte. Doch Paul hielt Kontakt. Er schrieb regelmäßig zu Weihnachten und zu Brunos Geburtstag. Für Greta war es immer etwas Besonderes, wenn sie eine dieser Postkarten aus dem Briefkasten nahm. Jedes Mal betrachtete sie das Bild ganz genau, ebenso die Briefmarke mit dem Lire-Wert. Fremd kam ihr das vor, exotisch. Und verheißungsvoll.

Im Januar hatte Bruno wieder eine Karte mit Glückwünschen bekommen. Er hatte ihr Sophias und Pauls Liebesgeschichte erzählt, die Greta sehr romantisch fand. Doch ihr war einmal mehr bewusst geworden, dass sie und Bruno keine Zeit des Kennenlernens, keine Zeit der Verliebtheit und keine romantische Zweisamkeit gehabt hatten. Als wenn er ihre Gedanken erraten hätte, hatte Bruno vorgeschlagen, endlich ihre Hochzeitsreise im Friaul zu verbringen, bei seinem Freund Paul. Seit jener Weihnachtsnacht waren sie sich näher. Greta hatte glücklich zugestimmt.

Nach dem Besuch bei Paul wollten sie zu einigen Weingütern weiterfahren und, wenn dann noch Zeit war, zu einem Weinfest nach Verona.

Als die Serpentinenstraße endlich auf der Bergkuppe endete, deutete Greta zu einer kleinen Parkbucht. »Halt doch bitte mal an. Ich will diesen Ausblick genießen.«

Bruno hielt, und Greta stieg aus. Sie kämpfte gegen die Übelkeit an, ob wegen der Schwangerschaft oder der Serpentinen vermochte sie nicht zu sagen. Tief atmete sie ein, roch den aromatischen Duft der Pinien, der ihren Magen beruhigte, und hörte das Zirpen der Zikaden. Sie wickelte ihre Strickjacke fester um sich. Hier oben wehte ein kühler

Wind. Aber der Blick über die grüne Ebene war atemberaubend. Sie überlegte, was es wohl war, was dort unten auf einem großen lilafarbenen Feld wuchs. Lavendel?

Bruno blieb hinter dem Steuer sitzen und stopfte sich eine Pfeife. Sie beugte sich in den Wagen. »Wo haben wir den Fotoapparat? Du musst unbedingt ein Foto von mir für Adela machen. Ich habe ihr versprochen, hier in Italien für sie ihr Lieblingslied zu singen. Das Foto brauche ich als Beweis«, sagte sie und lachte.

Bruno schmunzelte, stieg aus, die Pfeife im Mund, und holte die Minolta in der braunen Ledertasche aus dem Kofferraum.

Greta stellte sich mit ausgebreiteten Armen vor das Panorama. »Bekommst du so alles drauf?«

Bruno kniff ein Auge zu und sah durch den Sucher. »Einen halben Schritt nach links, dann ist es perfekt.«

Greta tat einen Schritt zur Seite.

»Nicht dein links, mein links«, sagte Bruno und wedelte mit der Hand.

Greta macht einen großen Schritt auf die andere Seite, streckte die Arme aus und begann ausgelassen »That's Amore« zu singen. Dean Martin war nach wie vor Adelas großer Schwarm.

Bruno drückte einmal auf den Auslöser. »So, das muss reichen. Wir haben nur den einen Film, also jetzt nur noch fünfunddreißig Bilder.« Er zündete seine Pfeife an, stellte sich neben Greta und legte einen Arm um sie.

Greta schmiegte sich an ihn. »Ich dachte schon, dass wir nie eine Hochzeitsreise machen würden. Oder dass ich mit dir im Pfälzerwald wandern muss.« Die paar Mal, die Bruno an den Wochenenden zum Wandern ging, betonte er, dass er diese Zeit für sich allein brauchte, um ein wenig Abstand von der Welt zu bekommen und aufzutanken. Tatsächlich wirkte er hinterher stets ein bisschen fröhlicher.

»Ich hatte doch das Friaul schon an unserem Hochzeitstag vorgeschlagen«, zwinkerte er ihr zu.

Als sie das Schild *Casa Vino Massima* erblickten, bogen sie ab. Langsam lenkte Bruno den Wagen die Auffahrt entlang, die durch einen Weinberg führte. Greta lehnte sich in ihrem Sitz zurück und betrachtete aufmerksam die Rebstöcke. »Hier ist alles schon weiter. Der Wein treibt schon aus, sieh nur, Bruno. Was so ein paar Grad Wärme mehr ausmachen.«

»Wir sind jenseits der Alpen. Da ist das Klima anders«, antwortete Bruno. Er hielt vor einem großen, terracottafarbenen Haus mit dunklen Fensterläden, die geöffnet waren. Links und rechts der Eingangstür standen schwere große Holzkübel, in denen sich hohe Fächerpalmen sanft im Wind wiegten. An der Stirnseite des Hauses, zum Berghang hin, entdeckte Greta eine Terrasse mit einer Pergola, die mit rankenden Weinreben bewachsen war.

In diesem Moment öffnete sich die Tür. Ein hagerer Mann mit streng zurückgekämmtem, blondem Haar und eine kleine brünette Frau eilten die Treppe herunter.

»Ciao«, rief Sophia mit einem strahlenden Lächeln und öffnete Greta die Wagentür. »Willkommen, willkommen, cara Greta«, rief sie weiter, als Greta ausstieg. Sie blitzte Greta aus ihren braunen Augen an. »Scusi, mein Deutsch nicht so gut.«

»Bestimmt besser als mein Italienisch. Bon giorno.«

Paul, der Bruno zur Begrüßung auf die Schulter geklopft hatte, kam um den Wagen herum. »Hallo, Greta«, sagte er mit einem gewinnenden Lächeln und reichte ihr die Hand.

»Wir freuen uns sehr, dass wir dich endlich kennenlernen.« Er wandte sich an Bruno. »Komm, mein Alter, ich helfe dir mit dem Gepäck.«

Wie selbstverständlich hakte sich Sophia, die fast genauso zierlich wie Greta war, bei ihr ein. »Ich zeige dir Zimmer. Und dann einen Aperitivo? Campari?«

Greta schüttelte den Kopf. »No, grazie«, und fügte lächelnd »un bambino« hinzu. Sophia umarmte sie spontan, und unter einem sich wiederholenden »fantastico, bellisimo!« zog sie Greta die Eingangstreppe hinauf.

Greta ließ es geschehen. Doch als sie oben angekommen waren, blieb sie stehen und machte eine ausladende Handbewegung. »Bella Italia!«, sagte sie. »Una bella casa.«

»Si, si!«, meinte Sophia. Sie betrat das Haus, Greta folgte ihr, bis sie ein hübsches Zimmer mit blumigen Vorhängen betraten. »Gut?«, fragte Sophia und sah Greta erwartungsvoll an.

»Wie schön! Danke. Sag, wo kann ich mir die Hände waschen?« Um zu verdeutlichen, was sie meinte, rieb Greta ihre Hände gegeneinander.

Sophia nickte verstehend und zeigte in den ersten Stock, wo mehrere dunkle Holztüren von dem Flur abgingen. »Tür zwei.«

Doch Greta musste Sophia missverstanden haben, denn als sie die Tür öffnete, war da nicht ein Badezimmer, sondern ein voll ausgestattetes Kinderzimmer mit einer kleinen Wiege, einem Kinderbettchen und einer Wickelkommode. Als sie sich umdrehte, betrat Sophia den Raum. »Das ist Kinderzimmer. Wir wünschen uns auch bambini. Aber ist problema.« Sie zuckte traurig mit den Schultern. »Wir versuchen und versuchen.« Sie hielt sieben Finger in die Höhe. »Sette anni. Aber noch klein Glück.« Als sie Gretas mitfühlenden Blick sah, lachte sie leise. »Aber Zimmer ist fertig, Glück wird kommen.« Sie legte eine Hand auf ihr Herz. »Ich fühle.«

Kurz darauf saßen sie auf der Terrasse. Sie waren zu fünft, auch Ettore, Sophias Vater, hatte sich zu ihnen gesellt. Sophia stellte vier Gläser mit Campari auf den Tisch und reichte Greta ein Glas Wasser. »Per il bambino.« Sie hatte eine weiße Tischdecke aufgelegt, Geschirr und silbernes Besteck verteilt. Schälchen mit Tomaten, Salat, Bruschetta, Oliven und eingelegte Artischocken standen bereits auf dem Tisch, dazu ein prächtiger Strauß mit Feldblumen.

Paul wollte gerade eine Flasche Pinot Grigio entkorken, doch mit einer herrischen Handbewegung nahm ihm sein Schwiegervater die Flasche aus der Hand und stand auf.

Paul zuckte mit den Schultern. »Ihm kann man nichts recht machen. Aber ich verspreche euch, er holt jetzt etwas ganz Besonderes aus seinem Keller.«

Sophia legte Paul beschwichtigend eine Hand auf den Arm.

Ettore kam mit einer gekühlten Flasche Chardonnay zurück, öffnete sie und goss ihnen ein. »Saluti!«

Als Greta aufgegessen hatte, legte sie seufzend den Löffel beiseite. »Das war ein Festmahl, Sophia! Ich wusste gar nicht, dass man in Italien Nudeln als Vorspeise isst. Und dieses Tiramisu! Fantastico!«

Sophia lachte. »Morgen, ich koche wieder.«

Am nächsten Tag zeigte Paul Greta und Bruno das Weingut und führte sie anschließend in den Keller, wo, ähnlich wie auf Gut Freudberg, in langen Reihen die Fässer lagerten. »Mein Gut hier ist zwar nicht so groß wie deins, Bruno, aber mir reichen fünfundzwanzig Hektar. Die habe ich gut im Griff. Das kriege ich mit ein paar jungen Burschen aus dem Dorf und Sophias vielen Cousins geregelt. Ich sage dir, ich habe das Gefühl, diese Familie hat jedes Jahr einen Spaghettifresser mehr.« Er lachte laut auf. Als er Gretas entsetzten Blick auffing, korrigierte er sich. »Ich weiß schon, dass es dein Weingut ist, so wie dieses hier ja auch mal Sophia gehören wird. Aber ohne uns Männer wärt ihr doch völlig aufgeschmissen.«

Für den »Spaghettifresser« entschuldigte er sich nicht, stellte Greta im Stillen fest. Auch in der Pfalz hatte sie dieses Schmähwort schon gehört und sich dafür geschämt. Auf einmal fand sie Paul abstoßend. Sie musste sich auf die Lippen beißen, um sich zurückzuhalten. Der einzige Grund, warum sie ihn wegen seiner respektlosen Bezeichnung über Italiener und seiner abfälligen Bemerkung über Sophias Familienangehörige nicht anfuhr, war Bruno.

Am Nachmittag, als sie mit Bruno allein durch die Weinberge wanderte, sprach sie ihn darauf an. »War Paul schon immer etwas engstirnig?«

Bruno zog an seiner Pfeife. »Du meinst, wie er über Frauen denkt? Und über Sophias Familie spricht?«

»Ja, genau.«

»Ich bin auch über seine ›Spaghettifresser‹ erschrocken. Früher war Paul tolerant und neugierig auf die Welt. Vielleicht ist er so verbittert, weil ihm Deutschland fehlt. In all den Jahren war er nicht ein Mal da. Also, seit er verheiratet ist.«

»Vielleicht leidet er darunter, dass Sophia nicht schwanger wird. Sie hat mir erzählt, dass sie es schon seit Jahren versuchen.«

»Aber auch das ist keine Entschuldigung für sein Benehmen«, gab Bruno zurück. »Ich hoffe, du hast dich nicht angegriffen gefühlt?«

Greta war erleichtert, dass Bruno wie sie empfand. »Es kann eben nicht jeder so glücklich sein wie wir.« Sie stellte sich auf die Zehenspitzen und küsste ihn.

Bruno zog sie an sich. »Uns geht es wirklich gut.« Er griff nach ihrer Hand und zog sie weiter.

Der Anstieg hier war steiler, als es von der Casa Vino Massima aus geschienen hatte. Sie wollten hinüber zum Schloss Rocca Bernada, das Greta auf der Herfahrt gesehen hatte. Greta blieb stehen und schnaufte tief durch. Erschöpft setzte sie sich auf einen großen Stein.

»Alles in Ordnung?«, wollte Bruno wissen.

Greta nickte. »Ich bin nur etwas müde.« Sie stand auf. »Komm, mein Prinz. Bring mich zum Schloss«, lächelte sie Bruno an, um gleich darauf schmerzverzerrt das Gesicht zu verziehen. Sie spürte ein jähes Stechen im Unterleib.

Bruno sah sie erschrocken an. »Was ist? Was hast du? Komm, setz dich wieder hin.«

In diesem Moment zerriss etwas in Greta mit einem unerträglichen Schmerz. Sie stöhnte auf, hob den Rock etwas hoch und sah, wie Blut an ihren Beinen entlangströmte. »Bruno«, flüsterte sie. »Hilf uns.« Ohnmächtig brach sie zusammen.

Als sie wieder die Augen aufschlug, nahm sie verschwommen eine weiß gekalkte Decke über sich wahr. Sie wollte sich aufrichten, doch eine Hand drückte sie sanft ins Kissen zurück.

Sophias warme Stimme erklang. »Ruhig, Greta, ruhig. Du bist in ospedale.«

Greta wandte den Kopf. Sophia sah sie mitleidig an. Sie traute sich nicht, die Frage auszusprechen: Habe ich mein Kind verloren?

Sophia wischte ihr mit einem weißen Spitzentuch den Schweiß von der Stirn. »Wird alles wieder gut.«

Doch Greta spürte, dass nichts gut war. »Mein Baby?«, flüsterte sie.

Sophia schüttelte traurig den Kopf.

»Wo ist Bruno?«

Sophie seufzte. »Er ist in casa, mit Paul.« Sie zögerte. Dann gab sie sich einen Ruck. »Er weint seit Stunden. Ich habe nie gesehen so viel Tränen bei einem Mann.«

9. KAPITEL

Kirchheim an der Weinstraße,
Frühjahr 1979

Die vergangenen zwei Jahre waren schwer gewesen. Trauer lag auf dem Gut. Die Fehlgeburt in Italien hatte tiefe seelische Wunden hinterlassen. Sowohl bei ihr als auch bei Bruno, der sich seitdem erneut von ihr zurückgezogen hatte. Er mied ihre Nähe.

Anfangs hatte er sie im Ehebett noch kurz in den Arm genommen, bevor er das Licht auf seinem Nachttisch gelöscht hatte. Doch nachdem es Greta körperlich wieder besser ging, berührte er sie kaum mehr, drehte sich auf die Seite, sobald sie unter die Bettdecke schlüpfte.

Greta hatte schließlich den Mut gefunden und ihn darauf angesprochen.

»Ich hätte euch nie nach Italien bringen dürfen. Ich habe nicht aufgepasst. Ich habe mein Versprechen nicht gehalten«, hatte er geflüstert und dann lautlos geweint. Da hatte Greta erkannt, dass er sich die Schuld gab, dass sie so gelitten hatte.

Vergeblich hatte sie versucht, ihn zu trösten.

Bis heute war ihr es nicht gelungen. Der Sex blieb aus, und somit gab es dieses körperliche Band, das einen Teil von ihnen zusammenhielt, nicht mehr. Gestern war Bruno wieder zu einer seiner mehrtägigen Wanderungen aufgebrochen, was in den letzten Monaten immer häufiger vorkam.

Greta sehnte sich nach einer größeren Familie. Aber im Augenblick sah es ganz danach aus, dass ihr dreijähriger Sohn keine Geschwister bekommen würde. Sie dachte an Fräulein Heusers Brief. Ja, Kinder waren das größte Geschenk. Vielleicht würde Bruno, wenn er von seiner Wanderung zurück war, wieder ihre Nähe suchen.

Es hatte Greta viel Kraft gekostet, dass es heute zum ersten Spatenstich kam. Bruno und Adela hatten sie bei ihren Plänen nicht unterstützt. Doch Greta hatte sich über alle Bedenken hinweggesetzt und entschieden.

In den vergangenen Jahren war es immer schwieriger geworden, Erntehelfer im Leiningerland zu bekommen. Noch in den Sechzigern und Siebzigern hatten viele Männer, die bei BASF in Ludwigshafen arbeiteten, sich über zusätzliche Arbeit im Weinberg gefreut. Während der Lesewochen hatten sie sich zum Nachtdienst einteilen lassen, um so tagsüber im Weinberg zu arbeiten. Diese Doppelschichten hatten es ihnen ermöglicht, ihre Häuser schneller abzubezahlen. Allein mit den Landfrauen hatte Greta den Bedarf kaum decken können und hatte selbst bis zum Rand der Erschöpfung lesen müssen.

Doch sie hatte eine Lösung gefunden: Über eine Agentur würde sie für die Lese im Herbst arbeitslos gewordene Bergarbeiter aus Österreich beschäftigen können. Greta wollte, dass sie gut untergebracht waren, und hatte beschlossen, eine Unterkunft hinter der Scheune bauen zu lassen. Beim Bauamt war sie dafür belächelt worden. Warum sie es nicht wie andere Winzer machte? Einen Teil der Scheune aufpäppeln und ein paar Feldbetten aufstellen.

Oder ein paar Wohnwagen anmieten, da passten doch vier, fünf Leute rein, war die Empfehlung des Sachbearbeiters gewesen. Der Vorschlag erschien Greta völlig absurd und unmoralisch. Andere Winzer mochten ihre schwer arbeitenden Erntehelfer notdürftig unterbringen, aber für sie war es eine Frage der Fairness und des Respekts, für ihre Leute anständige Unterkünfte zu haben. Greta hatte entschieden abgelehnt und den Bauantrag eingereicht.

Lutz' Freund Michi hatte sie begleitet. Er hatte sich gerade als Architekt selbstständig gemacht und Gretas Auftrag erfreut angenommen. Sein Vater hatte in Neustadt an der Weinstraße ein Bauunternehmen, das passte wunderbar. Bei der Planung hatte Greta Michi ein wenig die Grenzen aufzeigen müssen, etwa, als er den Waschbereich mit Marmor auskleiden lassen wollte. Greta hatte aufgelacht, und Michis alter Herr, Kurt Enders, hatte seinem Sohn einen Vogel gezeigt. Seitdem blieb Michi in der Kostenplanung.

Heute war der Tag, an dem mit dem Bau hinter der Scheune begonnen werden sollte. Der Zuweg, ein Abzweig von der Auffahrt, war gewalzt, sodass die Baufahrzeuge das Material bis zum Bauplatz liefern konnten.

Greta ging hinauf zu dem abgesteckten Platz hinter der Scheune. Michi und sein Vater standen bereits mit einigen Handwerkern zusammen. Auf ihre Bitte hatten Alfons und Jockel einen Tisch aufgestellt, auf dem nun einige Platten belegter Brote standen, ebenso zwei Flaschen Sekt und eine Kiste Bier und Gläser. Obwohl Adela Gretas Vorhaben skeptisch gegenüberstand, hatte sie sie bei der Vorbereitung unterstützt.

Gestern Morgen, kurz bevor Bruno aufgebrochen war, hatte er ihr nochmals gesagt, dass er nichts von dem Bau halte, und fast schon ein wenig beleidigt bemerkt, dass es ja aber ihr Geld sei, das sie ausgebe. Greta überließ ihm die Entscheidung, ob er dabei sein wollte oder nicht. Und offensichtlich hatte er sich dagegen entschieden.

Die Märzsonne strahlte warm auf den geebneten Boden. Die Rebstöcke trieben zaghaft aus, und in den Weinbergen ringsum lag ein allererstes Grün.

Als Leo sie sah, kam er ihr entgegengelaufen. In der Hand hielt er eine kleine blaue Schaufel.

»Mama, ich baue mit!«, rief er laut. Die Handwerker lachten auf.

»Wir können jede Hand gebrauchen«, meinte Michi, der wegen des feierlichen Anlasses statt seiner üblichen Jeans und eines seiner wildgemusterten Hemden eine graue Stoffhose und dazu einen dunkelblauen Blazer trug. Um den Hals hatte er sich einen grauen Schal geschlungen, um avantgardistischer zu wirken, wie er Greta erst neulich anvertraut hatte. Er fing den Kleinen ein, setzte ihn sich auf die Schultern und kam zu Greta. Aus den Augenwinkeln sah sie, dass Kater Murr um Michis Beine streifte. Wo ihr Sohn war, war der Kater nie fern.

»Mein Vater hat einen Spaten für dich, Chefin«, sagte er, da streckte ihr bereits Kurt Enders das Werkzeug entgegen.

Für einen kurzen Augenblick fühlte sich Greta an ihren sechzehnten Geburtstag zurückversetzt, an dem sie bei den Hellerts im Weinberg gearbeitet hatte. Harald hatte ihr die Stockhacke entgegengestreckt, genau so, wie es jetzt Kurt Enders mit dem Spaten tat. Das Hacken des Bodens war immer besonders anstrengend gewesen, und Greta hatte diese Arbeit gehasst. Das war jetzt fast neun Jahre her. Und im Gegensatz zu damals griff sie heute gern nach dem ihr angebotenen Werkzeug.

»Dann wollen wir mal.« Sie blickte in die Runde. »Lieber Michi, lieber Kurt, liebe Handwerker, liebe Adela, liebe Kollegen und lieber Leo.« Der Kleine wedelte aufgeregt mit seiner Schaufel. »Ja, gleich darfst du auch graben, aber vorher möchte ich etwas sagen.« Sie wandte sich an die Handwerker und bemerkte, dass im Schatten der Scheune Elfriede stand und leicht die Hand zum Gruß hob.

Greta freute sich, dass ihre Ziehmutter zum Spatenstich gekommen war. Sie fragte sich, woher sie davon erfahren hatte. Wahrscheinlich von ihrer Schwiegertochter Dagmar, die nach wie vor in der Metzgerei ihres Vaters arbeitete. Oder von Detlef, dessen Edeka im Dorf wie ein Redaktionsraum einer Zeitung war.

»Und liebe Nachbarn«, fuhr sie lächelnd in Elfriedes Richtung fort. »Willkommen zum ersten Spatenstich! Es hat für mich eine ganz besondere Bedeutung, hier ein Haus zu bauen. Ein Haus, das, wenn auch immer nur für eine gewisse Zeit, den Menschen, die in ihm leben werden, ein Zuhause sein soll. Ich weiß, wie wichtig das ist, wenn man nicht in seiner Heimat ist, sich trotzdem wohlzufühlen.« Sie warf Kurt Enders einen gespielt strengen Blick zu. »Auf dass es mir nicht so ergeht wie der Familie Semmeling im Fernsehen, die ein Eigenheim baut und mit Tausenden Schwierigkeiten zu kämpfen hat.«

Kurt Enders lachte jovial auf. »Wir brauchen keine fünf Monate, dann steht die Hütte.«

Greta setzte den Spaten an und stieß das Blatt mit dem Fuß tief in die Erde.

»Gut gemacht«, sagte Michi, als Greta den Spaten wieder herauszog und die Erde beiseite warf.

Aus den Augenwinkeln sah Greta, dass Elfriede bereits den Weg zur Zufahrt entlanglief, die Schultern gebeugt.

»Und was mache ich jetzt?« Greta sah sich um.

Michi lachte. »Das, was du immer machst. Dich um dein Weingut kümmern.«

Greta entschied, zu den Feldern mit den Rotberger-Rebstöcken zu fahren. Im Januar waren sie geschnitten worden, Greta wollte sicherstellen, dass die Stöcke gut versorgt waren und bald austreiben würden.

Sie stieg in ihren Citroën und fuhr los. Vor einigen Wochen hatte Leo darauf bestanden, eine Prilblume von der Spülmittelflasche zu pulen, und hatte sie dann auf das Armaturenbrett geklebt. »Aber nur die eine«, murmelte jetzt Greta wiederholend vor sich hin. Seit die Blume dort klebte, dachte sie immer wieder an die Küche in Roberts WG, wo zahlreiche Prilblumen die Fliesen geschmückt hatten. *Wie lange brauche ich noch, um Robert zu vergessen,* fragte sie sich.

Eine Fahrradfahrerin winkte ihr von einem Feldweg aus aufgeregt zu und griff nach einer Zeitung, die im vorderen Körbchen lag. Sie schwenkte sie über ihren Kopf.

Greta parkte am Feldrand und stieg aus.

Es war die liebe, verrückte und vor zwei Jahren verwitwete Selma Lancee. Diese hatte im letzten Jahr beschlossen, dass Greta die nächste Vorsitzende der Leininger Landfrauen werden sollte, nachdem Gisela Wallert ihr Amt aufgeben musste. Gisela war dreimal hintereinander zur ersten Vorsitzenden gewählt worden, eine vierte Amtszeit erlaubte die Satzung nicht. Auf ihre ganz eigene Art und spezielle Weise hatte Selma für Greta Wahlkampf betrieben.

Gleich am nächsten Tag, nachdem Greta die Wahl angenommen hatte, war eine junge Journalistin auf Gut Freudberg erschienen und hatte sie um ein Interview gebeten.

»Hallo, Selma. Was hast du denn da Schönes?«

Die Freundin stellte ihr Rad ab und kam in ihren hochhackigen Stiefeln auf Greta zu, ungeachtet des Lehms, der an ihren Absätzen hängen blieb. Sie trug nur eine kurze Jacke über dem Minirock. *Wie immer fünf Zentimeter zu kurz*, schoss es Greta durch den Kopf. Aber so war Selma eben, ein bisschen zu blond, ein bisschen zu frech, ein bisschen zu stark geschminkt, die Absätze ein bisschen zu hoch – doch Greta mochte genau das an ihr. Denn Selma scherte sich nicht, was die Leute im Dorf über sie redeten.

Jetzt schlug sie die Zeitung auf und hielt sie Greta unter die Nase. »Des hemmer erledichd.« Die Freundin verfiel hin und wieder ins Pfälzische. »Das musst du dir ansehen. Sie haben das Interview mit dir schon heute gebracht.«

Gretas Traurigkeit verflog. So war es immer, wenn sie Selma sah. Mit ihr kam die gute Laune. Auf einmal wurde das Leben ganz leicht. Greta nahm ihrer Freundin die Zeitung aus der Hand. Auf Seite drei war ein großes Porträt von Greta, wie sie im Weinberg stand. Neben ihr saß Jolie und himmelte sie an.

»Das ist ein toller Artikel«, befand Selma.

Greta überflog den Text. »Tatsächlich, sie hat es genau so geschrieben, wie ich es gesagt habe. Die Journalistin ist sogar auf die Aspekte des ökologischen Anbaus eingegangen. Auf meine Absichten, das noch weiter auszubauen. Hoffentlich hält man mich jetzt nicht für eine Spinnerin.«

»Ich wusste, dass man auf diese Frau zählen kann.« Selma kicherte. »Ich könnte ein Publicity Büro eröffnen. Und meine erste Klientin könnte die neue Premierministerin Margaret Thatcher sein. Oder ich bringe erst mal die Landfrauen ganz groß raus.«

»Du hast wohl mit deinem Gasthaus und deinen drei Kindern nicht genug zu tun?«

»Die Kinder sind doch aus dem Gröbsten raus.«

»Dein Ältester ist gerade mal acht Jahre alt!«

Selma winkte ab. »Eben. Und das Gasthaus, na ja, da läuft doch meist nur am Wochenende was.« Sie zwinkerte Greta verschwörerisch zu. »Außerdem liebe ich neue Herausforderungen.« Schon stieg sie auf ihr Fahrrad. »Ich muss weiter, die Kinder haben sich Saumagen zum Mittagessen gewünscht. Da fahre ich doch glatt mal bei Metzgermeister Dreckmann vorbei.«

»Vielleicht hast du Glück und Dagmar hat heute ihren freien Tag.«

Selma trat bereits in die Pedale. »Was glaubst du denn?«, rief sie Greta zu. »Natürlich ist sie nicht da! Oder denkst du, ich würde hinfahren, wenn mich nicht Otto bedienen würde?«

Greta schmunzelte. Selma strahlte eine Kraft aus, die sie bewunderte. Sie war mit ihrem verstorbenen Mann sehr glücklich gewesen, obwohl dieser dreißig Jahre älter gewesen war als sie. Nach seinem Tod hatte sich Selma aufgerappelt und auch ihre finanzielle Situation gemeistert. Sie hatte das Gasthaus renoviert, das er ihr hinterlassen hatte, und zwei sehr attraktive junge Kellnerinnen eingestellt. Etwas ungewöhnlich war, dass ihr Gasthaus freitags und samstags ausschließlich für geschlossene Gesellschaften reserviert war, ausgerechnet an den Tagen, an denen viele Leute essen gingen. Als Greta sie einmal nach dem Grund gefragt hatte, hatte Selma sie nur verschmitzt angeschaut und gemeint, das müsse Greta selbst herausfinden. Sie könne ja mal an einem Freitagabend vorbeikommen. Wozu es bis jetzt noch nie gekommen war.

Jetzt war Selma auf der Jagd nach einem Liebhaber, und ihre Wahl war auf Otto Dreckmann gefallen.

Greta war gespannt, ob sie ein Paar wurden. Sie sah Selma nach. Zum ersten Mal hatte sie das Gefühl, eine Freundin zu haben. Ein gutes Gefühl.

Sie fuhr weiter in den Weinberg. Als sie in die erste Reihe trat, begutachtete sie zufrieden die Rebstöcke des Rotbergers. Wenn das Wetter mitspielte, würden sie einen guten Ertrag bringen.

Greta sah sich um und entdeckte Jockel und Alfons ein paar Reihen weiter. Sie lasen die vor Kurzem abgeschnittenen Rebranken vom Boden auf, packten sie in eine Schubkarre und fuhren sie zum Ende der Reihe. Dort türmte sich das abgeschnittene Astwerk auf. Direkt daneben stand Bruno. Mit verschränkten Armen beobachtete er Alfons und Jockel.

»Ich dachte, ich helfe besser den beiden«, meinte er lapidar zur Begrüßung.

»Du bist schon zurück von deiner Wanderung?«, sagte Greta, die sich wunderte, dass ihr Mann hier im Weinberg stand. »Wo warst du denn?«

Bruno sog an seiner Pfeife. »Interessiert dich das? Du warst ja so beschäftigt.«

Greta ging auf den versteckten Vorwurf nicht ein. »Sag nicht, ihr wollt den Rebschnitt verbrennen.« Sie sagte es schärfer als beabsichtigt. Dass er nicht zum Spatenstich gekommen war, ärgerte sie, dass er hier mit Alfons und Jockel gegen sie arbeitete, noch mehr.

Statt einer Antwort nickte er nur stumm.

»Wir haben doch drüber gesprochen, wie wichtig es ist, dass die Reben gehäckselt und in den Boden eingebracht werden. Damit geben wir der Erde Nährstoffe zurück.«

Bruno sah sie an. »Haben wir oder hast du?«

Greta verschlug es für einen Moment die Sprache.

»Wir haben heute keine Zeit für diese Mätzchen. Das Zeug muss weg«, fuhr Bruno fort.

»Die anderen Reihen haben wir so gemacht, und diese werden wir genauso bearbeiten.« Gretas Stimme bebte vor Wut. »Auf meinem Weingut wird es kein Feuer mehr geben!« Sie wandte sich ab, damit Bruno ihre aufsteigenden Tränen nicht sah. Zum dritten Mal an diesem Tag wurde sie an ihre Zeit bei den Hellerts erinnert, an jenen Tag, als sie mit Harald im Weinberg gestanden und versucht hatte, ihn von ihren Ideen zu überzeugen. Sie war damals auf männliche Ignoranz gestoßen. Genau wie jetzt bei Bruno.

»So falsch kann Fritz in all den Jahren beim Weinanbau nicht gelegen haben. Und ich auch nicht. Wir haben die Ranken immer verbrannt«, sagte Bruno. Es lag fast etwas wie Hochmut in seiner Stimme.

»Nur weil etwas immer so war, heißt das noch lange nicht, dass es gut ist. Ich schaue nach vorn, gehe neue Wege. So werden wir auch dieses Jahr keine Insektizide gegen den Traubenwickler spritzen, sondern Fanggürtel einsetzen.« Sie hielt inne und wartete, ob Bruno ihr weiter widersprach. Doch es folgte nichts.

Plötzlich stieß er hervor: »Der Rotberger ist für Mainz nominiert.«

Die Mainzer Weinbörse war seit einigen Jahren die größte Fachmesse für deutsche Spitzenweine. Greta hatte im vergangenen Jahr ihre Weine dort angemeldet, aber bisher keine Nachricht erhalten. Und nun hatte Bruno erfahren, dass der Rotberger von Gut Freudberg als einer der herkunftsgeprägten Spitzenweine ins Programm genommen worden war? Eventuell würde er sogar einen Preis erhalten? Greta wusste, was es für ihn und auch für das Gut bedeutete. »Seit wann weißt du das denn?«

Bruno zuckte nur mit den Schultern.

Es tat ihr weh, dass er ihr diese Nachricht vorenthalten hatte, und empfand es als Vertrauensbruch. Immer hatte sie sich mit ihrem gemeinsamen Ziel, den besten Wein herzustellen, selbst beschwichtigt, wenn sie an ihrer Ehe zweifelte. Aber sie wollte es nicht vor ihren Mitarbeitern zu einem Streit eskalieren lassen. Sie holte tief Luft und rief Alfons zu: »Verteil die Reben wieder. Ich hole mit Jockel den Häcksler. Wir machen es wie in den anderen Reihen.«

»Aber …«, setzte Alfons an, verstummte aber augenblicklich, als er Gretas Blick sah.

»Fangt schon mal an.« Sie sah zu Jockel, der in seiner Bewegung innegehalten hatte, einen Bund Rebschnitt im Arm, und sie mit offenem Mund anstarrte.

»Bewegung, Jockel«, fuhr sie den jungen Mann an und schämte sich kurz dafür. Ihre Wut galt Bruno, der in ihren Augen nicht gut mit der Natur umging. Jockel trug keine Schuld. »Komm, ich fahre dich runter.«

Sie warf Bruno einen Blick zu. Wieder einmal stellte Greta fest, dass es seine Sprachlosigkeit war, mit der sie kaum umzugehen wusste.

10. KAPITEL

Worms und Kirchheim,
August 1979

Greta parkte den Lieferwagen hinter der Kisselswiese, dem Festplatz in Worms. In diesen Tagen wurde in der Nibelungenstadt das traditionelle Backfischfest gefeiert. Besucher aus aller Welt waren angereist. Der »Wonnegauer Weinkeller« befand sich in der Weinkosthalle, in der über zwanzig Weinstände die Besucher erwarteten. Der Wirt des größten Standes hatte sie heute Vormittag alarmiert angerufen. Während der Festtage belieferte Gut Freudberg ihn regelmäßig, aber diesmal würde der Wein nicht reichen. Noch nie hatten die Besucher so viel getrunken.

Greta öffnete die Seitentür des Wagens. Die Musik aus dem Festzelt war auch hier laut zu hören. Roland Kaiser ging gerade »Schachmatt« bei einer Frau mit blauschwarzem Haar.

Jockel, der sie nach Worms begleitete, zog die Sackkarre von der Ladefläche. »Stapel nicht zu viele Kisten drauf. Wir müssen sicher durch das Gedränge im Zelt kommen. Lieber gehen wir einmal mehr«, wies sie ihn an.

Der junge Mann nickte und begann, die Kisten herauszunehmen und auf die Sackkarre zu packen. Als er vier aufeinanderaufgestapelt hatte, schloss Greta den Wagen ab und ging voraus. Jockel folgte ihr zum Festzelt.

Greta war bewusst, wie wichtig diese Weinfeste für die Region und auch für ihren Weinverkauf waren. Gut Freudberg brauchte die Feste, und die Feste brauchten ihren Wein.

Als sie das Zelt betraten, bahnte Greta für Jockel, der dicht hinter ihr die Sackkarre schob, einen Weg. Es war stickig, die Luft war rauch- und alkoholgeschwängert. Freundlich bat sie die Feiernden, zur Seite zu treten. Gerade lärmte der Gesang von Olivia Newton-John und John Travolta durchs Zelt: »You're the One that I Want«. Greta warf einen Blick zur Tanzfläche, auf der sich die Paare drängten. Prompt entdeckte sie unter ihnen Detlef und Renate. Offenbar teilten sie auch im vierten Jahr ihrer noch kinderlosen Ehe das Hobby des Turniertanzens. Sie sah sich um – wo Detlef und Renate waren, war der Rest der Hellerts meist nicht weit. Aber diesmal schienen sie allein hier zu sein.

Kurz winkte sie Selma zu, die mit einigen Landfrauen an einem Tisch saß. Selma hatte Greta dazugebeten, doch sie hatte ablehnen müssen. Dafür hatte sie momentan leider keine Zeit.

Am Tresen angekommen, wurde Greta freudig von dem Wirt begrüßt. »Sie sind meine Rettung, Frau Bachstern! Alla hopp! Ich weiß gar nicht, wie ich Ihnen danken soll. Die Leute würden mir sonst wohl das Zelt abbauen, wenn es nix mehr zu trinken gäbe. Und wenn Sie mir erlauben: Ihr Riesling ist ein Gedicht!« Er winkte einem Mitarbeiter, der sogleich zu Hilfe eilte und nach den Kartons griff, die Jockel ihm über den Tresen reichte.

»Eine Bullenhitze ist das hier«, fuhr der Wirt fort. Dabei schenkte er zwei Gläser Wasser ein und reichte eins Greta. »Oder hätten Sie lieber ein Schluck von Ihrem?« Ohne eine Antwort abzuwarten, setzte er sein Glas an und trank es in einem Zug aus.

Auch Greta trank und verschluckte sich beinah, als ihr jemand grob an ihrem französischen Zopf zog, den sie in letzter Zeit oft trug, damit ihr die Haare bei der Arbeit nicht immer ins Gesicht fielen. Als sie sich erschrocken umdrehte, sah sie in Johann Hellerts blutunterlaufene Augen. Er war betrunken.

»Steht dir gut, der Zopf. Zum Anbeißen wie eh und je, die Frau Freudberg – ach, was sage ich denn, das warst du ja nie.« Er lachte laut über seinen eigenen schlechten Witz. »Du trägst jetzt den Namen von diesem Weinmacher, der dich begattet«, sagte er mit schwerer Zunge.

Greta musterte Johann voller Abscheu. Sie dachte daran, wie er mehrmals, wenn er getrunken hatte, hinter dem Rücken seiner Familie und seiner Frau ihr gegenüber übergriffig geworden war. Jedes Mal war es ihr gelungen, ihn in seine Schranken zu weisen. Er war genauso abstoßend wie früher, allerdings sah man ihm inzwischen an, dass er selbst sein bester Kunde war. Sein Gesicht wirkte aufgedunsen.

»Kundschaft, Herr Wirt«, rief er nun auch dem Wirt zu. »Zwei Obstler, aber zack.« Er drehte sich zu Greta. »Wir wollen doch auf unser Wiedersehen anstoßen.«

Im Traum stoße ich nicht mit dir an, dachte Greta. Seit Jahren hatte sie weder mit Harald noch mit Johann ein Wort gewechselt. Umso erstaunter war sie, dass jetzt auch Harald, gefolgt von Dagmar, auf sie zukam. Als die beiden sie und Johann erreicht hatten, zischte Dagmar Greta an: »Finger weg von meinem Mann!«

Greta hob nur die Augenbrauen und sah, wie Johann den Obstler hinunterkippte.

Harald mischte sich ein. »Den Buwen nimmst jetzt mal untern Arm und bringst ihn nach Hause. Der hat genug.«

Dagmar nickte, und auch Johann beugte sich der Anweisung seines Vaters, griff aber noch schnell nach dem zweiten Obstler und trank ihn in einem Zug aus. Dann hakte Dagmar ihn unter und zog ihn mit sich.

Harald hingegen stellte sich breitbeinig vor Greta auf und musterte sie.

»Mal sehen, ob du den Auftrag hier noch hast, im nächsten Jahr«, meinte er hämisch.

Greta war völlig perplex. War Harald auf sie zugekommen, um ihr zu drohen? Sie wusste von den Landfrauen, dass die Hellerts dieses Jahr zum ersten Mal das Backfischfest belieferten. Aber was hatte das mit ihrem Auftrag zu tun?

»Guten Tag, Harald. Welchen meiner Aufträge meinst du? Den vom Müller-Thurgau, den Riesling, den Kerner oder den prämierten Rotberger von meinem Mann, dem renommierten Kellermeister?«, gab Greta mit einem freundlichen Lächeln zurück. Sie sah zu Jockel. »Hol doch bitte die letzten Kisten allein aus dem Wagen. Ich habe hier gerade einen alten Bekannten getroffen.«

Jockel zog mit der Sackkarre los.

»Bekannter? Isch glaab, dir brennt de Kittel! Ich bin der Mann, der dich großgezogen hat. Der dir ein Dach über den Kopf gegeben hat, du Hurenkind!«

Greta starrte ihn an. Sie konnte nicht glauben, dass er das eben zu ihr gesagt hatte. Kuckuckskind hatte er sie schon einmal genannt, aber Hurenkind? Sie rang um Fassung. Die Verachtung und der Hass in seiner Stimme verschlugen ihr die Sprache.

In diesem Moment kam Selma. Ein Glas in der Hand, halbvoll mit Rotwein, schob sie sich zwischen sie beide. Sie tat, als hätte sie Greta nicht bemerkt, blieb aber so stehen, dass sie ihr und Harald die Sicht aufeinander versperrte.

»Hilfe, junger Mann«, rief sie in ihrer unnachahmlichen Art einem Kellner hinter dem Tresen zu. »Sie müssen uns retten. Dieser Spätburgunder ist ungenießbar. Ich glaube, er ist vom Weingut Hellert. Ich habe gerade gesehen, dass es Nachschub von Gut Freudberg gab.« Unauffällig stupste sie Greta mit dem Fuß an. »Meine Mädels und ich nehmen bitte vier Gläser, ach was soll's, geben Sie mir am besten gleich eine Flasche von dem süffigen Rotberger.« Damit knallte sie das Glas mit dem Rotwein auf den Tresen. »Den Spätburgunder können Sie in den Rhein kippen.«

»Kommt sofort«, rief der Kellner, öffnete die Flasche und reichte sie Selma. Sie nestelte nach ihrem Portemonnaie, doch der Wirt hatte alles mitangesehen und -gehört und kam zu ihnen. »Das passt schon. Geht aufs Haus! Hast einen guten Geschmack! Das Beste ist gerade gut genug. Aber wem sage ich das. Den Spruch habe ich ja von dir!«

Selma zwinkerte Greta unbemerkt zu und kehrte mit der Weinflasche an ihren Tisch zurück. Die Landfrauen, die das Gespräch verfolgt hatte, applaudierten ihr ausgelassen zu.

Harald schnaubte laut auf. »Was bildest du dir auf deinen Wein ein, den du ja noch nicht mal selbst machst! Du bleibst ewig eine Ungelernte! Das bisschen, was du über Wein weißt, weißt du von mir! Genau wie dein Vater!«

Greta verbarg ihre Empörung und lächelte den verbitterten Mann an. »Es gibt Menschen, die lernen Winzer, so wie du. Und es gibt Menschen, die sind zum Winzer geboren. So wie mein Vater. Und so wie ich.« Damit drehte sie sich um. Sie brauchte frische Luft. Sonst würde das Gespräch mit Harald noch ausarten. Doch ein kleines triumphierendes Lächeln umspielte ihre Lippen. Greta war stolz, dass sie Harald Paroli geboten hatte.

Als sie auf dem Parkplatz stand, horchte sie in sich hinein. Fühlte sie da einen Schmerz? Haralds Worte waren so verletzend gewesen. Früher wäre sie nach einem solchen Gespräch in Tränen ausgebrochen. Nein. Sie spürte keinen Schmerz, keine Wut, keine Traurigkeit. Was sie fühlte, war Mitleid. Ein kleines bisschen für sich selbst, aber noch mehr für Elfriede, die an diesen missgünstigen Mann gefesselt war. Die keine Möglichkeit hatte, aus ihrer Ehe auszubrechen.

Zurück auf dem Weingut lief Greta zu der neu gebauten Unterkunft hinter der Scheune. Kurt Enders hatte Wort gehalten. Vor zwei Wochen hatten seine Handwerker die letzten Arbeiten erledigt. Nun warteten acht Vier-Bett-Zimmer, eine geräumige Küche mit einer Waschmaschine und zwei Herden, einem großen Tisch und eine komfortable Sanitäranlage, getrennt für Männer und Frauen, auf die Erntehelfer. Zu Gretas Überraschung hatten Enders und seine Leute sogar einen kleinen Grillplatz neben der Terrasse gepflastert, ohne dafür Mehrkosten zu berechnen. Von dort hatte man einen traumhaften Blick auf die Weinberge.

Trotzdem war Greta, als Enders ihr die Schlussabrechnung überreicht hatte, fast erschrocken über ihre Entscheidung gewesen. Der Neubau war definitiv das Teuerste, was sie in den letzten viereinhalb Jahren, seit sie Gut Freudberg leitete, zu verantworten hatte. Und doch war sie unbeirrt davon überzeugt, dass es das Richtige war.

Ein Teil der österreichischen Erntehelfer würde schon morgen eintreffen, um mit den Vorarbeiten für die Weinlese zu beginnen. Auch wenn bis zur Hauptlese noch einige Wochen vergingen, gab es viel zu tun. Alle Gerätschaften mussten vorbereitet und einsatzbereit sein. Die Rebstöcke warteten darauf, entlaubt zu werden, damit die Trauben noch das letzte bisschen Sonne bekamen und, falls es regnete, schnell abtrockneten.

Alfons würde die Einarbeitung übernehmen. Greta war sich sicher, dass sie einen guten Trupp zusammengestellt hatte. Die meisten von ihnen waren ehemalige Bergarbeiter. »Die schaffen was weg, Frau Bachstern«, hatte ihr die Frau von der Agentur versichert.

Greta hatte schon jetzt Respekt vor den Arbeitern. Sie nahmen einen langen Weg auf sich, um ihre Familien zu ernähren, jetzt, wo der Bergbau in Österreich immer mehr zurückgefahren wurde. Aber nicht nur für sie begann etwas Neues. Auch Gut Freudberg würde in eine neue Zeit gehen. Greta war zufrieden.

Sie öffnete die Unterkunft und betrat das noch leere Haus. Prüfend sah sie sich um. Direkt neben der Eingangstür befand sich eine kleine Kleiderkammer mit Bänken und Garderobenhaken. Nicht nur die Arbeitsjacken, sondern auch die Arbeitsschuhe konnten hier untergebracht werden. Sie durchquerte die geräumige Wohnküche, blickte kurz in die orange gefliesten Sanitärräume und in einen kleinen Extra-Schlafraum für zwei am Ende des Flurs, falls ein Ehepaar aus Österreich anreiste. Dann stieg sie die Treppe zu den Schlafräumen hoch. Alfons und Jockel hatten die Betten aufgestellt, die Greta in einem Möbelhaus in Mannheim gekauft hatte. Dazu kleine Tische und Stühle, neben der Tür ein praktischer Schrank, eine Deckenlampe und, das war Greta wichtig gewesen, an jedem Bett eine kleine Lampe. Falls jemand lesen oder schreiben wollte.

In jedem Zimmer kippte Greta das Fenster, damit der Geruch nach frischer Farbe noch auslüftete. Am Morgen hatte Frau Schütter mit einer Frau aus dem Dorf alles geputzt.

Wenn die Hauptlese begann, würden zusätzlich Studenten von der Hochschule in Geisenheim auf Gut Freudberg mithelfen. Greta hatte mit dem Direktor vereinbart, Studierende zur Lesezeit aufzunehmen. So konnten sie sich etwas dazuverdienen und gleichzeitig Erfahrung im Weinberg sammeln. Dass ihnen eine ordentliche Unterkunft gestellt wurde, machte das Angebot attraktiv. Die Nachfrage bei den Studenten war groß gewesen, und der Direktor hatte das Los entscheiden lassen.

Greta verließ die Unterkunft und war sicher, alles getan zu haben, dass die Menschen, die einige Wochen von ihr abhängig waren, aber auf die auch sie angewiesen war, alles hatten, was sie brauchten. Sie trat ein paar Schritte zurück und betrachtete das Gebäude. Sie hatte es im selben Gelb wie das Haupthaus streichen lassen, hell und licht schien es ihr. Bruno hatte sich komplett aus dem Bauvorhaben herausgehalten. Aber Greta hatte beobachtet, dass er sehr wohl den Fortschritt auf der Baustelle verfolgt hatte.

Bruno. Sie stieß die Luft aus. Sie musste mit ihm sprechen, wie sie morgen die Erntehelfer begrüßen wollten. Ihr war wichtig, dass sie als Einheit den neuen Arbeitern gegenübertraten. Hoffentlich kostete es nicht zu viel Überzeugungsarbeit, dass er ihr zustimmte. Am Morgen hatte er ihr erzählt, dass er heute die Weinfässer ausschwefeln würde. Jockel war bereits in die Mannlöcher der großen Fässer hineingeklettert und hatte sie mit Wasser ausgebürstet. Nun würde Bruno die sogenannte Schwefelschnitte in das Fass halten, deren Qualm bewirkte, dass alle Mikroorganismen vernichtet wurden, und ein stechender, beißender Geruch würde sich im Keller ausbreiten.

Als Greta die Treppe zum Weinkeller hinunterstieg, kam ihr Jolie schwanzwedelnd entgegen. Greta beugte sich zu ihr und streichelte sie. »Du riechst schon wie ein Kellerhund, du solltest mehr an die frische Luft, Jolie. Ich nehme dich später mit in den Weinberg, einverstanden?«

Bruno stand an seinem neuen Arbeitstresen aus Edelstahl. Kurz nach dem ersten Spatenstich für die Unterkunft hatte auch er sein eigenes »Bauprojekt« gestartet, hatte im Keller um- und aufgeräumt. Greta hatte den Eindruck, dass er die Weinberge zunehmend mied. Es kam ihr so vor, als wenn er sich hier sein unterirdisches Zuhause einrichtete und sich immer weiter von ihr entfernte.

Bruno stand an der neuen glänzenden Arbeitsplatte und verkostete Wein. Er bemerkte Greta erst, als sie direkt neben ihm stand, und sah sie erstaunt an.

»Die Chefin lässt sich herab von ihrem Olymp in den Hades? Willkommen in meinem Reich.« Er griff nach einem sauberen Glas, schenkte etwas Wein aus einem Krug ein und reichte es ihr. »Probier mal. Irgendetwas stört mich am Kerner. Ich komme nicht drauf.«

Greta hielt ihre Nase in das Glas. Er duftete nach Ananas, Zitrusfrüchten und Pfirsich. Sie nahm einen Schluck. Der Wein schmeckte fruchtig nach Birne und Aprikose und … Sie überlegte. War das Zimt? Sie nahm noch einen Schluck, um sich zu vergewissern. Es war ein guter Jahrgang, konstatierte sie. Doch der Wein hatte einen Nachgeschmack, den auch sie nicht genau einzuordnen wusste und der irritierte.

Bruno reichte ihr das nächste Glas. »Und jetzt das hier.«

Sie nippte daran, wie sie es beim ersten getan hatte – und schmeckte außer den Aromen, die der Kerner normalerweise hatte, nichts. Kein Nachgeschmack, keine Irritation.

Bruno sah sie erwartungsvoll an. »Und?«

»Bei dem hier schmecke ich das nicht. Vielleicht liegt es am Fass«, sagte Greta. »Du arbeitest zu viel.«

»Mit dem Wein stimmt etwas nicht.«

Greta lehnte sich gegen die Stahlspüle. »Ich glaube, du solltest dir mal eine Pause gönnen, dir und deinen Geschmacksnerven. Sonst kommst du nicht dahinter, woran es liegt, dass der Wein merkwürdig schmeckt.«

»Sprach die Frau mit dem goldenen Gaumen«, sagte Bruno und wandte sich ab.

Greta machte einen raschen Schritt auf ihn zu und griff ihn so an seinem Küferhemd, dass er sich umdrehen und sie ansehen musste. »Wie wäre es mit: ›Danke, dass du dich um mich sorgst‹?«, fragte sie.

»Tust du das wirklich?«

Greta hätte ihm gern gesagt, dass sie endlich einmal gemeinsam um ihr verlorenes Kind trauern sollten. Dass es ihnen nicht half, dieses Thema »auszuschweigen«, wie sie es bei sich im Stillen nannte. Und dass sie daran verzweifelte. Doch sie wusste, dass sie ihn so nicht erreichen würde. Wieder hoffte sie, dass die Zeit es richten würde. »Ja! Und ich frage mich, wann du das endlich begreifst.«

Bruno griff nach einem Krug und ging zu einem Fass, um weiteren Wein zu probieren.

Greta wusste, dass er ihr damit zu verstehen gab, dass für ihn das Gespräch beendet war. Sie sah zu dem Hund und klopfte sich gegen das Bein. »Na komm, Jolie, lass uns mal ein bisschen frische Luft tanken und unsere Gedanken sortieren.« Letzteres sagte sie in Richtung Bruno, aber sie wusste nicht, ob er ihre Botschaft verstand. Zusammen mit Jolie verließ sie den Weinkeller. Sie hatte heute nicht die Kraft, mit ihm über die Ankunft der Erntehelfer zu sprechen. Im Grunde wusste sie, dass er sie morgen nicht unterstützen würde. Sie würde auch diesen Schritt in eine neue Zeit allein machen.

Wenn Bruno jetzt nach dem Hund rufen würde, wüsste sie, dass er genauso einsam war wie sie.

Aber hinter ihr blieb alles ruhig.

Die Sonne strahlte warm vom klaren blauen Himmel. Greta setzte sich auf eine der beiden Bänke hinter dem Weinkeller. Von hier hatte man den besten Blick über die Weinberge. Die Rebstöcke hingen dicht voller Trauben. *Nur noch einen kleinen Moment,* entschuldigte sie ihren Müßiggang. Gleich würde sie ins Haus gehen, sich an den Schreibtisch setzen, ihre Ansprache und die Lese vorbereiten. Zumindest einen groben Plan erstellen, wann sie welche Sorte lesen mussten, den Müller-Thurgau zuerst, den Riesling zum Schluss und den Rotburger, den Spätburgunder und den Kerner dazwischen. Auch die Einteilung der Erntehelfer stellte sie vor eine neue Herausforderung. Die Landfrauen und die Leute aus dem Dorf kannten nicht nur die Erntevorgänge seit Jahren, sondern sich auch untereinander. Die Gruppen bildeten sich immer wie von selbst, wenn sie morgens bei der Lese in die Reihen ausschwärmten. Wie würde das nun mit den österreichischen Erntehelfern werden? Wie weit ging ihre eigene Fürsorgepflicht? Und würden die Neuen sie überhaupt mit ihren fünfundzwanzig Jahren akzeptieren? Ihr war, als habe sie sich diese Frage viel zu häufig gestellt. Sie schloss für einen kurzen Moment die Augen und genoss die Wärme der Sonne auf ihrem Gesicht, um die Sorgen aus ihrem Herzen zu vertreiben.

Plötzlich wurde es kühler. Greta blinzelte. Hatte sich eine Wolke vor die Sonne geschoben? Sie lachte überrascht auf, als sie Matse erkannte, der vor ihr stand und sie abwartend beobachtete. Mit einem kleinen Seufzer setzte er sich neben sie auf die Bank.

»Hallo, Mimi.« Er beugte sich zu ihr und gab ihr ein Küsschen auf die Wange. Wie immer hatte dieser feuchte Kuss noch etwas Kindliches, obwohl Matse mit seinen achtzehn Jahren mittlerweile ein junger Mann war.

Greta musterte ihn. Er war schmal und hochgewachsen, seine dunklen Locken trug er inzwischen kinnlang. Er hatte viel Ähnlichkeit mit seinem älteren Bruder Robert, und doch hatte er etwas ganz Eigenes, Zartes. Es lag an seinen anmutigen Bewegungen, mit denen er seine Worte unterstrich. Schon immer hatte er sich für Stoffe, für Kleidung, für Mode interessiert. Mit zwölf hatte er ihr ein Weinreben-Stickmuster für einen Rock entworfen, mit dreizehn einen knallroten Minirock genäht. Nun schien sich sein Interesse an Mode auch in seiner eigenen Kleidung widerzuspiegeln. Er trug eine enge hellblaue Jeans, ein weißes Hemd und eine Weste. Aber die Weste bestand aus kunterbunten Patchwork-Flicken, mit denen er auch die Taschen seiner Jeans gesäumt hatte. Dazu trug er rote Turnschuhe. Es sah so ungewöhnlich aus, dass Greta sich in ihrer Latzhose und ihrer geblümten Bluse ausgesprochen langweilig vorkam. Sie wollte sich lieber nicht vorstellen, wie Harald auf Matses kunterbunten Kleidungsstil reagierte. »Du hast dich ja schon lange nicht mehr blicken lassen. Geht es dir gut in Aschheim? Macht es dir noch Spaß?«, fragte sie.

»Sag nicht Aschheim, das klingt so provinziell. Sag München.«

Greta verkniff sich ein Grinsen. Matse hatte sehr dafür gekämpft, dass er die Pfalz verlassen und eine Lehre als Einzelhandelskaufmann woanders machen durfte. Harald hatte sich gegen die Pläne seines Sohnes gestellt, der sich nach seinem Realschulabschluss vor gut zwei Jahren auf eigene Initiative bei der jungen Modefirma Escada beworben hatte. In einer Zeitschrift hatte er über das schwedische Model Margaretha Ley gelesen, die zusammen mit ihrem Mann ein neues Modelabel gründen wollte. Ganz selbstbewusst hatte er an die Firma geschrieben. Als er mit seinem Anschreiben fertig war, war er zu Greta gekommen, damit sie den Text korrigieren konnte. *Bis auf einen Kommafehler war alles korrekt gewesen,* dachte Greta jetzt. Und wie stolz sie auf Matse gewesen war.

»Also, wie geht's in München?«

»Läuft spitzenmäßig. Soll ich dir ein Geheimnis verraten?«

»Schieß los.«

»Ich bin schon ein bisschen die Escada-Treppe hinaufgepurzelt«, berichtete er stolz und lachte über seinen Wortwitz. Er holte tief Luft. »Ich konnte wechseln! Meine Chefin, die Frau Ley, die ist so nett. Ich werde nicht Einzelhandelskaufmann, sondern: Halt dich fest«, Matse kicherte los, »also ich werde …« Er legte eine bedeutungsvolle Pause ein. »Ich mache jetzt eine Schneiderlehre.«

»O Matse, das ist ja ganz wundervoll. Das wolltest du ja immer.«

Matse schob den Brustkorb ein wenig heraus und setzte sich aufrecht hin. »Tja, Frau Ley hat mein Talent eben erkannt. Ich darf sogar in ihrem Atelier arbeiten.«

»Was sagen denn Elfriede und Harald dazu?«

»Nichts.«

Sie sah ihn erstaunt von der Seite an. »Du hast es also nicht erzählt?«

»Bin ich verrückt? Das erfahren sie schon noch früh genug, wenn ich mit der Lehre fertig bin. Frau Ley ist so zufrieden, dass sie mir angeboten hat, mich dann zu übernehmen. Was sollten sie dann noch sagen?«

Greta lachte. »Das freut mich für dich.«

Matse nickte ernst. »Ja, immer die Treppe ein bisschen höher. Ich werde ein Star, Greta. Und dann kleide ich dich ein, die beste und die schönste Winzerin der Welt.« Er sah sie mit schief gelegtem Kopf an und machte Bewegungen mit beiden Händen, als entwerfe er bereits etwas für sie.

»Aber du sitzt doch sicher nicht nur im Atelier in Aschheim, oder?«, wollte Greta wissen.

»Was denkst du denn? Natürlich nicht! Als Künstler brauche ich Inspiration. Ich bin oft in München. Ich habe da Freunde, die mir das Nachtleben zeigen«, gab er vage an. »Letztes Wochenende waren wir in einer tollen Diskothek. Im *Parkcafé*. Ein super Laden mit einem super Discjockey. Der hat mindestens zehn Mal an dem Abend ›YMCA‹ gespielt. Ich war total durchgeschwitzt, als ich in der S-Bahn saß und nach Hause fuhr.«

Greta blickte auf seinen Daumen, an dem er einen schlichten silbernen Ring trug. »Und du hast dir noch einen Traum erfüllt«, sagte sie lächelnd. Sie erinnerte sich noch daran, wie Matse als kleiner Junge seine Finger in eine Lochkarte gesteckt hatte, um seine Ringgröße festzustellen. Aber keiner der Ringe, die im Neckermann-Katalog angeboten worden waren, hatten ihm damals gepasst.

Matse streckte den Daumen mit dem Ring daran in die Höhe. »Ja, super, nicht? Langsam bin ich ein Mann, Mimi.« Er nestelte in einer dunklen Papiertüte, auf der in goldenen Lettern *Escada* stand, zog ein Kissen heraus und legte es Greta auf den Schoß. »Für dich. Habe ich selbst entworfen und genäht.«

Sie sah auf das Kissen. An einem Strand, unter einer Palme und mit einem türkisblauen Meer im Hintergrund stand ein großer rosa Flamingo mit weißen Flügelspitzen und schwarzen Knopfaugen.

»Das bist du, Mimi. Du bist mein Paradiesvogel«, sagte Matze.

Gerührt strich Greta über den weichen, seidigen Stoff, spürte unter ihren Fingerspitzen die Nähte, wo der Flamingo endete und das Meer begann. Unvermittelt musste sie an Matses altes Bonanza-Rad denken, das er von seiner Schwester Renate geerbt hatte. Weiß-rosa war es gewesen. Er hatte es damals kaum erwarten können, dass es an ihn weitergereicht wurde. Stolz hatte er seine Runden gedreht und war gleich am nächsten Tag damit zur Schule gefahren. Doch seine Klassenkameraden hatten ihn wegen der Mädchenfarbe immer wieder gehänselt.

»Wieso ein Flamingo?«, fragte Greta.

»Du bist ebenso anmutig und schön wie er. Auch du kannst auf einem Bein stehen und hast trotzdem noch genug Kraft, alles zu schaffen, was du dir vorgenommen hast. Das hast du mir immer gesagt, stimmt's?«

Greta drückte ihren Ziehbruder kurz an sich.

»Weißt du noch, wie ich in deiner Kammer saß, an einem Silvesterabend, und auf dich gewartet habe?«, fuhr Matse fort. »An dem Abend habe ich mich so allein gefühlt, und alles war so laut um mich herum. Ich habe damals mein Gesicht auf das Kissen gelegt …«

»… damit die Welt für einen Moment still ist. Du wolltest alles vergessen«, setzte Greta fort. Sie erinnerte sich noch genau an jenen Abend.

»Ich denke so oft an dich, frage mich, wie es dir geht. Jetzt, wo du hier das große Weingut hast. Ist ja irre viel Arbeit. Und dann sind da noch Leo und Adela und Bruno, puh, und dann ist auch noch bald die Lese.« Er schüttelte sich. Auch wenn er sich nicht für Weinbau interessierte, wusste er als Winzersohn genau, was die Lese bedeutete. »Dabei wolltest du doch ein ganz anderes Leben, oder?« Er verstummte.

Greta wartete geduldig ab, dass er fortfuhr. Sie kannte ihn so gut, dass sie spürte, dass er ihr noch etwas Wichtiges sagen wollte.

»Wusstest du, dass Robert auf dem Abendgymnasium sein Abitur gemacht hat?«, fragte Matse vorsichtig.

Greta sah ihn an. Sie spürte, wie sich ihr Herzschlag beschleunigte. In ihren Ohren pochte es dumpf. »Nein, woher sollte ich das wissen?«, gab sie zurück.

»Er macht keine Musik mehr, ist jetzt mit einer Valerie zusammen. Ihr Vater hat ein Autohaus. Ich glaube, er will studieren«, sprudelte Matse los und lehnte sich dann erschöpft zurück. »Jetzt ist es raus.«

Greta war wie erstarrt. Ihre Gedanken überschlugen sich. Robert hatte sein Abitur gemacht? Er wollte studieren? Wie oft hatten sie sich damals darüber unterhalten, dass das Gretas größter Traum sei, und mit keiner Silbe hatte er jemals erwähnt, dass er sich das für sich vorstellen konnte. Sicher, sie war inzwischen mit Fleisch und Blut Winzerin, Ausbildung und Studium waren nicht mehr ihre erklärten Ziele. Und doch kam es ihr so vor, als ob Robert ihre Träume lebte.

Matse stand abrupt auf, faltete verlegen die große Papiertüte zusammen und legte sie neben Greta. »Ich glaube, du kannst das Kissen gut gebrauchen, Mimi. Ich muss jetzt los.« Er schlang seine Arme um sie und hielt sie einen Moment ganz fest.

Greta hatte das Gefühl, dass Matse der Einzige war, der sich in sie hineinversetzen konnte und verstand, was in ihr vorging. Es tat so gut, tröstete sie, aber gleichzeitig war sie auch überrascht. Sie hatte schon immer eine enge Bindung zu Matse gehabt, als sie die »große Schwester« gewesen war. Inzwischen war ihr kleiner Ziehbruder jedoch zu einem sensiblen jungen Mann herangewachsen, der ihr bester Freund war.

Matse ging, hoch aufgeschossen und schlaksig, beim Laufen schwangen seine Arme neben seinem Körper.

Greta sah auf das Kissen in ihrem Schoß. Der Flamingo schien sie mit seinen runden, blanken Augen anzusehen, als wollte er sagen: Nun komm, mach schon. Trau dich. Es wird dir guttun.

Und Greta beugte sich zu dem Kissen hinunter, legte ihr Gesicht darauf und zog sich die Seiten über die Ohren. Für einen Moment wurde es in ihrer Seele still.

11. KAPITEL

Kirchheim,
September 1979

Die Ernte war in vollem Gange. Alfons hatte die österreichischen Erntehelfer gut eingearbeitet. Zusammen mit den Landfrauen und den vier Weinbau-Studenten aus Geisenheim hatte Greta in diesem Jahr eine fleißige Truppe. Es wurde im Weinberg viel gelacht, und die Männer aus Österreich waren sehr gewissenhaft, packten ordentlich mit an. Schon die Vorarbeiten hatten sie gut bewältigt.

Jockel half Bruno in diesem Jahr mehr im Weinkeller und arbeitete schon recht selbstständig.

Greta hätte zufrieden sein können – wäre da nicht Ulrich Moser gewesen. Der stämmige Mann war ihr gleich am ersten Tag aufgefallen. Als sie die Erntehelfer begrüßt hatte, war er ihrem Blick ausgewichen. Er war in seinen Umgangsformen äußerst unangenehm. Laut, schlecht gelaunt und nicht sehr fleißig spielte er sich gern zum Vorarbeiter auf, der er gar nicht war. Ohne jemanden zu fragen, hatte er sofort das einzige Doppelzimmer in der Unterkunft belegt, in dem inzwischen der schwere, kalte Rauch seiner Zigarillos in der Luft hing. Ständig versuchte er, die anderen mit politischen Themen zu beeinflussen, die nicht von »zwölf bis Mittag« gedacht waren, wie es Adela neulich erst kommentiert hatte.

Greta hatte ihn im Blick, doch sie spürte, dass sich die Situation zuspitzte. Nicht, dass die anderen Erntehelfer sich hinter Ulrich Moser stellen würden. Aber manchmal glaubte Greta, ihre Gedanken lesen zu können: *Lass nicht zu, dass dieser Idiot unsere Gruppe kaputt macht!*

Normalerweise hätte sie heute im Weinberg gestanden, doch die Büroarbeit musste dringend erledigt werden. Sie war erst am frühen Nachmittag fertig. Draußen war es ungemütlich. Ein kräftiger Wind trieb dicke Wolken über die Weinberge, und es hatte angefangen zu regnen. Bestimmt hatte Alfons die Lese heute früher beendet.

Greta schnappte sich ihre Jacke, verließ das Büro und lief über den Hof. Sie würde den meisten Helfern für den Rest des Tages frei geben. In der letzten Woche hatten alle mehr als zwölf Stunden täglich gearbeitet. So konnten sie jetzt die Zeit für Einkäufe, Wäschewaschen oder Kochen nutzen. Nur einige kräftige Männer würde Greta noch brauchen, die die Lesekübel reinigten und später, wenn Bruno und Alfons fertig waren, die Presse.

Die Frauen aus dem Dorf waren bereits nach Hause gefahren. Der Traktor stand mit seinen beiden Anhängern im Hof, die Lesekübel waren abgeladen, ihr süßer Inhalt vermutlich auf dem Weg zum Entrippen.

Auf einem der beiden Anhänger sah Greta zwei der Studenten. Norbert und Andreas, rief sie sich ins Gedächtnis. Sie winkte sie zu sich. Die beiden sprangen von der Ladefläche und liefen zu ihr.

»Wie war euer Tag?«, fragte Greta.

»Prima«, erwiderte Norbert, der größere der beiden jungen Männer. »Hätten wir gewusst, wie gut diese Arbeit tut, hätten wir schon längst bei Ihnen für die Weinlese angeheuert.« Während er sprach, fiel ein Regentropfen von seiner Nase.

»Schön, dass bei euch die Stimmung trotz des Regens so gut ist«, meinte Greta. »Frag doch bitte meinen Mann, ob du ihm beim Pressen helfen kannst.« Sie wandte sich an Andreas. »Und die Lesekübel müssen ausgespritzt werden. Hast du das schon mal gemacht, Andreas?« Ihr war aufgefallen, dass jeder ihrer Erntehelfer viel aufmerksamer reagierte, wenn sie ihn mit seinem Namen ansprach. Wie auch die Österreicher erfreut geschmunzelt hatten, als sie sie mit einem herzlichen »Servus« begrüßt hatte.

Andreas lachte. »Ja, klar. Dann kriege ich das Wasser nicht nur von oben ab, sondern von allen Seiten.«

Während Norbert in die Halle zu Bruno ging, nickte Greta Andreas freundlich zu. »Du bekommst noch einen Mann zur Unterstützung.« Sie sah hinüber zu Ulrich Moser.

Er stand neben der Halle, zündete sich ein Zigarillo an und beobachtete einige Frauen, die am Außenhahn die Leseeimer auswuschen. Seine kurzen O-Beine steckten in verschlammten Gummistiefeln. Auch als Greta auf ihn zuging, blickte er nicht auf. Im Gegenteil, er drehte ihr ostentativ den Rücken zu und wies die Landfrauen an, dass sie die Scheren gründlicher waschen sollten, als sie es gestern getan hätten. An seiner müsse zudem die Feder ausgewechselt werden.

Bei seinem überheblichen Ton zuckte Greta zusammen. Was bildete dieser Mann sich ein? So durfte niemand mit ihren Erntehelferinnen sprechen, die diese Arbeit zuverlässig seit Jahren verrichteten! Sie trat vor ihn und sah ihm direkt in die eng zusammenstehenden Augen.

»Es steht Ihnen nicht zu, hier Anweisungen zu geben. Spritzen Sie bitte mit Andreas die Lesekübel aus«, bestimmte sie und wandte sich ab. Von Beginn an hatte sie diesen Mann gesiezt, auch wenn sie normalerweise die Erntehelfer duzte. Doch bei Ulrich Moser hatte sie sich nicht dazu überwinden können.

»Das können doch die Studenten machen.«

Greta blieb stehen. Dann drehte sie sich langsam zu ihm um. »Es *macht* ein Student. Und Sie helfen ihm. Die Entscheidung, wer hier welche Aufgaben übernimmt, überlassen Sie mir.«

»Ich bin zur Lese hergekommen, nicht zum Putzen.«

»Hier packt jeder bei allen Arbeiten an, die bei der Lese anfallen.« Greta fiel selbst auf, dass ihre Stimme lauter klang als sonst.

Ulrich Moser beachtete sie nicht weiter, warf demonstrativ sein Zigarillo auf den Boden und trat mit dem Fuß darauf. Dann wandte er sich ab und wollte Richtung Unterkunft gehen.

Blitzschnell war Greta an ihm vorbei und vertrat ihm den Weg. »Falsche Richtung«, funkelte sie ihn an.

Mittlerweile hatten die Landfrauen in ihrer Arbeit innegehalten. Andreas blickte zu ihnen hinüber, und nun traten auch Alfons, Jockel und Norbert aus der Halle.

Ulrich Moser sah sie wütend an. Seine Abneigung schlug Greta wie eine Welle entgegen. »Sie haben mir gar nichts zu sagen«, fauchte er.

Greta zog die Augenbrauen in die Höhe. »So? Meinen Sie?«

»Von einer Frau lasse ich mich doch nicht gängeln.«

Greta zog die Luft ein. »Gehen Sie an Ihre Arbeit.«

»Ich bin doch nicht deppert. Es regnet. Für mich ist jetzt Feierabend«, widersprach er.

Greta trat einen Schritt auf ihn zu, stand nun ganz dicht

vor ihm. »Sie sollen Ihren Feierabend bekommen. Was mein Weingut angeht, für immer. Kommen Sie in zehn Minuten in mein Büro, ich gebe Ihnen Ihre Papiere und Ihren Restlohn.«

Sie machte auf dem Absatz kehrt und ließ den verdutzten Ulrich Moser stehen. Als der begriffen hatte, dass sie ihn gerade rausgeworfen hatte, lief er ihr nach und sagte mit rotem Gesicht: »Das dürfen Sie gar nicht.«

Greta blieb nicht stehen, zog nur die Augenbrauen hoch und warf ihm beim Weggehen kühl über die Schulter zu: »Fristlose Kündigung nach Paragraph 275. Arbeitsverweigerung.« Sie sah demonstrativ auf ihre Armbanduhr. »Sie haben neun Minuten Zeit, Ihre Sachen zu packen.«

Gretas Herz pochte, doch sie würde sich das um nichts auf der Welt anmerken lassen. Sie blieb erst stehen, als ein lautes Geräusch vom Halleneingang erklang.

Als sie den Kopf drehte, sah sie, dass Alfons klatschte, laut und langsam. Greta wartete darauf, dass er gleich »So, Leute, alla hopp, weitermachen!« rufen würde, doch er klatschte unermüdlich weiter. Jockel, Norbert und Andreas fielen ein, und schließlich klatschten auch die Landfrauen.

Das war ihr Applaus, und es war ein gutes Gefühl. Doch wo sollte sie jetzt Ersatz für den Erntehelfer bekommen? Auf dem Weg ins Haus beschloss sie, den Direktor der Hochschule in Geisenheim anzurufen.

Der versicherte ihr kurz darauf erfreut, dass morgen ein weiterer Student zu ihr kommen und bei der Lese helfen würde.

Über Nacht hatte es aufgeklart. Die Sonne stand noch nicht hoch am Himmel, dennoch war es schon ungewöhnlich warm. Die Kerner-Trauben waren abgetrocknet, es sah aus, als würde die Erde leicht dampfen. Greta bereute bereits, dass sie keine kurze Hose trug, sondern am Morgen nur schnell in ihre alte Levis-Jeans gestiegen war.

Es war eines der ersten Kleidungsstücke gewesen, das sie sich gekauft hatte, nachdem sie das Erbe angetreten hatte. Eine Markenjeans wäre bei den Hellerts nie möglich gewesen. Inzwischen war sie zerschlissen und an den Knien durchgescheuert. Aber Greta konnte sich einfach nicht von ihr trennen. Sie liebte das Gefühl des abgenutzten Stoffs auf ihrer Haut.

Sie zog ihre Jacke aus und schlang sie sich um die Taille, dann griff sie in die Hosentasche und zog ein lilafarbenes Tuch heraus, um ihre Haare aus dem Gesicht zu binden. Normalerweise flocht sie sich einen Zopf, damit die blonden Strähnen nicht in den Weinranken hängen blieben, wenn sie sich nach einer niedrig wachsenden Traube bückte. Aber dafür war heute keine Zeit gewesen. Sie sah an sich hinab. *Das rote T-Shirt hat auch schon bessere Tage gesehen,* dachte sie. Doch statt sich zu überlegen, was sie zur Arbeit im Weinberg anziehen sollte, knuddelte sie lieber mit Leo, der fast jeden Morgen zu ihr ins Bett kroch, sich an sie schmiegte und dann losplapperte.

»Ausleeren, bitte«, rief Greta Jockel zu, der in der Reihe neben ihr arbeitete und sich jetzt nach dem Eimer bückte, den Greta ihm reichte.

»Sie legen ja wieder ein ganz schönes Tempo vor, Chefin«, grinste er.

»Jockel, wie oft denn noch?«, erwiderte Greta fröhlich. »Für dich bin ich Greta und du.«

Jockel errötete. »Also gut, du.« Er grinste sie schief an. »Hab mich ja lange genug dagegen gewehrt.«

Er lief mit dem Eimer zum Lesekübel und leerte ihn aus.

Greta hielt ihr Gesicht in die Sonne und schloss für einen Moment die Augen. *Wie oft habe ich das schon getan, während ich darauf gewartet habe, dass der volle Eimer geleert wird?*, fragte sie sich. *Wie groß ist der Berg Trauben inzwischen wohl, den ich schon gelesen habe? Und wie hoch wird er noch? Vielleicht klettere ich wie eine Bergsteigerin eines Tages hinauf, wenn mich die Traubenlawine vorher nicht unter sich begräbt ...*

Sie schlug die Augen auf und blinzelte.

In ihre Reihe trat ein großer, schlanker Mann und kam auf sie zu. Er trug einen ramponierten Cowboyhut, den er halb in den Nacken geschoben hatte, und kaute auf einem Grashalm. Fast hatte es den Anschein, als sei er auf dem Weg zu einer fernen Ranch zufällig im Weinberg gestrandet. Zehn Meter vor ihr blieb er abrupt stehen. Er drehte sich um, ging rückwärts weiter auf sie zu, um sich kurz vor ihr erneut umzudrehen. Breit lächelte er sie an.

Aus der Ferne hatte er älter gewirkt, fand Greta. Aber vielleicht lag es auch an seinem jungenhaften Grinsen oder an der Art, wie er frech die Augenbrauen hob, dass er nun viel jünger wirkte. Er nahm den Grashalm aus dem Mund. »Herrlicher Sonnentag, heute.«

Greta sah in sein offenes Gesicht. Seine Augen waren blau. *Meerblau*, schoss es ihr durch den Kopf, obwohl sie noch nie am Meer gewesen war. Unter dem Cowboyhut lugte schulterlanges dunkelblondes Haar hervor. Er trug eine verwaschene Jeans, die kein bisschen neuer aussah als ihre eigene, dazu feste Arbeitsschuhe. Auch er hatte seine Jacke um die Hüfte geschlungen. Unter dem karierten Hemd, an dem zwei Knöpfe geöffnet waren, blitzte eine schmale Goldkette hervor. Die Ärmel hatte er hochgekrempelt, die gebräunten Unterarme wirkten muskulös. Etwas in seiner Haltung verriet, dass er ausschließlich nach eigenen Regeln spielte.

Für einen flüchtigen Moment musste Greta an Robert denken. Aber ein Augenzwinkern später war dieser Gedanke verflogen.

Neben Greta fiel der geleerte Eimer auf den Boden, den Jockel gerade von der anderen Seite durchwarf. »Jetzt musst du aber wirklich langsam machen. Die Lesekübel sind voll, ich fahre zum Gut, um sie auszuleeren«, rief er ihr aus der Nebenreihe zu.

»Dann bring mir doch noch ein paar leere Eimer, Jockel«, antwortete Greta, ohne den Blick von dem Fremden abzuwenden.

Jockel lugte zwischen den Blättern hindurch. »Bist du der Ersatz für den Moser?«

»Wenn du wissen möchtest, ob ich zur Lese gekommen bin, dann ist die Antwort Ja.« Der junge Mann streckte Jockel die Hand entgegen. »Bekomme ich von dir Eimer und Schere?«

Jockel nickte. »Bringe ich dir. Du kannst gleich hier bei Greta …« – er warf ihr einen stolzen Blick zu, dass er sie duzte – »… in der Reihe mitschaffen. Aber streng dich an, dass du mit ihr mithältst.« Jockel lief zum Anhänger, um die leeren Eimer und eine Schere zu holen.

Der Fremde wandte sich Greta zu und sah ihr direkt in die Augen. »Freut mich, dich kennenzulernen, Greta. Ich bin Henry.«

Greta reichte ihm ihre schmale, vom Ernten etwas klebrige Hand. »Willkommen im Lesetrupp von Gut Freudberg, Henry«, sagte sie. Seine Hand fühlte sich warm an, zupackend und weich zugleich.

Aus einem unerklärlichen Grund ließ sie ihre Hand

einen Moment länger als nötig in der seinen, bevor sie sie zurückzog.

Henry sah sich um. »Toller Kerner.« Er pflückte eine Traube, steckte sie in den Mund und kaute bedächtig. »Richtige Reife.«

Greta nickte zustimmend. »Das schmeckst du aus einer Traube heraus?«

»Nein, nicht aus einer. Ich habe schon in den anderen Reihen probiert. Zwar habe ich kein Öchslegerät dabei, aber einen feinen Gaumen. Das wird ein Spitzenwein geben, es sei denn, der Kellermeister baut Mist.«

»So, so. Na, ich denke, da besteht keine Gefahr.« Greta dachte an Bruno, der schweigsam im Keller seiner Wein-Alchemie nachging. Noch immer gingen sie distanziert miteinander um.

»Hier sind noch leere Eimer und eine Schere«, sagte in diesem Moment Jockel. Er stand hinter ihnen und reichte Henry die Schere.

»Ich werde mich beeilen.« Henry nahm sie, ließ sie probehalber ein paar Mal auf- und zuschnappen und ging einige Rebstöcke vor, wo er zu lesen begann.

Greta beobachtete ihn. Gut machte er es. Das Auswählen und das Abschneiden, ein kritisches Abwägen, ob die Traube makellos war, dann das Ablegen im Eimer, energisch und vorsichtig zugleich.

»Bist du hier schon länger dabei?«, fragte Henry sie, als er ihren Blick bemerkte.

Greta nickte. Sie fragte sich, wieso er mit einem leichten englischen Akzent sprach. »Und du?«

Henry lachte auf, und eine Reihe strahlend weißer Zähne kam zum Vorschein. »Schon ewig. Mein Vater hat ein Weingut.«

Greta, die wieder mit der Lese begonnen hatte, sah ihn erstaunt an. »Und warum bist du dann nicht dort bei der Lese?«

Henry lachte wieder auf. »Ist im Moment ein bisschen zu weit für mich. Das Weingut ist in der Nähe von Kapstadt.«

Das also erklärte seinen Akzent. »Und du bist zum Studieren hier? Woher sprichst du so gut Deutsch?«, fragte Greta.

»Meine Eltern stammen aus Deutschland, wir sprechen überwiegend Deutsch zu Hause.«

Greta überlegte, was sie von Afrika wusste, über das Land Südafrika. Wenig. Zumindest kaum etwas über den dortigen Weinbau. Natürlich kannte sie Nelson Mandela, der als Kämpfer gegen die Apartheidpolitik seit über zehn Jahren im Gefängnis saß. Und natürlich Tania Blixen. Ihre Lehrerin Fräulein Heuser hatte ihr damals diese Schriftstellerin empfohlen. Greta hatte sich den Roman *Out of Africa* in der Bücherei ausgeliehen und auf Englisch gelesen. Als wäre es erst gestern gewesen, spürte sie das Fernweh, das sie beim Lesen empfunden hatte. Und wie sehr sie die Leidenschaft der Helden, deren Flug zu zweit über atemberaubende Landschaften sowie das traurige Ende berührt hatten.

»Ich weiß so gar nichts über den Weinbau in Südafrika«, bemerkte sie.

Henry ließ die Schere sinken, als ob ihm gerade etwas eingefallen sei. »Ich sollte mich erst mal bei der Winzerin melden. Scheint ein ziemlicher Drachen zu sein, der die Leute rausschmeißt, wenn sie nicht spuren. Hat der Direktor erzählt. Deshalb bin ich ja heute hier.«

Sollte Greta ihm sagen, dass er die Winzerin von Gut Freudberg bereits kennengelernt hatte? Doch sie entschied sich aus einer übermütigen Laune dagegen. »O ja, sie kann manchmal sehr streng sein. Aber zu mir ist sie immer unglaublich nett«, sagte sie.

»Reden wir über dieselbe Person?« Henry klang skeptisch. »Der Direktor meinte, dass sie hier die Hosen anhat und allen sagt, wo es langgeht. Wohl nicht ganz einfach, die Alte.«

Greta verkniff sich ein Grinsen. So redeten also die Leute über sie. Sie hatte die Hosen an? Gut so.

»Die alte Frau unten auf dem Gut meinte, sie wäre hier im Weinberg bei der Lese. Fand ich schon komisch, dass sie hier selbst mit Hand anlegt. Wohl eher, um die Leute zu kontrollieren.«

Greta nickte bestätigend. »Sie zählt jede einzelne Traube.«

»Na, dann mache ich mich mal besser auf die Suche nach ihr und stelle mich vor.«

Jockel kam in ihre Reihe gefahren und sprang vom Traktor. »Na, Chefin, du solltest doch langsamer machen«, sagte er, als er sich nach den vollen Eimern bückte, die Greta alle paar Meter hatte stehen lassen.

Greta sah in Henrys verdutztes Gesicht.

»Chefin?«, fragte er verblüfft und ließ den Blick über ihr Gesicht, die langen blonden Haare, das lilafarbene Haarband, die kaputten Jeans und ihre zierliche Figur wandern.

Greta nickte vergnügt, grinste und reichte ihm erneut die Hand. »Ich bin Greta, Greta Bachstern. Du kannst mich auch Chefin nennen.«

Die Erntehelfer zogen sich zurück, gingen in ihre Unterkunft oder fuhren nach Hause. Nachdem sie Leo ins Bett gebracht hatte, zog sie sich einen dicken Pullover an und verließ das Haus. Die Sonne würde bald untergehen. Sie musste sich beeilen.

Mit ihrem kleinen Citroën fuhr sie hoch zum Riesling, parkte und lief durch die ersten Reihen. In unregelmäßigen Abständen griff sie nach links und rechts und sammelte Trauben in einer kleinen Tüte. Im ersten Jahr hatten sie und Bruno in den Weinbergen die Proben für den Erntegrad gemeinsam genommen. Inzwischen war es seit Jahren allein ihre Aufgabe.

Sie steckte sich eine Traube in den Mund und dachte an den neuen Erntehelfer. Er war … besonders. Sie hatte noch nie mit jemanden gesprochen, der auf einem anderen Kontinent lebte.

Henry hatte laut gelacht, als ihm klar geworden war, dass sie die Winzerin war, der vermeintliche alte Drachen, der die Hosen anhatte. Sie hatten den ganzen Tag gemeinsam gelesen, und er hatte ihr vom Weingut seiner Eltern erzählt.

Sein Vater hatte es nach ihrer Ankunft in Südafrika in den Sechzigern gekauft. Von Beginn an war es nur mit einer Weinsorte bestückt: Lieberstein, ein halbtrockener Weißwein, ein internationaler Exportschlager. Henry war nach Deutschland gekommen, um mehr über Wein zu lernen. Er wollte das väterliche Weingut später in eine sichere Zukunft führen, ohne nur auf eine Weinsorte zu setzen.

Greta gefiel, dass er offenbar genauso vorausschauend dachte wie sie selbst. Aber sie hatten sich nicht nur über Weinbau unterhalten. Henry war vielseitig interessiert, auf eine Art und Weise, die sie aufregend fand. Er schwärmte von der klassischen indischen Musik des Sitarspielers Ravi Shankar, erzählte ihr von Romanen, die er gelesen hatte. Sie drehte sich um, als sie ein Geräusch hinter sich wahrnahm.

»Blue hour«, rief Henry, der auf sie zukam. »Was für ein toller Himmel.«

Greta sah zum Horizont. Die Sonne ging unter. Mit ihren letzten Strahlen tauchte sie den Weinberg in ein sanftes orangefarbenes Licht und färbte den Himmel in ein dramatisches Violett und Rot.

»Fast so schön wie in dem Roman von Stanislaw Lem. Ich kenne nur den englischen Titel, *The Chain of Chance*. Er spielt in Neapel. Lem beschreibt darin den Himmel über dem Meer und über dem Vesuv unglaublich beeindruckend.«

Schicksalskette, dachte Greta. Laut sagte sie: »*Der Schnupfen,* so heißt das Buch auf Deutsch.« Greta hatte von Lem erst kürzlich in einer Literaturbeilage gelesen und setzte den polnischen Autor in diesem Moment auf ihre Leseliste. »Was machst du hier? Nicht bei den anderen? Ihr wolltet doch heute Abend grillen?«

»Ich muss doch erst mal die Erde kennenlernen, auf der ich stehe. Willst du schon morgen den Riesling lesen?«

»Vielleicht braucht er noch ein, zwei Tage. Wir lesen morgen den Kerner fertig.«

»Das klingt vernünftig. Bist du eigentlich jeden Tag bei der Lese dabei?«

»Wenn ich es einrichten kann, ja. Ich liebe diese Arbeit.« Sie machte eine weit ausholende Handbewegung. »Es ist die Belohnung für die Arbeit eines ganzen Jahres.«

Henry nickte. »Ich weiß, was du meinst. Als wir nach Südafrika auswanderten, bettelte ich bei meinem Vater so lange, bis er mich in den Weinberg mitnahm. Da war ich gerade mal zwölf. Mit der ersten gefüllten Kiepe wusste ich: Ich werde Winzer!« Henrys Begeisterung und seine Liebe zum Wein standen ihm ins Gesicht geschrieben.

Greta bewunderte ihn für diese klare Erkenntnis: Dass er als Junge schon Winzer sein wollte. Sie selbst hatte lange mit ihrer Berufung gehadert und länger benötigt, bis sie sie erkannt und akzeptiert hatte, dass sie durch und durch Winzerin war.

Henry riss sie aus ihren Gedanken, als er auf die Tüte zeigte, die sie in der Hand hielt. »Oechsleprüfung?«

Greta nickte.

Er trat einen Schritt näher. »Darf ich?« Ohne eine Antwort abzuwarten, zog er ein Weinblatt aus ihrem Haar. »Steht dir zwar gut, aber wenn du nichts dagegen hast, würde ich es gern als Erinnerung behalten.«

Greta lachte, aber etwas in ihr flatterte zart. »Ein Weinblatt?«

»Ein Blatt, das in deinem Haar war.«

Er drehte es an seinem Stiel zwischen seinen Fingern. »Hope is green«, sagte er leise. Dann trat er noch einen Schritt näher an sie heran, nahm ihr Gesicht in seine Hände und küsste sie auf den Mund, bevor er wieder zurücktrat. »Entschuldige, ich hätte fragen sollen.« Dabei sah er allerdings aus, als ob es ihm überhaupt nicht leidtat.

Greta schwieg einen Moment. Ihre Gedanken rasten, dann atmete sie tief ein. Auf einmal wusste sie, dass sie diesem Mann nah sein wollte. Näher als nur bei einem Kuss. Sie wollte mehr. Sie wurde ganz ruhig, dann machte sie einen Schritt auf ihn zu, zog seinen Kopf zu sich herunter und küsste ihn.

»Reicht dir das als Antwort?«, fragte sie, als sie sich von ihm löste.

Henry lächelte sie an. »Ja, Chefin.«

ZWEITER TEIL

1981–1985

12. KAPITEL

Kirchheim,
August 1981

»Mama! Mama! Komm schnell!«

Greta stellte den Besen an die Hauswand, mit dem sie den Hof gefegt hatte, und lief in den hinteren Teil des Gartens, wo Leo nach ihr rief. Ihr fünfjähriger Sohn kauerte neben dem Sandkasten. Seine Schultern bebten. Als sie sich neben ihn kniete, sah sie den Grund für seinen Kummer: Kater Murr lag reglos zusammengerollt unter der Kante des Sandkastens.

Leos kleiner Körper zitterte. Eine Träne fiel auf das Fell des Katers. Wieder und wieder streichelte der kleine Junge das Tier, ließ seine Hände auf ihm liegen, als wenn er es wärmen wollte.

Schließlich blickte er zu ihr auf. »Ist er tot, Mama?«

Greta drückte ihn an sich. »Ja, Leo. Er war schon sehr, sehr alt.«

Er zog die Nase hoch und sah zum Kater. »Was machen wir denn jetzt mit ihm?«

Sie stand auf und nahm ihren Sohn an die Hand. »Jetzt müssen wir es seiner Menschenmama sagen.«

»Aber wer ist das denn? Ich dachte, das bist du?«

Leo saß im Büro auf Gretas Schreibtischstuhl, stieß sich immer wieder ab und drehte sich im Kreis, während Greta an der Schreibtischplatte lehnte und mit Elfriede telefonierte. »Natürlich können wir ihn hier beerdigen. Ich wollte dir nur Bescheid geben.«

Insgeheim war Greta dankbar, dass Elfriede es ihr überlassen wollte, wie sie mit dem Kater verfahren würden. Murr hatte die letzten Jahre mehr Mäuse auf Gut Freudberg gefangen als auf dem Hof der Hellerts. Er hatte ihre und Leos Nähe gesucht, auch zwischen ihm und Jolie hatte ein friedliches Nebeneinander geherrscht. Ihn hier zu beerdigen, fühlte sich richtig an.

Als sie das Gespräch mit Elfriede beendet hatte, sagte sie zu Leo: »Wir holen jetzt einen Karton aus der Halle, legen ihn weich aus und dann beerdigen wir Kater Murr. Hilfst du mir?«

Leo nickte.

Als sie die Halle betraten, rangierte Bruno mit dem Gabelstapler gerade eine Europalette, auf der große Packen mit noch eingeschweißten leeren Flaschen lagen. Er kam zu ihnen gefahren und fragte Leo: »Na, willst du mir ein bisschen bei der Arbeit helfen?«

Leo schüttelte ernst den Kopf. »Nein. Kater Murr ist tot. Wir müssen ihn beerdigen.«

Bruno sah kurz zu Greta, dann winkte er Jockel heran und stieg vom Gabelstapler. »Mach du hier weiter.«

Er legte einen Arm um Greta. »Sei nicht traurig. Auch wenn es bedeutet, dass das letzte Stück deiner Jugend mit Murr gegangen ist.«

Greta schmiegte sich an ihn. Sie war froh, dass die Entfremdung zwischen ihr und Bruno, die fast zwei Jahre gedauert hatte, seit der letzten Ernte vorbei war.

»Was meinst du, Leo, wo will der Kater wohl am liebsten liegen? Hier im Garten oder woanders?«, fragte Bruno.

Zu dritt gingen sie zur Sandkiste. Greta stellte den Karton, den sie mit Holzwolle ausgelegt hatte, neben Kater Murr, hob das leblose, inzwischen starre Tier hoch und legte es hinein.

Bruno hatte in der Zwischenzeit mit Leo ein Holzkreuz zusammengenagelt und mit dem Lötkolben *Kater Murr* darauf eingebrannt.

Leo fuhr mit dem Finger über den Namen des Katers, so wie er es von Greta am Grab ihrer Mutter kannte. Fragend sah zu ihr auf. »Darf er hier beim Sandkasten bleiben? Dann kann er mir immer beim Spielen zugucken.«

»Das ist eine schöne Idee, Leo.« Greta beugte sich zu ihm hinunter und gab ihm einen Kuss. *Wie du dich schon in andere hineinfühlen kannst, mein Großer,* dachte sie.

Zusammen sahen sie zu, wie Bruno im Beet hinter dem Sandkasten mit dem Spaten zwischen zwei Rhododendronbüschen eine kleine Grube aushob.

»Müssen wir nicht warten, bis Mel von ihrem Mittagsschlaf aufwacht?«, fragte Leo leise, während der Erdhügel vor ihnen höher wurde.

»Ich glaube, deine kleine Schwester wird das noch nicht verstehen, Leo.«

Der Junge nickte. »Ich erkläre es ihr, wenn sie größer ist. Wenn sie sich wundert, wo Kater Murr geblieben ist.«

Als Bruno den Spaten ein letztes Mal in den Boden gestoßen hatte, legte Greta den Karton in die Kuhle und warf eine Handvoll Erde darauf.

Leo beobachtete sie. »Macht man das so, Mama?«

»Es ist auch das erste Mal für mich, dass ich einen Kater beerdige, aber ich denke schon.«

Leo griff in den Erdhaufen und warf auch mit seiner kleinen Hand Erde in das Grab. Es gab ein dumpfes Geräusch, als die Erdklumpen auf den Pappdeckel fielen. »Tschüss, Kater Murr.«

Greta setzte sich auf den Rasen und nahm Leo auf den Schoß. Gemeinsam sahen sie Bruno dabei zu, wie er das Grab zuschaufelte, es festklopfte und den Rest der Erde im Blumenbeet verteilte.

Gerade als Leo das Holzkreuz in die lockere Erde gesteckt hatte, erklang hinter ihnen eine fröhliche Stimme: »Hallo, hier seid ihr ja!« Alle drei wandten sich um. Selma kam auf sie zu, begrüßte Leo mit einem Kuss und winkte Bruno zu. Dann erst fiel ihr auf, dass die Bachsterns auf die Stelle zwischen den Rhododendronbüschen schauten, und sie sah das kleine Holzkreuz. »Kater Murr?«, fragte sie.

Greta nickte. »Wir haben ihn gerade beerdigt.«

»Oh, das tut mir so leid.«

Leo stand auf und schlang seine Arme um Selmas Taille. »Sei nicht traurig. Er war urururalt und hat es ganz schön und warm in seiner Kiste. Wir sind fertig mit dem Einbuddeln.«

Selma unterdrückte ein Lächeln. »Na, da bin ich ja genau zur rechten Zeit gekommen.«

Bruno sah streng zu ihnen. Greta wusste, dass er Selma nicht sonderlich leiden konnte. »Sie schnattert zu viel«, hatte er einmal zu Greta gesagt, nachdem er mitangehört hatte, wie freimütig Selma von ihrem Liebhaber Otto Dreckmann erzählt hatte. Greta vermutete, dass es nicht so sehr Selmas Schnattern war, das ihn störte, sondern vielmehr das, worüber sie redete. Auch ihre politische Einstellung mochte er nicht. Ihm gefiel nicht, dass sie sich über das Waldsterben so aufregte, als ob alle, die wie er einen

Traktor mit Diesel fuhren, Verbrecher seien. Vielleicht gefiel ihm aber auch einfach nicht, dass Selma aus Gretas Leben nicht mehr wegzudenken war.

»Wir müssen noch beten, Mama«, sagte Leo und faltete seine kleinen Hände. Greta und Selma stellten sich zu Vater und Sohn. Greta begann mit leiser Stimme: »Gute Reise in den Himmel, Kater Murr. Du warst meinen Kindern ein guter Freund, mir ein lieber Wegbegleiter und der beste Mäusefänger im Leiningerland. Wir werden dich nie vergessen. Wie schön, dass du bei uns warst, du großer Kater Murr.«

Während sie sprach, glitten Bilder aus ihrer Kindheit an ihr vorbei – wie der Kater damals in ihrer Kammer auf ihrem Bett gelegen hatte, wie er sich verabschiedet hatte, als sie als junges Mädchen an einem kalten Januartag den Hellert'schen Hof verlassen hatte. Wie er immer wieder über die Straße zu ihr gekommen war. Und wie er Leo, der versucht hatte, allein in das kleine Planschbecken zu krabbeln, immer wieder angestupst hatte, bis Leo schließlich Reißaus genommen hatte.

Greta war es gewesen, die dem Kater den Namen Murr nach E.T.A. Hoffmanns *Lebensansichten des Katers Murr* gegeben hatte. Ja, im Herzen war Murr ihr Kater und auf Gut Freudberg ein Teil ihrer Familie gewesen. Sie wischte sich eine Träne von der Wange.

Leo stupste sie von der Seite an und flüsterte: »Mama, du musst noch ›Amen‹ sagen.«

Seit einer halben Stunde spielte Leo wieder im Sandkasten mit der Leichtigkeit eines Kindes, das den Schrecken des Todes vergessen hatte. Seine kleine Schwester Mel saß mit einem Schippchen in einer Ecke und sah ihm gebannt zu.

Als sie vor einem Jahr geboren worden war, hatte Adela weiterhin für Leo gesorgt. Sich zusätzlich um das Baby zu kümmern, war sie mit ihren dreiundachtzig Jahren an die Grenzen ihrer Belastbarkeit gestoßen. Kurz entschlossen hatte Greta Frau Schütter gebeten, jeden Tag zu kommen und neben der Hausarbeit auch für die kleine Mel da zu sein. Bruno hatte sie darin bestärkt.

»Ich weiß nicht, ob es richtig war, Selma«, meinte Greta plötzlich. Sie saß mit Selma, jede einen Becher Kaffee in der Hand, auf den Stufen, die zur Terrasse führten, und blickte zu den Kindern. »Ich habe immer wieder so ein schlechtes Gewissen.«

Selma wusste sofort, was Greta meinte. »Das solltest du nicht haben«, antwortete sie sanft und legte einen Arm um sie. »Es ist ein süßes Geheimnis, das du für immer für dich behalten wirst.«

»Ich glaube, ich schaffe das nicht.«

»Du hast es Bruno damals nicht gesagt und wirst ihm jetzt auch nichts sagen.« Selma hielt inne. »Oder ahnt er etwas?«

Greta schüttelte den Kopf und beobachtete weiter ihre Kinder, die sie mehr liebte als ihr eigenes Leben. Ihr Lachen und selbst ihr Weinen zu hören war ihr das Kostbarste auf der Welt. »Weder Henry noch Bruno wissen etwas.«

Selma nickte bestätigend. »Und das ist auch gut so. Es war doch nur ein Mal«, fuhr sie beruhigend fort. »Warum solltest du dir von einer leidenschaftlichen Stunde dein Leben zerstören lassen?«

Im Herbst 1979 hatte Greta von Professor Fritsch erfahren, dass sie wieder schwanger war. »Das ist die Strafe«, hatte sie sich bei Selma damals ausgeweint. Greta wusste, dass das Kind von Henry und nicht von Bruno war, und hatte es ihm gestehen wollen, war überzeugt gewesen, dass sie ihn nicht hintergehen durfte. Doch als sie Bruno von der Schwangerschaft erzählt hatte, war er vor Freude in Tränen ausgebrochen, hatte Greta an sich gezogen und ihr ins Ohr geflüstert: »Dieses Mal pass ich besser auf euch auf. Es wird alles gut.«

Sie hatte es nicht über sich gebracht, ihm die Wahrheit zu sagen.

Selma hatte versucht, ihr das schlechte Gewissen zu nehmen. Zu einer guten Ehe gehörten zwei, hatte sie beschwörend auf sie eingeredet. Und endlich hatten sie doch die dunkle Zeit der letzten Jahre gemeinsam überwunden.

»Mel ist euer Kind«, setzte Selma jetzt erneut an. »Denk nicht mal über Scheidung nach. Als Geschiedene kommst du nicht mehr auf die Beine. Die Leute würden sich noch nach Jahren das Maul über dich zerreißen. Du musst auch an Leo denken, der eines Tages dieses Gut übernehmen wird. Wir leben in einem kleinen Ort. Und dieser Ort hat ein Gedächtnis, das nie vergisst.«

Sie zeigte zu Mel, die auf ihren kurzen Beinen hinter Leo herlief, wie um ihn zu fangen. Mit ihrem rosa Sommerhütchen, unter dem die weichen, blonden Locken hervorlugten, und dem kleinen roten Overall sah sie entzückend aus. »Tu das deinen Kindern nicht an, Greta. Mel ist Melanie Maria Bachstern. Und die Betonung liegt auf Bachstern. Vergiss das nie!«

Greta sah zu ihrer kleinen Tochter, die lebende Erinnerung an die verstohlene Begegnung im Weinberg mit Henry vor zwei Jahren. Charmant und frech hatte er sie geküsst und geliebt, als sei es das Natürlichste auf der Welt. Es hatte ihr so gutgetan, wieder ihre eigene Sinnlichkeit zu spüren. Aber kaum war sie zurück aufs Gut gekommen, hatte sie das schlechte Gewissen überfallen. Sie hatte ihren Mann betrogen!

Merkwürdigerweise war Bruno kurz darauf wieder zugänglicher gewesen. Er hatte ihr Komplimente gemacht und sie auf seine stille Weise umworben. Sie waren sich nähergekommen und hatten nach dem Lesefest, das sie zum Abschluss jeder Weinlese für die Erntehelfer machten, miteinander geschlafen. Das war zwei Wochen nach der Begegnung mit Henry gewesen.

Selma stand auf und umarmte Greta. »Ich muss los. Bevor du auf dumme Gedanken kommst, ruf mich an. Du weißt doch: ›Reden ist Silber, Schweigen ist Gold‹?« Ohne Gretas Antwort abzuwarten, sprach sie weiter: »Also: Net babbeln!« Sie winkte den Kindern zu und verschwand zwischen Haus und Scheune, wo sie, wie Greta wusste, ihr Fahrrad abgestellt hatte.

»Schweigen, schweigen, schweigen«, murmelte Greta und sah erneut zu ihrer kleinen Tochter, die aus dem Sandkasten geklettert war und mit wackeligen Schritten zu Kater Murrs Holzkreuz lief und an ihm zog. Leo warf seinen Bagger in den Sand und folgte ihr.

»Nicht, Mel. Wir dürfen ihn nicht stören. Murr schläft jetzt für immer«, hörte ihn Greta sagen. Es klang so erwachsen, und sie fragte sich, was für ein Mann er wohl später werden würde.

»Liebes, sie haben eben angerufen. Der Vollernter wird heute schon geliefert«, riss Adelas Stimme sie aus ihren Gedanken.

Greta erhob sich. »Danke, Adela. Ich sage Jockel Bescheid. Nimmst du die Kinder?«

Alfons, Bruno, Jockel, Greta und Adela, an jeder Hand ein Kind, standen auf dem Hof. Gespannt beobachteten sie, wie der Vollernter langsam die Auffahrt zum Gut herauffuhr.

»Ziemliches Monster«, kommentierte Bruno die Ankunft des hohen Erntewagens und zog an seiner Pfeife. Er stieß den Rauch aus. »Und unverschämt teuer.«

Greta wollte jetzt keinen Streit. Sie hatten oft darüber diskutiert, ob sich ein Vollernter lohnte. Er war noch nicht lange auf dem Markt, aber als Greta das erste Mal davon gelesen hatte, war sie sofort interessiert gewesen. Die Maschine fuhr durch die Rebreihen und erntete durch behutsames Schlagen gegen die Stöcke von beiden Seiten die reifen Trauben, die dann im Erntewagen landeten.

Bruno hatte recht, es war eine unverschämt teure Anschaffung gewesen. Aber Greta war sich sicher, dass es in der Winzerei der Aufbruch in eine neue Zeit war. Für einen Hektar brauchte der Vollernter höchstens vier Stunden – das waren dreihundert Arbeitsstunden, wenn man per Hand las. Greta hatte nicht die Absicht, den Gesamtbestand so abernten zu lassen, weil die Qualität des Weins durch die mechanische Lese litt.

Sie beschwichtigte Brunos Bedenken. »Ich habe alles zigmal durchkalkuliert. Und wir haben auch schon Anfragen von anderen Winzern, ob sie ihn tageweise mieten können. Das ist eine gute Investition.«

»Na ja, Sie sind ja hier die Chefin, aber ich bin auch gespannt, ob der wirklich so viel bringt«, meinte Alfons. Da er wenig Interesse an der neuen Anschaffung gezeigt hatte, hatte sie Jockel gefragt, ob er den Führerschein Klasse 2 machen wollte, selbstverständlich auf ihre Kosten. Jockel hatte sofort zugesagt.

»Ist der riesig, Mama«, rief Leo aufgeregt. »Darf ich den auch mal fahren, wenn ich groß bin?«

Greta griff nach seiner kleinen Hand und drückte sie. »Ja, aber du musst mindestens so groß wie Jockel sein. Der darf ihn nämlich gleich auf seinen neuen Platz rangieren.« Sie hatte von Kurt Enders' Leuten hinter der Scheune einen Unterstand für den Vollernter bauen lassen. Michi hatte ihn entworfen.

Der Fahrer hielt an und kletterte zu ihnen hinunter. Er reichte Greta eine Empfangsbestätigung. »Hallo, Frau Bachstern. Ich brauche eine Unterschrift von Ihnen. Alles andere ist ja schon erledigt. Soll ich Ihren Fahrer noch einweisen?«

Jockel trat vor. »Ein paar Tipps können sicher nicht schaden«, sagte er und kletterte auf die Maschine. Der Fahrer folgte ihm und erklärte, worauf er achten musste. Kurz darauf schwang er sich schon wieder hinunter und verabschiedete sich per Handschlag von Greta. »Der ist Feuer und Flamme und kennt sich super aus. Sollte irgendetwas sein, melden Sie sich.« Dann nickte er Bruno und Adela zu und lief zur Straße hinunter, wo ein Kollege ihn im Auto zurückfahren würde.

Jockel rief zu Greta hinunter: »Darf ich, Chefin?«

Sie streckte den Daumen in die Höhe.

»Bau bloß keinen Mist, Jockel«, rief Alfons streng. »Fahr langsam!«

»Ich will mit dem Drachen mitfahren«, rief Leo aufgeregt und wollte sich von Greta losreißen. Doch sie hielt ihn fest.

»Nein, Leo. Jetzt nicht. Aber nachher, wenn Jockel ihn geparkt hat, darfst du dich mal reinsetzen.«

Und so gab Leo dem Vollernter seinen Namen, der von

nun an knurrend, fauchend und brummend wie ein roter Drache durch die Reihen ziehen sollte.

Als sich die Aufregung auf dem Hof gelegt hatte, ging Greta zu Bruno in den Weinkeller, in den er sich wieder zurückgezogen hatte.

Er stand vor einem großen Regal und wendete die Flaschen, in denen sie vor fünf Wochen Rieslingwein gemeinsam abgefüllt hatten. Sie hatten die Hefe hinzugefügt. Neun Monate brauchte es, Zucker und Hefe in der Flasche direkt zu vergären. Bruno hatte ihr recht gegeben – sein Versuch mit dem Müller-Thurgau war nur ein Versuch gewesen, der zudem nicht sonderlich gelungen war. Die Rieslingtraube eignete sich besser zur Sektherstellung.

Greta stellte sich neben ihn und begann, ebenfalls die Flaschen zu drehen.

Bruno hielt inne. »Hat Jockel den Vollernter heil eingeparkt?«

»Ja, und er hat sich sehr geschickt dabei angestellt.«

»Hm«, machte Bruno.

Innerlich rollte Greta mit den Augen. Dass Bruno aber auch nie wirklich das aussprach, was er dachte. So tat sie es für ihn. »Ich weiß, dass du damit nicht einverstanden bist.«

»Deine Entscheidung.«

Greta überlegte kurz, ob sie das Gespräch damit enden lassen sollte, entschied sich aber dagegen.

»Wir müssen mit der Zeit gehen, Bruno. So wie du mit den Weinen oder wir jetzt mit dem Sekt etwas Neues ausprobieren, so müssen wir auch im landwirtschaftlichen Bereich bereit dazu sein.«

Dieses Mal klang sein »hm« nicht so rau, sondern weicher und nach Zustimmung.

»Wir dürfen nicht stehen bleiben.«

»Ich weiß, Greta. Allein schon wegen der Kinder.«

»Und auch unseretwegen nicht.«

Er sah sie ernst an, dann lächelte er und griff nach ihrer Hand.

»Wir beide haben in den letzten Jahren sicher nicht immer alles richtig gemacht. Aber lass uns zusammen weitergehen.«

Greta gab ihm einen Kuss und lächelte ihn dann ebenfalls an. Das war es, wonach sie sich sehnte. Vielleicht gingen sie und Bruno nicht immer nebeneinander, aber sie hatten ein gemeinsames Ziel.

Für ihre Familie und ihr Weingut musste sie ihr Geheimnis bewahren.

13. KAPITEL

Kirchheim,
Oktober 1981

»Bald haben wir es geschafft, Jockel«, meinte Greta, die zum wolkenlosen Himmel hinaufsah. »Jetzt müssen wir morgen nur noch den Riesling lesen. Die Hälfte holst du gleich morgen früh mit dem Vollernter. Die andere Hälfte lesen wir mit der Hand.«

Die meisten Erntehelfer waren bereits zurück nach Österreich gefahren. Die übrigen würden zusammen mit einigen der Landfrauen den Riesling lesen, bevor auch sie abreisen würden. Dann war die Lese für dieses Jahr beendet.

Sie sah zu Jockel, der sie anstrahlte, dabei aber mit einem alten Tuch weiter das Führerhaus putzte.

»Du musst den Drachen nicht jedes Mal, wenn du mit ihm gefahren bist, polieren. In ein paar Tagen kannst du ihn ja dann winterfest machen«, sagte Greta.

»Nee, nee, Chefin. Was macht denn das für einen Eindruck, wenn der nicht immer picobello ist. Übrigens, dem Johann Hellert sind vorhin fast die Augen aus dem Kopf gefallen, als er mich gesehen hat. Als wüsste er nicht, ob er Angst haben oder vor Neid platzen soll.«

Greta schmunzelte. Ihr gefiel, dass Jockel so viel Einsatz zeigte und Verantwortung übernahm.

Leo zog sie am Arm. »Darf ich jetzt endlich hoch, Mama?!«

Greta warf einen fragenden Blick zu Jockel.

»Hast du saubere Schuhe, kleiner Mann?«, fragte Jockel gespielt streng, streckte aber schon die Arme aus, um Leo hochzuheben.

»Aber nur kurz, Leo, es gibt gleich Abendessen.«

In diesem Moment lief Henry an ihnen vorbei. Er sah zu Greta und tippte sich an seinen abgetragenen Cowboyhut. »Schönen Abend, Chefin.«

Einen Tag vor der Lese hatte er vor der Tür gestanden, sie mit seinen meerblauen Augen angeschaut und nach einem Job gefragt. Greta war für einen Moment das Herz stehen geblieben. Sie hatte gerade die kleine Mel auf dem Arm gehalten und war so überrumpelt gewesen, dass sie Henry eingestellt hatte. Wie hätte sie auch Bruno, der ausgerechnet an jenem Abend neben ihr im Wohnzimmer gesessen hatte, erklären sollen, dass sie einen Arbeiter abwies, wo sie so knapp mit Lesehelfern waren.

Was für eine absurde Situation, dachte sie jetzt. Es war ihr gelungen, Henry in den letzten Wochen aus dem Weg zu gehen. Was nicht einfach war, zumal er ihre Nähe suchte. Unauffällig zwar, aber Greta spürte es dennoch und fragte sich, ob es auch anderen auffiel. Nie hatten sie über jene Begegnung im Weinberg vor zwei Jahren gesprochen, als sie sich geliebt hatten.

Was hätte Greta ihm auch sagen sollen? Sie hatte sich damals geschworen, dass das nie wieder passieren durfte. Auch wenn sie Henry heute noch unwiderstehlich fand. Immer war dieser Mann gut gelaunt. Er machte Scherze und half ohne großes Aufsehen. »Teamgeist ist wichtig«, hatte er einmal grinsend zu ihr gesagt, als er sie dabei überrascht hatte, dass sie ihn heimlich beobachtete.

Greta wandte sich ab, aber blieb noch einen Moment

stehen, um Leos fröhlichem Geplauder zu lauschen. »Dann fliege ich auf dem roten Drachen über die Berge, und ich habe ein echtes Schwert …«

Es ist alles richtig so. Lege was war in die Schublade, schließ ab und wirf den Schlüssel weg, dachte sie und wusste gleichzeitig, dass ihr das nie gelingen würde.

»Hallo«, hörte sie jemanden rufen. Erstaunt sah sie, dass Johann Hellert verkniffen lächelnd auf sie zukam. In all den Jahren war er nicht einmal hier auf ihrem Gut gewesen. Was wollte er von ihr? Gab es einen Notfall bei den Hellerts? Sie streckte den Rücken durch und trat ihm entgegen. »Guten Abend, Johann«, sagte sie, um einen verbindlichen Tonfall bemüht.

Johann blieb vor ihr stehen und holte tief Luft. Es schien ihn Überwindung zu kosten, mit ihr zu reden.

»Ist etwas passiert?«, half ihm Greta.

»Kann man so sagen«, brachte Johann nach kurzem Zögern schließlich doch noch heraus. »Harald ist krank.«

»Ich hoffe, nichts Schlimmes?«, hakte Greta nach. Herrje, musste sie ihm denn jedes Wort aus der Nase ziehen?

»Leichter Schlaganfall. Braucht Ruhe. Die Ärzte haben gesagt, sie behalten ihn ein paar Tage zur Beobachtung im Krankenhaus.«

»Gute Besserung«, sagte Greta. Sie wünschte Harald nichts Böses, auch wenn er nicht gut zu ihr gewesen war. Mit verschränkten Armen blieb sie abwartend vor Johann stehen.

Er sah an ihr vorbei zum Vollernter. »Wir haben ja jetzt zwei Hektar mehr, oben neben deinem Riesling.«

Greta hatte sehr wohl mitbekommen, dass die Hellerts das Feld mit dem Kerner Anfang des Jahres gepachtet hatten. Wie typisch für Johann, das Wort »Pacht« nicht in den Mund zu nehmen und so zu tun, als gehöre ihm das Land.

Greta war neugierig, was er mit seinem Canossa-Gang bezweckte.

»Den habt ihr noch nicht gelesen, wie ich heute gesehen haben. Ihr seid spät dran. Da hast du wohl jetzt nur die Wahl, aufzugeben oder alles zu geben.«

Die Bemerkung konnte sie sich nicht verkneifen. Sie hatte ihren Kerner bereits letzte Woche gelesen. Da hatten die Trauben die richtige Reife gehabt.

Johann zuckte mit den Schultern. »Ging nicht eher, das passt schon noch.«

Allmählich wurde Greta ungeduldig. Sie biss sich auf die Lippen, um nicht »Spuck's schon aus« zu sagen. Doch so leicht wollte sie es ihm nicht machen.

In dem Moment kletterte Jockel vom Vollernter und kam zu ihr. Er sah von Johann zu Greta. »Ich habe Alfons gesagt, dass ich ihm bei der Presse helfe, wenn ich hier fertig bin, Chefin.«

»Geh nur«, sagte Greta. Sie sah zu Leo, der stolz hinter dem Lenkrad auf dem Vollernter saß. »Ich hoffe nur, du hast den Schlüssel abgezogen?«

Jockel klopfte auf seine Hosentasche. »Na klar, was glaubst du denn? Da lasse ich niemanden ran!« Er nickte Johann zu und lief zum hinteren Eingang der Scheune.

Johann räusperte sich und sah Greta endlich in die Augen. »Ich brauche deinen Vollernter. Gleich morgen. Samt Fahrer. Sonst kann ich den Kerner vergessen. Allein schaffen wir das nicht.«

Also das ist es, dachte Greta. Natürlich würde sie den Hellerts helfen. Allein schon Elfriedes wegen. »Ich verstehe. Eigentlich ist der Vollernter voll ausgelastet. Das muss ich eben klären. Willst du warten?« Sie ging zu Leo. »Komm, runter mit dir. Du hast lange genug da oben gespielt.«

»Och nö, Mama, bitte, es ist soooo schön hier oben!«

»Lass ihn doch hier. Ich kann auf ihn aufpassen, solange du nicht da bist«, meinte Johann, der neben sie getreten war.

Greta zögerte.

Das schien Johann zu bemerken. »Na ja, ich muss doch schon mal üben. Dagmar ist schwanger. Ich werde Vater.«

Überrascht sah sie ihn an. »Das freut mich für euch.« Sie dachte an die schreckliche Totgeburt, die Dagmar vor acht Jahren gehabt hatte. Nach all den Jahren schien die Hoffnung auf Nachwuchs vorbei gewesen zu sein, umso schöner, fand Greta, dass er und seine Daggi nun doch Eltern wurden.

Sie eilte in den Weinkeller, um sich mit Bruno abzustimmen. Noch immer war der Vollernter Bruno ein Dorn im Auge, und sein Einsatz brachte immer Diskussionen mit sich. Und obwohl er von der Idee nicht begeistert war, ihn Johann zu leihen, verstand er, dass Greta die Hellerts nicht im Stich lassen wollte, wo es Harald schlecht ging. Sie würden ihre eigene Lese später einbringen. So konnte sie Johann unterstützen.

Rasch lief sie über den Hof zurück zum Vollernter – und blieb bei dem Bild, das sich ihr bot, stehen.

Ihr kleiner Sohn stand oben an der Fahrertür, wie er es so gern tat, mutig und voller Vertrauen, dass die Welt ein wunderbarer Ort war und alle ihm nur Gutes wollten. Johann stand breitbeinig davor, mit ausgestreckten Armen und rief: »Spring, kleiner Leo! Spring nur. Keine Angst. Ich fange dich auf. Versprochen! Spring!«

Greta erstarrte. Genau diese Sätze hatte sie schon einmal

aus Johanns Mund gehört. Da war sie fünf Jahre alt gewesen, ein bisschen jünger als Leo jetzt. Sie hatte gerade die kleine Dachkammer bezogen, weil Renate ihr eigenes Zimmer zur Einschulung haben sollte. Der elfjährige Johann hatte vor der steilen Stiege gestanden, die sie gerade herunterkam, noch fünf Stufen waren es bis zu ihm. Er hatte die Arme ausgestreckt und gerufen: »Spring, Mädsche! Spring nur. Keine Angst. Ich fange dich auf. Versprochen! Spring!«

Greta war mutig gesprungen – und Johann war, statt sie zu halten, einen Schritt zur Seite getreten. Sie war gestürzt, hatte sich das Knie aufgeschlagen. Aber mehr noch schmerzte, dass sie für ihren Mut bestraft worden war.

Johann hatte ihr voll hämischer Freude das Vertrauen genommen. Damals hatte Robert sie getröstet.

Greta rannte los. Im letzten Moment, als Johann einen Schritt zur Seite machte, erreichte sie den Vollernter. Greta breitete die Arme aus, fing ihren Sohn auf und drückte ihn an sich. Dann setzte sie ihn rasch ab. »Gehst du mal zu Adela? Ich glaube, sie hat ein Überraschungs-Ei für dich.«

Leo flitzte davon, und Greta wirbelte schäumend vor Zorn zu Johann herum.

»Wie kannst du es wagen!«, zischte sie ihn an. »Was hast du für einen rabenschwarzen Charakter! Willst du ihm das Vertrauen an das Gute nehmen, so wie du es bei mir versucht hast? Mich hast du damals fallen gelassen. Das machst du nicht mit meinem Sohn!«

Johann verzog sein Gesicht peinlich berührt, machte aber keine Anstalten, sich zu erklären. »Wann kommt morgen Jockel zu uns?«

Greta sah ihn entgeistert an. Er glaubte tatsächlich allen Ernstes, dass sie ihm helfen würde? »Zu dir kommt er nicht, du Mistkerl.«

»Das kannst du doch nicht bringen. Du musst mir helfen«, sagte Johann.

Greta lachte, aber es klang überhaupt nicht fröhlich. »Ich muss dir helfen? Du spinnst doch total. All die Jahre warst du mir gegenüber voller Missgunst, und gerade eben wolltest du, dass mein Kind sich verletzt! Da soll ich dir helfen? Wir brauchen den Vollernter selbst.« Sie schüttelte ungläubig den Kopf. »Ich will dich hier nie wieder sehen!«

»Ich war immer wie ein Bruder zu dir.«

Greta war sprachlos über so viel Unverfrorenheit. Sie ballte die Fäuste.

Doch Johann ließ nicht locker. »Denk doch auch mal an Renate und an Dagmar. Frauen sollten sich doch gegenseitig unterstützen. So wie sie dir auch immer geholfen haben, als Schwester und Schwägerin.«

»Hast du dir endgültig das Gehirn weggetrunken? Ich hatte weder eine liebende Schwester noch eine liebende Schwägerin«, erwiderte Greta kalt. Ihr fiel der Satz von Matse ein, der Dagmar nie etwas zu Weihnachten schenkte: »Die Dicke kriegt nix. Die ist immer so fies zu dir.«

Johann, dem vermutlich sein Fehler und die damit verbundene Arbeit klar wurden, bäumte sich ein letztes Mal auf. »Du lässt die Familie im Stich! Du mähnscht wohl, du wärscht de Käs, bloß weil du schtinkscht!«

Plötzlich wurde in Greta etwas ganz klar und hart wie Eis. Leise sagte sie die Worte, die Harald Hellert und ihr Vater Fritz sich vor Jahren gegenseitig an den Kopf geworfen hatten: »Runter von meinem Grund und Boden!«

Nachdem Greta Leo und Mel nach dem Abendessen ins Bett gebracht hatte, ging sie zu Adela ins Wohnzimmer.

Im Fernsehen lief *Einer wird gewinnen* mit Hans Joachim Kulenkampff.

Erschöpft ließ sich Greta in einen Sessel fallen. Gerade trat Karlheinz Böhm auf. Sicher sah Elfriede das jetzt auch; ihre Ziehmutter verehrte den Schauspieler, den sie aus den *Sissi*-Filmen kannte.

Wenn sie überhaupt etwas mitbekommt. Bestimmt zieht Johann den ganzen Abend über mein Nein her, dachte Greta. Sie seufzte.

Adela musterte sie. »Ich habe schon gehört, dass Johann hier war und was er wollte.«

Ihrer Großmutter entging nichts auf dem Weingut. Manchmal schien es Greta, als würden alle mit ihren Neuigkeiten zu Adela in die Küche, oder wo sie sonst so war, gehen und ihr davon berichten.

Adela sah sie besorgt an. »Ich habe dir schon einmal gesagt, dass ich immer an deiner Seite bin. Das muss ich nicht wiederholen, oder?«

Greta nickte. Sie ahnte, dass Adela damit nicht nur Johanns grausames Spiel mit Leo meinte.

Die nächste Frage ihrer Großmutter zielte dann auch auf Adelas zweite Sorge: Eventuelle Spannungen zwischen Greta und Bruno.

»Wo ist denn Bruno?«, fragte sie.

»Wahrscheinlich im Weinkeller«, erwiderte Greta.

Greta stieg die Treppe in den ersten Stock hinauf. Durch die offene Tür warf sie einen Blick ins Kinderzimmer. Ganz friedlich lagen die beiden nebeneinander in Leos Bett. Ihr Sohn hatte einen Arm über Mel gelegt. Sie hatte solch ein Theater beim Zubettgehen gemacht, dass Leo darauf bestanden hatte, dass seine Schwester bei ihm im Bett schlief.

Greta hatte zugestimmt, bewegt von dieser Geschwisterliebe, die sie selbst nie erfahren hatte.

Sie lehnte die Tür an und ging in ihr Schlafzimmer, machte sich bettfertig und schlüpfte unter die Decke. Dann nahm sie Michael Endes *Unendliche Geschichte* vom Nachttisch. In der Buchhandlung waren ihr der Umschlag und die schöne Bindung ins Auge gesprungen. Nach dem ersten Kapitel wusste sie, dass Leo noch zu jung dafür war. Er würde nicht viel von einem Land Phantásien verstehen, das einfach verschwand, von der erkrankten kindlichen Kaiserin und von der geheimnisvollen Inschrift *Tu was du willst*. Greta hingegen liebte es, in eine Welt einzutauchen, in der sie ganz für sich war.

Sie hörte Bruno im Badezimmer nebenan rumoren. Als er ins Schlafzimmer kam und sich neben sie legte, klappte sie das Buch zu, drehte sich zur Seite und sah ihn an. *Er sieht müde aus*, dachte sie. *Erkenne ich seine Arbeit genug an? Sage ich ihm, wie sehr ich ihn für seine Weinkreationen bewundere? Er ist wirklich ein Könner auf seinem Gebiet.* Sie strich ihm über den Arm. »Harter Tag heute, hm? Soll ich dir von Johann erzählen?«

Bruno zog sie an sich. »Nicht nötig. Ich habe schon davon gehört. Gut, dass du ihn vom Hof geworfen hast.«

Am nächsten Morgen fuhr Greta in ihrem Citroën zum Riesling. Jockel würde ihr auf dem Vollernter folgen. Sie wollten, wie ursprünglich geplant, einen Teil des Rieslings damit lesen, der gegenüber dem Hellert'schen Kerner-Weinberg wuchs.

Greta parkte am Feldrand und stieg aus. Auf der anderen Seite des Weges begann der Weinberg, den die Hellerts gepachtet hatte. Sie schaute hinüber. Elfriede trat gerade aus einer Reihe. Sie musste Greta gesehen haben, machte aber keine Anstalten, sie zu grüßen. Gebeugt trat sie in die nächste Reihe. Renates Gezeter konnte Greta bis hierher vernehmen, ohne sie zu sehen. »Ich schwöre: Das ist das allerallerletzte Mal, dass ich im Weinberg stehe!«

Sie hat sich also dieses Mal nicht rausreden können, dachte Greta. Johann musste ordentlich Druck gemacht haben. Als jetzt Detlefs beruhigende Stimme erklang, horchte Greta auf. *Wenigstens ein kräftiger Mann mehr.* Sie kniff die Augen zusammen. War das Dagmar? Tatsächlich, Johann hatte sogar seine schwangere Frau mit in den Weinberg genommen. Ihrem dicken Bauch nach war sie wohl im sechsten Monat, vermutete Greta. Nur von Johann selbst war nichts zu sehen.

Sie hörte den Vollernter, der jetzt den Weg heraufgefahren kam, und trat in eine Reihe, lief ein paar Schritte den Gang entlang. Die Trauben sahen perfekt aus. Greta blickte zur gegenüberliegenden Seite. Ja, hier auch. Plötzlich stutzte sie, rannte zurück zum Anfang der Reihe und gab Jockel Zeichen, den Vollernter sofort abzustellen.

Jockel kletterte vom Sitz. »Was ist denn los, Chefin?«

»Komm mit.« Greta lief voraus und blieb an einer Stelle stehen. Die oberen gezogenen Drähte, an denen sich die Rebranken entlangwanden, waren zerschnitten. Das Blattwerk hing herunter.

»Ach, du dickes Ei«, entfuhr es Jockel.

Greta nickte grimmig. »Wir müssen den ganzen Riesling ablaufen, bevor du hier mit dem Vollernter durchfahren kannst.«

»Das ist Sabotage«, rief Jockel und sprach aus, was Greta dachte. Er griff nach einem Draht. »Schau mal, der ist nicht gerissen oder hatte zu viel Spannung. Das sind klare Schnitte. Wer macht denn so was?«

Ja, wer macht wohl so was?, dachte Greta. Sie warf Jockel ihren Wagenschlüssel zu. »Nimm mein Auto und hol Alfons und auch Henry vom anderen Rieslingfeld weg. Die Erntehelfer schaffen den auch allein. Wir müssen hier alles kontrollieren und wieder in Ordnung bringen. Und park den Vollernter weiter oben am Drachenweg.«

Wenig später fluchte Alfons lautstark vor sich hin und machte seinem Unmut Luft. »So eine Sauerei! Wenn ich den zu fassen kriege, dann …« Er schnappte nach Luft.

Greta legte ihm beruhigend die Hand auf den Arm. »Dann machst du gar nichts, Alfons.«

Henry hatte sich bereits an der ersten Stelle zu schaffen gemacht, an der der Draht zerschnitten worden war. Er griff in seinen Rucksack und holte ein Werkzeug und ein kleines Verbindungsteil hervor, nahm zwei Drahtenden und verband sie miteinander.

Alfons trat zu ihm und sah ihm zu. Allmählich beruhigte er sich. »Wo hast du denn dieses Zauberzeug her? Zeig mal, das kenne ich gar nicht.«

»Das ist eine Krötsche und ganz neu auf dem Markt. Ich habe sie auf einer Messe entdeckt. Das hier fand ich sehr praktisch. Ich hab einen Karton von den Verbindungsteilen gekauft, den ich mit nach Südafrika nehmen wollte. Aber wenn wir es jetzt hier brauchen …«, sagte Henry, während er mit viel Fingerfertigkeit die nächste Stelle bearbeitete. »In der Unterkunft in meinem Schrank habe ich noch mehr davon. Kann wer runterfahren und den Karton holen? Jockel, halte mal die Reben hoch, damit auf der Schnittstelle kein Druck ist.«

Mit einem Mal kam er Greta nicht wie ein charmanter Erntehelfer, sondern wie der Boss vor, der alles im Griff hatte. Ob er sich so wohl auf dem väterlichen Weingut verhielt?

Sie schüttelte den Gedanken ab. »Ich fahre!«, rief sie. Im Gut konnte sie auch gleich bei Selma anrufen. Sicher würde die Freundin ihr helfen, noch ein paar zusätzliche Landfrauen zu mobilisieren. Bis der Vollernter hier durch die Reihen fahren konnte, mussten sie den Riesling per Hand lesen.

Schnell lief sie zu ihrem Wagen, als Bruno ihr mit dem Traktor entgegenkam. Auf dem Hänger hatte er Trester geladen. Die Reste, die bei der Mostpressung blieben, brachte er jeden Tag in den Weinbergen aus. Zwischen den Reihen erstreckten sich dann lange Bänder von Schalenresten, die nach gegorenem Wein rochen, sich rasch zersetzten, von Vögeln, Würmern und Bakterien gleichermaßen gern gefressen wurden und schließlich in der Erde verschwanden. Greta vermutete, dass er den Trester beim Rotberger abkippen wollte.

Als er sie sah, stellte er den Motor aus und sah sie fragend an.

»Ist was passiert?«

»Jemand hat beim Riesling die oberen Spanndrähte durchtrennt. Wenn Jockel da durchfährt, ist der Schaden für den Vollernter nicht auszudenken.«

»Ich hab's ja gleich gesagt. Gibt nichts als Ärger mit diesem Drachenungetüm.«

»Ach, Bruno.« Greta wischte sich eine Haarsträhne aus dem Gesicht. Sie war es so leid, das Thema des Vollernters mit Bruno zu diskutieren.

Aber auch jetzt ließ er nicht locker: »Der Diesel ist jetzt

bei fast 1,40. Letztes Jahr, als du die Maschine bestellt hast, lag er noch bei 1,10 Mark. Das ist eine Preissteigerung von mehr als zwanzig Prozent!«

»Das weiß ich«, gab sie zurück. »Ich habe sogar gedacht, dass nach der Ölkrise der Preis auf 1,60 Mark steigt. Also beruhige dich. Zum hundertsten Mal: Ich habe das mit einkalkuliert.«

Bruno schwieg.

Und wieder schweigt er, ärgerte sich Greta. »Ich brauche diese kleinen Drahtspanner. Die hat Henry in der Unterkunft.«

»Ach, hat er das?«, fragte Bruno.

Greta wandte sich ohne ein weiteres Wort ab. Bruno hatte mehr als deutlich gemacht, dass er es ihr überließ, alles Nötige zur Reparatur zu beschaffen.

Zwei Stunden später stand Greta neben Selma im Weinberg und erntete Wein wie schon unzählige Male zuvor. Selma hatte zehn Landfrauen mitgebracht, die in anderen Reihen lasen und immer wieder ihre Eimer füllten. Es imponierte Greta, wie vernetzt Selma war. Stets war sie zur Stelle, wenn Greta sie brauchte. Klaglos, zuverlässig und gut gelaunt.

»Hast du eine Ahnung, wer dahintersteckt?«, insistierte Selma. Schon am Telefon hatte sie verstanden, dass die Drähte nicht von selbst gerissen waren. »Mir kannst du es doch sagen.«

»Aber du behältst es für dich?«, fragte Greta.

»Nein, natürlich nicht«, meinte Selma betont ernst. Sie verstellte ihre Stimme und ahmte Pastor Altrus verblüffend echt nach. »*Ich stehe am Sonntag auf der Kanzel und verkünde es der ganzen Gemeinde.*«

»Weil du ja auch jeden Sonntag in die Kirche gehst.« Greta wusste, dass die Freundin kein einziges Mal einen Gottesdienst besucht hatte, seitdem ihr Mann gestorben war und Pastor Altrus die Grabrede in Selmas Augen »total vergeigt« hatte. Bei der Beerdigung hatte sie trotz ihrer Tränen und ihres Schmerzes den Pastor unterbrochen und selbst eine Rede auf ihren verstorbenen Mann gehalten. Wie ein Lauffeuer war diese Geschichte damals durchs Dorf gegangen.

»Ich glaube, es war Johann. Er war gestern bei mir und wollte sich den Vollernter leihen.« Leise, damit es die anderen Erntehelferinnen nicht hörten, berichtete Greta von dem Vorfall mit Leo.

»Lumbesagg, dreggeter! Den du ich runnerbuzze«, entfuhr es Selma. »Das passt zu ihm. Und eins schwöre ich dir: Der wird gestehen, ohne es zu merken!« Sie senkte ihre Stimme. »Ich meine, beides passt zu ihm: das mit den Drähten und das mit Leo. Ich weiß nicht, was schlimmer ist … Doch, ich weiß es. Das mit Leo.«

Schweigend schnitten die beiden Frauen eine Weile weiter.

Selma schob den Eimer mit dem Fuß ein Stück weiter. »Sag mal, mir fällt gerade ein, könntest du mir morgen noch vier Kisten Wein liefern? Ich bin ein bisschen knapp aufgestellt fürs Wochenende.«

»Natürlich, was brauchst du genau?« Doch dann stutzte Greta. »Jockel hat dir doch erst vor zwei Wochen eine Lieferung gebracht? Was hast du vor, Selma?«

Selma winkte ab. »Jetzt sei doch nicht gleich so misstrauisch. Ich habe gar nichts vor. Aber ich habe morgen Abend wieder eine geschlossene Gesellschaft. Ich weiß, was die wegbechern können. Besser, ich bin vorbereitet. Wie immer im Leben«, zwinkerte sie ihrer Freundin zu. »Ich nehme noch jeweils zwei Kisten Riesling und Rotberger – ach, und leg noch drei Flaschen vom Müller-Thurgau drauf. Lieblich bitte. Die Herrschaften mögen es süß.« Sie griff nach ihrem Eimer und schob ihn unter der Reihe durch. Kurz hob sie den Kopf und sah Greta direkt in die Augen. »Ach ja, und bitte bring den Wein dieses Mal selbst. Das ist mir wichtig. Komm aber nicht vor acht.«

Sie wandte den Kopf und rief »Ausleeren, bitte!«, obwohl ihr Eimer gerade mal halb voll war.

Greta fragte sich, was Selma im Schilde führte. Doch sie wusste: Vor morgen Abend würde sie keine Antwort bekommen.

Als Greta am nächsten Abend den neuen Mercedes Kombi TD 300 vor Selmas Wirtshaus parkte, stand die Freundin bereits rauchend vor der Tür und wartete auf sie. Selma warf die Zigarette weg und riss die Fahrertür auf. »Neu? Schicke Farbe. Silbergrau steht dir.«

»Der alte war hinüber.« Greta erzählte nicht, dass sie froh war, den alten Mercedes von Fritz Freudberg los zu sein. Es war ein Relikt aus einer Zeit, an die sie nicht gern dachte. Sie stieg aus.

»Wurde auch Zeit, dass du kommst. Wegen dir werde ich noch zur Kettenraucherin«, sagte Selma und funkelte Greta aus ihren dunklen Augen an, die sie mit schwarzem Kajal umrandet hatte. Sie trug einen silbernen Hosenanzug. Ihre Lippen hatten dieselbe Purpurfarbe wie die roten Schmetterlingsclips, mit denen sie ihre platinblond gefärbten Haare nach hinten gesteckt hatte.

Greta stieg aus und öffnete die hintere Ladefläche.

Selma schob sie zur Seite. »Ich lade aus und trage rein.«

Sie reichte Greta eine kleine Pocketkamera. »Hier, für dich. Eine kleine Aufmerksamkeit des Hauses. Geh rein, wärm dich etwas auf. Lass dich aber nicht anmachen. Aber wenn du etwas Interessantes siehst, machst du am besten gleich ein Foto!«

»Selma …«, hob Greta an. Sie verstand überhaupt nicht, was Selma beabsichtigte.

Doch die Freundin schnitt ihr das Wort ab. »Tu einmal in deinem Leben, was ich dir sage. Vertrau mir.«

Sie schob Greta vor sich her, eine Kiste Wein in den Händen. »Halt mir die Tür auf. Und dann komm rein.«

Greta wusste, es hatte keinen Sinn, weiter zu diskutieren, und betrat hinter ihr die Wirtschaft.

Rötlich schummeriges Licht erhellte den Gastraum – wenn man es überhaupt erhellen nennen konnte. Greta traute ihren Augen nicht. Die Leute waren alle halb nackt! Frauen in aufreizenden BHs, einige sogar mit Netzstrümpfen und Strapsen, Männer in Unterhosen, nur wenige mit einem kurzärmeligen Hemd darüber. Und dann begriff sie endlich, was bei Selma eine »geschlossene Gesellschaft« war: ein Swingerclub.

Greta hatte die ein oder andere Bemerkung beim Edeka oder beim Bäcker aufgeschnappt, aber nicht weiter darüber nachgedacht, geschweige denn Selma darauf angesprochen. Sie mochte sie ja schließlich als Mensch, es ging sie nichts an, womit sie ihr Geld verdiente.

Selma und eine leicht bekleidete, kräftige Kellnerin schoben sich an ihr vorbei. »Mach mal ein bisschen Platz! Kathrin und ich holen die restlichen Kisten. Und du, Greta, schaust dir den jungen Mann dort drüben an der Bar vielleicht einmal genauer an, den mit dem hässlichen Feinripp-Schlüpfer?«

Schon waren die beiden draußen.

Greta kniff die Augen zusammen. An der Bar saß, in sich zusammengesunken, ein Mann. Sein kleiner Schmerbauch hing über den Bund seiner Unterhose, seine blassen Waden waren mit dunklen Haaren bedeckt. Zu seinen Schnürschuhen trug er beigefarbene Socken. Er hatte ein Schnapsglas vor sich stehen und stierte unverhohlen auf die fast freiliegenden Brüste der Barkeeperin, die nur mit einem knappen roten Spitzennegligé bekleidet war und ihm nachschenkte.

Johann! Greta schnappte nach Luft. Der Johann, der mit seiner endlich schwangeren Daggi so glücklich wie am ersten Tag war, saß hier und ließ es sich gut gehen!

Angeekelt wollte Greta sich schon abwenden, als sie zu der Pocketkamera in ihrer Hand sah. Mit drei Schritten war sie bei Johann und drückte auf den Knopf, spannte sogleich nach und fotografierte ihn erneut. Die vollbusige Schönheit hinter der Bar posierte effektvoll und lehnte sich über den Tresen in Johanns Richtung.

Vom Blitzlicht aufgeschreckt, drehte sich Johann um, und Greta drückte gleich noch einmal ab. Diesmal erwischte sie ihn direkt von vorn, unverkennbar Johann.

Als er Greta erkannte, sah er sie schreckerstarrt an.

Sie lächelte zuckersüß. »Solltest du je wieder auf die Idee kommen, dich in meinen Weinbergen herumzutreiben, nagele ich diese Fotos an die Kirchentür. Oder ist es dir lieber, ich lasse sie rahmen und schenke sie Dagmar zu Weihnachten?«

Ein paar Tage später stand Greta am Fenster in ihrem Arbeitszimmer und blickte über die Weinberge. Wieder einmal war die Lese beendet, das siebte Mal, seit ihr Gut Freudberg gehörte.

Gestern Abend, nach dem kleinen Ernteabschlussfest, hatte sie die letzten Mitarbeiter ausgezahlt und ihnen ihre Papiere gegeben. Sie sah zum Schreibtisch. Nur ein Umschlag war übrig geblieben. Der von Henry Tailor. Er war gestern Abend nicht gekommen, um sein Geld zu holen.

Die Unterkunft der Erntehelfer war geräumt und leer. Henry zurrte seinen Rucksack zu, als sie an den Rahmen der geöffneten Tür klopfte. Er sah auf.

»Na, Chefin. Zufrieden?«

»Ja«, sagte sie.

»Du hast noch viel mehr geschafft als die Ernte, Greta.«

Sie hörte den Ernst in seiner Stimme und ahnte, was er meinte. »Ich bin dir bewusst aus dem Weg gegangen, Henry. Das, was vor zwei Jahren geschehen ist, darf sich nicht wiederholen.«

Henry lachte auf, nicht bitter, nicht arrogant, es war ein natürliches Lachen. »Das ist dir gelungen.« Er wurde ernst. »Ich weiß, ich hätte hier nicht einfach so auftauchen dürfen. Das war egoistisch. Entschuldige. Ich wollte dich unbedingt wiedersehen, mich davon überzeugen, dass es dir gut geht. Es ist kein Tag in den letzten zwei Jahren vergangen, an dem ich nicht an dich gedacht habe, Greta.«

Er schwieg. Auch Greta blieb still. Darauf konnte sie nichts sagen, ohne ihm wehzutun, und das wollte sie nicht.

»Ich wollte sehen, ob ich immer noch so verliebt in dich bin wie damals, als ich dich das erste Mal im Weinberg traf.« Er sah sie an. »Und ich bin es, Greta. Würde ich einen Weg sehen, den wir gehen könnten, um zusammen zu sein, ich würde ihn gehen. Aber ich verstehe, dass du auf Distanz bleibst. Denn ich weiß, wie verwurzelt du hier bist. Und du bist klug genug zu wissen, dass ich nach Südafrika gehöre und zurückmuss.«

Er griff nach dem Umschlag, den sie ihm hinhielt, und stopfte ihn in seinen Rucksack.

»Leb wohl, Greta.«

Greta blickte in sein offenes Gesicht. Sie mochte Henry mehr, als sie es sich in den letzten Wochen eingestanden hatte. Von ihm ging eine Leichtigkeit aus, die sie bewunderte. Wahrscheinlich, weil sie diese Leichtigkeit, das Leben so zu nehmen, wie es war, noch nie gefühlt hatte.

»Ich würde dich jetzt gern umarmen.«

»Das würde es noch schlimmer machen, Henry. Leb wohl.«

Er griff nach seinem Rucksack. Nebeneinander verließen sie die Unterkunft, ohne sich dabei anzusehen. Doch für einen kaum wahrnehmbaren Augenblick nahm Henry plötzlich ihre Hand. Nur ganz kurz drückte er sie, um sie gleich wieder loszulassen. Es war so flüchtig, dass Greta den Druck nicht hatte erwidern können.

Sie lief mit Henry bis zu der Stelle, an der der Zufahrtsweg zur Unterkunft in den Hauptweg hinunter zur Straße mündete. An der kleinen Kreuzung, an der sich der Weg zum Hof und zur Straße gabelte, verharrten sie kurz. Dann, ohne sich noch einmal anzusehen, ging jeder in seine Richtung.

Greta atmete auf. *So ist es gut,* dachte sie. Kein melodramatischer Abschied, auch wenn es ein Abschied für immer war. Und doch drehte sie sich ein letztes Mal um und sah ihm nach, sah seinen etwas wiegenden Gang, den Rucksack, der seinen Rücken verdeckte, den Cowboyhut.

In diesem Moment kam Adela mit beiden Kindern von der Straße. Sie waren spazieren gewesen.

Leo stürmte an Henry vorbei auf Greta zu und drückte sich fest an sie.

»Na, mein Schatz? Hattest du eine schöne Zeit?«

Leo lachte und streckte ihr seine Hand entgegen, die er zur Faust geballt hatte. »Wir waren beim Mahlig Schorsch. Guck mal, was ich bekommen habe.« Er öffnete die Faust, mit der er die geschenkten Bonbons fest umschlossen hatte.

»Du hast es ja gut! Und weißt du was? Mir hat er früher auch immer Bonbons geschenkt.« Abgelenkt beobachtete sie, wie Adela Mel aus der Kinderkarre auf den Arm nahm und kurz mit Henry sprach. Er beugte sich vor, schaute Mel intensiv an und strich der Kleinen über die Wange. Dann sah er zu Greta, lüpfte seinen Hut und winkte ihr ein letztes Mal zum Abschied zu.

Greta winkte kurz zurück und ging Adela entgegen. Sie wusste nicht, was Henry in Mel gesehen hatte, aber sie war froh, dass er dieses Mal nicht auf seine direkte Art nachgefragt hatte.

»Ein charmanter junger Mann«, meinte Adela und gab ihr Mel, die ihre Ärmchen nach Greta ausstreckte.

Sie strich ihrer Tochter über die Wange, genau so, wie es ihr Vater eben getan hatte.

»Ja, sehr charmant«, wiederholte sie Adelas Kommentar und sah Henry immer noch nach. Sie spürte, wie Tränen in ihr hochstiegen, und schluckte. Schnell vergrub sie ihren Kopf in Mels blondem Kinderschopf.

Adela legte einen Arm um Greta und sagte, als könnte sie ihre Gedanken lesen: »Vergiss das Leben nicht.«

14. KAPITEL

Kirchheim und Hautvillers,
November 1981

Greta stieg aus ihrem Wagen und spähte hinüber zur Halle. Es war spät geworden bei der Sitzung der Landfrauen. Normalerweise drang noch Licht aus der Halle, wenn sie zurückkam, weil Bruno meist bis spät in den Abend im Weinkeller war. Doch heute war alles dunkel. Auch am Haus brannte nur die Außenlampe, und Adelas Häuschen lag in völliger Dunkelheit.

Als Greta kurz darauf die Tür zum Schlafzimmer öffnete, saß Bruno aufrecht im Bett und sah von seiner Zeitschrift auf.

»Langer Tag.« Es klang mehr wie eine Feststellung als eine Frage.

Greta war sich nicht sicher, ob er ihren oder seinen Tag meinte. Sie begann, sich auszukleiden. »Ja. So wie jeder Tag.«

Sie hatten heute Mittag darüber gesprochen, was Bruno beim Keltern verändern wollte, und waren wieder unweigerlich bei der Herstellung des Sektes gelandet. Wie viel Arbeit konnten sie investieren, um einen hochwertigen Schaumwein zu produzieren? Lohnte sich der Aufwand?

Die Arbeit hört nie auf, dachte Greta, als sie ihr Nachthemd anzog. »Wir müssen hier beide mal raus, Bruno.«

Bruno legte seine Zeitschrift zur Seite und setzte seine Lesebrille ab, die er seit ein paar Wochen trug. »Was meinst du damit?«

Greta setzte sich zu ihm, steckte ihre Füße unter seine Bettdecke. Automatisch griff Bruno danach und wärmte sie. »Wie immer kalt«, grummelte er leise.

»Wir sollten mal etwas anderes sehen als immer nur unsere Weinberge, den Weinkeller oder ich die Landfrauen. Wir brauchen neue Eindrücke, sollten über den Gartenzaun hinausgucken.« Sie gab ihm einen Kuss auf die Wange.

Selma hatte ihr heute Abend eine Standpauke gehalten. Greta solle mehr für ihre Ehe tun. Mehr Kampfgeist entwickeln. Auch wenn Bruno nicht Gretas große Liebe sei, so gäbe es doch mehr, was Frau und Mann verbinden solle als Wein. Und da Greta genau wisse, dass von Bruno nichts kommen würde, müsste sie halt ran.

Auf dem Heimweg war Greta eingefallen, dass Jean-Paul Belair ihr letzte Woche geschrieben hatte. So wie er das öfter tat, seit sie sich 1979 auf der Mainzer Weinbörse kennengelernt hatten, als Brunos Rotberger prämiert worden war. Dem freundlichen älteren Winzer aus der Champagne war es gelungen, sich mit seinem Charme in die Messe zu schmuggeln, obwohl er kein Wiederverkäufer war. Er hatte sie am Stand von Gut Freudberg angesprochen, ein Gentleman der alten Schule mit lila Fliege und passendem Einstecktuch. Brunos Wein hatte er begeistert gelobt und war kurz darauf auf Gut Freudberg vorgefahren, um das Weingut zu besichtigen. So einen Rotwein habe er selbst im Bordeaux noch nicht zu trinken bekommen, hatte er geschwärmt. Schon damals hatte er sie beide eingeladen, ihn im November auf seinem *Château Belair* in Hautvillers, südlich von Reims, zu besuchen. In diesem Monat präsentierte er der Öffentlichkeit alljährlich seinen Champagner. Dieses Jahr feierte Jean-Paul mit seiner kleinen Weinmesse einen besonderen Anlass – einen »anniversaire«, hatte er geschrieben. Seit vierzig Jahren führte er das Château Belair, das in der fünften Generation in Familienbesitz war.

Greta fühlte sich geschmeichelt, dass er an sie und Bruno gedacht hatte. Dennoch hatte sie den Brief zur Seite gelegt, da es ihr noch bis heute Abend zu unwahrscheinlich erschienen war, dass sie die Einladung annehmen würden.

Aber warum eigentlich nicht? Sie überlegte sich jedes Wort genau, das sie gleich an Bruno richten würde. Keinesfalls mit »Wir könnten …« oder »Lass uns doch …« oder gar »Was hältst du von der Idee …?« beginnen. Sie atmete tief durch. »Ich möchte mit dir zusammen nach Hautvillers zu Jean-Paul fahren.« So, jetzt war es raus. Sie sah Bruno an. Als er nicht reagierte, fügte sie hinzu. »Jean-Paul hat uns eingeladen zu seiner Weinmesse und möchte uns seinen Keller zeigen. Das ist doch eine tolle Gelegenheit für uns. Was meinst du?« *Gut gemacht, Greta,* dachte sie, *du hast keinen Konjunktiv benutzt.* Sie sah fragend zu Bruno, doch seinen starren Blick konnte sie nicht deuten. Sie schmiegte sich an ihn.

»Kommt überhaupt nicht infrage«, stieß er hervor. »Ich werde nicht nach Frankreich fahren. Niemals.«

»Aber wieso nicht?« Greta erschrak über seine heftige Reaktion und setzte sich auf.

»Nicht mit dir, nicht allein, überhaupt nicht. Wenn du fahren willst, dann bitte. Ich bleibe hier.« Bruno schlug die Bettdecke zurück, schob Greta zur Seite und stand auf.

»Bruno, es sind doch nur zwei Tage. Da können wir das Gut getrost einmal allein lassen. Alfons und Jockel sind da, und Adela kümmert sich …« Doch weiter kam sie nicht.

»Ich sagte Nein! Keine zehn Pferde bringen mich da hin!« Bruno raffte sein Bettzeug zusammen.

Greta sprang auf. »Aber warum denn nicht? Zwei Tage, die nur uns gehören.«

Bruno schlüpfte in seine Hausschuhe und stürmte mitsamt dem Bettzeug auf dem Arm aus dem Schlafzimmer, gefolgt von Jolie, die einen verstörten Hundeblick zu Greta warf.

Greta ließ sich zurück ins Kissen fallen. Sie wusste, dass er unten in Ilses Salon schlafen würde. Das hatte er schon ein paar Mal getan, wenn sie sich gestritten hatten. Sie seufzte. Warum nur hatte Bruno so harsch reagiert? Was hatte er denn gegen Frankreich? Schließlich hatte er fünf Jahre im Elsass als Kellermeister gearbeitet.

Sie löschte die Leselampe und kuschelte sich in ihre Bettdecke, obwohl sie Bruno am liebsten gefolgt wäre. Doch sie wusste, dass ihn in dieser Stimmung kein Argument erreichen würde.

Sie würde so gern zu Jean-Paul fahren, sein Weingut sehen und einmal für ein paar Tage Gut Freudberg und die Verantwortung, die sie trug, hinter sich lassen. Wieder einmal mit Bruno lachen, sein Schweigen nicht interpretieren müssen. Sie sah zu seiner Seite hinüber. Das Gefühl von Einsamkeit, das sie erfüllte, konnte sie kaum ertragen. Sie stand auf, nahm ihr Bettzeug und ging in Leos Zimmer, wo Mel sich mal wieder an ihren großen Bruder kuschelte. Greta bereitete sich ein Nachtlager auf der »Tobematratze«, wie Leo die Polster in der Spielecke getauft hatte. *Nur nicht allein sein, das halte ich nicht mehr aus,* war ihr letzter Gedanke, bevor sie einschlief.

Greta nippte an ihrem Kaffee. Sie stand am Fenster ihres Arbeitszimmers und sah über die Weinberge. Wann immer sie in der letzten Woche das Gespräch gesucht hatte, war Bruno ihr ausgewichen. Bis sie es schließlich gestern Abend aufgegeben hatte.

Adela klopfte an den Türrahmen. »Ich gehe einkaufen. Brauchst du etwas?«

Greta drehte sich zu ihrer Großmutter um. »Das, was ich mir wünsche, kannst du mir leider nicht vom Edeka mitbringen.«

Adela zwinkerte ihr zu. »Ich wollte zur Metzgerei Dreckmann. Mir ist heute so nach Sauerbraten.« Sie runzelte die Stirn, eine Sekunde später setzte sie sich auf den Stuhl gegenüber von Gretas Schreibtisch. »Was bedrückt dich?«

Greta nahm auch Platz. »Ich habe eine Einladung nach Hautvillers, zu einem kleinen Weinfest von Jean-Paul Belair auf seinem Weingut. Erinnerst du dich an ihn? Der freundliche Winzer aus der Champagne?«

»Ein wirklich netter Mann«, bestätigte Adela. »Und weiter?«

»Ich wollte mit Bruno übers Wochenende hinfahren. Aber er verweigert sich komplett. ›Nie wieder fahre ich nach Frankreich‹, hat er mich angeschrien. Na ja, das war's.«

Adela überlegte kurz. »Wann ist das Fest denn?«

»Jetzt, an diesem Wochenende.«

Adela stand auf. »Na, was sitzt du dann noch hier herum? Pack deine Sachen, und dann ab mit dir.«

»Adela, ich …«, widersprach Greta.

Ihre Großmutter unterbrach sie. »Egal, was du jetzt sagen willst, ich antworte dir darauf mit ›Papperlapapp‹. Du bist eine erwachsene Frau, Greta. Du kannst Autofahren, und eine Straßenkarte kannst du doch wohl auch lesen? Um die Kinder kümmere ich mich.«

»Du meinst …?«

Adela schob Greta vor sich her zur Tür. »Ich meine nicht nur, ich verordne es dir.«

Eine Stunde später saß Greta im Auto und fuhr Richtung Autobahn. Je weiter sie nach Westen fuhr, desto mehr überkam sie ein Gefühl von Freiheit. Tat sie es wirklich? Fuhr sie nach Frankreich? Sie stellte das Radio an und drehte es laut auf. John Lennon sang »Woman«, und Greta sang lauthals mit. Mittendrin lachte sie kurz bitter auf. Vielleicht sollte sie Bruno die Single schenken? Nein, es würde nichts bringen. Er würde sie nie verstehen und respektieren, nie über seinen Schatten springen. Dazu liebte er sie nicht genug. Sie schob ihre dunklen Gedanken beiseite und trat das Gaspedal durch. Sie wollte jetzt nicht an Bruno und seine Übellaunigkeit denken. Dieses eine Wochenende gehörte ihr.

Am Grenzübergang bei Forbach hielt sie an und tauschte einhundertfünfzig Mark in französische Francs um. Anschließend nahm sie die nächste Ausfahrt und fuhr über Land weiter. In einem malerischen Örtchen hielt sie vor einer Boulangerie und stieg aus.

Sie sah sich um. Sie war in Frankreich! Nach der gemeinsamen Reise mit Bruno ins Friaul war es das erste Mal, dass sie in einem anderen Land war – auch wenn es nur zwei Stunden von Kirchheim entfernt war. So nah und doch schien es ihr, als sei sie in einer anderen Welt angekommen.

»Un café au lait et un croissant, s'il vous plaît«, sagte Greta und legte einen Zwanzig-Franc-Schein auf den Tresen. Sie wollte die Tage hier in Frankreich genießen. Und Champagner trinken. Und sie wollte von Jean-Paul lernen.

Schließlich hatte sie vor, den besten Sekt der Pfalz zu machen.

Die Landstraße nach Hautvillers schlängelte sich durch eine hügelige Landschaft, durch kleine Ortschaften, in denen wohl gerade Mittagsruhe herrschte, so still war es auf den Straßen.

Eine Stunde später erreichte sie den kleinen Ort, der als »Berceau du Champagne – Wiege der Champagne« bezeichnet wurde. Im 17. Jahrhundert hatte der Mönch Dom Pérignon in der kleinen Abtei der Sage nach die »méthode champenoise« entwickelt, ein Verfahren der Flaschengärung zur Herstellung von Schaumwein. Greta gefiel die Vorstellung, dass ausgerechnet ein Mönch zu diesem lukullischen, weltlichen Genuss beigetragen hatte. Als sie ein Schild mit der Aufschrift *Hôtel Gustave Flaubert* entdeckte, hielt sie. Sie bekam das letzte Zimmer, das der Hotelier »suite« nannte.

»Voilà, Madame.« Er reichte ihr den Schlüssel mit einem runden Messingschild, auf dem eine schwarze verschnörkelte Drei prangte. Greta fragte sich, wie viele Zimmer das kleine Hotel wohl insgesamt hatte. Vier?

Er deutete auf eine kleine Tür, die an der Längsseite der Halle war und nach draußen führte. »Cette porte est ouverte toute la nuit, Madame.« Er zwinkerte ihr zu und zwirbelte die Enden seines Schnurrbarts. Ganz offensichtlich flirtete der Mann mit ihr.

Übermütig zwinkerte sie zurück. »Merci, Monsieur.«

Die »Suite« war mit einem dunkelblauen dicken Teppich ausgelegt. Die Tapete war goldfarben und mit blauen Lilien bedruckt. Das Muster erinnerte Greta an die Tapeten in Ilses Salon. Sie stellte ihre Reisetasche auf eine mit blauem Samt überzogene Chaiselongue. Als sie die beiden Fensterflügel öffnete, strömte ihr warme Luft entgegen. Es war ungewöhnlich mild für die Jahreszeit.

Nachdem sie geduscht hatte, zog sie sich vor dem Schrankspiegel an und musterte sich. Sie legte die Perlenkette an, die ihr Adela zur Hochzeit geschenkt hatte. Ja, sie gefiel sich in dem schlichten aparten kleinen Schwarzen. Ein Zitat von Coco Chanel kam Greta in den Sinn: »Ich trinke Champagner nur bei zwei Gelegenheiten: wenn ich verliebt bin und wenn ich nicht verliebt bin.« Heute würde *sie* Champagner trinken!

Wenig später stieg Greta vor dem kleinen Château Belair auf dem Vorplatz aus ihrem Wagen. Jean-Paul kam ihr mit ausgestreckten Armen entgegen. Seine goldfarbene Fliege passte perfekt zu der Weste aus goldfarbenem Brokat, die er unter einem dunkelgrauen Anzug trug.

»Ma chérie!«, rief er freudestrahlend. »Mein größter Wunsch ist in Erfüllung gegangen. Du bist hier!« Jean-Paul begrüßte sie mit zwei Küsschen rechts und links. »Ach, bin ich froh, dass ich Franzose bin«, schmunzelte er und legte einen Arm um sie, als er sie zum Haus führte. »So kann ich immer ungestraft schöne Frauen küssen.«

Greta lachte auf. Sie mochte seinen Humor und seinen Charme.

»Du bist allein? Wo hast du Bruno gelassen?«, fragte er.

»Er hat so viel zu tun. Reiche ich dir nicht?«, lenkte Greta vom Thema ab.

»Bien sûr! Entre, ma chérie. Du siehst bezaubernd aus. Das Kleid steht dir ganz ausgezeichnet. Aber du könntest auch – wie sagt man? … einen Sack für Kartoffeln? – tragen und würdest jede Frau in den Schatten stellen.« Er hielt sie eine Armeslänge von sich. »Was ist das? Dior?«

Greta lachte. »Das Kleid stammt aus dem Hause Ertié.« Sie sprach Hertie französisch aus. Sie hatte sich das Kleid letztes Jahr im Schlussverkauf gekauft. Seitdem trug sie es zu besonderen Anlässen.

»Ertié?«, hakte Jean-Paul nach. »Habe ich etwas verpasst in meinem Leben? Welcher Modeschöpfer ist das?« Er hielt ihr die Tür auf und führte sie in sein Wohnzimmer.

Von hier hatte man wie auf Gut Freudberg einen wunderschönen Blick auf die Weinberge. *So ähnlich und doch ganz anders,* dachte Greta. Die Landschaft war viel hügeliger, die Rebreihen enger, die Weinstöcke mit dem Herbstlaub wirkten niedriger.

Jean-Paul strich sich das graue Haar zurück und reichte ihr ein Glas Champagner. »Santé, meine Liebe! Schön, dass du den Weg zu mir gefunden hast.« Er warf einen Blick auf die Uhr. »Wir haben noch Zeit, ehe die anderen Gäste kommen. Was hältst du davon, wenn ich dich ein bisschen rumführe?« Er beugte sich zu ihr. »Und dich in meinen ›cave à champagne‹ entführe?«

»Unbedingt, Jean-Paul. Oder glaubst du, ich bin nur wegen deines Charmes gekommen und um mit dir Champagner zu trinken?«

Jean-Paul lachte und führte sie hinaus auf den Hof, zu einem großen gemauerten Gebäude. Als er das Licht einschaltete, sah sich Greta voller Bewunderung um: Der Raum war imposant. Die hohen Wände waren weiß gestrichen, schwere, dunkle Deckenbalken gaben dem offenen Dachbereich Struktur, der Boden war mit lasierten Holzdielen ausgelegt.

»Ich habe im letzten Jahr alles renovieren lassen«, erklärte Jean-Paul. »Immer mehr Touristen wollen Champagner bei mir kaufen. In den nächsten Wochen werde ich hier auch einen Verkaufsraum einbauen lassen.« Er durchquerte die Halle und schlug gegen eines der Holzfässer, die nebeneinander aufgereiht waren. »Hier befindet sich der Grundwein.« Er hob den Finger, um sich Gretas ganzer Aufmerksamkeit zu vergewissern. »Er macht den Champagner. Natürlich ist er speziell gepresst. So wie es hier schon seit Jahrhunderten gemacht wird.«

Im hinteren Bereich führte eine Treppe nach unten. Die Stufen waren aus altem Stein, ausgetreten über die Jahrhunderte. Langsam stieg er sie hinab, Greta folgte ihm. Die Treppe schien nicht enden zu wollen.

Endlich gelangten sie in einen langen Gewölbegang. Links und rechts lagerten Champagnerflaschen, nach Jahreszahlen in Regalen sortiert. Am Ende des Gangs lagen die Flaschen millimetergenau übereinandergestapelt, sodass es fast wie ein Bienenstock aussah. Als sie um die Ecke bogen, blieb Jean-Paul stehen. »Und hier, voilà, die pupitres, ich kenne nicht das deutsche Wort dafür.«

»Auf Deutsch heißen sie Rüttelpulte.«

»Ich habe seit Jahren nur die besten Remueurs.«

»Die Meister des Rüttelns. Remueur klingt so viel schöner«, sagte Greta.

Jean-Paul lief tiefer in den Keller hinein und zog eine Flasche aus einem Regal. »Du bekommst meinen besten Champagner. Es ist ein Millésmé, ein Jahrgangschampagner. Ich lasse ihn zehn bis fünfzehn Jahre altern. Wie er schmeckt, ist ein Beweis für die Expertise von Belair. Er ist elegant und kraftvoll. Die Chardonnay-Traube unterstreicht seinen Geschmack, der Pinot Noir zeichnet ihn aus.«

Er nahm zwei Gläser aus einem Schrank, öffnete die Flasche und goss etwas von der perlenden Flüssigkeit ein. »Santé!«

Greta griff nach dem Glas. »Ich rieche Rose und Pfeffer.

Und ein bisschen Vanille.« Sie hielt noch einmal ihre Nase in das Glas. »Und ist das nicht auch ein bisschen Banane?«

»Très bien, ma chérie! Très bien! Und was schmeckst du?«

Greta nippte an dem Glas und setzte es wieder ab. »Ich schmecke winzig kleine Bläschen, verhaltene Frucht und ein frisches Limettenaroma.«

Jean-Paul schenkte ihr nach. »Formidable!«

Am frühen Nachmittag trudelten die ersten Gäste ein. Jean-Paul hatte seinen Salon geöffnet. Eine junge Kellnerin mit einer kleinen Schürze, einem schwarzen Pagenkopf und knallrotem Lippenstift servierte Austern aus der Bretagne. Jean-Paul fand, dass diese »exquisite« zu seinem Champagner schmeckten. Die Besucher standen in losen Gruppen zusammen, plauderten über das Wetter, Wein und natürlich Champagner.

Greta schnappte einzelne Worte auf Französisch auf, während sie kritisch und auf die Nuancen achtend verschiedene Champagnersorten verkostete. Bei einer hielt sie wie elektrisiert inne. Dieser Champagner schmeckte ihr besonders gut. Es war ein Grand Vintage, ein Jahrgangschampagner, allerdings aus einem anderen Jahrgang als der Millésmé, den sie mit Jean-Paul getrunken hatte. Sie beschloss, davon eine Kiste mitzunehmen.

Am Flügel, der im Salon stand, saß ein junger Pianist, der zu seinem Spiel gefühlsbetont »Je ne regrette rien« von Edith Piaf sang und immer wieder zu Jean-Paul sah. Dieser brachte ihm ab und zu ein Glas Champagner. Greta beobachtete die beiden. Sie würden wohl die Nacht nicht allein verbringen, so wie sie.

Nachdem sich Greta lange mit einer Frau unterhalten

hatte, die aus Paris stammte und ihr in den höchsten Tönen von ihrer Heimatstadt vorgeschwärmt hatte, entschuldigte sie sich. Sie brauchte dringend eine kleine Pause und ging zum Büfett, als Jean-Paul einen Freudenschrei ausstieß.

»Henriiieee, mon chérie!«

Greta drehte sich um und sah zur Tür.

Dort stand Henry. Wie immer trug er seinen alten Cowboyhut. Aber statt der zerschlissenen Jeans hatte er eine neue dunkle Jeans an, ein weißes T-Shirt und dazu ein lässiges Jackett. Die derben Arbeitsschuhe waren weißen Turnschuhen gewichen. Er erwiderte Jean-Pauls Umarmung.

Als sich Gretas und Henrys Blicke trafen, blieb er einen Moment wie erstarrt stehen. Dann ging ein Ruck durch seinen Körper, und mit einem breiten Lächeln kam er auf sie zu. Er begrüßte sie ganz nach französischer Art mit hingehauchten Küssen rechts und links. Mit dem letzten Kuss streifte er leicht ihren Nacken und umfasste mit beiden Händen ihre Taille. Greta durchzuckte es.

»Was machst du denn hier, Henry? Woher kennst du Jean-Paul?« Um ihre Verlegenheit zu überspielen, nahm sie den letzten Schluck aus ihrem Glas.

»Ich habe ihn auf einer Weinmesse kennengelernt«, antwortete er und griff nach ihrem leeren Glas. »Ich besorge uns noch einen Schluck.«

Doch bevor er sich an die Kellnerin wenden konnte, trat Jean-Paul zu ihnen, in der einen Hand eine Flasche Champagner, in der anderen einen kleinen Säbel. Die antiquierte Waffe wirkte seltsam fremd an ihm, doch er hielt sie mit großer Selbstverständlichkeit.

»Wenn du es schaffst, den Champagner mit dem *sabre* zu öffnen, wie einst Napoleon, der so seinen Sieg nach einer Schlacht mit seinen Offizieren feierte, bekommst du die

Reblinge von mir.« Er reichte Henry den Säbel. »Falls nicht, hat du verloren. Dann bekommst du – ›rien‹, nichts.«

Henry lachte.

Jean-Paul wandte sich an Greta: »Mein junger Freund hier hat es nämlich auf Ableger meiner Pinot-Meunier-Reben abgesehen. Er will sich daran in Südafrika versuchen.«

Dann klatschte Jean-Paul in die Hände und sah in die Runde. »Attention, mes amis!« Er zeigte zu Henry. »Et voici le grand sabreur Henry Tailor!«

Die Gäste bildeten einen kleinen Halbkreis. Jean-Paul reichte Henry die Champagnerflasche. »Er hat genau die richtige Temperatur, damit die Flasche nicht zersplittert.«

Henry hielt sich die Flasche gegen die Wange und zwinkerte Greta zu. »Exakt sieben Grad. Ideal.« Er löste den Metallmantel vom Korken und drehte den Drahtkorb auf. Dann hielt er den Säbel in einem Zwanzig-Grad-Winkel oberhalb des Etiketts auf die Flasche. »Ich hoffe, ich beschädige das Etikett nicht, das bringt Unglück«, raunte er Greta zu. Schwungvoll, mit einer fließenden Bewegung, führte er den Säbel zum Flaschenhals. Er traf den Wulst des Flaschenkopfes und trennte ihn vom Glashals ab, wodurch auch der Korken aus der Flasche katapultiert wurde. Schäumend sprudelte der Champagner hervor. »Prüfung bestanden?«

Statt einer Antwort nickte Jean-Paul und applaudierte Henry zu. Auch die anderen Gäste klatschten Beifall. Henry verneigte sich höflich, dabei bückte er sich und hob den Korken mit dem Glaskranz auf. Er zog einen Stift aus seiner Hemdtasche und schrieb ein Datum auf den Korken, bevor er ihn Greta überreichte. »Die Franzosen nehmen ihn als Talisman.«

Greta sah auf die Zahlen. Henry hatte nicht das heutige

Datum darauf geschrieben, sondern es zurückdatiert. Auf jenen Tag vor zwei Jahren, als er das erste Mal nach Gut Freudberg zur Weinlese gekommen war. Sie kannte das Datum, schließlich hatte sie selbst oft daran gedacht. Es war der Tag, als sie sich inmitten der Weinstöcke unter freiem Himmel im Weinberg geliebt hatten.

Als Greta sich kurz nach fünf Uhr von Jean-Paul verabschiedete, bot er ihr an, auf seinem Château zu übernachten. Doch Greta lehnte ab. Sie brauchte dringend etwas Ruhe. Ein ereignisreicher Tag lag hinter ihr, und sie musste allein sein, um das Wiedersehen mit Henry und ihre Gefühle einordnen zu können. Jean-Paul umarmte sie liebevoll wie ein väterlicher Freund. »Komm wieder, ma chérie. Ganz bald! Und grüß Bruno von mir. Sag ihm, eine so schöne Frau wie dich lässt man nicht allein nach Frankreich fahren.«

»Ich werde es ihm ausrichten.« Greta lächelte ihn warm an und ging.

Sie schritt die Treppe hinunter bis zu dem Kiesplatz vor dem Anwesen, wo sie ihren Wagen geparkt hatte. Doch auf einer der letzten Stufen stolperte sie. Bevor sie stürzte, griff eine Hand nach ihrem Arm und hielt sie. Sie wusste, wer es war, bevor sie ihn sah.

»Du willst schon gehen?« Henrys Enttäuschung war nicht zu überhören.

Greta nickte. »Es ist besser so, glaub mir.« Sie sah auf seine Hand. Zahlreiche Gefühle und Gedanken wirbelten ihr durch den Kopf. Der Champagner war ihr zu Kopf gestiegen und von dort wohl direkt in ihr Herz. Wenn sie noch bliebe, würde sie nicht mehr widerstehen können und diesen Mann neben sich küssen.

Henry nahm die Hand von ihrem Arm, doch nur, um

nach ihrem Autoschlüssel, den sie in der Hand hielt, zu greifen. »Besser, ich fahre dich. Das war vielleicht ein halbes Glas Champagner zu viel.« Er hakte sie unter, ging mit ihr zu dem geparkten Mercedes und hielt ihr die Beifahrertür auf.

Greta zögerte. Sie wusste, dass es besser war, wenn sie jetzt nicht mehr fuhr. Aber sie wusste auch, wie gefährlich es war, sich von Henry fahren zu lassen. Sie schloss die Tür und nahm ihm den Schlüssel ab. »Ich gehe zu Fuß.«

»Ich begleite dich«, gab er prompt zurück. »Es wird gleich dunkel.«

Greta wusste darauf nichts zu erwidern. Besser sie lief einfach los. Frische Luft würde ihr guttun.

»Ich kenne eine Abkürzung zum Hotel.«

»Du weißt, wo ich wohne?«, fragte sie erstaunt.

Henry lachte. »Hier gibt es nicht viele Hotels.«

Zusammen gingen sie in der Dämmerung hinauf in den kleinen Ort. Der kleine Feldweg führte vom Château Belair durch die Weinberge von Hautvillers. Nur an wenigen Rebstöcken hingen noch einzelne welke Blätter, alle anderen waren bereits kahl. Kurz vor dem Dorf erstreckte sich neben dem Weg eine lange, niedrige Feldsteinmauer, wie gemacht, um als Kind darauf zu balancieren oder in der Abenddämmerung darauf zu sitzen und den Sonnenuntergang hinter dem Dorf zu beobachten. In der Ferne schlugen die Glocken der Abtei St. Pierre d'Hautvillers.

Als sie beim Hotel ankamen, öffnete Henry wie selbstverständlich die Nebentür, auf die der Hotelier Greta hingewiesen hatte. Sie wandte sich um und wollte sich von Henry zu verabschieden.

Doch er unterbrach sie lächelnd: »Ich habe hier auch ein Zimmer. Wir schlafen heute Nacht sozusagen Tür an Tür.«

Als sie die Treppe zum ersten Stock hinaufstiegen, hielt Greta Henrys Nähe kaum aus. Endlich hatte sie ihre Zimmertür erreicht, blieb stehen und wollte sich verabschieden. Sie sah in seine meerblauen Augen, dann zu seinen Lippen.

Er lehnte sich leicht gegen den Türrahmen. »Und jetzt?«, fragte er leise und strich sanft über ihre Wange.

Greta schloss die Augen. Mit einem Mal überkam sie solch ein Verlangen, dass sie sich auf die Zehenspitzen stellte und seinen Kopf zu sich herunterzog.

»Schenk mir diese Nacht, Greta«, flüsterte Henry.

Sie öffnete die Augen, nickte und öffnete die Zimmertür. Sie betraten den Raum, und Henry gab der Tür mit dem Fuß einen Kick, sodass sie ins Schloss fiel. Eng umschlungen gingen sie zu dem Bett. Henry zog Greta an sich und küsste sie. Sie spürte seine Hände auf ihrem Rücken und hörte das leise Geräusch, als er behutsam den Reißverschluss ihres Kleides öffnete. Noch während Greta aus ihren Schuhen stieg, zog sich Henry sein T-Shirt über den Kopf und schlug die Bettdecke zurück. »Zwölftausendneunhundertdreiunddreißig Kilometer war ich zwei Jahre von dir getrennt. Jetzt lasse ich keinen Millimeter mehr zwischen uns«, sagte er und zog sie aufs Bett.

Seine Hände waren überall, liebkosten Greta. Es schien, als kannte er ihren Körper genau, wusste, was ihr gefiel und wie sie darauf reagierte. Trunken vor Leidenschaft und Champagner sog sie seinen Geruch ein. Alles andere auf der Welt war vergessen, als sie ihn ganz nah spürte. Sie schloss die Augen und ließ sich fallen in ein Gefühl, wo es nur sie und ihn gab. Sie wünschte, es würde nie enden. Henry hielt sie fest in seinen Armen. Greta schmiegte sich an ihn und öffnete die Augen.

»Du bist ein Geschenk, Greta.«

»Nur diese Nacht«, entfuhr es ihr leise, bevor sie ihn küsste. Sofort wurde der Kuss intensiver, und die Sinnlichkeit zwischen ihnen erwachte erneut. Dieses Mal ließen sie sich Zeit, doch es war nicht weniger leidenschaftlich, nur inniger.

Als sie endlich atemlos voneinander abließen, stand Henry auf. »Nicht weglaufen, versprochen?«

»Wo sollte ich hingehen?«, fragte Greta und zog die Decke, die vom Bett gefallen war, wieder hoch.

»Nicht bewegen.« Nackt lief er zur Tür, öffnete sie und verschwand im Hotelflur. Kurz darauf kam er mit einer Flasche Champagner und zwei Zahnputzgläsern zurück. Er öffnete die Flasche, goss ihnen ein und reichte ihr das Glas.

»Ein Paar, ein kleines Hotel. Und die Liebe. Der Stoff, aus dem die Träume sind.« Er stieß mit ihr an. »Auf diese Nacht.«

»Auf diese Nacht«, gab Greta leise zurück.

Sie wussten beide, dass es eine gestohlene Nacht war, in der die Zeit doppelt so schnell verging.

»Champagner sollte man überhaupt nur im Bett trinken«, sagte Henry und legte sich zu ihr.

Greta lachte auf. »Henry Tailor oder wie er die Welt sah.«

»Ah, du hast John Irvings Buch gelesen! Ein gutes Buch, oder? Garp ist auch wirklich ein merkwürdiger Name.« Er stellte sein Glas auf den Nachttisch. »Komm her«, murmelte er und zog sie an sich. Zärtlich strich er ihr die Strähnen aus dem Gesicht und legte seine Wange an ihre. »Geht es dir gut?«, fragte er leise.

»Ja sehr. Aber bitte frag mich das morgen nicht.«

Als Greta wach wurde, war das Bett neben ihr leer. Sie tastete nach dem Laken. Kalt. Sie setzte sich auf und sah sich im Zimmer um. Henrys Sachen waren fort. Sie wusste nicht, ob sie erleichtert oder traurig sein sollte. Sie stand auf, streckte sich und sah aus dem Fenster. Die Straße war menschenleer.

Sie ging ins Bad und lächelte traurig, als sie zum Spiegel über dem Waschtisch sah. Henry hatte ihr eine Nachricht hinterlassen, geschrieben wohl mit ihrem Lippenstift:

Ich gehe für uns. Für dich. Je t'aime. Toujours. Ma vie.

Auf die Ablage darunter hatte er den Korken mit dem Glaskranz gestellt.

Greta schloss für einen Moment die Augen und horchte in sich hinein. *Weine nicht über das, was du verloren hast, sondern freue dich über das, was du erlebt hast,* sagte sie sich. Aber sie spürte eine innere Leere, von der sie nicht wusste, wie sie sie füllen sollte.

Auf dem Rückweg drehte Greta das Radio laut auf, als das Lied »50 Ways to Leave Your Lover« von Paul Simon gespielt wurde. Laut sang sie mit. Als der letzte Ton verklungen war, schaltete sie das Radio aus. In völliger Stille fuhr sie weiter. Sie dachte nach, überlegte, wägte ab. Die Begegnung mit Henry hatte sie wachgerüttelt, ohne dass sie sich für ihn entscheiden wollte. Sie war sicher, dass sie keine gemeinsame Zukunft hatten, weder hier noch in Südafrika.

Kurz vor der Grenze zu Deutschland wusste Greta, was sie zu tun hatte. Sie konnte so nicht weiterleben, durfte sich nicht weiter selbst betrügen. Sie musste sich von Bruno trennen. Sosehr sie der Gedanke schmerzte, so ehrlich war diese Erkenntnis. Wenn sie zurückkam, würde sie es ihm sagen.

Trauer und Erleichterung zugleich überfielen sie bei dem Gedanken, dass morgen um diese Zeit schon alles anders sein würde. Als sie kurz vor Kirchheim zu einem Abzweig kam, der von der Landstraße wegführte, bremste sie und bog ab. Sie musste zu ihrem kleinen See. Hier konnte sie ganz bei sich sein. Der See würde ihr die Kraft geben, alles, was ihr nicht guttat in ihrem Leben, beenden zu können.

Sie stellte den Wagen an dem Weg ab, der durch das Wäldchen führte, und lief die letzten Meter zum Ufer. Sie bereute nicht, die Nacht mit Henry verbracht zu haben, auch wenn sie Bruno mit Henry betrogen hatte. Wenn sie ehrlich sich selbst gegenüber war, beging sie seit Jahren immer wieder einen ganz anderen Verrat an ihrem Ehemann: Robert ging ihr nicht aus dem Kopf und auch nicht aus dem Herzen. Doch damit musste endlich Schluss sein, nicht um Brunos, sondern um ihrer selbst willen. Sie würde sich hier, an diesem See, in dem sich der Novemberhimmel spiegelte, sowohl von Henry als auch von Robert verabschieden. Und später von Bruno. Sie würde ihn bitten, das Gut zu verlassen.

Trotz der Kälte zog sie Schuhe und Strümpfe aus, watete ein paar Schritte am Ufer entlang und ignorierte den scharfen Schmerz des eiskalten Wassers. Vor ihr ragte der Felsen aus dem Wasser, an dem sie und Robert damals ihren großen Streit gehabt hatten. Sie blickte auf den Korken mit dem Glaskranz in ihrer Hand, holte weit aus und warf ihn in den See.

»Seele des Menschen,
Wie gleichst du dem Wasser!
Schicksal des Menschen,
Wie gleichst du dem Wind!«

Laut rief sie die Zeilen aus Goethes Gedicht, das sie aus dem Oktavheft ihrer Mutter kannte. Sie atmete tief durch, überzeugt, dass sie das Richtige tat.

Kaum parkte sie auf dem Hof, trat Bruno aus der Halle, als ob er auf sie gewartet hätte. Noch bevor Greta aussteigen konnte, war er bei ihr und öffnete die Fahrertür. Er zog sie heraus, um sie gleich darauf fest in seine Arme zu schließen, und vergrub den Kopf an ihrem Hals. »Du hast mir so gefehlt«, flüsterte er und drückte sie noch fester an sich.

Greta schloss die Augen. Was war denn mit Bruno los? Sie war verunsichert, doch sie erwiderte seine Umarmung.

Bruno ließ sie behutsam los und hielt sie ein Stück von sich weg. Fest sah er ihr in die Augen. »Es war ein Riesenfehler, nicht mit dir zu Jean-Paul zu fahren. Verzeih mir.« Er schluckte schwer und fuhr fort: »So wie mir in letzter Zeit viele andere Fehler passiert sind.« Bittend hob er die Hand, als Greta etwas einwerfen, ihm sagen wollte, was sie sich am See zurechtgelegt hatte.

Leise, aber mit Nachdruck, begann er: »Es tut mir so leid, Greta. Du bist meine Frau, bist immer an meiner Seite. Das will ich auch sein, ich will dein Mann sein.« Er zog sie an sich und küsste sie leidenschaftlich.

Greta genoss diesen überraschenden Kuss, der ihr so vertraut war und plötzlich nach Beständigkeit schmeckte. Bruno zog sie mit sich. »Komm mit.«

Er ließ ihre Hand nicht los. Zusammen betraten sie die Halle. Bruno nahm aus einem Regal, in dem sie das Verpackungsmaterial aufbewahrten, ein großes, hübsch eingewickeltes Päckchen. »Ich hoffe, es gefällt dir. Als ich es sah, musste ich sofort an dich denken.«

Greta blickte auf das Geschenk. Es war das erste Mal,

dass Bruno ihr etwas ohne besonderen Anlass schenkte. Sie wickelte es aus. Es war ein Bildband des spanischen Malers Salvador Dalí, *Die Weine von Gala*. Greta schlug ihn auf und war sofort gefangen von den opulenten Fotos, den Weinbeschreibungen und den Zitaten. Sie blickte auf und sah, wie Bruno sie erwartungsvoll, aber auch unsicher ansah.

Unbemerkt hatte er zwei Gläser Sekt eingeschenkt. »Es ist zwar kein echtes Kunstwerk, auch kein Roman, und dies hier« – er hob die Gläser in die Höhe – »ist auch kein Champagner. Aber ich möchte mit dir anstoßen. Auf uns. Als Paar. Du bist die Frau an meiner Seite. Das habe ich endlich verstanden. Ich möchte mehr an deinem Leben teilhaben. Weißt du, Greta, beim Weinmachen, da kenne ich mich aus.« Er sah zu Boden. »Eine Frau so zu lieben, dass ich ihr für immer trauen kann, das habe ich nie gelernt.«

»Ich glaube nicht, dass man lernen kann zu lieben. Ich glaube, man liebt einfach«, entgegnete sie sanft.

»Für mich bedeutet Liebe, sich auf den anderen einzulassen, voll und ganz. Es tut mir leid, dass ich das bislang noch nicht getan habe. Aber das hat einen Grund.«

Greta setzte sich auf die Arbeitsfläche. Sie fröstelte, aber nichts auf der Welt hätte sie jetzt in diesem Moment von hier fortgebracht. Sie wollte Brunos Geschichte hören.

Bruno zog seinen Pullover aus und legte ihn ihr fürsorglich um die Schultern. »Ich habe schon einmal eine Frau geliebt. Vor dir. Sie hieß Nathalie«, begann er zögerlich. »Es war bei meiner ersten Anstellung im Elsass. Ich sprach mit dem Winzer und stimmte in dem Moment seinem Angebot zu, als Kellermeister für ihn zu arbeiten, als sie den Raum betrat. Nathalie war seine Ehefrau. Als ich sie sah, wusste ich, dass ich sie liebte. Alles an ihr faszinierte mich.«

Er sah Greta an. »Sie war meine erste Frau und meine einzige, bis ich dich traf. Anfangs wehrte ich mich gegen meine Gefühle. Ging ihr aus dem Weg. Bis sie mich ansprach und meinte, dass man der Liebe nicht entfliehen könne. Ich wusste nicht, was ich tun sollte. Sie war so klug, so schön, und ich hatte sie immer vor Augen. Bis heute weiß ich nicht, ob ihre Ehe glücklich war, zumindest hatte sie einen kleinen Sohn. Ich wusste nur, dass ich sie liebte und sie mich.«

»Habt ihr …?«, fragte Greta, und Bruno nickte.

»Ja«, antwortete er bedrückt. »Ich bin nicht stolz darauf. Obwohl ich genau wusste, dass sie ihren Mann nie verlassen würde. Sie lächelte mich nur an, als ich ihr vorschlug, mit mir wegzugehen, neu anzufangen. ›Chérie‹, sagte sie, ›ich bin älter als du, in ein paar Jahren hast du vielleicht genug von mir, und ich habe dann nichts mehr. Lass uns die Liebe nehmen, solange sie da ist.‹« Er schloss die Augen, als wenn er die Bilder jener Zeit noch einmal Revue passieren lassen wollte. »Es brauchte zwei Jahre, bis ich verstand, dass Fritz Freudberg mir einen Ausweg bot. Als ich das Elsass verließ, verabschiedete ich mich nicht von ihr. Ich schwor mir, nie wieder nach Frankreich zu fahren.« Jetzt sah er Greta an. »Deswegen konnte ich dich nicht in die Champagne begleiten.« Er schüttelte den Kopf. »Ich war so dumm. Als du fort warst, wurde mir klar, dass ich ein absoluter Spinner bin. Du bist meine Frau, Greta.« Er grinste sie schief an. Dann hob er sie von der Arbeitsplatte, stellte sie vorsichtig auf ihre Füße und nahm sie in den Arm.

Greta fühlte sich ihm nah. Sie hatten beide ihre große Liebe verloren. Es einte sie nicht der Überschwang erster Verliebtheit, sondern die Trauer des Verlustes.

Lange blieben sie in diesem warmen Schweigen verbunden stehen. Bis Bruno ihr zärtlich ins Ohr flüsterte: »Du bist meine Seele. Du bist die Seele meines Weins. Ohne den bin ich nichts. Bitte verlass mich nicht.«

An diesem Abend lag Greta im Bett in Brunos Armen und lauschte seinen ruhigen Atemzügen. Wie war es nur möglich, dass sie sich noch heute Mittag von ihrem Mann hatte trennen wollen und nun so glücklich mit ihm war?

Sie wollte Bruno weder verletzen noch verlieren. Und sie hatte ihn in der letzten Stunde so geliebt, wie eine Frau einen Mann nur lieben konnte, gestand sie sich ein. Sie schloss die Augen. Sie würde Bruno nichts von Henry erzählen. Die Liebesnacht mit ihm würde für immer ihr Geheimnis bleiben. Sie musste schweigen.

15. KAPITEL

Kirchheim,
7. August 1982 und 1. Oktober 1982

Bruno bog von der Landstraße ab auf die Zufahrt zum Weingut. Er blickte kurz nach hinten zu Greta, die auf dem Rücksitz saß. Sie hatte die kleine Caro, in eine Babydecke gewickelt, im Arm.

»Willkommen zu Hause, ihr zwei!«, sagte er, als er vor dem Wohnhaus parkte. Er stieg aus und öffnete Greta die Tür. Greta legte Carolin Johanna in seinen Arm und stieg vorsichtig aus. Johanna hatte Brunos Mutter geheißen, und Greta war gern auf Brunos Bitte eingegangen, seiner Tochter als zweiten Namen den seiner Mutter zu geben.

Schon wurde die Haustür aufgerissen. Leo stürmte heraus, dicht gefolgt von Mel.

»Ich will sie sehen!«, rief Leo.

»Ich auch«, piepste Mel hinter ihm.

Bruno ging in die Hocke. »Dann kommt mal her und begrüßt eure Schwester.«

Leo beugte sich über die Kleine. »Guten Tag, Schwester. Eigentlich hätte ich ja lieber einen Bruder gehabt. Aber du bist auch ganz in Ordnung.« Er sah zu Greta. »Die ist ja total winzig, Mama.« Dann musterte er das Baby. »Sie sieht genauso aus wie Mel.«

Greta durchzuckte es kurz. Leo sprach aus, was ihr erster

Gedanke gewesen war, als sie die Kleine nach der Geburt in den Armen gehalten hatte. »Caro ist ja auch Mels Schwester, Leo. Kommt, lasst uns im Garten ein schattiges Plätzchen suchen. Ich muss mich ein bisschen ausruhen.« Die Geburt war zwar problemlos verlaufen, aber auch vier Tage danach war Greta noch erschöpft.

Adela trat aus dem Haus und umarmte sie. »Du bist wieder da, Liebes! Frau Schütter hat schon den Kaffeetisch im Garten gedeckt.« Dann ging sie zu Bruno. »Na, dann gib mir doch mal mein drittes Urenkelchen.«

Greta saß im Liegestuhl, den Bruno unter einen großen Apfelbaum gerückt hatte. Neben ihr lag Caro in der Korbwiege der Hellerts, wie ihre beiden Geschwister zuvor. Greta sah zum Sandkasten, wo Leo und Mel spielten. Die erste Aufregung um die kleine Schwester war abgeflaut, der Alltag im Hause Bachstern war zurückgekehrt.

Neben ihr erhob sich Bruno von dem Gartenstuhl, auf dem er gesessen und Kaffee getrunken hatte. »Ich muss Jockel beim Abfüllen helfen, da ich Alfons eine Woche Urlaub gegeben habe. Der schuftet in letzter Zeit für zwei. Kommst du ohne mich zurecht?«

»Aber ja, wir kommen zurecht«, antwortete Adela an Gretas Stelle. Sie schaukelte sanft die Korbwiege, wobei sie immer wieder verzückt die schlafende Caro betrachtete.

Greta sah Bruno nach, dann griff sie nach einem Glas Wasser. Als Stillende trank sie lieber keinen Kaffee. »Ich mag mir gar nicht vorstellen, wie anstrengend die Tage, als ich im Krankenhaus war, für dich waren.«

Adela zog ihren Stuhl dichter an Gretas heran. »Die Kinder halten mich jung. Außerdem habe ich ja Frau Schütter. Sie ist mir wirklich eine große Hilfe.«

Caro begann leise zu weinen. Adela sprang sofort auf und nahm sie heraus. »Na, du kleiner Schatz, was hast du denn?« Sie wiegte sie in ihren Armen. Sofort beruhigte sich das Baby und schlief wieder ein. Adela legte sie vorsichtig zurück.

Greta blickte in den tiefblauen Augusthimmel über Gut Freudberg. Was war das für ein idyllisches Leben, das sie führte. Ihr war bewusst, dass sie großes Glück hatte. Sie hatte drei gesunde Kinder, einen Ehemann, der sich um hundertachtzig Grad gewendet hatte, und eine wunderbare Großmutter, die sie in allem unterstützte. Es fehlte ihr an nichts.

Und doch konnte sie nicht recht entspannen. Die Erinnerung an die Nacht mit Henry, die hohe Wahrscheinlichkeit, dass er Caros Vater war, ließ sie nicht los. Nun war das Kind da, und die Unmöglichkeit, zur Wahrheit zu stehen, bedrückte sie. Greta wusste, dass sie sich niemandem anvertrauen durfte. Selma würde ihr sicher zum wiederholten Male raten zu schweigen. *Ein bisschen viel Schweigen in meinem Leben,* dachte Greta und schloss die Augen. *Trotz des Trubels um mich herum fühle ich mich allein,* war ihr letzter Gedanke, bevor sie in einen leichten Schlaf fiel.

Wenig später strich ihr jemand zaghaft über den Arm. Greta blinzelte in die Sonne und richtete sich sofort auf, als sie Matse erkannte. »Was machst du denn hier?«, fragte sie erstaunt.

Matse saß im Schneidersitz neben ihr im Gras. Adela war nirgends zu sehen, vielleicht war sie ins Haus gegangen.

In diesem Moment entdeckte Leo Matse und kam zu ihnen gelaufen. Er warf sich in Matses Arme. »Spielst du mit uns? Wir bauen gerade einen neuen Weinberg und pflanzen Stecklinge, guck mal!« Er hielt Matse kleine Stöckchen hin.

Matse begutachtete sie. »Und welche Sorte pflanzt ihr an?«

Leo überlegte. »Das muss ich erst mit Mel besprechen.« Schon flitzte er zurück zu seiner kleinen Schwester, die mit der Schaufel im Sand konzentriert Linien zog.

»Die nächste Winzergeneration unter sich«, bemerkte Greta, sah aber weiter zu Matse, der mit seinen feingliedrigen Händen unruhig über das Gras strich. Als er ihren Blick bemerkte, legte er seine Hände in den Schoß, um aber gleich darauf mit rechtem Daumen und Zeigefinger den Ring zu drehen, den er heute am linken Daumen trug. Er sah zu ihr auf, in seinem Blick meinte sie, ein stummes Flehen zu entdecken.

»Matse, was ist los?«

Er holte tief Luft. »Ich bin hier, weil ich mit meiner Familie etwas besprechen muss.« Er sah wieder zu Boden. »Aber ich habe keine Ahnung, wie ich es ihnen sagen soll.«

Greta hakte nach. »Und was ist das ›es‹, was du ihnen sagen möchtest?« Sie sah ihren Ziehbruder an, den sie seit seiner Geburt kannte und liebte. Sie ahnte, was ihn bewegte. Matse war ein sehr sensibles Kind gewesen. Er war oft für sich geblieben, in die Welt seiner bunten Stoffe und Kleiderzeichnungen vertieft, hatte Greta gebeten, ihm Zöpfe zu machen, und hatte auch einmal heimlich das Make-up seiner Schwester ausprobiert. Als Jugendlicher hatte er sich überhaupt nicht für die typischen Jungenthemen interessiert, nie eine Freundin gehabt.

Greta wollte es ihm nicht noch schwerer machen, als es ohnehin schon für ihn war. Sie kannte die abfälligen Ausdrücke, die es für Männer wie Matse gab, wie »Tunte« oder

»Schwuchtel«, und die sie zutiefst verachtete. »Sag einfach, was ›es‹ ist, Matse. Und ich verspreche dir, egal, was du mir erzählst, ich werde immer für dich da sein.«

Matse blickte zu ihr hoch. Dann sprang er auf, stellte sich aufrecht vor sie. »Ich bin schwul.« Sein Atem ging schwer, aber Greta konnte auch die Erleichterung in seinen Augen aufblitzen sehen, dass er nun endlich ausgesprochen hatte, was ihn wohl schon sehr lange Zeit beschäftigte.

»Ich weiß.«

»Du wusstest es …?«

»Lass es mich anders sagen. Ich hätte mich gewundert, wenn du dich für Frauen interessieren würdest.«

Er atmete erleichtert auf. »Das heißt, du hast damit kein Problem?«

Greta nahm seine Hand, zog ihn zu sich herunter und umarmte ihn fest. »Warum sollte ich? Du bist doch immer noch mein Matse.«

Matse erwiderte ihre Umarmung. »Ach, Mimi, das tut so gut.«

Liebevoll strich ihm Greta über den Rücken.

Matse setzte sich wieder zurück ins Gras. »München ist echt eine tolle Stadt, da gibt es viele … wie mich. Männer, die auf Männer stehen. Ich war neulich in der *Teddy Bar* im Glockenbachviertel. Mann, ich sage dir, ich hätte nie gedacht, dass es so etwas gibt.« Er sprach so schnell, als dürften seine angestauten Gedanken nun endlich frei fließen.

»Hast du einen Freund?«, fragte Greta.

Matse zuckte mit den Schultern. »Nee, nix Festes. Aber …« Er grinste sie frech an. »Immer gute Liebhaber.«

»Das freut mich.«

Er stand auf. »Dann mache ich mich mal auf in die Höhle des Löwen. Ich will mich nicht länger verstecken. Ich muss es meinen Leuten sagen. Vielleicht habe ich ja Glück, und sie lynchen mich nicht.«

Greta zögerte kurz, doch dann entschloss sie sich, ihm doch noch einen Rat mit auf den Weg zu geben. »Vielleicht sprichst du erst mit Elfriede allein? Es ist immer gut, eine Verbündete auf einem schweren Weg zu haben. Denn dass das Gespräch mit Harald und Johann nicht einfach werden wird, wissen wir beide, oder?«

Matse verzog das Gesicht. »Johann wird sicher kein Wort mehr mit mir sprechen. Kann sogar sein, dass mich Harald rauswirft. Aber ich erwische Mutti heute sicher nicht allein.« Er beugte sich zu ihr, gab ihr einen Abschiedskuss auf die Wange und wandte sich zum Gehen. Dann hielt er in seiner Bewegung inne, drehte sich erneut zu ihr und setzte sich noch einmal. »Mensch, das Wichtigste habe ich dir ja noch gar nicht erzählt. Frau Ley hat mir einen Job als Chefeinkäufer für ihre Stoffe angeboten. Und im Oktober begleite ich sie auf eine Modenschau von Jean-Paul Gaultier. Ein junger Designer, der total tolle Mode macht.«

»Das sind ja fabelhafte Neuigkeiten!«, rief Greta. »Ich bin sehr stolz auf dich.«

Matse kicherte leise. »Da habe ich eine gute Erklärung, dass ich nicht bei der Ernte helfen kann.« Er stand auf und wurde ernst. »Besser, ich geh jetzt mal. Was meinst du, wann ist die beste Zeit, mit ihnen zu sprechen? Vor oder nach dem Abendbrot?« Er winkte ab. »Ich kenne deine Antwort schon. Bei den Hellerts gibt es nie die richtige Zeit, stimmt's?« Ohne ihre Reaktion abzuwarten, wandte er sich um und ging. Wie immer nahm er seinen Geheimgang hinter den Rhododendronbüschen.

Greta sah ihm nach. Sie bewunderte ihn für seine Ehrlichkeit, die ein großer Schritt für ihn sein musste. Die

Welt nahm Menschen wie ihn nicht wohlmeinend auf. Sie wünschte ihm so sehr, dass die Hellerts ihn nicht wegen seiner Homosexualität verurteilten, doch sie konnte selbst kaum daran glauben. Besser, sie bat Frau Schütter, ein Bett herzurichten. Während sie aufstand, beschlich sie der unangenehme Gedanke, dass ihr kleiner Ziehbruder bereit war, für die Wahrheit einen viel höheren Preis zu zahlen als sie selbst.

Nach dem Abendessen las Greta Leo ein Kapitel aus *Der kleine Mann* von Erich Kästner vor. Es war schon das dritte Mal, dass Leo sich diese Geschichte gewünscht hatte. Er konnte nicht genug von Mäxchen Pichelsteiner bekommen, der nachts gemütlich in einer Streichholzschachtel schlief. Doch heute Abend war der Junge nicht konzentriert. Als sie das Kapitel geendet hatte, klappte Greta das Buch zu.

»Na, mein Großer, wo bist du mit deinen Gedanken?«

Leo schüttelte den Kopf. »Ich komme in die Schule.«

Greta nickte und wartete ab. Sie kannte ihren Sohn. Da kam sicher gleich noch etwas nach.

»Ich brauche einen Schulranzen«, setzte Leo an.

»Stimmt.«

»Ich möchte, dass wir ihn zusammen aussuchen.« Leo sah sie bittend an.

»Möchtest du nicht überrascht werden?«

»Weißt du, Mama, mein erster Schultag, der wird ja schon aufregend genug. Also, ich meine, jetzt fängt ja mein Leben erst richtig an«, versicherte er ihr ernst. Greta unterdrückte ein Grinsen. Ihr kleiner Junge hatte manchmal eine so erwachsene und zugleich merkwürdige Art, sich auszudrücken. »Na ja, ich meine, es ändert sich doch alles! Also nicht nur für mich, auch für dich. Du hast dann ein Schulkind!«

Greta gab Leo einen Kuss. »Ich weiß, und es macht mich sehr stolz.«

»Auch für Mel ändert sich alles. Ich kann dann nicht mehr jeden Tag mit ihr spielen. Ich muss ja dann lernen.«

Aha, daher weht der Wind, dachte Greta. Sie ahnte, dass es Leo gar nicht so sehr um seinen Ranzen und seine Einschulung ging, vielmehr trieb ihn um, was Mel dann machen würde.

Er seufzte. »Es ist wirklich schade, dass sie noch so klein ist und nicht mit mir in die Schule gehen kann.« Er sah seine Mutter bittend an. »Sie wird sicher traurig sein, wenn ich nicht da bin. Kann sie nicht zum Trost auch einen Ranzen bekommen, so einen ganz kleinen?«

Greta nahm Leo in den Arm und drückte ihn an sich. »Ja, Leo, wir fahren zusammen nach Bad Dürkheim und kaufen einen Ranzen für dich und einen kleinen für Mel. Aber damit überraschen wir sie, einverstanden?«

Als sie später im Wohnzimmer saß und die kleine Caro stillte, klopfte es an die Terrassentür. Greta sah auf. Matse stand dort.

Vorsichtig stand sie auf und öffnete. Mit einem Blick sah sie, dass er ein blaues Auge hatte.

»Das tut mir so leid, Matse«, sagte sie erschrocken. »War das Johann? Geh am besten gleich in die Küche und leg dir etwas zum Kühlen drauf.«

Matse nickte nur, strich aber Caro einmal zärtlich über die Wange, bevor er ging. Mit einem Päckchen Tiefkühlspinat, das er sich gegen das Auge hielt, kam er zurück und setzte sich neben Greta auf die Couch.

»Du kannst hier unten im Salon schlafen. Das Bett ist schon bezogen«, meinte Greta.

»Du hast es gewusst, oder?«, fragte Matse.

»Ich habe es befürchtet. Wie schlimm war es?«

»Johann hat mich einen ›warmen Bruder‹ genannt«, sagte Matse mit gebrochener Stimme. »Harald hat ›diese abartige Schweinerei dulde ich nicht unter meinem Dach!‹ gebrüllt und gesagt, ich solle sofort sein Haus verlassen. Er hat sich dabei ans Herz gefasst. Daggi hat hysterisch geschrien, dass ich ihren Sohn Florian nicht mehr anfassen dürfe.« Er schnaubte. »Glaubt die, ich bin ein Kinderschänder oder was? Renate war zum Glück nicht da, sonst hätte die mir wahrscheinlich auch noch eine geknallt.«

Greta sah, dass er mit den Tränen kämpfte. »Und Elfriede?«, fragte sie vorsichtig.

»Mutti saß nur still da und hat geweint.« Jetzt liefen ihm Tränen über die Wangen. »Müssten sie mich nicht verstehen? Sie sind doch meine Familie.«

»Ja, das sind sie.« Greta schwieg einen Moment, dann fügte sie hinzu: »Aber du hast auch hier immer ein Zuhause. Willst du vielleicht ein paar Tage bei uns bleiben?« Sie griff nach dem Flamingokissen, das Matse ihr geschenkt hatte. »Hier, Matse, es ist ganz still, wenn du dein Gesicht reindrückst. Die Welt verschwindet. Erinnerst du dich?«

Mit tränenverhangenem Blick griff Matse nach dem Kissen und verbarg seinen Kopf darin. Greta sah, wie seine Schultern vom Weinen zuckten. Und sie weinte mit ihm.

Am nächsten Morgen füllte Matse die Kaffeemaschine, als Greta gefolgt von Bruno in die Küche kam. Sie strich Matse liebevoll über den Rücken. »Gut geschlafen?«

Er nickte.

»Morgen, Matse«, meinte Bruno, als sei es das Selbstverständlichste der Welt, dass Matse hier war.

Greta hatte Bruno letzte Nacht noch von Matses Rauswurf erzählt und ihm auch den Grund genannt. Bruno hatte sich kurz über Harald Hellert und vor allem über Johann aufgeregt und ihr so seine Solidarität versichert.

In den nächsten Tagen erzählte Matse Greta von seiner Zeit in München. Von seinem ersten Kuss von einem Mann, der ihn verwirrt, aber gleichzeitig so glücklich gemacht hatte, von dem Gefühl, endlich da angekommen zu sein, wo er hingehörte. Greta war einfach nur für ihn da.

Am vierten Abend, als Matse Leo und Mel unter großem Gekicher zu Bett gebracht hatte und anschließend zu Greta ins Wohnzimmer kam, brach es aus ihm heraus: »Mutti kommt nicht, Mimi.«

Auch Greta hatte gehofft, dass Elfriede den Weg zu ihrem Sohn finden würde.

»Übermorgen muss ich wieder arbeiten. Ich muss morgen zurück.« Er sah sie traurig an. »Warum darf ich nicht so sein, wie ich bin? Ich tue doch niemandem etwas.«

Wortlos umarmte Greta Matse.

Am nächsten Tag hielt Greta vor dem Bahnhof in Bad Dürkheim. »Bist du sicher, dass ich nicht noch mit zum Gleis kommen soll?«, fragte sie.

»Ganz sicher, Mimi.« Er tippte auf seine Armbanduhr und angelte nach seinem Rucksack, der auf dem Rücksitz lag. »Danke für alles«, sagte er und gab ihr einen Kuss.

Greta hielt ihn am Ärmel fest. »Erinnerst du dich noch, als Robert damals nach West-Berlin ging? Du warst sieben.«

Matse zögerte. »Nicht wirklich. Warum?«

»Als Robert sich ›verdünnisierte‹, weil er nicht zur Bundeswehr wollte, schrien Harald und Johann einen Tag rum.

Danach war all ihre Wut herausgebrüllt. Eineinhalb Jahre später kam Robert zurück. Er wurde zwar nicht mit offenen Armen empfangen, aber das Thema wurde totgeschwiegen. Bei dir wird es ähnlich ablaufen. Menschen ändern sich nicht.«

»Du meinst, sie schweigen mich erst mal tot, und wenn ich dann eines Tages wiederkomme, tun sie so, als wäre nix gewesen?«

»Genau so.«

»Die Familie der Verstoßenen.« Er drückte sie kurz an sich, öffnete die Wagentür, um sich gleich abrupt noch einmal zu ihr umzudrehen und in seinem Rucksack zu wühlen. »Ich bin so ein Depp, so ein damischer!«

Greta lachte. »Hey, du bist doch noch gar nicht in München.«

»Jo mei«, grinste Matse, zog ein kleines, dünnes, quadratisches Päckchen hervor und gab es Greta. »Hätte ich fast vergessen.«

»Was ist das?«, fragte Greta und packte das Päckchen aus.

Matse sah sie gespielt entsetzt an. »Das die erste CD auf dem Markt! ›The Visitors‹ von ABBA! Musst du hören!«

Greta sah auf das CD-Cover. Darauf war die schwedische Popgruppe abgebildet, die mit ihren Songs regelmäßig auf den Hitlisten landete.

Matse tippte sich an die Stirn. »Kauf dir einen CD-Player! Plattenspieler kannst du vergessen.« Er sah auf die Uhr. »Hui, jetzt aber ab mit mir.« Er schulterte seinen Rucksack, stieg mit langen Schritten die kleine Treppe hoch, die in die Bahnhofshalle führte.

Greta sah ihm nach. Der kleine Matse war jetzt ein Matthias. Sie liebte ihn, ihren Bruder, der nun seinen eigenen Weg ging. Aufrichtig, aus tiefstem Herzen und bedingungslos. Sie hatte nur einen Wunsch: dass er glücklich war.

»Aber meine liebe Frau Bachstern, so ein Schritt will gut überlegt sein.«

Greta saß Dr. Seinfelder gegenüber, der hinter seinem Schreibtisch in seinem Stuhl vor- und zurückwippte. Sie war erstaunt gewesen, dass nicht Professor Fritsch sie im Sprechzimmer begrüßt hatte. Dr. Seinfelder hatte sich vorgestellt, erklärt, dass er von nun an hier mitpraktizierte, weil Professor Fritsch seine Arbeit reduzieren wolle, und sich dann angehört, dass Greta ein Rezept für die Anti-Baby-Pille haben wollte.

Er beugte sich über den Schreibtisch zu ihr. »Unterschätzen Sie nicht die Macht der Hormone. Ich bin der Ansicht, dass Sie als moderne, aufgeklärte Frau eine andere Verhütungsmethode wählen sollten.«

Seine Einstellung überraschte Greta. Professor Fritsch war für seine liberale Einstellung bekannt, und nun wollte dieser Arzt, der deutlich jünger war, ihr die Pille verweigern?

»Ich habe drei gesunde Kinder, Herr Doktor«, setzte sie an. »Ich möchte nicht noch ein viertes Kind. Die Pille erscheint mir da am sichersten.«

Seinfelder wiegte abschätzend den Kopf hin und her. »Haben Sie schon mal von der Knaus-Ogino-Methode gehört? Dabei konzentrieren Sie Ihre Leidenschaft auf die unfruchtbaren Tage. Das ist doch eine viel moderatere Verhütung, als dem Körper diese Chemiekeule zu verpassen.«

»Und wenn ich doch wieder schwanger werde?«, fragte Greta verärgert.

Er lachte jovial und warf einen Blick auf ihre Unterlagen.

»Sie geben Ihren Kindern doch ein feudales Zuhause, wenn ich das hier richtig sehe. Sie führen ein großes Weingut, steht hier. Wie sage ich immer so schön? Wo drei Münder satt werden, wird auch noch ein viertes satt. Und als verheiratete Frau …« Er erhob sich. Für ihn war das Beratungsgespräch beendet.

Greta stand ebenfalls auf. Der Arzt reichte ihr die Hand, aber sie nahm sie nicht, sah ihm stattdessen fest in die Augen. »Von einem guten Frauenarzt erwarte ich nicht nur Fachkompetenz, sondern auch Einfühlungsvermögen und Verständnis. Wie können Sie nur so an Ihren Patientinnen vorbei praktizieren?« Sie machte auf dem Absatz kehrt und verließ die Praxis.

Als sie aus dem Haus trat, atmete sie tief durch. Die letzte Bemerkung hatte sie sich nicht verkneifen können. Sie fand es unverschämt, dass dieser Arzt über sie und ihren Körper bestimmen wollte. Das war ihr letzter Besuch in dieser Praxis gewesen, entschied sie. Es gab doch sicher auch Frauenärztinnen, die sie besser verstanden?

Greta stieg in ihren Wagen, den sie direkt vor der Praxis geparkt hatte. Schwungvoll fuhr sie los – und hielt bereits an der nächsten Straßenkreuzung, wo eine gelbe Telefonzelle stand, wieder an. Sie musste jetzt dringend mit einer vernünftigen Person sprechen. Vielleicht hatte ja Selma Zeit auf einen Kaffee? Dann würde Greta sie auch gleich fragen, ob sie eine kompetente Frauenärztin kannte.

Sieben Wochen später ging Greta mit Adela über den Friedhof.

Wie so oft waren sie vor dem Gottesdienst noch bei den Gräbern ihrer Lieben gewesen: Greta bei ihrer Mutter und ihrer Großmutter, Adela bei Fritz und Ilse.

Die Glocken begannen zu läuten, als Matse ihnen entgegenkam. Er zog Greta am Ärmel. »Ich muss Greta mal einen Moment allein sprechen, ist das in Ordnung, Frau Freudberg?«, fragte er höflich. »Der Hut steht Ihnen übrigens sensationell gut und macht Sie mindestens zwanzig Jahre jünger.«

Adela lachte auf. »Schon überredet, Matse.« Sie wandte sich an Greta. »Ich gehe schon mal hinein. Ist ja doch ein bisschen frisch heute.« Sie eilte in Richtung Kircheneingang.

»Was gibt es denn so Wichtiges, dass du allein mit mir sprechen möchtest?«, fragte Greta, während sie Adela langsam folgten.

»Ich muss dir doch gratulieren zu deinem neuen Anbau! Johann schäumt mal wieder vor Wut wegen deiner tollen Probierstube. Sieht echt imposant aus mit den bodentiefen Fenstern.« Er räusperte sich. »Und da ist noch etwas. Ich wollte dich vorwarnen, dass Robert auch hier ist. Vati hat Druck gemacht: Der kleine Florian von Daggi und Johann wird heute endlich getauft.«

Greta lächelte ihn an. »Ich weiß. Mach dir nicht immer solche Gedanken wegen Robert und mir. Das ist doch nun wirklich schon eine Ewigkeit her.«

»Wenn du meinst. Er ist übrigens mit seiner Valerie hier. Aber das interessiert dich ja dann wohl auch nicht. Und dass die beiden geheiratet haben, weißt du wahrscheinlich auch schon?« Er drückte ihr einen Kuss auf die Wange. »Ich muss jetzt rein. Kann froh sein, dass sie mich überhaupt zur Taufe eingeladen haben. Du hast so recht gehabt, dass sie sich wieder einkriegen.« Er lief rasch zum Kirchenportal.

Greta sah ihm nach. Sie atmete einmal tief durch. Die Nachricht, dass Robert mit seiner Ehefrau hier war, hatte ihr einen Stich versetzt, der sie selbst überraschte. Es war doch das Selbstverständlichste der Welt, dass auch er geheiratet hatte. Immerhin war sie selbst seit über sieben Jahren verheiratet. Sie sollte sich freuen, dass auch Robert sein Glück gefunden hatte.

Sie war so in Gedanken versunken, dass sie am Kircheneingang mit jemandem zusammenstieß. Als sie aufsah, erkannte sie Robert, neben ihm eine Frau, die Greta noch nie gesehen hatte. Sie musterte sie rasch: Die Fremde war hochgewachsen, kräftig und breitschultrig. Sie trug einen dunkelblauen Mantel mit einem Pelzkragen und flache Schuhe. In ihrem dunklen, glatten Haar waren erste Silberfäden zu sehen, ihr Gesicht ließ sich auch von dem zartrosafarbenen Lippenstift nicht weicher zeichnen. Greta schätzte sie auf ungefähr vierzig, deutlich älter als Robert mit seinen einunddreißig Jahren. Das war also Valerie, Roberts Frau.

»Entschuldigung«, sagte Robert. »Hallo, Greta«. Seine Stimme klang rau.

»Hallo, Robert, schön, dich zu sehen.« *Gib dich ganz natürlich,* dachte sie und versuchte, ihren rasenden Herzschlag zu ignorieren. Wie anders er aussah als früher, heute war er eher eine konservative Erscheinung. Er trug einen dunklen Blazermantel und italienische Slipper. Sein Haar war so kurz geschnitten, dass sie die Locken nur noch erahnen konnte. Diese dunklen Locken, in denen sie so gern ihre Hände vergraben hatte …

»Darf ich dir meine Frau vorstellen? Valerie Ferner-Hellert.«

Greta streckte Valerie die Hand entgegen. »Ich bin Greta Bachstern.« Sie sah zu Robert. Er sah sie so traurig an, dass es ihr fast den Atem raubte.

Den Gottesdienst über hielt Greta den Blick auf ihr Gesangbuch gesenkt, um nicht in Versuchung zu kommen, zu Robert und Valerie hinüberzuschauen. Pfarrer Altrus hatte ein politisches Thema gewählt, um in seine Sonntagspredigt einzusteigen. Abgelenkt lauschte sie seinen Worten. Vom Sturz des Bundeskanzlers Helmut Schmidt sprach er, von zwei Parteien, die doch so etwas wie eine Ehe eingegangen waren und sich nun trennten, weil sie sich eben nicht mehr vertrauten. Was eine egoistische, ja betrügerische Handlung sei, weil doch so viele Menschen von dieser Ehe abhängig seien, die gesamte deutsche Bevölkerung.

Greta fand es gewagt, dass er von einer politischen Verbindung auf die Ehe kam, die doch, so die Worte des Pfarrers, gottgewollt sei. *War es das bei Robert und Valerie – gottgewollt?*, schoss es ihr durch den Kopf. Und hatte Altrus deshalb dieses Thema gewählt, weil das schwarze Schaf der Hellert-Kinder Ja gesagt hatte?

Als der kleine Junge von Dagmar und Johann getauft wurde – Florian, mit zweitem Namen Erwin, nach Haralds Bruder –, riss Adela Greta aus ihrer Grübelei. »Vielleicht kehrt jetzt endlich Frieden bei den Hellerts ein. Ein kleines Menschenkind bewirkt so manches Wunder.«

Greta glaubte nicht an Wunder. Denn es war nicht sie, die neben Robert saß.

16. KAPITEL

Kirchheim,
Mai 1983

Nach dem Frühstück stieg Greta auf ihr Fahrrad und radelte los. Sie wollte nach den Müller-Thurgau-Rebstöcken sehen. Der Wind fuhr ihr durchs Haar, und sie fühlte sich, wie so oft, wenn sie mit dem Fahrrad unterwegs war, in ihre Jugend zurückversetzt. Damals war sie an manchen Tagen zwanzig oder dreißig Kilometer mit dem Fahrrad unterwegs gewesen, weil ihr kein anderes Fortbewegungsmittel zur Verfügung gestanden hatte. Wie hatte sie es geliebt, diese Zeit allein für sich zu haben. Und wie hatte sie geflucht, wenn sie bei strömendem Regen oder eisiger Kälte unterwegs gewesen war. Heute genoss sie im strahlenden Sonnenschein ihre schöne Heimat.

Der Müller-Thurgau begann zu blühen. Zufrieden schritt Greta die Reihen ab. Erst am Ende der Reihe hielt sie stirnrunzelnd inne. Die zarten Triebe waren abgeknickt und beschädigt. Hier mussten letzte Nacht Rehe ihr Unwesen getrieben haben. Sie beschloss, frisch geschorene Schafwolle zu besorgen. Sie hatte gelesen, dass die, ausgehängt zwischen den Drähten, Rehe abschreckte. Einen Versuch war es wert.

Auf dem Rückweg fuhr sie beim Edeka vorbei, um sich den neuen *Spiegel* zu kaufen. Sie stellte ihr Rad vor dem Laden ab. Als sie die Tür öffnete, ertönte das altvertraute Klingeln der Ladenglocke. Zielstrebig ging Greta zum Zeitschriftenständer und griff nach dem Magazin. Auf dem Titelblatt prangte: *Fälschung – Hitlers Tagebücher*. Erst im April hatte der *Stern* mit seinem Sensationstitel *Hitlers Tagebücher entdeckt* Furore gemacht. Letzte Woche hatte der *Spiegel* dann auf seinem Titelblatt gefragt: *Fund oder Fälschung?* Offenbar war diese Frage inzwischen geklärt worden.

Greta sah sich um. Weder Detlef noch sein Vater waren zu sehen. Sie griff nach der Handglocke, die neben der Kasse stand.

»Hallo, Kasse bitte«, rief sie und schwang die kleine Glocke. Nichts rührte sich. Greta ging durch den Laden und entdeckte Detlef in der hintersten Ecke, wo Pfandflaschen und Leergut gesammelt wurden. Zusammengekauert saß er da, ein Häufchen Elend, Tränen liefen ihm über die Wangen. Erschrocken hockte sich Greta vor ihn und griff sacht nach seiner Hand. »Was ist passiert? Ist was mit deinem Vater?«

Detlef schüttelte den Kopf und wischte sich mit der Hand über das Gesicht.

»Kann ich dir irgendwie helfen?«, fragte sie.

»Mir ist nicht mehr zu helfen. Wohl seit Jahren nicht. Ich bin einfach ein Idiot«, gab er leise zurück.

Greta zog eine leere Bierkiste heran und setzte sich neben ihn. »Das bist du ganz sicher nicht. Erzähl.«

Detlef zog ein Taschentuch aus seinem weißgestärkten Verkaufskittel und schnäuzte sich die Nase. Dann griff er in die andere Kitteltasche, zog ein Medikamentenpäckchen hervor und reichte es ihr wortlos.

Greta runzelte die Stirn, als sie die helle Schachtel mit den dunkelrosafarbenen Wellenlinien betrachtete. »Das ist die Packung einer Anti-Baby-Pille.«

»Ich weiß«, stieß Detlef bitter hervor. »Von meiner Ehefrau. Nimmt sie, heimlich, hinter meinem Rücken. Und ich Idiot wundere mich, warum Renate nicht schwanger wird.« Er schüttelte den Kopf und stand auf. »Das ist Betrug.«

Greta wusste nicht, was sie dazu sagen sollte. Elfriede hatte ihr erst neulich nach der Kirche zugeflüstert, wie sehr Renate darunter litt, nicht schwanger zu werden. Greta hatte sich nach dem Gespräch mit Elfriede sogar Vorwürfe gemacht. War sie nicht mitverantwortlich für Renates Unfruchtbarkeit? Sie war es, die damals über Lutz die Adresse einer Abtreibungsklinik in Holland besorgt und Renate begleitet hatte. Ob beim Abbruch etwas schiefgelaufen war, hatte sich Greta gefragt.

Jetzt hielt sie die Antwort in Händen. Renate nahm die Pille! Belog nicht nur ihre Mutter, sondern auch Detlef. Sie erhob sich ebenfalls und legte kurz einen Arm um ihn. »Das tut mir sehr leid.«

»Danke. Ich weiß gerade nicht, was schlimmer ist. Dass Renate heimlich die Pille nimmt oder dass ich in ihren Sachen gewühlt habe. Aber ich hatte so eine Ahnung«, versuchte er sein Handeln zu entschuldigen. »Ich will es ihr nicht sagen. Und du musst mir versprechen, dass du sie auch nicht darauf ansprichst.« Er sah sie bittend an.

»Versprochen«, meinte Greta. »Das bleibt unter uns. Ich kenne Renate und weiß …« Sie wollte sagen »was für ein Biest sie sein kann.« Aber sie verschluckte den Rest des Satzes. Schließlich war Detlef mit Renate verheiratet.

Detlef stand auf und griff nach dem *Spiegel*. »Das macht dann vier Mark.«

Als Greta zurück zum Gut fuhr, dachte sie über Detlef nach. Darüber, dass er Renate nicht darauf ansprechen wollte, so tun wollte, als sei nichts gewesen. Er hatte seine verletzten Gefühle beiseitegeschoben und nach Halt im Gewohnten gesucht. Kurz verglich sie sich mit ihm. Rettete sie sich nicht auch in ihren Alltag und verdrängte ihre Probleme und Lügen?

Sie stellte ihr Fahrrad in der Scheune ab und trat auf den Hof. Alfons und Jockel schoben gerade eine alte Presse, die per Hand betrieben werden musste, hinaus in die Sonne.

»Die müssen wir aber erst mal ordentlich schrubben, bevor wir die wieder flottmachen, Chefin«, rief Jockel ihr gut gelaunt zu. Seit er den Vollernter fahren durfte, fühlte er sich für alle Fahrzeuge und Geräte zuständig.

»Dann mal los«, rief Greta zurück und blätterte im Gehen schon im *Spiegel* nach der Titelgeschichte, als Motorengeräusche sie aufhorchen ließen. Sie sah zur Auffahrt, wo gerade ein kleiner Konvoi von Oldtimern hochfuhr. Der erste Wagen, ein altes, schwarz-rot lackiertes BMW Cabrio, parkte auf dem Hof. Ein Wagen nach dem anderen fuhr in den kleinen Parkhafen. Als Erster stieg ein Mann mit einer dunklen Sonnenbrille aus dem BMW und blieb abwartend stehen.

Mit einem freundlichen Lächeln ging Greta den Gästen entgegen. Der Mann nahm die dunkle Sonnenbrille ab. »Hallo, Greta. Ich hoffe, wir stören nicht? Ich bringe dir ein paar Kunden, die gern deinen Wein probieren möchten«, begrüßte Robert sie mit einem Lächeln.

Robert! Was machte er denn hier? Die anderen Oldtimerfahrer und ihre Begleiterinnen stiegen aus und stellten sich neben Robert. Erwartungsvoll sahen sie zu Greta. Ihr blieb nichts anderes übrig, als sie mit einem »Willkommen auf Gut Freudberg« zu begrüßen.

»Den Ausflug hatte mein Schwiegervater geplant, aber leider vergessen, die Gruppe bei einem Winzer anzumelden. Und da er heute krank ist, dachte ich, ich ändere die Route und mache einen Abstecher zu dir und deinem hervorragenden Wein.«

Greta krauste die Stirn. »So, dachtest du dir das. Und du bist nicht auf die Idee gekommen, vorher einmal anzurufen?«

Robert zuckte die Achseln. »Magst du keine Spontanität mehr?«

Ohne darauf einzugehen, wandte sich Greta an die Besucher. »Worauf haben Sie mehr Lust? Möchten Sie eine kleine Führung über die Weinberge haben? Oder darf ich Sie als Gäste in unserer Probierstube begrüßen? Von dort haben Sie einen herrlichen Blick auf unsere wunderschöne Pfalz.«

»Letzteres bitte«, sagte eine Frau. »Nicht wahr, Hilde?«, rief sie einer anderen Frau zu. »Du darfst heute bestimmen.«

»Für einen guten Schluck bin ich immer zu haben, auch wenn ich heute ein Jahr älter bin«, kicherte Hilde.

Greta wandte sich an die Runde. »Dann folgen Sie mir doch bitte.«

Ihre Gedanken überschlugen sich. Wie konnte Robert einfach so auftauchen, als sei es das Normalste von der Welt? Aber vielleicht war es das ja auch für ihn.

Sie stellte die polierten Gläser auf den Tresen aus Granit, entkorkte geschickt eine Flasche gekühlten Riesling und schenkte ein.

»Das ist unser Riesling, vielleicht etwas trockener, als Sie es gewohnt sind«, erklärte sie, während sie jedem ein Glas reichte. »Wir haben ihn im Holzfass reifen lassen, bevor er abgefüllt wurde. Ich finde, er hat dadurch eine sehr schöne Balance, es verleiht ihm etwas Elegantes, und er ist sehr aromatisch im Abgang.«

Ich rede zu viel, dachte sie. *Sei still und sieh zu, wie du sie wieder loswirst.* Roberts Nähe verunsicherte sie. Rasch stellte sie sieben frische Gläser auf den Tresen, griff nach dem Rotberger. Ein Weißwein und ein Rotwein, das musste bei diesem Überfall reichen.

Schon wollte sie die Flasche entkorken, als Robert sich zu ihr beugte. »Möchtest du uns vielleicht deinen Kerner probieren lassen?«

Woher wusste er, dass das »ihr« Kerner war? Doch sie wollte sich nichts anmerken lassen und blickte fragend in die Runde. »Aber natürlich gern, wenn die Herrschaften noch einen zweiten Weißwein probieren möchten?«

»Unbedingt«, meinte Hilde und nickte so heftig, dass ihre Minipli-Löckchen auf und ab wippten. »Wenn der genauso gut ist wie der Riesling?« Sie lachte schelmisch.

»Noch besser. Das ist Valeries und mein Hauswein«, warf Robert ein.

Greta spürte, wie Wut in ihr aufstieg. Sein und Valeries Hauswein? Was bildete er sich denn ein? War sie hier die Wein-Servicekraft für das edle Autohaus, in das Robert eingeheiratet hatte?

»Von dem nehmen wir auf jeden Fall eine Kiste mit, nicht wahr, mein Hildchen?«, sagte der Mann von Hilde und schlürfte den Riesling genießerisch und viel zu laut.

Es durchzuckte Greta. Die Verniedlichungsform katapultierte sie zurück in die Zeit, als Robert entschieden hatte, sie nicht mehr Gretchen, sondern Greta zu nennen. Rasch griff sie nach einer Flasche Kerner, entkorkte sie, schenkte ein und reichte jedem ein Glas. »Das hier ist der Kerner, das

Bukett ist etwas aromatischer als beim Riesling. Schmecken Sie den leichten Muskatton?«

»Der ist auch sehr lecker«, meinte Hilde. »Davon nehmen wie auch sechs Flaschen.«

Greta schenkte den Rotberger ein. »Und hier ist der vielprämierte Wein, für den mein Mann 1979 auf der Mainzer Weinbörse das erste Mal ausgezeichnet wurde. In den letzten Jahren ist er immer wieder prämiert worden. Hier liegen wir in einem höheren Preissegment. Aber wer gern Rotwein trinkt, sollte ihn zumindest einmal probiert haben.«

Wieder war es Hildes Mann, der als Erster orderte. »Davon nehmen wir auch eine Kiste …«

»Sehr gern«, sagte Greta. »Sollen wir Ihnen die Kisten liefern? Oder möchten Sie sie gleich mitnehmen?«

»Na, die packen wir gleich ein, dann haben wir heute Abend einen guten Wein, mit dem wir feiern können.« Er gab seiner Frau einen Kuss.

Greta bückte sich, öffnete den Kühlschrank und nahm eine Flasche von ihrem Winzersekt heraus. »Zur Feier des Tages, liebe Frau Hilde«, lächelte sie der Frau zu, »öffne ich jetzt unsere neueste Schöpfung. Unseren Rieslingsekt. Lassen Sie uns auf Ihren Geburtstag anstoßen.«

Greta war froh, als sie die kleine Gesellschaft endlich verabschiedet hatte. Sie hatte Jockel gebeten, die georderten Weine zusammenzustellen und sie ihnen zum Wagen zu bringen. Roberts »Auftritt«, wie sie seinen unangekündigten Besuch auf dem Gut im Stillen nannte, ärgerte sie noch immer. Als sie hinter sich die Tür klappen hörte, drehte sie sich um.

»Ich habe meinen Autoschlüssel wohl hier irgendwo liegen lassen.« Robert kam zu ihr hinter den Tresen.

»Du hattest ihn vorhin in der Hand«, sagte Greta.

Er ging nicht darauf ein, sah sich suchend um, während er leise anfing zu singen.

Greta kannte das Lied. Es war »Always on My Mind« von Willie Nelson und war seit Wochen in den Charts. Wie zufällig berührte er ihre Hand.

Greta trat einen Schritt zurück. »Hör sofort auf damit! Sonst knalle ich dir eine, so ganz spontan!«

Robert sah sie verunsichert an. »Du bist immer wieder in meinem Kopf.«

»Da drin habe ich nichts verloren. Du bist verheiratet!«

»Geht es dir nicht auch manchmal so? Ich kann dich einfach nicht vergessen.«

»Du warst mir noch nie so fremd wie jetzt«, gab sie scharf zurück. »Und jetzt raus mit dir. Meine Ehe ist nämlich glücklich.« Greta ging zur Tür und ließ Robert zurück.

Am Abend blätterte sie lustlos im *Spiegel*. Immer wieder schweiften ihre Gedanken zu der heutigen Begegnung mit Robert. Die Begegnung setzte ihr mehr zu, als sie sich eingestehen wollte. Es berührte sie, dass er immer noch an sie dachte. Damit riss er eine längst verheilt geglaubte Wunde wieder auf und griff ihre mühsam erschaffene heile Welt an, die sie sich an Brunos Seite aufgebaut hatte. Sie sah zu Bruno, der in einem Weinbuch las, bevor er es zur Seite legte und den Fernseher anstellte.

Er warf einen Blick auf die Uhr. »Mal sehen, wie morgen das Wetter wird.«

Tagein tagaus geht es ums Wetter, dachte Greta. Es nervte sie, dass Bruno ihr mit dieser Aussage klarmachte, dass sich in ihrem Leben alles nach einem fest vorgegebenen Zeitplan wiederholte und dass sie unfähig war, etwas daran zu ändern. Eigentlich sollte sie froh über dieses Normalität sein.

Bevor sie sich bremsen konnte, fragte sie schnippisch: »Ich habe vorhin im Radio gehört, dass es morgen schön wird. So schön, dass wir uns mal ein paar Tage frei nehmen sollten.«

Bruno lachte auf. »Wo willst du denn jetzt hin? Es gibt viel zu viel zu tun.« Er bemerkte ihren verzweifelten Blick. »Hat dich mal wieder das Fernweh gepackt? Dich hat wohl der Anblick der Oldtimer dazu inspiriert.«

Bruno ahnte nicht, wie recht er damit hatte. Sie wollte, ja, sie *musste* Abstand zwischen sich und Robert bringen, sonst würde sie noch tagelang über ihre Begegnung grübeln. Sie versuchte, einen unbeschwerten, leichteren Ton anzuschlagen.

»In einer unbequemen Kiste von annodunnomal? Ganz bestimmt nicht. Aber wir sind nur am Schaffen. Wir sollten wirklich mal ein paar Tage raus, Jockel und Alfons halten hier die Stellung.«

Bruno grummelte vor sich hin. »Und was ist mit diesem Sektprojekt? Ich habe gesehen, dass du die alte Presse hast schrubben lassen. Jockel meinte, es ist ziemlich aufwendig, das Ding zu restaurieren. Was genau hast du vor?«

»Ich will den Sekt so herstellen, wie Champagner hergestellt wird. Sorgsam von Hand gepresst«, gab Greta zurück.

»Du weißt, dass ich immer das Beste will. Aber doch nicht wie ›annudunnomal‹, wenn ich dich da mal zitieren darf. Das dauert ewig und ist unwirtschaftlich. Was soll denn da die Flasche kosten?«, wandte Bruno ein.

»Die Kunden heute hatten am Preis nichts auszusetzen. Sie waren ganz begeistert.«

»Du müsstest dann ja doppelt so viel verlangen, wenn du per Hand presst. Mal sehen, wie begeistert sie dann noch sind.« Bruno schnaubte und nahm einen großen Schluck aus seinem Glas.

Sie sah ihn an und bemerkte, dass in der Flasche Rotberger, die neben dem Wohnzimmertisch auf dem Boden stand, nur noch ein kleiner Rest war. Während ihres Gesprächs hatte er fast die Flasche allein geleert.

»Sobald der Riesling im Sommer so weit ist, lesen wir die Hälfte von Hand und pressen sanft«, sagte Greta entschieden.

Bruno stand auf. »Was ist denn nur los mit dir? Das wird sich weder rechnen noch werden es die Kunden anerkennen. Und übrigens stehe ich für solche Extrasperenzchen als Kellermeister nicht zur Verfügung«, bemerkte er ungeduldig.

Greta wusste, dass sie zu weit gegangen war, und brach die Diskussion ab. Sie stand auf. »Lass uns schlafen gehen, Bruno, und morgen weiterreden.«

»Da gibt es nichts mehr zu besprechen. Außerdem gehe ich morgen wandern.« Er verließ das Wohnzimmer. Greta hörte vorn im Haus die Salontür zuschnappen.

Tränen stiegen ihr in die Augen. Es ging nicht um den Sekt. Sie hatte Streit gesucht, der im Grunde Robert gegolten und den sie nicht mit ihm geführt hatte. Nun hatte Bruno ihre Wut abbekommen. Der Graben in ihrer Ehe, der sich so mühsam geschlossen hatte, war wieder aufgebrochen, und sie war ratlos, wie sie ihn dieses Mal wieder schließen konnte.

17. KAPITEL

Kirchheim und Speyer,
Silvester 1983

Greta war auf dem Weg nach Bad Dürkheim zur *Alten Klosterschänke*. Klaus Brücher hatte Wein geordert. Greta vermutete, dass er sich für den heutigen Abend verkalkuliert hatte und sie angerufen hatte, weil es zum Service von Gut Freudberg gehörte, selbst an Silvester auszuliefern.

Als sie durch Kirchheim fuhr, hielt sie am Zebrastreifen. Eine auffallend zurechtgemachte Frau stöckelte über die Straße. Erst aus der Nähe erkannte Greta, dass es Renate war. Sie musste bei Friseur Fahlbusch gewesen sein; ihr Haar war am Hinterkopf hochtoupiert, wie es eigentlich schon lange aus der Mode war. Doch Renate hielt an dieser Frisur stoisch fest. Matse hatte Greta erzählt, dass sie damit unter den anderen Tänzerinnen in ihrer Tanzgruppe herausstechen wollte.

Auch Renate erkannte Greta. Sie blieb für einen kurzen Moment mitten auf der Fahrbahn stehen. Dann deutete sie Greta mit einer Handbewegung zu parken.

Greta wunderte sich. Meist ignorierte Renate sie, egal, ob auf der Straße oder bei gelegentlichen Begegnungen in der Kirche. Greta fuhr in eine Einfahrt, setzte die Warnblinkanlage und stieg aus. Renate kam mit einem falschen Lächeln auf sie zu.

»Hallo, Renate«, sagte Greta.

»Hallöchen«, kicherte Renate und schob sich die Haare zurecht.

Greta meinte, einen Hauch von Alkohol zu riechen. Wahrscheinlich hatte sie bei Fahlbusch schon ein, zwei Gläschen Sekt gehabt.

»Ich wollte dir nur alles Gute fürs neue Jahr wünschen, immerhin ist ja heute Silvester«, gackerte Renate weiter.

»Ich wünsche euch auch alles Gute für das kommende Jahr«, sagte Greta.

»Danke, danke«, winkte ihr Renate huldvoll zu. Unwillkürlich musste Greta an ein Ereignis vor zehn Jahren denken. Genauso hatte Renate ihr Winken vor dem Spiegel geübt, als sie sich auf ihre Ernennung zur Weingräfin des Leiningerlandes vorbereitet hatte.

»Aber mir und meinem Detlef geht es ja immer gut. Wir sind so glücklich wie am ersten Tag«, gab Renate etwas von oben herab zurück. »Du hingegen, meine Liebe, hast ja leider nicht so viel Glück mit deinem Mann gehabt wie ich. Man sieht euch nie zusammen irgendwo. Und er geht ständig allein wandern. Na ja, die Leute reden …«, brabbelte sie weiter und hickste auf. »Da hättest du besser mal Robert verzeihen und ihn zurücknehmen sollen. Er hat dich ja in dem Brief angefleht wie ein liebeskranker Verrückter.«

Greta war schon an ihrer Wagentür. *Betrunkene sprechen die Wahrheit,* schoss es durch ihren Kopf. *Was genau meinte Renate mit dem Brief?* Sie ging zu ihr zurück und baute sich vor ihr auf. »Welcher Brief?«

Renate biss sich auf die Lippen und wich einen Schritt vor Greta zurück. Ihre Affektiertheit machte Nervosität Platz, während sie hektisch eine Haarsträhne aus ihrer Frisur zupfte und um den Finger wickelte. Greta kannte sie gut genug, um zu wissen, dass sie sich verplappert hatte. Doch sie wusste auch, dass Renate nicht von allein weitersprechen würde. Sie musste sie unter Druck setzen. Greta packte Renate am Ärmel ihres Wollmantels.

»Du wirst mir jetzt die Wahrheit sagen. Oder möchtest du, dass das ganze Dorf erfährt, dass du die Anti-Baby-Pille nimmst?«, zischte sie.

Renate riss sich los und hielt sich erschrocken die Hand vor den Mund. »Woher weißt du das? Das ist ja gar nicht wahr! Detlef und ich wünschen uns so sehr ein kleines Baby!« Der Satz klang auswendig gelernt – und sehr schuldbewusst.

»Du bist so eine schlechte Lügnerin, Renate. Willst du mir erzählen, dass die kleinen Pillen, die du brav jeden Tag schluckst, Smarties sind?« Greta war stocksauer. »Raus mit der Sprache! Welchen Brief hat mir Robert geschrieben? Ich schwöre dir, wenn du es mir nicht erzählst, halt ich an der nächsten Telefonzelle und rufe deine Leute an. Erst Detlef und dann Elfriede, die du auch belügst. Und glaub mir, so einen Mann wie Detlef bekommst du nie wieder!«

Renate zögerte nur kurz, dann blaffte sie zurück: »Na gut, du willst es ja nicht anders, du blöde Kuh. Robert hatte dir damals einen Brief aus Amerika geschrieben. Den habe ich rein zufällig gelesen.«

Greta schnaubte. »Rein zufällig, ausgerechnet du! Wahrscheinlich hast du ihn aus dem Briefkasten geangelt und aufgemacht. Was stand drin?«

»Na, so ein Schnulzkram eben. Was Männer schreiben, wenn sie mit ihrem Du-weißt-schon-was denken.« Renate warf den Kopf zurück. »Ewig dein, ewig mein, und dass du ihn erhören sollst. Hast du aber nicht, wie man ja sieht«, fügte sie gehässig hinzu.

»Was hast du mit dem Brief gemacht?« Greta trat nah an ihre Ziehschwester heran.

»Ich habe ihn verbrannt«, gab Renate hochmütig zurück. »Nicht auszudenken, wenn er in falsche Hände geraten wäre. Wusste ja niemand, dass du über Jahre hinweg unsere Familie mit meinem Bruder betrogen hast.«

Greta war zu perplex, um auf diese Ungeheuerlichkeit etwas zu erwidern. Sie ließ Renate stehen, stieg in ihren Wagen und fuhr los.

Robert hatte ihr damals einen Liebesbrief geschrieben? Aus Amerika, wo sie ein Vierteljahr jeden Tag auf ein Lebenszeichen von ihm gewartet hatte? Bis sie sicher gewesen war, dass er sie nicht mehr liebte?

Er hatte zu ihr zurückkommen wollen! Renate, dieses Miststück, hatte den Brief verbrannt! Und sie selbst hatte, weil sie nichts von Robert gehört hatte, Bruno geheiratet!

Greta blies die Luft aus und versuchte, ruhig zu atmen. Das war Vergangenheit, sprach sie sich selbst zu. Doch als sie vor der *Alten Klosterschänke* parkte, legte sie die Stirn auf das Lenkrad. Hätte dieser Brief etwas geändert, wenn er sie erreicht hätte? Oder hätte er sie nur noch mehr verwirrt? Warum hatte Robert sie niemals darauf angesprochen? Warum war er nicht zu ihr gekommen? Ihre Gedanken flogen, und ihre Tränen flossen.

Du bist ein Schaf, Greta Bachstern. Es ist, wie es ist!, sagt Erich Fried. Sie griff nach ihrer Handtasche, zog ein Taschentuch heraus und putzte sich die Nase. Robert war zu spät gekommen, und damit war alles entschieden gewesen.

»Ja, da ist sie ja, meine Retterin. Ich grüße Sie, Frau Freudberg. Dürfen wir Ihnen beim Ausladen helfen?« Der Wirt kam mit ausgebreiteten Armen auf sie zu, als seien sie beste Freude.

»Mein Name ist Bachstern, Herr Brücher.« Schon bei der Hochzeit hatte der Wirt so ein Gewese um ihren Nachnamen gemacht.

Herr Brücher schnippte mit den Fingern. »Udo, komm, wir helfen unserer Winzerin beim Ausladen.« Er zwinkerte Greta zu. »Sind ja viel zu schwer für Sie, die Kisten.«

Dieser Mann benahm sich wirklich unmöglich. Schnippte mit den Fingern nach seinem Mitarbeiter wie nach einem Hund. Aber ihn als Kunden gewonnen zu haben, war gut. »Nächstes Jahr können Sie auch sehr guten Winzersekt von uns bekommen, hergestellt nach einem ganz besonderen Verfahren. Der wird Ihnen und Ihren anspruchsvollen Gästen schmecken.«

»Das klingt sehr interessant. Wenn Sie mir da mit dem Preis entgegenkommen?«

Greta wusste, dass Herr Brücher immer das Gefühl haben musste, gut verhandelt zu haben. »Natürlich, ab einer gewissen Menge kann ich da sicher etwas machen.«

Sie wunderte sich, wie gut und normal sie trotz des eben Erlebten funktionierte.

Auf der Rückfahrt verbot sie sich jeden Gedanken an das Gestern und versuchte, sich auf den heutigen Abend zu konzentrieren. Bruno und sie waren bei Selma eingeladen, die eine – wie sie es nannte – bombastische Silvesterparty gab. Bereits seit drei Tagen hatte sie ihr Wirtshaus geschlossen, weil sie es für diesen Anlass umdekorierte. Greta hatte sich eigens etwas Festliches zum Anziehen besorgt. Sie freute sich auf die Feier.

Als sie den Wagen abstellte, sah sie, dass in der Halle

Licht brannte. Offenbar arbeitete Bruno noch. Als Jolie ihr entgegenlief, fragte sie: »Na, wo ist Herrchen?« Schließlich fand sie Bruno an der Korkmaschine.

Kurz sah er zu ihr auf. »Klemmt mal wieder, das Ding.«

Sie lehnte sich an ein Weinfass. So schwer das Zusammensein mit ihm auch oft war, sie mochte diesen Mann mit seiner zupackenden Art sehr. Er tat alles dafür, dass der Wein von Gut Freudberg immer wieder prämiert wurde. Der immer wieder nach neuen Geschmacksrichtungen suchte und nicht nachließ, den Wein beständig zu verbessern. Auch wenn sie und er dabei oftmals unterschiedliche Ansätze hatten, so wie bei der Frage der Sektherstellung. Doch er war der Mann an ihrer Seite, mit dem sie drei Kinder großzog. Er war ihre Familie.

»Kannst du heute ein bisschen eher Feierabend machen? Es ist so ein schöner Wintertag. Wir könnten mal wieder durch die Weinberge streifen und nach dem Chardonnay sehen. Es ist doch unglaublich, wie der sich im letzten Jahr gemacht hat. Ich glaube, wir können im nächsten Jahr einen sehr guten Wein machen. Was meinst du? Das würde ich mir am letzten Tag des Jahres wünschen.« Sie hoffte, dass er ihr nicht wieder, wie schon so oft, zu oft seit ihrem Streit vor einem halben Jahr, einen Korb gab.

Er sah sie an und legte den Schraubenzieher zur Seite. »Ach, Greta. Warum machst du es mir so schwer?«

Bei seiner Ablehnung wich sie ein Stück von ihm zurück, doch Bruno zog sie an sich. »Ich bin hier, in dem, was ich tue, glücklich. Ich will nicht immer in den Weinberg. Und der Chardonnay hält seinen Winterschlaf auch ohne mich«, flüsterte er gegen ihr Haar.

»Warst du nicht auch einmal mit mir im Weinberg glücklich?«, gab Greta leise zurück und machte sich von ihm los.

Er sah sie nicht an, griff stattdessen nach dem Schraubenzieher und werkelte wortlos weiter.

Greta ging ins Haus. Brunos Zurückweisung traf sie. Zudem ärgerte sie sich, dass das Zusammentreffen mit Renate ihre Gefühlswelt derart aus der Bahn warf. Wie gern hätte sie alle Probleme im alten Jahr gelassen. Denn sie wusste, wenn sie nichts änderte, würde alles so weiterlaufen wie gehabt. Ihr Alltag, ihre Ehe, ihre Arbeit …

Sie warf einen Blick in die Küche. Leo und Mel halfen Adela, Neujahrskrapfen zu backen, die kleine Caro hatte Adela vorsorglich in ihr Laufställchen gesetzt. Die Küche war das reinste Schlachtfeld. Aufgeschlagener Eischnee, Mehlstaub, ein umgekipptes Marmeladenglas … Immer wieder versuchten die Kinder, mit ihren Händchen, Teig aus der Schüssel zu naschen.

»Wir machen Party heute Abend«, rief Leo ihr aufgeregt zu. »Wenn du und Papa Party macht, dürfen wir das auch, hat Omaoma gesagt. Ein richtiger Budenzauber mit allem Drum und Dran.«

Als Adela von Selmas Einladung gehört hatte, hatte sie darauf bestanden, dass die Kinder an Silvester bei ihr übernachteten. So konnten Greta und Bruno am Neujahrsmorgen ein bisschen länger schlafen. Geschickt formte Adela jetzt das Hefegebäck und legte es vorsichtig in den Topf mit dem siedenden Öl, um es auszubacken.

Leo klatschte in die Hände und begann zu singen: »Keine Atempause, Geschichte wird gemacht …« Er blickte auffordernd zu seiner kleinen Schwester Mel, die prompt mit ihrer piepsigen Stimme einfiel: »Es geht voran.«

Aus ganzem Herzen beneidete Greta ihre Kinder um ihre Unbeschwertheit. »Wenn ihr mich nicht braucht, würde ich gern noch mal einen Streifzug durch die Weinberge machen«, wandte sie sich fragend an Adela.

»Geh nur, Liebes. Du siehst ja: Hier geht es voran«, sagte diese. Doch als sie Gretas traurigen Blick sah, stutzte sie. »Alles in Ordnung?«

Greta schüttelte den Kopf. »Bei mir geht nix voran.«

Adela verstand, dass sie damit Bruno und sich meinte. Nach dem Streit schlief er nicht mehr im gemeinsamen Schlafzimmer. Egal, wie oft Greta mit ihm reden wollte, er wich ihr aus.

»Ich hätte mir so gewünscht, dass es mit der Zeit leichter wird«, gab Greta ihr verklausuliert vor den Kindern zu verstehen.

Im Flur schlüpfte sie in ihren gefütterten Anorak, nahm ein paar dicke Wollsocken aus der untersten Kommodenschublade und stieg in ihre Gummistiefel. Sie brauchte jetzt Luft und die Natur, beides half, um ihre Gedanken zu ordnen und sie zu erden. In den Weinbergen kam sie immer zur Ruhe.

Sie stapfte den Weinberg hoch, wollte zu dem Feld mit dem Riesling. Die Sonne schien warm auf die kahlen Reben; bis jetzt hatten sie keinen strengen Frost gehabt. Dabei hatte Greta extra einige Reihen des Rieslings nicht pflücken lassen, hatte mit dem Gedanken gespielt, daraus Eiswein zu machen. Zu gern hätte sie es probiert, aber das verlangte mehrere Tage Temperaturen von minus sieben Grad. Es gab noch so viele berufliche Herausforderungen, die sie annehmen wollte.

Und wie viele persönliche Herausforderungen hält das Leben noch für mich bereit?, fragte sie sich. Ihre Kinder sah sie nicht als Herausforderung, die drei waren ihr großes Glück.

Mit Selma hatte sie neulich erst darüber gesprochen, die hatte ihr zugestimmt. Es waren die Männer, die das Leben kompliziert machten. Sie wirbelten ihre Gefühlswelt derart durcheinander, dass Greta jedes Mal glaubte, sich selbst zu verlieren. Selma hatte ihr nach ihrem Gespräch das Buch *Anleitung zum Unglücklichsein* von Paul Watzlawick geschenkt. Greta hatte sich sehr über diese Aufmerksamkeit gefreut. Die geistreichen Beispiele in dem Buch, wie man sich garantiert unglücklich machen könnte, faszinierten sie. Und immer wieder machte sie sich klar, dass es ohne Unglücklichsein eben auch kein Glück gab. War es nicht so, dass in der Literatur oftmals Romane spannend und interessant waren, in denen die Protagonisten unglücklich waren?

Greta schloss für einen Moment die Augen und genoss die Sonnenstrahlen auf ihrem Gesicht. *Die letzten in diesem Jahr,* dachte sie. Als sie die Augen öffnete, blinzelte sie ein paar Mal. Hatte sie jetzt Halluzinationen? Am Ende der Reihe stand ein Mann, der in diesem Moment, als sich ihre Blicke trafen, langsam auf sie zukam. Verhängnisvoll vertraut war er ihr mit dem Cowboyhut, den ausgeblichenen Jeans, dem geschmeidigen Gang.

Greta lief ein Schauer über den Rücken, aber nicht vor Kälte, sondern vor Schreck. Was machte Henry hier? Sie ging ihm entgegen, bis sie sich wortlos gegenüberstanden.

Greta blickte in sein fein geschnittenes Gesicht. Zwei Jahre lag jene Nacht in Frankreich zurück. Was hatte er in dieser Zeit gemacht? War er in Südafrika gewesen oder von Weingut zu Weingut in Europa getingelt? Wie konnte es sein, dass sie sich an einem winterlichen Silvesternachmittag ausgerechnet hier trafen?

Henry steckte die Hände in die Taschen seiner hellen

Lammfelljacke. »Ich hatte nicht damit gerechnet, dich zu sehen«, sagte er. »Wo es begonnen hatte, sollte es auch enden. Ich wollte Abschied nehmen, bevor ich zurück nach Kapstadt fliege. Doch der Weg vom *Hotel Domhof* hierher kam mir weiter vor als nach Südafrika.«

Greta deutete auf das andere Ende der Reihe, wo ein kleiner Unterstand mit einer Bank stand. Schweigend gingen sie dorthin, nahmen Platz. Henry unterbrach die Stille. »Was ich für dich empfinde, habe ich noch nie für eine Frau empfunden. Seit dem ersten Augenblick hatte ich das Gefühl, dass ich in deine Seele schauen könnte.«

Sie spürte seine Hand auf ihrer Wange, wandte den Kopf zu ihm und öffnete die Augen.

»Die Nacht in Hautvillers werde ich nie vergessen. Wohl auch, weil ich es nicht will.« Henry stand auf.

Auch Greta erhob sich. Sie umarmten sich wie zwei Freunde, deren Wege sich trennten. Gleichzeitig, ohne sich abgesprochen zu haben, lösten sie sich aus der Umarmung.

Henry strich ihr noch einmal zärtlich über die Wange und ging.

Ich habe nicht ein einziges Wort zu ihm gesagt, dachte Greta erstaunt, während sie ihm nachsah.

Da drehte sich Henry doch noch einmal zu ihr um, lüpfte den Hut und rief ihr zu: »In Südafrika sagt man übrigens: ›Aller guten Dinge sind drei.‹«

Greta lachte auf und winkte ihm. »Das sagt man in Deutschland auch.« Sie lachte immer noch, als er das Ende der Reihe erreicht hatte und auf den Feldweg bog. Dann drehte sie sich auch um und lief durch den Weinberg in die entgegengesetzte Richtung nach Hause. Sie konnte sich nicht erinnern, wann sie das letzte Mal so unbeschwert gelacht hatte.

In der Küche brühte Greta für sich und Bruno Kaffee auf. Keinesfalls wollte sie zu müde sein, um auf Selmas Fest später das neue Jahr zu begrüßen. Als sie kurz darauf mit zwei Tassen ins Wohnzimmer kam, hielt sie inne.

Bruno lag auf dem Sofa und schnarchte laut, auf dem Tisch vor ihm eine leere Flasche Rotberger.

Greta blieb einen Moment stehen und überlegte, ob sie ihn wecken sollte. Doch entschied sie sich dagegen. Sie wusste, wenn Bruno ein Glas zu viel hatte, war mit ihm nicht zu reden. Erst Renates Geständnis zu Roberts Gefühlen für sie, dann die Begegnung mit Henry – Greta konnte und wollte sich jetzt nicht auch noch mit dem dritten Mann, der in ihrem Leben eine Rolle spielte, auseinandersetzen. Leise verließ sie das Wohnzimmer, goss in der Küche die eine Tasse aus. Für heute hatte sie genug von schwierigen Gesprächen.

Kurz darauf klopfte sie an Adelas Tür. Diese öffnete ihr sofort und legte den Zeigefinger auf ihre Lippen. »Pst, komm rein und schau dir dieses göttliche Bild an.«

Im Wohnzimmer hatte Adela ein kleines Matratzenlager für die Kinder errichtet. Überall hingen Luftschlangen. Auf dem Tisch stand eine Schüssel zum Bleigießen. Der Fernseher war stummgeschaltet. Die Kinder schliefen friedlich nebeneinander. Greta durchfuhr es warm. Gern hätte sie dieses Gefühl einen Moment festgehalten, so glücklich machte es sie, ihre Kinder so friedvoll zu sehen.

»Wenn sie schlafen, haben wir sie fast am liebsten, nicht wahr?«, flüsterte Adela. Sie hielt Greta ein Stück von sich. »Die frische Luft hat dir gutgetan, hübsch siehst du aus, Liebes! Dann habt eine schöne Feier.«

»Soll ich nicht bei dir bleiben?«, meinte Greta.

Doch Adela winkte ab. »Ich bin jetzt schon hundemüde und lege mich auch gleich schlafen. Du weißt doch, dass ich mir nichts aus Silvester machen. Außerdem, was würde Bruno dazu sagen, wenn du hierbleibst?«

»Mein Mann liegt angetrunken auf dem Sofa und schnarcht. Er hatte wohl von Anfang an keine Lust, mit mir zu Selmas Fest zu gehen«, stellte Greta fest.

Adela sah sie mitleidig an. »Oh, Liebes, das tut mir leid. Ich weiß, du wirst ihn nicht ändern. Aber du kannst für dich etwas ändern. Ich habe es dir schon einmal gesagt: Vergiss das Leben nicht. Und nun geh.« Sie schob ihre Enkeltochter zur Tür.

»Mach dich selbst glücklich«, murmelte Greta, als sie im Schlafzimmer ihr silbernes Glitzertop und die schwarze Marlenehose, die sie für die Party gekauft hatte, aus dem Schrank nahm und aufs Bett legte. Sie duschte und begann, sich für Selmas Feier zurechtzumachen. Sie würde allein gehen. Ohne Bruno. Wer sagte denn, dass sie nicht einen netten Abend haben durfte? Vor dem Spiegel tuschte sie sich die Wimpern und trug einen hellen Lippenstift auf. Mit der Hand fuhr sie sich durch ihr blondes, langes Haar und lächelte sich im Spiegelbild zuversichtlich zu. Gut sah sie aus als Mutter von drei Kindern, fand sie. Vielleicht ein kleines bisschen traurig.

Als sie die Treppe hinunterging, hörte sie Bruno in der Küche rumoren. Greta betrat die Küche und sah, dass sich ihr Mann einen frischen Kaffee aufbrühte.

»Warum weist du mich so zurück?«, fragte sie.

Bruno drehte sich zu ihr um und musterte sie aus seinen rot geränderten Augen. »Findest du, dass ich das tue?«

»Ja, und ich möchte es verstehen. Liegt es an mir?«

»Das willst du nicht wissen«, sagte er traurig.

»Wir waren mal glücklich. Bis damals in Italien …« Sie hielt inne, als Bruno die Hand hob.

»Nicht, Greta. Sprich nicht von unserem toten Kind. Das war eine schwere Zeit. Für uns beide. Reiß nicht die alte Wunde wieder auf. Bitte.«

»Aber seitdem geht es bei uns doch immer bergab und bergab«, sagte Greta verzweifelt.

»Ich bin schuld. Ich bin ein anderer geworden. Und ich war damals nicht Wandern, verdammt noch mal«, entfuhr es ihm plötzlich mit einer Wut, die Greta so noch nie an ihm erlebt hatte. Die einzige Erklärung, die sie dafür hatte, war Brunos Hilflosigkeit.

»Kann ich dir irgendwie helfen?«

»Ausgerechnet du? Mir?« Er goss sich eine Tasse Kaffee ein und nahm einen großen Schluck.

Greta wollte ihn besänftigen. Doch als sie ihre Hand auf seinen Arm legte, trat er einen Schritt zurück.

»Fass mich nicht an. Das ertrage ich nicht.« Als er ihren erschrockenen Gesichtsausdruck sah, fügte er hinzu: »Das habe ich nicht verdient.«

»Ich will dich doch verstehen, Bruno.«

Er strich sich mit der flachen Hand übers Gesicht. »Ich verstehe mich selbst nicht. Warum ich ins Elsass fuhr. Zu Nathalie. Ein Jahr nachdem wir zwei im Friaul so glückliche Tage zusammen verbrachten, die in dieser Katastrophe endeten.«

»Du warst vor fünf Jahren im Elsass?«

Seine Stimme klang belegt, als er weitersprach. »Drei Nächte, in denen ich ihr so nah war, wie ich es dir nie sein werde.«

Mit gesenktem Kopf verließ er die Küche.

Greta sah ihm fassungslos nach. Bruno hatte sie betrogen? Das war der Grund für das schmerzliche Auf und Ab in ihrer Ehe? Doch welches Recht hatte sie, ihn dafür zu verurteilen?

Wie in Trance stieg sie die Treppe zum Schlafzimmer hoch. Sie musste ins Bett, einfach nur schlafen. An nichts denken. Doch als sie die Tür öffnete und das leere, große Doppelbett sah, wurde ihr übel. Sie rannte ins Badezimmer, klappte den Toilettendeckel hoch und erbrach sich. Danach atmete sie tief durch. Sie konnte nicht hierbleiben, in diesem Haus, in dem sie keine Luft mehr bekam. Sie musste hier raus.

Als sie unten an der Garderobe nach ihrem schwarzen Samtmantel griff, vernahm sie keinen Laut aus dem Salon. Greta wusste, dass sie mit Bruno reden musste, doch nicht heute, nicht, wenn er betrunken und so aufgewühlt war. Sie nahm ihre Handtasche und verließ das Haus.

Langsam fuhr sie mit ihrem Wagen die Auffahrt hinunter. »Vergiss das Leben nicht«, hatte Adela gesagt. Der Satz ging Greta nicht aus dem Kopf, und als ob jemand anderes die Fahrtrichtung vorgab, bog sie nicht nach Grünstadt zu Selma ab, sondern nahm die Landstraße in die entgegengesetzte Richtung.

In der Nähe des *Hotel Domhof* in Speyer parkte sie und stieg aus. Kurz darauf klopfte sie an Henrys Zimmertür. Sie bildete sich ein, dass ihr Herz genauso laut klopfte. Vielleicht war er ja nicht da, feierte irgendwo. Dann würde sie auf dem Absatz kehrtmachen, so schnell wie möglich nach Hause fahren, sich ins Bett legen und alles vergessen. *Ich muss verrückt geworden sein*, schalt sie sich und wollte schon gehen.

Da öffnete Henry die Tür. Einen Moment lang musterte er sie. Ein ganzes Spektrum von Emotionen zog sekundenschnell über sein Gesicht. Erkennen, Erstaunen, Freude … Liebe?

Wortlos griff er nach ihrer Hand, zog Greta ins Zimmer und dann ganz dicht an sich.

»Aller guten Dinge sind drei …«, murmelte sie, bevor sie ihn küsste und alles um sich herum vergaß.

18. KAPITEL

Kirchheim,
Januar 1984

Das Thermometer zeigte die vierte Nacht in Folge minus zehn Grad.

So kalt wie die Nächte waren, so kalt war ihre Beziehung zu Bruno. Seit Neujahr hatten sich ihre Gespräche ausschließlich um den Eiswein gedreht, den Greta machen wollte. Sie hatten beratschlagt, ob die Entscheidung im letzten Jahr richtig gewesen war, einen Teil der Rieslingtrauben nicht zu lesen und nach der Lese hängen zu lassen.

Tagelang hatte Greta gebannt den Wetterbericht verfolgt.

Vor zwei Jahren hatte der Eiswein eine eigene Prädikatsstufe bekommen, weil das deutsche Weingesetz überarbeitet worden war. Schon im vergangenen Jahr hatte Greta versucht, Eiswein zu machen. Doch es war nicht kalt genug geworden.

Auch im Frühjahr hatte sie wieder in sieben Rieslingreihen einen ertragsreduzierten Rebschnitt angewandt, um die Qualität zu steigern. Als die Trauben die Vollreife erreicht hatten, hatte sie eigenhändig die Rebstöcke entblättert und Jockel und Alfons angewiesen, die Reihen in Folie einzupacken, um die Trauben vor Vogelfraß zu schützen. Jockel hatte sich über diese aufwendige Arbeit mokiert, bis Greta ihm erklärt hatte, dass ohne diesen Schutz keine einzige Traube bis zum Kälteeinbruch überstehen würde.

Und nun war es endlich so weit. Vor einer halben Stunde hatte Greta entschieden, die Trauben in dieser Nacht zu lesen. Morgen sollten die Temperaturen steigen.

Bruno war im Keller und bereitete mit Alfons alles vor, um die Trauben später noch im gefrorenen Zustand zu pressen. So würden sie den hochkonzentrierten Most gewinnen.

Die Kirchturmglocken läuteten Mitternacht, als Greta auf dem Feldweg den Wagen abstellte.

»Bereit?«, fragte sie Jockel, der vom Traktor sprang.

»Klar, Chefin.«

Es war bitterkalt. Immer wieder schlug Greta ihre behandschuhten Hände gegeneinander, die Wollmütze tief über die Ohren gezogen, den Schal um den Hals geschlungen. Zusammen mit Jockel wartete sie auf Selma, die drei Frauen zur Lese mitbringen wollte.

Greta öffnete den Kofferraum und reichte Jockel eine Stirnlampe. »Die kannst du schon mal aufsetzen.«

»Bruno hat mir erklärt, dass wir nur etwa hundertfünfzig Liter aus den Reihen bekommen, im Gegensatz zu den zweitausend Liter Wein, die das sonst gebracht hätte.«

»Wusstet du, dass man zum Eiswein auch ›Nachtgold‹ sagt?«, fragte sie.

»Ich kenne nur Hüftgold, sagt meine Mutter immer«, grinste er. »Aber warum?«

»Seine Farbe ist golden, und wir lesen ihn nachts, um ganz sicherzugehen, dass die Temperatur auch unter sieben Grad bleibt.«

Ein Wagen kam den Feldweg langsam entlanggefahren und hielt hinter dem kleinen Traktor. Die Scheinwerfer strahlten in der Dunkelheit.

Selma und drei Frauen stiegen aus und kamen zu Greta und Jockel.

»Hast du Glück gehabt, dass ich noch nicht geschlafen und das Telefon gehört habe.«

Die jungen Frauen, die Selma mitgebracht hatte, tuschelten aufgeregt. Greta erkannte unter ihnen die vollbusige Barkeeperin aus Selmas Gasthaus. Alle waren warm angezogen, streiften sich Handschuhe über.

»Das wird eine kurze Nacht, Mädels«, gähnte Selma und griff nach Schere und Eimer, die Jockel verteilte. »Zieht eure Händsching a, s'esch saukalt«, rief sie den Frauen zu. Dann wandte sie sich wieder an Greta. »Das mache ich nur für dich. Die Mädels sind übrigens alle leseerprobt und nachterprobt, aber nicht schweigeerprobt.« Sie wandte sich an die Frauen. »Hört auf zu babbeln. Jetzt wird geschafft«, lachte sie.

Greta gab jeder eine Stirnlampe und schaltete ihre ein. »Danke, dass ihr gekommen seid.«

Die Frauen teilten sich auf.

Greta trat in die erste Reihe. Jockel schnitt die Folie auf. Das Licht seiner Stirnlampe fiel auf die gefrorenen Trauben. Greta nahm eine Traube und schnitt sie durch. »Perfekt!«, flüsterte sie zufrieden und begann die Trauben zu lesen. Jockel lief in die anderen Reihen und schnitt auch dort die Folien auf.

Nachdem sie in der Mitte der Reihe angekommen waren, stutzte Greta. Die Folie hing in Fetzen herunter. Sie schritt die Reihe ab, blieb stehen und beugte sich vor, um besser sehen zu können. Hier hingen keine Trauben mehr. Alle waren weggepickt, bis auf den kleinen Stiel.

»Dunnerfeierkeilnochemool«, rief Selma aus der anderen Reihe. »Hier waren erst die Wildschweine und dann die Vögel dran. Zum Deiwel nochmo!«

Die hungrige Natur hat gewonnen, dachte Greta enttäuscht. Doch es waren nur zwei Reihen, in denen sie nichts mehr lesen würden.

»Tut mir echt leid«, sagte Jockel.

»Uns bleiben ja zum Glück noch fünf Reihen. Komm, du weißt doch: Aufgeben, nachgeben oder alles geben.«

»Und wir geben alles, Chefin.«

Vier Stunden später verabschiedete sich Greta von Selma und den Frauen. Sie waren konzentriert und schnell bei der Lese gewesen. Greta stieg in ihren Wagen und folgte im Schritttempo den Rücklichtern des Anhängers auf dem vereisten Feldweg. Sie lenkte den Wagen nur mit einer Hand. Die andere schob sie unter ihren Po, um sie etwas zu wärmen.

Die Presse lief bereits, als Greta die Halle betrat. Bruno griff nach einer Thermoskanne, goss einen Becher Tee ein und kam damit auf sie zu.

Greta griff mit beiden Händen danach. »Danke.«

Behutsam löste Bruno eine Hand von ihrem Becher, umschloss sie mit seinen beiden Händen und hauchte vorsichtig seinen Atem hinein. »Bist du mit der Ausbeute zufrieden?«

»Die Vögel waren in zwei Reihen schneller als ich.«

»Dabei ist doch niemand so schnell mit der Schere wie du.«

Greta wusste, dass Bruno gerade versuchte, einen Schritt auf sie zuzugehen. Ein Scherenkompliment kam bei ihm fast einer Liebeserklärung gleich. »Ach, Bruno.«

Seine Stimme klang rau. »Es tut mir so leid.«

»Dass ich kalte Hände habe?«, lächelte sie ihn an. Die letzten Tage hatten ihr zugesetzt. »Wollen wir reden?«

Er begann zu sprechen, wobei er ihre Hand nicht losließ. »Das mit Nathalie hätte nie passieren dürfen. Dich so zu verletzen, werde ich mir nie verzeihen.«

Greta schwieg. Was sollte sie auch sagen? Dreimal hatte sie Bruno betrogen.

»Ich kann nicht sagen, dass es nichts bedeutet. Aber es bedeutet viel weniger als das, was wir beide zusammen haben. Oder hatten«, fuhr er stockend fort und sah sie fragend an.

»Haben«, korrigierte sie ihn leise.

»Du bist dir sicher?«

»Uns verbindet viel mehr als uns trennt«, sagte sie, fühlte sich mutig und traurig zugleich. »Diese Erde hier ist stärker als unser Schmerz. Sie eint uns.«

»Darauf sollten wir anstoßen.«

Greta nickte. »Mit dem Eiswein, den du gerade sträflich vernachlässigst?«, schmunzelte sie.

Er zog sie mit sich zur Presse, wo Jockel und Alfons emsig die eisigen Trauben einfüllten und die goldfarbene Flüssigkeit in den Stahlbehälter lief.

»Es ist dreizehn Jahre her, dass ich Eiswein gemacht habe. In dieser leuchtend goldenen Farbe spiegelt sich sein Aroma wider.«

»Orange, Pfirsich, Aprikose, Honig …«, murmelte Greta. Auch sie war fasziniert von der leuchtenden Farbe.

»Wie ein eingefangenes Sternenlicht. So strahlen deine Augen, wenn du glücklich bist.«

»So wie jetzt?« Sie sah zu ihm auf.

Bruno zog sie an sich. »Ja.«

19. KAPITEL

Kirchheim,
Januar 1985

Der Winter im darauffolgenden Jahr war so mild, dass an Eiswein nicht zu denken war.

Greta lief die Auffahrt zum Hof der Hellerts hinauf. Sie hatte bei ihrem letzten Einkauf in Bad Dürkheim eine große Schachtel Champagnertrüffel für Elfriede gekauft, von denen sie wusste, dass sie sie gern aß, aber sie sich nie leistete. Sie sollten ihr den Beginn des neuen Jahres versüßen.

Als Greta den Fuß auf die erste Treppenstufe setzte, die zum Haus hochführte, öffnete gerade Elfriede die Tür.

»Ich wollte dir nur schnell ein frohes neues Jahr wünschen. Ich habe es an Neujahr nicht geschafft.« Greta reichte ihr die Schachtel.

»Wie lieb von dir. Ich würde dich ja hereinbitten, aber du weißt ja …«

»Schon gut«, sagte Greta und bemerkte Elfriedes traurigen Gesichtsausdruck. Sie strich ihr über den Arm.

»Es wird schlimmer mit ihm. Er ist so aufbrausend. Ich versuche, ihn nicht zu provozieren.« Sie sah zu Boden.

Greta vermutete, dass sie ihre Tränen nicht sehen sollte, denn Elfriedes Stimme klang belegt.

Beide Frauen zuckten zusammen, als Haralds laute Stimme aus der Richtung des Weinkellers erklang. »So eine Sauerei! Ich fasse es nicht! In meinem Keller! Johann!« Greta kannte diese Tonlage nur zu gut. Harald neigte zu jähzornigen Wutausbrüchen. Und richtig: »Aber ich sage euch! Nicht mit mir!«, brüllte er nun, und seine Stimme überschlug sich. »Jooohann! Verdammt! Johann! Wo ist der Saulump? Komm sofort hierher!«

»Johann ist vor einer halben Stunde mit Daggi und dem Kleinen nach Grünstadt gefahren«, sagte Elfriede erschrocken.

»Ich geh dann besser«, sagte Greta.

Elfriede nickte und lief Richtung Weinkeller, während Greta Richtung Auffahrt ging.

Ein gellender Schrei, der wenig Menschliches hatte, gefolgt von einem lauten ›Aaaahhh‹ ließ sie innehalten. Etwas polterte und krachte, Elfriede rief »Harald!« Dann herrschte eine gespenstische Stille.

Greta lief zum Weinkeller.

Harald war am Fuß der Kellertreppe zusammengebrochen. Zwei blaue Kanister waren ihm wohl bei seinem Sturz aus der Hand geglitten und lagen neben ihm. Elfriede kniete neben ihrem Mann und schlug ihm leicht mit der flachen Hand gegen die Wangen. »Harald. Aufwachen. Nun sag doch was«, flehte sie.

Greta eilte die Stufen hinunter, kauerte sich neben Harald, griff nach seinem Handgelenk und suchte nach einem Puls. Noch bevor sie ihn fand, erwachte Harald aus seiner Ohnmacht. Er griff sich ans Herz und wendete schwach den Kopf. Seine Augen flackerten, als suche er etwas. Greta folgte seinem Blick zu den beiden Kanistern und erschrak, als sie die Aufschrift auf den weißen Etiketten las: *Diethylenglykol.*

Sie wusste, dass es wegen dieses Frostschutzmittels neulich in der Winzergenossenschaft große Aufregung gegeben hatte. Ein Winzer hatte erzählt, dass damit in Österreich seit Jahren Weine gepanscht worden waren. So schmeckte der Wein süßer und aromatischer – aber der Ruf der Winzer war ruiniert und der Weinskandal perfekt. Als Greta davon gehört hatte, war sie entsetzt gewesen und hatte inständig gehofft, dass diese Chemie nicht ihren Weg nach Deutschland fand. Und nun hatte Harald zwei Kanister von diesem Teufelszeug in seinem Keller gefunden?

Harald griff nach Elfriedes Hand. »Die Kanister, du musst das Johann verbieten. Das machen wir Hellerts nicht. Das ist würdelos«, röchelte er. Er war blass, sein Gesicht wirkte bläulich. »Sag dem Jungen das. Versprich es mir!«

»Ich rufe einen Krankenwagen.« Greta sprang auf, lief die Treppe hinauf und den vertrauten Weg ins Wohnhaus, wählte den Notruf, zog eine Wolldecke vom Sofa und rannte zurück zu Elfriede und Harald.

Der Anblick der Kanister und Haralds Kommentare gingen ihr nicht aus dem Kopf. Glaubte ihr Ziehvater, dass Johann damit seinen Wein versetzte?

Rasch breitete sie die Decke über Harald aus, der die Augen geschlossen hatte, und wollte sie wärmend unter seinen Schultern rechts und links feststecken. Doch Elfriede nahm ihre Hand und hielt sie fest, bevor sie es tun konnte.

»Die braucht er nicht mehr. Er ist tot, Greta.« Schluchzend legte Elfriede ihren Kopf auf Haralds Brust und weinte hemmungslos.

Bestürzt streichelte Greta ihren Rücken. Harald – tot? Sie zuckte zusammen, als ihr das heutige Datum in den Sinn kam. Was lag doch für eine Ironie darin. Am fünften Januar war auch ihr leiblicher Vater Fritz Freudberg gestorben.

Harald und er waren sich ihr Leben lang so spinnefeind gewesen, und nun einte sie ihr Todestag.

Am Tag des Begräbnisses klopfte Matse am frühen Morgen an Gretas Küchentür.

Der Tod des Winzers hatte die Familie zusammengebracht. Matse war aus München angereist. Er versuchte, Elfriede zu trösten und gleichzeitig Johann, dem er immer noch ein Dorn im Auge war, aus dem Weg zu gehen. Schon zweimal war er bei Greta gewesen und hatte um seinen Vater geweint und darum, dass er es nie geschafft hatte, Harald nah zu sein.

»Ich schaffe das nicht ohne dich, Mimi. Kannst du nicht doch kommen?«, fragte er jetzt bittend.

Greta hatte sich bereits vorgenommen, aus der Ferne Haralds Beerdigung beizuwohnen. Sie nickte. »Ich komme, Matse, ich möchte mich auch von Harald verabschieden. Aber nicht in der Kirche. Das würde Johann nur unnötig provozieren. Ich suche mir auf dem Friedhof ein stilles Plätzchen. Und in Gedanken bin ich sowieso die ganze Zeit bei dir, bei euch.« Sie reichte ihm einen Becher Kaffee.

Matse nippte daran. »Danke, Mimi. Bei uns geht es zu wie im Irrenhaus. Mutti weint nur noch, Johann sagt kein Wort, dafür kreischt die dicke Daggi hysterisch durchs Haus, dass sie nun nicht nach Bad Dürkheim kann, um für Florians Kindergeburtstag einzukaufen. Dabei ist der erst in zwei Wochen. Und von Renate … die wollte nur von mir wissen, wie ich ihr Kostüm für die Beerdigung finde. Die sind doch alle nicht ganz dicht.« Er trank seinen Kaffee aus und kratzte sich über Kreuz an den Armen. Die Ärmel seines Pullovers hatte er hochgeschoben, um die juckenden Stellen besser zu erreichen.

Greta ging zu ihm und hielt seine Hände fest. »Was ist das?«, fragte sie und deutete auf die roten Flecken auf seinen Unterarmen.

Matse drehte nervös an seinem Daumenring, der dieses Mal einen grünen Stein hatte. »Keine Ahnung. Habe ich noch nicht lange. Ist wohl der Stress.«

»Das sieht nicht gut aus. Damit solltest du zum Arzt gehen.«

»›Was von allein kommt, geht auch von allein wieder weg‹, sagt Mutti immer. Jetzt muss erst mal Vati beerdigt werden.« Er stand auf. »Dann werde ich mich jetzt auch mal in meinen schwarzen Anzug werfen und Mutti helfen.«

Greta wollte ihn zur Haustür bringen. »Lass mal, Mimi, ›I do it my way‹«, zitierte er frei Frank Sinatras Song und verließ Gut Freudberg wie meist durch den Garten.

Greta hatte auf einer Bank hinter einem großen Rhododendronbusch Platz genommen. Neben ihr stand der Kinderwagen, in dem ihre jüngste Tochter Jule friedlich schlief.

Als im September die Wehen eingesetzt hatten, hatte sie im Weinberg gestanden. Bruno war ausnahmsweise bei der Lese dabei gewesen und nicht von ihrer Seite gewichen, was sich im Nachhinein als gut herausgestellt hatte. Er hatte sie sofort in die Klinik gefahren. Zwei Stunden später hatte Greta ihr viertes Kind – Juliane Irene – verzückt und erschöpft in den Armen gehalten.

Selma war die Erste gewesen, die zu ihr in die Klinik geeilt war, um ihr zu gratulieren. Sie hatte von dem Baby zu Greta gesehen, die Augen verdreht und mit dem Kopf genickt. »Du weißt ja, dass Schweigen Gold ist. Net babbeln!« Damit war alles gesagt. Selma wusste, dass Henry auch von diesem Kind der Vater war.

Die Kirchenglocken läuteten und zeigten an, dass die Trauerfeier für Harald begann. Greta beugte sich über den Kinderwagen und betrachtete die kleine Jule. Sie schlief nach wie vor tief und fest.

Erst als Greta hinter sich knirschende Fußtritte auf dem Kiesweg hörte, sah sie auf und drehte sich um. Robert kam auf sie zu und setzte sich wie selbstverständlich neben sie.

»Du warst das einzige seiner Kinder, das bei ihm war, als er starb«, stellte er fest, ohne ihre letzte Begegnung anzusprechen.

Greta sah, dass eine Träne über seine Wange rann. Behutsam strich sie sie weg. »In seiner Brust schlug ein Winzerherz. Für viel mehr gab es da keinen Platz.«

»Dass ausgerechnet du das sagst, sagt mehr über dich als über ihn aus.« Robert stand auf und betrat mit dem letzten Glockenschlag die Kirche.

Eine halbe Stunde später wurde der Sarg in die Grube gelassen. Greta erhob sich und faltete die Hände. »Mögest du in Frieden ruhen, Harald. Ich habe mit dir schon vor vielen Jahren Frieden geschlossen. Ich hoffe, du kannst es jetzt auch mit den Freudbergs. Und was ich auf jeden Fall weiß, ist, dass du eine Winzerehre hast. Es tut gut zu wissen, dass wir uns in dieser Hinsicht verstanden haben.« Zu ihrem verborgenen Platz drangen nur Wortfetzen von Pastor Altrus' Rede. Doch als er geendet hatte, stimmte der Kirchenchor, der sich in einem Halbkreis um die Trauergemeinde formiert hatte, »So nimm denn meine Hände« an.

Greta kannte das Lied und sang leise mit. Tränen traten ihr in die Augen.

Als der Chor verstummte, senkte sich Stille über die Trauergäste. Nur Renates lautes Schluchzen war zu hören.

Langsam stellten sich die Hellerts in einer Reihe auf, an der die Kondolierenden vorbeigingen.

Es hatte etwas Tröstliches, fand Greta, dass so viele Leute aus dem Dorf gekommen waren, um sich von Harald zu verabschieden. Matse legte behutsam einen Arm um seine weinende Mutter. Gretas Blick fiel auf Robert, der neben seiner Frau Valerie stand. Zwischen ihm und Harald hatte es früher viele Spannungen gegeben. Wie mochte es für Robert sein, zu wissen, dass dieser Gegenpol ausgelöscht war, jede mögliche Versöhnung vorbei war?

Johann, mit Dagmar an seiner Seite, die den kleinen Florian fest an der Hand hielt, nahm die Beileidsbekundungen beinah huldvoll entgegen, die ihm die Dorfbewohner entgegenbrachten. Es schien Greta von ihrem Beobachtungsposten aus, als sei er ein paar Zentimeter gewachsen. Jetzt, wo er der neue Chef auf dem Hof der Hellerts war.

Nach und nach verließen die Trauergäste die Grabstätte, bis die Familie allein am Grab war. Noch immer stand Greta neben dem Rhododendronstrauch und beobachtete sie. Robert holte seine Gitarre, die er an einen Baum gelehnt hatte, aus dem Koffer und begann leise zu spielen und zu singen. »Ade nun zur guten Nacht, jetzt wird hier Schluss gemacht.«

Das gefällt Harald sicher, dachte Greta.

Als Robert geendet hatte, packte er seine Gitarre wieder ein. Elfriede sagte etwas zu ihren Kindern, die daraufhin den Friedhof verließen. Sie blieb allein an Haralds Grab zurück.

Matse allerdings kam zu Greta. Sie setzten sich auf die Bank. »Mutti will noch einen Augenblick für sich und Vati haben.«

Greta sah hinüber zu Elfriede, die mit gefalteten Händen vor Haralds Grab stand. Sie hielt den Kopf gesenkt, die Füße dicht zusammengestellt, der Rücken vom Leben gebeugt – in dieser Haltung hatte Greta einst Harald beobachtet, als er zu seinen Weinreben gebetet hatte.

»Danke, dass du da bist«, sagte Matse.

Greta nickte und sah weiter zu Elfriede.

Matse folgte ihrem Blick. »Ist ja klar, wie es jetzt weitergeht: Johann wird das Weingut runterwirtschaften. Aber das macht nichts. Denn ich verdiene genug und kann Mutti unterstützen. Und Robert ist ja auch noch da.«

»Nicht zu vergessen, dass ich auch meinen Teil dazu besteuern werde«, versprach Greta. »Elfriede soll es an nichts mangeln.«

»Ich werde die nächste Zeit viel unterwegs sein. Frau Ley schickt mich nach San Francisco. Da lebt mein Freund, Trace. Wir sind schon seit einem Jahr zusammen und verstehen uns echt gut.« Matse lächelte sie an. »Aber das weißt nur du, einverstanden? Wäre schön, wenn du ab und zu mal nach Elfriede siehst.«

Greta nahm seine Hand und drückte sie. »Natürlich. Das mache ich. Aber du musst dich noch um etwas anderes kümmern. Johann führt nichts Gutes im Schilde. Es gibt zwei blaue Kanister, wahrscheinlich im Weinkeller. Du musst sie entsorgen. Es geht um eure Existenz. Versprichst du mir das?«

»Ja, klar«, sagte Matse. »Aber was …«

Sie hatten beide nicht bemerkt, dass Elfriede näher gekommen war. »Die Kanister habe ich bereits entsorgt.« Sie blieb vor ihnen stehen. »Fast vierzig Jahre waren wir verheiratet. Ich weiß, Harald war nicht perfekt. Aber wer ist das schon?« Sie schaute in den Kinderwagen und lächelte. »Der eine kommt, der andere geht.« Sie strich der kleinen

Jule sanft über die Stirn. »Noch ein Enkelchen. Wie schön, Greta. Danke, dass ihr heute dabei gewesen seid.«

Greta sah zu ihr hoch. Zum ersten Mal wurde ihr klar: Einen Teil ihrer Stärke hatte sie von Elfriede bekommen.

DRITTER TEIL

1989–1998

20. KAPITEL

Kirchheim,
10. November 1989

Mit Schrecken hatte Greta festgestellt, dass ihre Anti-Baby-Pille zu Ende war. Sie hatte vergessen, sich ein neues Rezept von ihrer Frauenärztin in Grünstadt zu holen, die nun für zwei Wochen im Urlaub war.

Gleich nach dem Frühstück rief sie bei Lutz an und bat ihn um einen Termin. Anfang des Jahres hatte er die väterliche Praxis in Bad Dürkheim übernommen, und seine erste Tat war es gewesen, sich von Dr. Seinfelder zu trennen. Auch wenn es für Greta undenkbar war, ihren alten Schulfreund als Gynäkologen zu haben, hatte er ihr versprochen, ihr das Rezept auszustellen, und ihr einen Termin gegeben.

Als Greta am späten Nachmittag die Praxis betrat, wurde sie von einer jungen Sprechstundenhilfe freundlich begrüßt. Wahrscheinlich war die alte Sprechstundenhilfe von Prof. Fritsch mit in Pension gegangen.

»Guten Tag, Frau Bachstern. Nehmen Sie doch bitte noch einen Moment im Wartezimmer Platz. Dr. Fritsch hat gleich für Sie Zeit. Darf ich Ihnen einen Kaffee anbieten? Oder möchten Sie lieber einen Tee?«

Greta blickte erstaunt in das hübsche Gesicht, das von blonden Locken umrahmt war. »Das ist wirklich sehr zuvorkommend. Und ja, ich nehme gern einen Kaffee, wenn es keine Umstände macht. Das ist ja wirklich ein toller Service.«

Die junge Frau verschwand lächelnd in der kleinen Teeküche.

Greta sah sich um. Lutz hatte die Praxis zu seinem Einstand renovieren lassen. Die Wände waren in einem hellen freundlichen Farbton, Weiß mit einem Hauch Rosé, gestrichen. Geschmackvolle Blumenbilder zierten die Wände. Die Fünfzigerjahre-Stühle waren aus dem Wartezimmer verschwunden. Greta setzte sich auf einen dreibeinigen Stuhl, mit einer aus Holz gebogenen Rückenlehne, die auch als Armlehne diente. Kaum hatte sie Platz genommen, stellte auch schon die Sprechstundenhilfe eine Tasse Kaffee auf einen Beistelltisch. Auf dem Unterteller lag ein eingewickelter Keks.

»Vielen Dank.« Greta nippte an ihrem Kaffee und sah ihr nach, wie sie hinter den Rezeptionstresen verschwand und dort Karteikarten in die Schubladen sortierte.

Da öffnete auch schon Lutz im weißen Arztkittel die Tür des Sprechzimmers. »Hallo, Greta, komm doch rein. Nimm deinen Kaffee ruhig mit.«

Wie sich alles geändert hat, dachte Greta, als sie das Sprechzimmer betrat und auf dem bequemen Stuhl Platz nahm. Sie musterte Lutz. Sie kannten sich seit Schulzeiten. Fünfundzwanzig Jahre war das jetzt her. Damals war er ein pummliger Kerl gewesen, mit einer unattraktiven Brille und immer krampfhaft bemüht, nicht den Anschluss an den Lernstoff zu verlieren. Eine Brille trug er immer noch, allerdings gab ihm das randlose Design etwas ausgesprochen Intellektuelles. Und pummlig war Lutz schon lange nicht mehr.

Er nahm hinter einem weiß lackierten Schreibtisch Platz. »Na, was sagst du zur Umgestaltung der Praxis?«

»Ich finde sie ausgesprochen gelungen. Sehr modern und hell.«

»Ja, es wurde höchste Zeit, dass mein Vater sich zurückzog. Meine Eltern leben jetzt überwiegend in Kitzbühel, wenn sie nicht gerade auf einem Kreuzfahrtschiff sind. Sie lassen es sich gut gehen. Ich habe auf ihrem Grundstück ein eigenes Haus gebaut. Du, da musst du mich mal besuchen. Sehr modern!«

Greta erinnerte sich noch an den großen Garten der Fritschs. Da wohnte Lutz nun? »Und deine erste Amtshandlung in der Praxis war, hier alles zu verändern?«

Lutz nickte. »Stammte ja alles noch aus den Fünfzigern. Michi hat mich dabei unterstützt.«

»Das dachte ich mir. Er war neulich bei mir und schlug mir vor, für meine Probierstube neue Sessel anzuschaffen. Ich glaube, die stehen jetzt in deinem Wartezimmer.«

Wieder lachte Lutz. »Wahrscheinlich wollte er gleich eine Großbestellung aufgeben, um sie günstiger zu bekommen. Ich war mit Michi auf einem Kurztrip in Paris. Da haben wir sie in einem tollen Café entdeckt. Stammen von dem Designer Philippe Starck. Schon mal gehört?« Ohne ihre Antwort abzuwarten, plauderte er weiter: »Der hat sogar die Privatwohnung von François Mitterand renoviert! Kannst dir vorstellen, wie Michi darauf abgefahren ist?«

Er lehnte sich in seinem Stuhl zurück und räusperte sich. »Das gab einen Mordszoff mit Sabine, der war das gar nicht recht. Also, dass ich mit ihm statt mit ihr in Paris war, fand sie nicht prickelnd. Und wie soll ich es sagen: Ein Wort ergab das andere, und schon waren wir getrennt.«

»Wie geht es dir damit?«, fragte Greta vorsichtig. Lutz

und Sabine waren schließlich über fünfzehn Jahre zusammen gewesen.

»Hervorragend«, lachte Lutz. »Ich fühle mich wie befreit. Weißt du noch, in der Schule? Du hast immer gesagt, dass sie mich heiraten will, weil es ihr um den Status ginge. Ich war nur der Weg zum Ziel für sie.«

»Damals wolltest du davon nichts hören, wenn du dich erinnerst«, meinte Greta. »Und jetzt kann ich es dir ja auch sagen: Ich war ziemlich stinkig auf Sabine. Als ich eine Zwischenfinanzierung für den Bau meiner Erntehelferunterkunft brauchte, hat sie mir den Kredit verweigert. Ich könnte nicht genug Sicherheit bieten als Frau. Na, da bin ich ziemlich aus der Haut gefahren. Seitdem ist Gut Freudberg bei einer anderen Bank.«

»Das ist wie lange her?«, wollte Lutz wissen.

»Ungefähr zehn Jahre, also Schnee von gestern.«

»Nicht für Sabine. Sie hat ihren Mund nicht halten können und mir davon erzählt. Deswegen ist sie damals in eine andere Filiale versetzt worden. Aber du hast schon recht, Schnee von gestern«, wiederholte Lutz und beugte sich verschwörerisch über den Schreibtisch. »Wie findest du Gabi?«

Auch Greta beugte sich ebenfalls in ihrem Stuhl vor. »Wer ist Gabi?«

»Na, meine Sprechstundenhilfe.« Lutz' Blick bekam etwas Schwärmerisches.

Greta lächelte. »Ich finde sie hinreißend. Ausgesprochen hübsch, freundlich und sehr sympathisch.«

Lutz nickte. »Bei ihr bin ich mir so sicher, wie ich es bei Sabine keinen Tag lang war. Ich werde sie heute Abend fragen, ob sie meine Frau werden will. Ich hoffe, sie erhört mich und glaubt mir, dass ich ihrer Tochter ein guter Vater sein möchte.«

»Ich bin mir sicher, dass du das wärst. Wie lange kennt ihr euch?«, fragte Greta. Sie hatte Lutz in den letzten Jahren gelegentlich auf einen Kaffee gesehen, aber von Gabi hatte er nie etwas erzählt.

»Seit fast zwei Jahren. Ich habe sie aus dem Krankenhaus abgeworben. Aber zusammen sind wir erst ein halbes Jahr. Ich musste mich ja erst mal von Sabine erholen. Aber Gabi ist meine Sonne.«

»Das freut mich sehr für dich.«

Lutz wurde ernst. »Wie kann ich dir helfen?«

»Mit einem neuen Rezept für die Pille. Meine Frauenärztin ist im Urlaub.«

»Kein Problem.« Lutz griff nach dem Rezeptblock. »Welche nimmst du?«

»Diane 35.«

In klassisch unleserlicher Schrift unterschrieb er das Rezept und reichte es ihr. »Wer hätte das gedacht, was aus uns einmal wird. Du die erfolgreiche Winzerin, ich der Arzt.« Er lachte. »Und Michi führt ein Architekturbüro. Mittlerweile beschäftigt er vier Bauzeichner und eine Sekretärin. Wie geht es Matse?«, fragte er unvermittelt.

»Der hat kaum noch Zeit, nach Kirchheim zu kommen. Als Chefeinkäufer für Escada ist er oft in Kalifornien. Letzte Woche schrieb er, dass er Michael Jackson in Los Angeles auf seinem Abschlusskonzert der Welttournee gesehen hat.«

»Beneidenswert«, sagte Lutz. »Der Kleine hat den King of Pop gesehen!«

»Er war schon immer ein großer Musikfan. Ich sehe ihn noch wie heute vor mir, wie er mit seinem Kassettenrekorder und dem Mikrofon vor dem Radio saß und seine Lieblingssongs aufgenommen hat.«

Lutz lachte. »Ja, die Hellerts-Söhne. Die sind schon etwas ganz Besonderes. Immer für eine Überraschung gut, finde ich. Robert wird ja jetzt Professor. Wer hätte das gedacht!«

Greta setzte sich kerzengerade auf. »Robert wird was?«, entfuhr es ihr.

»Wusstest du das nicht?«, fragte Lutz erstaunt. »Das hat doch die Runde gemacht, weil er so schnell promoviert und sich habilitiert hat. Morgen früh um zehn hält er seine Antrittslesung an der Uni in Mainz. Er hat eine Professur für zeitgenössische Musik bekommen.«

In dieser Nacht fand Greta keinen Schlaf. Robert war Professor? Dass er Musik studiert hatte, hatte sie gewusst. Aber irgendwie hatte sie geglaubt, dass er das Studium vernachlässigt oder vielleicht sogar abgebrochen hatte, um sich im Autohaus seiner Frau einzubringen. Matse hatte ihr nichts von Roberts akademischer Karriere erzählt. Weil er nicht daran gedacht hatte? Oder weil er sie nicht hatte verletzen wollen?

Greta ließ erst Robert, dann all die Menschen, die sie seit ihrer Jugend kannte und zu denen sie noch heute Kontakt hatte, in Gedanken Revue passieren. Die Jugendlichen von einst waren erwachsen geworden. Alle waren ihren Weg gegangen, Matse, der Jüngste von ihnen, vielleicht den schwersten. Und wo stand sie mit ihren fünfunddreißig Jahren? Greta wälzte sich ruhelos auf die andere Seite. Sie stand immer noch im Weinberg. Ihr Weg war im Gegensatz zu Matses, Lutz' oder eben auch Roberts kurz gewesen. Ein unerwartetes Erbe, dann von einer Rebe zur nächsten, während die anderen über München oder ein Studium an ihr Ziel gelangt waren.

Gretas Blick fiel auf den Wecker auf ihrem Nachttisch.

Halb zwei. An Schlaf war nicht zu denken. Leise, um Bruno nicht zu wecken, schwang sie ihre Beine aus dem Bett, schlüpfte in ihre Hausschuhe und griff nach ihrem flauschigen Bademantel. Sie würde sich einen heißen Kakao machen, vielleicht ein bisschen fernsehen.

Mit dem Becher in der Hand ging sie ins Wohnzimmer. Sie setzte sich auf die Couch, griff nach der Fernbedienung, stellte auf leise und schaltete ein.

Und starrte auf den Bildschirm.

Die Bilder, die sie sah, konnte sie kaum glauben. Was war das? Trabbis in West-Berlin? Menschen kletterten auf die Mauer, ohne dass die Grenzpolizisten auf sie schossen? Übergänge aus der DDR in den Westen waren offen? Menschen fielen sich in die Arme, prosteten sich zu? Greta hatte die Montagsdemos im Fernsehen gesehen, den Jubel der Menschen gehört, als Genscher in der deutschen Botschaft in Prag die Genehmigung für ihre Ausreise verkündet hatte, hatte Reagans Aufforderung an Gorbatschow gehört: »Tear down this wall.«

Sie musste an ein Gespräch denken, das sie vor vielen Jahren mit Robert geführt hatte, in dem sie darüber gesprochen hatten, wie ein Volkspolizist, der in den Westen fliehen wollte, von einem DDR-Soldaten erschossen worden und wie schrecklich das gewesen war.

Was für ein triumphales Ereignis, dass das nun nie wieder geschehen würde! Dass der Wille eines Volkes mehr als die Politik der ideologischen Führungsriege galt! Greta wünschte sich für ihre Kinder so sehr, dass die Welt eine gerechtere werden würde, mit Ländern ohne Mauern und ohne Mauern in den Herzen der Menschen.

Damals hatte Robert versprochen, irgendwann mit ihr nach Berlin zu fahren und ihr den Checkpoint Charlie zu zeigen. Sie schwor sich, diesen Übergang zwischen Westen und Osten eines Tages zu besuchen. Auch ohne Robert.

Nun war es also geschehen. Die Mauer war gefallen, und die Welt war wieder eine andere.

Am nächsten Morgen fuhr Greta nach Mainz. Sie musste Robert sehen und würde als seine Ziehschwester an seiner Seite sein, sozusagen stellvertretend für seine Familie, denn Greta nahm nicht an, dass jemand kommen würde. Unter dem Vorwand, die Weihnachtseinkäufe in diesem Jahr nicht in den letzten Minuten erledigen zu wollen, brach sie nach dem Frühstück auf. Sie hatte Bruno gefragt, ob sie ihm etwas mitbringen solle. Doch wie immer hatte er abgewunken. Er habe hier alles, was er braucht, hatte er gemeint.

Greta kam er noch schweigsamer vor, seit Jolie während der letzten Lese nicht mehr aufgestanden war. Friedlich war sie auf einem sonnigen Platz am Ende einer Rebreihe eingeschlafen. Siebzehn Jahre war sie alt geworden. Vielleicht sollten sie sich einen neuen Hund anschaffen, überlegte Greta, als sie auf der Autobahn die Abfahrt nach Mainz nahm.

Sie lief durch den Torbogen des Eingangsportals. Das Universitätsgelände war groß, die Gebäude verstreut, und sie hatte keine Ahnung, wo sie hinmusste. Suchend sah Greta sich um. Ein Student, der neben ihr auf seinem Fahrrad radelte, bremste. »Kann ich helfen, schöne Frau?«

Greta lächelte. So hatte sie schon lange niemand mehr angesprochen. »Ich suche die Fakultät für Musikwissenschaften.«

Der Student stieg ab und schloss sein Fahrrad an einem Pfahl an.

»Da muss ich auch hin. Folge mir unauffällig.« Er zwinkerte ihr zu. Greta schmunzelte. Hielt er sie für eine Studentin?

Antrittsvorlesung Professor Robert Hellert stand auf einem Schild an der Tür des großen Hörsaals. Die Veranstaltung hatte bereits begonnen. Leise schlich sich Greta hinter dem Studenten hinein und nahm in der hintersten Reihe Platz. Der junge Mann nickte ihr noch einmal zu und setzte sich dann zu seinen Freunden am linken Rand des Saals. Greta horchte in sich hinein. Es war das erste Mal, dass sie eine Universität betrat. Wie fühlte sich das an? Aufregend? Als junge Frau hatte sie immer geglaubt, dass das ganze akademische Wissen, das in diesen Sälen hing, sich wie ein warmer Regen über den Studierenden ergießen würde. Doch jetzt war sie einfach nur in einem Saal, in dem ein Mann vorne stand und sein Wissen an die Studenten weitergab. Da war nichts von einer mystischen Atmosphäre zu spüren. Im Gegenteil. Der Klappsitz, auf dem sie saß, war unbequem.

Sie musterte Robert. Er trug eine dunkelblaue Cordhose, einen dunkelblauen Pullover und darunter ein helles Hemd. Sein Haar war deutlich länger als beim letzten Mal, als sie ihn gesehen hatte. Er stand hinter dem Pult, auf dem er seine Unterlagen ausgebreitet hatte, als hätte er nie etwas anderes in seinem Leben gemacht.

War er aufgeregt?, fragte sich Greta. *Hatte er das Gefühl, an dem Ort zu sein, an dem er sein ganzes Leben sein wollte?* Sie konzentrierte sich auf seinen Vortrag.

»… durften nur wenige Künstler aus dem Westen im Osten auftreten«, hörte sie. Greta hätte es sich denken können. Spontan musste Robert seine Antrittsvorlesung an die Geschehnisse der letzten Nacht angepasst haben.

»Udo Lindenberg war einer von ihnen, denken Sie nur an seinen ›Sonderzug nach Pankow‹. Noch vor zwei Jahren standen die Leute in Ostberlin nah am Brandenburger Tor, um das Konzert von David Bowie zu hören, wo er unter anderem ›Heroes‹ sang. Es kam zu Ausschreitungen, doch das war den Menschen jenseits der Mauer egal. Sie wollten diese Musik hören. Sie brauchten diese Musik, so wie jeder Musik braucht. Denn Musik verbindet. Menschen und sogar ganze Völker. Sie verbindet zwei deutsche Völker. Musik macht frei, so könnte man es auch formulieren. Aber was unterscheidet nun Musik, die eine Botschaft hat, von einer Musik, die uns Hörende unberührt lässt? Nur eine gekonnte Aneinanderreihung von Tönen reicht offenbar nicht. Wenn Sie fantastisch Violine oder Klarinette spielen können, weil Sie es als Kind gelernt und Jahre damit zugebracht haben, auf Ihrem Instrument wieder und wieder zu üben, dann ist das wunderbar. Sonst würden Sie heute wahrscheinlich auch nicht hier sitzen. Aber jedem einzelnen Ton liegt eine Interpretation zugrunde, und wissen Sie, woraus sich diese speist?«

Aus dem Leben, dachte Greta.

Die Studentinnen und Studenten schwiegen.

»Aus dem Leben«, sagte Robert. »Ich würde nicht als Professor vor Ihnen stehen, wenn ich den geraden Weg gewählt hätte. Aber zum Glück ist mir das Leben dazwischengekommen. Das war genau das, was ich gebraucht habe. Wissen Sie, Musik ist wie Poesie. Worte und Noten. Jede Note steht für etwas. Und es bedarf Lebenserfahrung, dass die Noten zu einem guten Stück erklingen. Musikstücke haben Menschen geholfen, für die Freiheit zu kämpfen.« Er schwieg einen Moment und sah von Reihe zu Reihe. »Und so fühlen Sie sich bitte heute auch hier frei. Ich habe nämlich keine Lust, hier nur mein Manuskript vorzulesen. Lassen Sie uns in einen Diskurs gehen, unterbrechen Sie mich, stellen Sie Fragen. Denn nur dann bleibt Musikgeschichte lebendig.« Er hielt inne, blätterte in seinen Papieren. »Studien belegen, dass bereits in der Kindheit der Musikgeschmack eines jeden Einzelnen geprägt wird. Doch am intensivsten nehmen wir die Musik wahr, wenn wir zwischen vierzehn und einundzwanzig Jahre alt sind. In diesem Alter kompensieren wir Musik anders, bewusster. Wir singen mit, erkennen unsere Vorlieben, weil wir die gehörte Musik mit Erlebnissen in Verbindung bringen. Ein Beispiel: Sie kommen in Ihr Studentenwohnheim und im Radio läuft ein Song.« Er zeigte auf einen Studenten in der ersten Reihe. »Gerade hat Ihre Freundin mit Ihnen Schluss gemacht. Und Sie sind sehr traurig. Was passiert?«

Der Student zögerte.

»Nur zu. Bei mir gibt es keine falschen Antworten.«

»Na, kommt drauf an, was für ein Song gespielt wird.«

»Genau«, sagte Robert. »Nehmen wir mal an, es läuft ›Highway to Hell‹ von AC/DC.«

Der Student fiel ein. »Wenn ich sehr traurig wegen der Trennung bin, dann glaube ich, auf dem Highway in die Hölle zu sein.«

»Gut möglich. Aber was passiert, wenn Sie einen anderen Song hören? Zum Beispiel ›English Man in New York‹?«, fragte Robert in die Runde.

»Dann vergesse ich die Puppe und fliege nach New York.«

Die Zuhörenden lachten, und auch Robert schmunzelte.

Die Studentin, die neben Greta saß, stand auf und rief: »Ist es wahr, dass Sie mit Billy Joel auf Tour waren?«

Robert sah zur obersten Reihe des Vorlesungssaals hoch.

Greta rutschte auf ihrem Stuhl etwas tiefer. Doch zu spät, Robert hatte sie bereits erkannt.

»Ja«, gab er zurück. »Es war eine unglaubliche Zeit. Und ich verrate Ihnen, dass ich noch heute von Billys Musik begeistert bin. Aber ich kann sie nicht mehr hören. Weil ich damit das Traurigste verbinde, was mir in meinem Leben passiert ist.«

Dabei sah er Greta an. Ihre Blicke trafen sich.

Robert räusperte sich, dann fuhr er mit seiner Vorlesung fort.

Als er kurz darauf endete, klopften die Studenten frenetisch mit ihren Knöcheln auf die Holztische.

Greta war beeindruckt, wie lebensnah, lebendig und anschaulich Robert Musikgeschichte und Musiktheorie in der letzten Stunde vermittelt hatte. Sie beschloss, ihm zu seiner Vorlesung zu gratulieren und ihm zu sagen, wie gut sie ihr gefallen hatte. Was er über Billy Joel gesagt hatte, hatte sie berührt, aber darauf würde sie nicht eingehen.

Sie nahm ihre Tasche und ging die Treppe hinunter. Robert war dabei, seine Papiere zusammenzupacken. Er sah auf. Als sich ihre Blicke erneut trafen, legte er den Papierstapel aufs Pult und machte einen Schritt zur Seite, als hätte er auf sie gewartet und wollte nun auf sie zugehen.

Plötzlich rief jemand laut seinen Namen. Greta erkannte in der großen Frau in der schwarzen Lederjacke Roberts Frau Valerie. Während Robert erst zu Valerie, dann zu Greta sah, blieb sie stehen. Als Valerie zu ihm ans Pult trat, einen Motorradhelm in der Hand, umarmte sie ihn innig. Da wandte Robert den Blick von Greta ab und erwiderte Valeries Umarmung. Einen magischen Moment lang schien der große Vorlesungssaal nur diesen beiden Menschen zu gehören.

Greta zuckte zurück. Auf der Stelle machte sie kehrt und verließ den Saal. Was war sie doch für eine Lügnerin. Damit musste sie aufhören. Aufhören, sich als Ziehschwester zu titulieren, denn jedes Mal, wenn sie Robert sah, stiegen Gedanken und Gefühle einer vergangenen Zeit in ihr hoch. Das Beste war, sie würde Robert nie wiedersehen.

21. KAPITEL

Kirchheim,
Mai und Juli 1990

Der vierzehnjährige Leo sah hinüber zu seinem Vater. Greta wusste, dass er stolz war, dass dieser ihn gefragt hatte, ob er heute mithelfen wollte, die Sektflaschen zu drehen. Gemeinsam standen sie im Weinkeller vor den Holzpulten, in denen der Sekt in den Flaschen gärte.

»Ein guter Remueur kann pro Tag etwa vierzigtausend Flaschen drehen. Du kennst den Ausdruck?«, fragte Bruno.

»Ein Remueur ist ein Rüttler. Also der, der die Flaschen dreht«, antwortete Leo ernst.

Bruno nickte zustimmend. »Mal sehen, wie viele du schaffst.«

»Ich schaffe das locker, Papa«, sagte die fast zehnjährige Mel selbstbewusst, die auf einem Weinfass kauerte und ihren Vater und Leo nicht aus den Augen ließ. Sie schob sich Gretas Sonnenhut, den sie sich immer wieder gern »auslieh«, wie sie es nannte, in den Nacken. »Nimm mich«, bettelte sie. »Ich kenne mich viel besser mit dem Rieslingsekt aus als Leo. Der interessiert sich doch gar nicht für die Flaschengärung. Dabei ist das das Beste für den Sekt.«

Leo blitzte sie an. »Woher willst du das denn wissen?«

»Na, ich habe ja wohl zwei Ohren an meinem Kopf.

Guck, hier«, sie griff sich mit den Händen an die Ohren und zog daran, »links eins und rechts eins.«

»Dann pass mal auf, dass sie dir nicht abfallen«, lachte Leo.

»Mama sagt, wenn der Sekt in der Flasche gemacht wird, dann schmeckt er viel besser. Fast so wie Champagnions.«

Leo schlug sich vor den Kopf. »Das heißt Champagner, Mel.«

»Ruhig, Mel, dein Bruder muss sich konzentrieren. Wenn du nicht still bist, fliegst du raus«, meinte Bruno streng.

Mel schob schmollend die Unterlippe vor, hielt aber den Mund, während Leo begann, die Flaschen zu drehen.

Greta sah auf die Uhr. »Ich gehe nach oben. Wir bekommen ja gleich hohen Besuch.«

Kurz darauf kam sie in Begleitung eines hochgewachsenen Mannes in den Weinkeller zurück. »Bruno, ich möchte dich gern mit Jürgen Held bekanntmachen. Er ist der Vorsitzende der Pfalz vom Verband der Prädikatsweingüter.«

»Ein Adlermann also«, gab Bruno zurück und nickte dem Besucher zu. Er spielte darauf an, dass die Mitglieder dieses renommierten Verbandes auf der Kapsel als Gütesiegel einen Adler abgebildet hatten.

»Ihr Rotberger ist ein wahrer Genuss, zu schade, dass es kein Lagenwein ist«, sagte Jürgen Held.

»Herr Held möchte uns beim VDP vorschlagen. Mit unserem Chardonnay.«

»Der hat doch noch gar keine Sortenzulassung«, warf Bruno ein.

»Wie ich aus sicherer Quelle weiß, steht die kurz bevor«, bemerkte der Regionalvorsitzende. »Das ist ja auch längst überfällig. Ich weiß, wir gehen da gerade einen ungewöhnlichen Weg. Wir haben seit Kurzem eine neue Vereinssatzung, in der die Prüfkriterien für eine Mitgliedschaft neu geregelt sind. Und Ihr Chardonnay ist außergewöhnlich gut.«

»Das freut uns sehr«, sagte Greta.

»Wie ich schon am Telefon erwähnte, Frau Bachstern, Ihre anderen Weine gefallen mir auch gut. Aber die haben wir nur sekundär bei unserer Wahl berücksichtigt. Ausschlaggebend ist natürlich Ihre Lage, der ›Flammenpfad‹.

»Wir lesen seit Jahren den Chardonnay ausschließlich von Hand«, warf Greta ein.

Jürgen Held nickte zustimmend. »Das ist ja auch Voraussetzung zur Aufnahme im VDP.«

»Auch wenn wir ja noch ganz am Anfang stehen, sozusagen, darf ich Ihnen ein Glas von unserem Sekt anbieten?«

»Ich habe ihn zwar schon einmal probiert, aber genau deswegen sage ich dazu nicht Nein«, schmunzelte Jürgen Held.

Wortlos ging Bruno zu einem kleinen Kühlschrank und öffnete eine Flasche, goss ein Glas ein und reichte es dem Regionalvorsitzenden.

»Zitrisch-frisch, kalkig-kühl und eine feine Perlage. Sehr gut«, kommentierte dieser nach wenigen Schlucken.

Bruno warf ihm einen kurzen Blick zu und zog die Brauen hoch.

»Es war die richtige Entscheidung, sich auf Ihrer ›Flammenpfad‹-Lage über die Jahre vom Müller-Thurgau zu trennen und auf den Chardonnay zu setzen, Frau Bachstern.« Jürgen Held stellte das Glas ab und reichte Greta die Hand. »Wollen wir mal in unsere Kalender schauen wegen der Begehung mit meinen Kollegen? Sie kennen das weitere Prozedere?«

Greta nickte. »Wenn Sie auf Gut Freudberg alles gesehen

haben, vom Keller bis zum Weinberg, und es für gut befinden, geht es in die große Runde zu allen Regionalvorsitzenden. Und wenn diese dann wiederum auch von unserem Wein überzeugt sind, wird abgestimmt. Richtig?«

»Genau so.«

»Lassen Sie uns in mein Büro gehen, damit wir einen Termin ausmachen.«

Mel rutschte vom Weinfass. »Ich komme mit, Mama. Ich darf ja hier nicht mitmachen.«

Jürgen Held wandte sich an Bruno. »Auf Wiedersehen, Herr Bachstern.«

Statt Bruno antwortete Leo: »Auf Wiedersehen, Herr Held.«

Kurz darauf kam Greta mit Mel zurück in den Weinkeller. »Stell dir das nur mal vor, Bruno. Wenn sie uns tatsächlich aufnehmen. Das wäre so unglaublich!« Sie umarmte ihn. »Das ist auch dein Verdienst.«

»Ich brauche keinen Adler auf meinen Flaschen. Ich weiß auch so, was ich mit meinem Wein tue und dass er gut ist«, erwiderte Bruno kurz angebunden.

»Begreifst du nicht, was das für eine Chance ist? Guck doch ein Mal über den Rand des Weinfasses hinaus.« Sie wollte die Diskussion jedoch nicht vertiefen. Die Kinder bekamen schon genug ihrer Unstimmigkeiten mit. Sie wandte sich an Mel. »Hast du Lust, mir zu helfen?«

»Bei was denn, Mama?«

»Beim Mittagessenmachen. Oder willst du den Männern hier weiter zusehen?« Es tat Greta leid, aber sie wusste genau, dass Bruno sie nicht die Flaschen drehen lassen würde. Sie sah, wie Mel zögerte, und musste schmunzeln. Mel war nur schwer vom Weinberg oder aus dem Weinkeller wegzubekommen. In den Ferien verbrachten Leo und sie jede freie Minute zusammen.

»Es gibt Italienisch«, lockte sie ihre Tochter.

Mel fing an zu singen. »Carbonara e una Coca Cola.«

Leo fiel ein. »Amaretto ist ein …« Er stockte, als er Brunos mahnenden Blick auffing.

»… geiles Zeug. Ich bin schon lull und lall«, sang Mel die Textzeile für ihn weiter. Sie griff nach Gretas Hand. »Ich helfe dir, Mama.« Sie zog Greta mit sich.

Mel lief vor Greta über den Hof zum Haus.

»Ich sehe noch mal nach Adela. Bin gleich bei dir, mein Schatz«, rief Greta ihr nach. »Lauf zu Frau Schütter und sag ihr, dass wir Spaghetti kochen wollen. Sie ist mit Caro und Jule in der Küche.«

Sie ging zu dem kleinen Häuschen ihrer Großmutter. Die Haustür war tagsüber nie abgesperrt, damit die Kinder jederzeit zu ihr kommen konnten.

Seit ein paar Wochen ging Adela nach dem gemeinsamen Frühstück immer öfter in ihr Haus, um noch ein wenig zu ruhen. Sie leide wohl unter Altersmüdigkeit, hatte sie erklärt, was Greta nur verständlich fand. Schließlich hatten sie alle zusammen im April Adelas zweiundneunzigsten Geburtstag gefeiert.

Als Greta das Wohnzimmer des kleinen Hauses betrat, saß Adela mit geschlossenen Augen in ihrem Ohrensessel. Ein Fotoalbum lag aufgeschlagen auf ihrem Schoß.

»Adela?«, fragte Greta leise und warf einen Blick auf die Fotos: ihre drei Töchter im Sandkasten, auf dem Traktor, neben dem Weihnachtsbaum. Leo war nicht darauf zu sehen, obwohl es durchaus Fotos von ihm gab, allerdings meistens von ihm allein. Er ließ sich ungern fotografieren, wenn die drei Mädchen zusammen waren. Als ob er ihre Einheit nicht stören wollte und lieber der unsichtbare Beobachter blieb.

Adela schlug die Augen auf und sah Greta an. »Da bin ich wohl mal wieder eingenickt.«

Greta setzte sich zu ihr. »Wie geht es dir heute?«

Adela setzte sich ein Stück in ihrem Sessel auf. »Wie soll es einer alten Frau schon gehen? Ich bin sehr, sehr müde. Alles hat seine Zeit, mein Kind. Geboren werden, leben und schließlich alt werden. Die Zeit ist deine Freundin, nicht dein Feind. Man darf nur nicht vergessen, mit der Zeit zu gehen. Sonst läuft man ihr immer hinterher.« Sie zeigte auf eine Wolldecke, die auf dem kleinen Sofa lag. »Und ein bisschen kalt ist mir. Sei so lieb und gib mir die Decke.« Sie legte das Fotoalbum zur Seite, während Greta die Decke holte und über Adelas Beine ausbreitete.

»So ist es gut.« Sie lächelte Greta an. »Ich glaube, ich habe mich noch nie bei dir bedankt. Die Jahre, seit du hier bist, waren mit die schönsten in meinem Leben. Dich kennenlernen zu dürfen und zu sehen, wie deine Kinder aufwachsen, das war ein großes Geschenk, Liebes.«

»Sollte ich es nicht sein, die Danke sagt?«, meinte Greta. »Du hast mir das erste Mal das Gefühl gegeben, eine Familie zu haben. Zu jemandem dazuzugehören. Und du warst immer an meiner Seite. Danke.« Sie griff nach Adelas Hand und strich zärtlich über die faltige Haut.

»Dann haben wir das also auch geklärt.« Ihre Großmutter lächelte. »Eine Bitte habe ich noch.« Sie rückte sich in ihrem Sessel zurecht und sah Greta aus ihren müden Augen an. »Sei weiterhin stark für deine Mädchen, Liebes. Ich bin mir sicher, Leo wird seinen Weg gehen, wie lang er auch sein mag. Aber deine Mädchen werden eines Tages deine ganze Kraft brauchen.«

»Wie kommst du denn jetzt darauf?«, fragte Greta verwundert. Es sah ihrer Großmutter nicht ähnlich, ihr für ihre Kinder Ratschläge zu geben.

»Die drei sind sich auf gewisse Weise sehr ähnlich. Vielleicht zu ähnlich. Es wird ihnen schwerfallen, sich voneinander abzugrenzen. Ich beobachte das schon länger. Mel ist vielleicht die Stärkste von ihnen. Sie hat aber auch den Vorteil, dass sie mit Leo das Interesse für den Wein teilt. Julchen hat es als Jüngste auch nicht so schwer. Aber Caro steht in der Mitte. Ich glaube, sie wird mehr Zeit brauchen als die anderen, um ihren Weg zu finden. Ich möchte nur, dass du das im Auge behältst.«

»Du tust ja gerade so, als würden die Mädchen eine eigene Einheit in unserer Familie bilden.«

Adela lehnte sich zurück. »Das tun sie doch auch. Sie haben einen anderen Vater als unser Leo, nicht wahr?«, fragte sie leise.

Greta schwieg erschrocken. Niemals hätte sie gedacht, dass Adela ihr größtes Geheimnis kannte.

»Auch wenn du Bruno nicht die Wahrheit gesagt hast, bist du immer aufrecht durchs Leben gegangen. Ich weiß, wie schwer dir das so manches Mal gefallen sein muss. Und ich bin froh, dass du dabei immer auf dein Herz gehört hast. Das war richtig so, Greta. Du darfst dir das nie zum Vorwurf machen.«

Für die Absolution ihrer Großmutter war Greta unglaublich dankbar. Wortlos stand sie auf und umarmte behutsam die alte Frau, drückte ihren gebrechlichen Körper vorsichtig an sich.

Adela winkte ab, als Greta sich von ihr löste. »Jedes Mal, wenn ich in die Gesichter deiner Mädchen blicke, sehe ich dich darin. Mit ihnen habe ich auch dich aufwachsen sehen.« Sie zog die Decke ein Stück weiter nach oben. »Doch jetzt, wo alles gesagt ist, habe ich das Gefühl, dass die Welt immer kälter wird.« Sie atmete tief aus. »Ich glaube, ich muss ein wenig schlafen.«

Greta strich ihr zärtlich über die Wange. Dann setzte sie sich neben Adela und hielt ihre Hand. So saßen die beiden Frauen schweigend nebeneinander. Greta lauschte Adelas schwachen Atemzügen, meinte, einen leichten Windhauch im Zimmer zu spüren, obwohl doch die Fenster geschlossen waren. Schon wollte sie sich erheben und sie allein lassen, als sie fühlte, wie Adela ihre Hand drückte.

»Geh nicht, Liebes.«

Tränen traten in Gretas Augen, und sie blieb neben ihrer Großmutter sitzen. Bis Adela ihre Hand losließ und sie aufhörte zu atmen. Leise stand Greta auf und öffnete das Fenster.

Greta wollte der Traurigkeit, die sich seit Adelas Tod über Gut Freudberg gelegt hatte, entkommen.

Leo hatte sich an sie geklammert, als sie zu ihm gegangen war und gesagt hatte, dass Adela eingeschlafen war. Bruno hatte sie nur angesehen und kein Wort gesagt. Mel und Caro hatten bitterlich an Adelas Grab geweint, und Jule hatte in allerletzter Sekunde ihr Lieblingskuscheltier, einen kleinen Luchs, in Adelas Grab geworfen, bevor die ersten Erdklumpen auf den Sarg fielen.

Seitdem verhielten sich die Kinder oftmals ungewöhnlich still. Es gab Tage, an denen deutlich zu spüren war, dass Adela der Familie den Zusammenhalt gegeben hatte, der nun zu fehlen schien.

Greta war heute zum Tierheim nach Neustadt gefahren. Letzte Nacht hatte sie entschieden, dass sie einen Hund brauchten. Die Kinder würde es ablenken, und Bruno hätte wieder einen vierbeinigen Freund um sich. Nicht zuletzt würde es ihr selbst guttun, nicht mehr allein durch den Weinberg zu streifen.

Die Tierpflegerin hatte sie in dem großen Flachbau allein gelassen. »Sie werden spüren, welcher Hund der richtige für Sie ist«, hatte sie gesagt.

Greta schritt bereits das dritte Mal den Gang der Boxen ab. In den meisten waren mehrere Tiere; sie dösten, spielten oder liefen aufgeregt an das Gitter, wenn sie näher trat.

An einer Box verharrte sie. Ein junger Hund lag in einer Ecke und blinzelte zu ihr herüber. *Warum hat er eine Einzelbox?*, fragte sich Greta.

Hinter ihr hörte sie die Schritte der Tierpflegerin. Sie drehte sich um.

»Warum ist dieser hier allein?«

»Das ist unser Sorgenkind.« Die Frau runzelte die Stirn. »Wir mussten ihn separieren, da die anderen Hunde ihn nie an den Fressnapf ließen. Er ist noch zu jung, um sich durchzusetzen.«

Greta sah zu dem Tier mit dem braunen, glänzenden Fell. Seine langen Schlappohren ließen vermuten, dass auch ein Dackel in seinem gemischten Stammbaum eine Rolle gespielt haben musste. Das Fell hingegen konnte von einem Collie stammen. Der Welpe sah sie aus bernsteinfarbenen Augen skeptisch an – Greta hielt seinem Blick stand. Und plötzlich kam er an das Gitter gelaufen. Greta beugte sich zu ihm und streckte ihm die Hand entgegen, damit er ihren Geruch aufnehmen konnte. Kurz schnüffelte der Hund daran, bevor er die Hand mit seiner kleinen rauen Zunge durchs Gitter abschleckte.

»Hallo, Schöner, hast du Lust, mit mir nach Hause zu

kommen?«, fragte sie. Als wenn er sie verstanden hätte, zog er die Ohren in die Höhe und gab ein leises Geräusch zwischen Winseln und Heulen von sich.

»Dieser ist der Richtige«, sagte Greta zur Tierpflegerin.

Als sie die Formalitäten erledigt hatte und den kleinen Hund auf den Arm nahm, durchströmte sie eine wohlige Wärme. *Alles wird gut,* dachte sie das erste Mal seit Adelas Tod.

Sie setzte ihn in einen Karton, den sie auf die Rückbank ihres Wagens stellte. Das Tierheim konnte ihr das Halsband nicht verkaufen, also band Greta ihm kurzerhand ihr Halstuch locker um. »Wir machen noch einen Zwischenstopp in Kirchheim, um alles Nötige für dich zu kaufen. Einverstanden?«, sagte sie zu ihm.

Der Welpe legte als Antwort den Kopf schief, genau wie es Jolie auch immer mal wieder getan hatte, wenn sich Greta mit ihr unterhalten hatte.

Vor dem Edeka hielt sie an. »Du wartest hier auf mich, bin gleich wieder da.«

Greta betrat den Laden. Detlef stand an der Kasse.

»Hallo. Ich brauche eine Hundeleine und Futter für Welpen.«

Er sah sie erstaunt an. »Wir sind keine Tierhandlung, Greta. Ich hab zwar Futter da, aber für ein Halsband wirst du wohl nach Bad Dürkheim müssen. Habt ihr jetzt wieder einen Hund?«

Greta nickte. »Für die Kinder. Na ja, und ein bisschen auch für Bruno und mich. Vielleicht lenkt er uns von unserer Trauer um Adela ab. Sie fehlt uns so sehr.«

»Sie war eine beeindruckende Frau. Ach, warte mal, vielleicht hilft dir das?« Er lief zu einem Regal, wo sein Vater die Baby- und Kinderabteilung eingerichtet hatte. Detlef griff nach einem Spielzeughund, der in einer durchsichtigen Plastikverpackung steckte. »Bingo. Da ist ein Halsband und eine Hundeleine mit dabei.« Er reichte Greta die Schachtel.

»Das ist großartig, Detlef.« Greta las: »›Batteriebetrieben‹. Dann gib mir doch gleich noch die passenden Batterien dafür.«

Gemeinsam holten sie noch das Futter und liefen zur Kasse.

»Und wie geht es dir, Detlef?«, wollte Greta wissen.

Detlef zuckte mit den Schultern. »Wie soll es mir schon gehen? Alles unverändert. Ich schmeiße hier den Laden, und Renate, na ja, wir sind halt immer noch zu zweit. Wird wohl auch so bleiben. Ich habe mich damals für Renate entschieden. Und ich liebe sie immer noch.«

»Ach, Detlef. Ich weiß gar nicht, was ich dir da raten kann.«

»Mein Vater hat sich ja immer Enkelkinder gewünscht. Also eigene. Doch neulich sagte er, dass er ja der Großvater von fast jedem Kind sei, das in Kirchheim herumschwirrt. Er verwöhnt ja nicht nur deine Brut. Den kleinen Flori von Dagmar und Johann hat er besonders ins Herz geschlossen. Du müsstest ihn mal sehen, wenn der ihm auf seiner Geige vorspielt. Das klingt zwar noch sehr schräg und tut in den Ohren weh. Aber mein Vater hat beschlossen, dass Flori wohl so ein Stargeiger wie Helmut Zacharias wird.« Er sah sie freundlich an.

Greta nahm den Hund aus der Kiste vom Rücksitz und legte ihm die Spielzeugleine an. Sie nahm ihn auf den Arm und ging hinüber zu Adelas Grab. Erst gestern Nachmittag war der Stein gesetzt worden. In Adelas kleinem Schreibtisch hatte Greta einen Brief gefunden, in dem sie alles für den Fall ihres Todes aufgelistet hatte.

Greta gefiel der schlichte, edle Marmorstein mit der geraden Schrift. »Eine gute Wahl«, murmelte sie leise und fuhr Adelas Namen mit dem Finger nach, so wie sie es auch bei ihrer Mutter immer tat. Sie blickte auf die Jahreszahlen, die unter dem Namen standen. *1898–1990*.

Ein reiches Leben, würde Adela jetzt sagen, dachte Greta. »Du warst die beste Großmutter, die ich mir wünschen konnte.« Sie wischte sich eine Träne weg und schluckte. Wie um Adela den Hund zu zeigen, streckte sie ihn mit beiden Händen vor. »Und schau, wen ich mitgebracht habe.« Greta glaubte, Adelas Stimme zu hören: »Das hast du gut gemacht, Liebes. Ich mag den kleinen Kerl.«

»Komm, wir gehen«, wandte sich Greta an den Welpen, der brav die ganze Zeit auf ihrem Arm ausgeharrt und ihr nur hin und wieder mit seiner rauen Zunge über die Hand geschleckt hatte. »Ich habe das Gefühl, dass ich viel zu oft hier auf dem Friedhof bin.« Sie vergrub für einen kurzen Moment ihren Kopf in seinem weichen, warmen Fell. Greta hoffte, dass der Kleine diese Wärme auch auf Gut Freudberg verströmen würde.

Die Kinder waren begeistert, als Greta mit dem kleinen Hund nach Hause kam. Noch mehr freute sich aber Bruno, der das erste Mal seit Langem nicht gleich wieder in seinem Weinkeller verschwand, sondern stundenlang mit den Kindern über einen Namen für den Hund beratschlagte. Jule schlug »Ohrpuschel« vor, was ihre Geschwister aber einstimmig ablehnten. Caro war der Meinung, dass man ihn nach Snoopy benennen sollte, konnte sich jedoch damit auch nicht bei ihren älteren Geschwistern durchsetzen.

Bis Mel schließlich »Schöner« vorschlug und Leo sogleich meinte, dann müsse er »Beau« heißen, dann würden sie auch mit »Jolie« in der Tradition bleiben – seit er in die achte Klasse ging, hatte Leo Französisch.

»So soll er dann heißen«, sagte Bruno und strich Beau übers Fell.

Greta brachte die Kinder zu Bett. Wie jeden Abend bestanden Jule und Caro darauf, dass ihre Mutter ihnen etwas vorlas. Mel und vor allem Leo hingegen fanden, dass Vorlesen was für Babys sei – sie lasen selbst. *So ist das mit den Kindern,* dachte Greta. *Sie werden größer, selbstständiger, und anstatt dass ich mich darüber freue, bedauere ich es.*

Greta zog leise Caros Zimmertür ins Schloss. Sie sah über das Treppengeländer hinunter zu ihrem neuen Familienmitglied. Beau schlief zusammengerollt auf Jolies ehemaligem Hundekissen, das die Kinder vom Dachboden geholt hatten. Den ganzen Nachmittag hatten sie den Welpen nicht aus den Augen gelassen. Jeder hatte ihn halten, ihn streicheln und mit ihm spielen wollen, bis Beau sich schließlich erschöpft auf dem Kissen zusammengerollt hatte. Es schien, dass der neue Winzerhund ihnen bereits an seinem ersten Tag auf Gut Freudberg etwas Zuversicht und Lebensfreude wiedergegeben hatte.

In Leos Zimmer schien noch Licht. Greta sah auf die Uhr. Es wurde Zeit, dass auch ihr Ältester zur Ruhe kam und schlief. Morgen würde er im Weinberg beim Entblättern helfen. Greta wollte gerade das Zimmer betreten, doch als sie von drinnen Mels Stimme hörte, blieb sie vor der Tür stehen.

»Das ist voll so was von unfair«, beklagte sich Mel gerade. »Du darfst alles, und ich darf nichts!«

»Ich bin eben älter als du.«

»Ich will aber morgen auch mit in den Weinberg.«

»Das ist echt noch zu anstrengend. Ich habe auch jedes Mal Muskelkater in den Fingern, wenn ich das mache.«

»Und warum machst du es dann?«

»Weil ich was lernen will. Wir müssen alles können, wenn wir das Weingut mal übernehmen. Du kannst doch Papa im Weinkeller helfen, oder du hängst dich an Jockel dran.« Es entstand eine Pause. Greta schmunzelte, als sie sich Leos Gesichtsausdruck in Erinnerung rief, wenn er über neue Argumente grübelte.

»Im Moment ist es doch so: Ich habe die Hände, die wir brauchen, und du hast die Ohren. Hast du selbst gesagt.«

Mel quiekte auf. Anscheinend hatte Leo sie am Ohr gezogen. »Nicht, das tut weh.«

»Wenn wir mal so gut werden wollen wie Mama und Papa, dann müssen wir schon jetzt anfangen zu lernen.«

»Wir machen das also zusammen?«, fragte Mel etwas versöhnlicher gestimmt. »Auf Ehre?«, setzte sie nach – anscheinend hatte Leo nur genickt.

»Auf Ehre. Geschworen. Versprochen und nicht gebrochen.«

Sie freute sich, dass Leo und Mel so entschlossen waren, die Winzertradition fortzusetzen. Aber auf der anderen Seite wollte sie keinesfalls, dass die beiden sich dadurch andere Chancen versagten, ihre Talente ignorierten, die sich im Laufe der Zeit noch entfalten könnten.

Greta betrat das Zimmer. »So ihr zwei, jetzt wird aber geschlafen. Denn müde kann man kein Weingut führen. Wenn ihr es dann, wenn ihr alt genug seid, überhaupt noch wollt.«

»Wieso sollten wir das denn nicht wollen?«, empörte sich Leo.

»Weil das Leben manchmal Pläne ändert«, gab Greta zurück.

Leo tippte auf das Buch, das zwischen ihm und Mel lag, *Die Weine von Gala*. »Winzer zu sein, ist eine Bestimmung, schreibt Dalí.« Er machte Brunos typischen horizontalen Karateschlag, um seine Aussage zu unterstreichen.

»Hier wird nichts geändert. Das ist schon alles entschieden«, bestätigte Mel energisch.

22. KAPITEL

Kirchheim,
August 1990

Greta stand am großen Fenster ihres Arbeitszimmers und blickte in den Himmel. Noch heute früh hatte sie gehofft, dass sich die Sonne durchkämpfen würde. Stattdessen war die Wolkendecke dicht geschlossen geblieben. Bleiern und bedrohlich lag sie über den Weinbergen. Und nun erklang auch noch ein merkwürdiges Geräusch. Greta horchte auf. War das schon ein Donnergrollen? Nein, eher ein *tock, tock, tock* – und es kam nicht von draußen, sondern aus dem Flur.

Sie ging zur Tür und spähte in die geräumige Diele: Die fünfjährige Jule rutschte, auf dem Bauch liegend, die Arme ausgestreckt, tollkühn die Treppenstufen herunter. Im letzten Jahr hatte Greta die Treppe mit einem neuen Teppichboden belegen lassen, einem hellgrauen Velour, der das Laufen angenehm machte – und offenbar das Rutschen auch. Denn seitdem war das Jules neue Fortbewegungsart.

Tock, tock, tock, machte es, als ihre Jüngste in einem Affenzahn nach unten schoss. Unten angekommen, rappelte sie sich rasch auf und begann zu singen. »Mir fehlen vorn zwei Zähne, sieht ziemlich komisch aus …«

»… und manchmal kommt beim Sprechen die Spucke gleich mit raus«, vollendete Greta den Reim. Sie war leise in den Flur gekommen und stand nun direkt hinter ihrer

Tochter. Sie mochte Jules aktuelles Lieblingslied, das sie neulich zusammen in der ›Sendung mit der Maus‹ gehört hatten.

Jule, die gerade dabei war, auf einem Bein in die Küche zu hüpfen, wirbelte schuldbewusst herum. Sie wusste sehr wohl, dass sie die Treppe nicht runterrutschen sollte, wie Greta ihr wiederholt erklärt hatte.

»Wenn du weiter so rumpolterst, fehlen dir morgen vielleicht schon vier Zähne«, sagte Greta streng. »Dann bist du nächste Woche, wenn du eingeschult wirst, eine zahnlose Minka.« Greta wusste, dass Jule es kaum erwarten konnte, in die Schule zu kommen. Immer wieder bat sie ihre älteren Geschwister, ihr Lesen und Schreiben doch schon jetzt beizubringen.

Jule lächelte ihre Mutter mit schief gelegtem Kopf an, wobei ihr die wilden blonden Locken über die linke Schulter fielen. »Ich musste mich doch beeilen. Beau braucht was zu trinken.«

Greta hätte am liebsten laut aufgelacht, doch sie zwang sich, in der mahnenden Mutterrolle zu bleiben. Jule war ein Wildfang und kaum zu bändigen. Sie war das furchtloseste ihrer vier Kinder, deshalb sorgte sich Greta vielleicht auch am meisten um sie. Sie selbst, Bruno, Leo, Mel und Caro waren immer da, um sie zu trösten, wenn eine ihrer wagemutigen Unternehmungen schiefging. Aber wer würde später für sie da sein?

»Sag nicht, der Hund liegt in deinem Bett und du spielst, dass er dein Baby ist. Hast du ihm etwa wieder das rote Puppenkleid angezogen?«

Jule schüttelte so vehement den Kopf, dass Greta wusste, dass sie ins Schwarze getroffen hatte. Doch bevor sie Jule zurechtweisen konnte, ertönte von draußen ein lautes Donnergrollen. Greta trat ans Fenster neben der Eingangstür und sah, wie ein greller Blitz über den Himmel zischte. Sie griff nach ihrer Regenjacke und schlüpfte in ihre Gummistiefel.

»Du bleibst im Haus. Geh hoch zu Mel oder Caro, wenn du Angst bekommst. Das wird gleich richtig laut werden«, wies sie Jule an.

Die Kleine presste ihre Nase an die Fensterscheibe. »Ich habe doch keine Angst.« Dann drehte sie sich abrupt um. »Aber Beau vielleicht. Ich muss zu ihm.« Sie flitzte die Treppe hoch in ihr Zimmer.

Greta eilte über den Hof. Schon fielen die ersten schweren Tropfen. Kaum dass sie auf die Erde trafen, folgten daumennagelgroße Hagelkörner.

»Verdammt«, fluchte Greta und wischte sich den Regen aus dem Gesicht. Bruno und Alfons kamen mit zwei Erntehelfern aus der Halle gestürzt und liefen zu den Holzfässern, die sie erst am Morgen ausgeschwefelt hatten, um sie in die Halle zu rollen.

»Beeilung, schnell, schnell!«, rief Alfons den beiden zu, während er und Bruno sich an einem zweiten Holzfass zu schaffen machten.

Greta lief zur Halle und ließ den Gabelstapler an. Normalerweise war dies Jockels Aufgabe, aber der war heute mit dem Vollernter unterwegs. Sie fuhr zu den Fässern, um sie vor dem Regen in Sicherheit zu bringen. Ein Fass nach dem anderen transportierte sie in die Halle, wo die Männer sie an den richtigen Platz rückten.

Schließlich machte Greta den Motor aus und stieg vom Gabelstapler. Sie stellte sich neben Bruno an das geöffnete Hallentor und beobachtete, wie die Hagelkörner über den gepflasterten Hof tanzten und sich allmählich in eine dünne eisige Schicht verwandelten.

Im Frühjahr hatte Greta sich um weitere Arbeiter für das Gut bemüht. Die österreichischen Helfer waren ausgeblieben. Doch seit der Ostöffnung strömten polnische Arbeiter nach Deutschland. Greta hatte etwas Polnisch gelernt. Sie empfand es als Gebot der Höflichkeit, die Menschen in ihrer eigenen Sprache zu begrüßen. Als die beiden polnischen Helfer nun an ihr vorbeiliefen, rief Greta ihnen zu: »Jakub, Piotr. Dzięki. Dobra robota.«

Piotr, der Ältere der beiden, blieb kurz stehen. Er strich sich das Wasser aus dem Gesicht, und als er lächelte, strahlten seine Augen.

»Schnell, schnell«, sagte er.

Greta streckte den Daumen hoch. Sie wandte sich an Bruno. »Das halten die Trauben nicht aus«, meinte sie bedrückt. In dieser Phase des Wachstums war Hagel verhängnisvoll. Er zerstörte die Traubenhaut, machte sie durchlässig für Bakterien und Pilze, die die Frucht zerstörten. Makellose Trauben waren in einem Jahr mit Hagel eine Seltenheit, die Handlese wurde dadurch extrem mühsam und zeitaufwendig.

Schweigend standen sie nebeneinander und beobachteten den prasselnden Hagel, der nicht nachlassen wollte. Bruno zog an seiner Pfeife und stieß den Rauch aus. »Wir können an dem Wetter nichts ändern.«

Greta ärgerte sich über seine lapidare Antwort. Wieso fiel es Bruno so schwer, tröstende Worte zu finden?

»Der Keller ist voll, die Bestände sind gut. Wir werden es schaffen«, versuchte er jetzt doch, sie zu beruhigen.

So schnell, wie der Platzhagel gekommen war, so plötzlich hörte er auch wieder auf. Es nieselte nur noch leicht, die Wolkendecke öffnete sich und gab die Sonne frei. Ein Regenbogen spann sich über den Himmel.

Greta zog sich die Kapuze über den Kopf. »Ich sehe mal nach dem Chardonnay.« Ohne Brunos Antwort abzuwarten, lief sie in den Garten, um von dort aus auf den hinteren Weinberg zu sehen.

»Warten Sie, Chefin, ich komme mit.« Alfons eilte hinter ihr her. »Das sehen Sie sich mal besser nicht allein an«, fügte er hinzu.

Sie schritten gemeinsam den unteren Weinberg ab, wo sie in den vergangenen Jahren den Müller-Thurgau durch Chardonnay ersetzt hatten. Der Hagel lag zwischen den Reihen – aus der Ferne sah es aus, als hätte sich eine Schneeschicht über die Weinberge gelegt. Greta beugte sich vor, um die kleinen Trauben genau zu betrachten. Der Hagel hatte die Ostseite der Reben schwer getroffen, hatte die Früchte beschädigt und zum Teil sogar heruntergerissen. Eine solche Zerstörung hatte Greta noch nie gesehen. Sie schätzte, dass sie hier fast die Hälfte weniger Ertrag haben würden.

Schweigend liefen sie und Alfons zurück zum Gut.

»Kommst du mit?«, fragte Greta. »Ich fahre die anderen Weinberge mit dem Wagen ab.«

Beim Kerner- und dem unteren Riesling-Weinberg sah es nicht anders aus. Nur beim nördlichen Weinberg, wo elf Hektar Riesling wuchsen, hatte das Unwetter nicht ganz so schlimm gewütet. Auch der Rotberger hatte kaum Schäden davongetragen.

Greta sah, dass Alfons mit den Tränen kämpfte. »Das Wetter bestimmt unsere Arbeit. Das wird immer so sein. Regen, Hagel, Frost oder auch Trockenheit – damit müssen wir irgendwie zurechtkommen. Auf die Natur kann man nicht böse sein.«

Alfons blickte fragend zu Greta. »Was, wenn es vor der Lese noch ein zweites Mal hagelt?«

Sie ließ den Wagen an. »Wollen wir hoffen, dass das nicht geschieht.«

Greta stand bei Bruno, der im Weinkeller mit Kreide weitere Fässer markierte, die er ausschwefeln wollte, bevor der neue Wein eingefüllt wurde. Sie fragte sich, ob sie in diesem Jahr überhaupt genug Wein produzieren würden, um die Fässer zu füllen. »Ich weiß nicht, was ich machen soll, Bruno. Der Hagel hat die Trauben schwer getroffen. Der Verlust wird enorm.«

»Das war zu erwarten. Kann mich nicht erinnern, dass wir schon mal so ein Unwetter hatten.« Er zeichnete ein weiteres weißes Kreuz auf ein dunkles Holzfass.

Als sie schwieg, blickte er auf und ging zu ihr.

»Lass mich damit jetzt nicht allein.«

»Du bist nicht allein, Greta«, sagte er leise.

Aber sie wusste, dass dies nur halbherzig gemeint war. Das hatte ihr auch sein Verhalten gegenüber Jürgen Held gezeigt. Bruno ließ sie mit dem Problem der Missernte ebenso allein wie mit ihrem Streben nach dem Qualitätssiegel. Dabei hatte sie gehofft, dass sie gemeinsam der Delegation des VDP das Weingut zeigen würden, wenn sie zur Begutachtung in zwei Wochen kämen.

Kurz darauf stand Greta in ihrem Arbeitszimmer und zwirbelte sich die Telefonschnur immer wieder um den Zeigefinger. Ungeduldig lauschte sie dem Monolog der Agenturbesitzerin, die ihr die polnischen Erntehelfer vermittelt hatte. Bis diese schließlich eine Atempause einlegte und Greta rasch das Wort ergriff. »Wir müssen in diesem

Jahr mehr von Hand lesen, damit wir die Qualität halten können. Dafür brauche ich mehr Leute.«

»Ich kann mir auch keine Erntehelfer für Sie aus den Rippen schneiden, Frau Bachstern. Ich setze Sie gern auf die Warteliste und melde mich bei Ihnen, sollte ich noch jemanden akquirieren können. Aber machen Sie sich da mal nicht allzu viele Hoffnung. Sie sind spät dran mit Ihrer Anfrage.«

Greta schloss die Augen. Diese Frau war einfach unerträglich. Sie wiederholte sich stets und tat beinahe so, als hätte Greta sie gebeten, die persönliche Kammerzofe der Queen für sie abzuwerben. »Es würde uns wirklich enorm weiterhelfen, wenn Sie noch ein paar Leute finden würden. Zehn wären optimal. Und natürlich werden sie alle ordentlich untergebracht und verköstigt.«

»Zehn?« Die Stimme der Frau am anderen Ende der Leitung klang schrill, bevor sie in ein albernes, arrogantes Kichern ausbrach. »Nun gut, ich werde sehen, was ich tun kann.«

Greta beendete das Gespräch. Sie setzte sich an ihren Schreibtisch und drückte auf den *On*-Schalter ihres neuen Computers, der die halbe Tischplatte einnahm.

Dann auf in den Kampf. Immer schön mit der Zeit gehen, sprach sie sich selbst Mut zu. Denn wirklich sicher fühlte sie sich mit der Bedienung nicht. Ihr Steuerberater hatte ihr empfohlen, sich einen Computer anzuschaffen und derart von den Vorteilen geschwärmt, dass sie schließlich nach Mannheim gefahren war. In dem Fachgeschäft wurde diese neue Technologie nicht nur verkauft, sondern auch erklärt. Der Verkäufer war wohlwollend und zugleich unerträglich arrogant gewesen und hatte gemeint, dass der Atari so leicht zu bedienen sei, dass ihr Mann das wahrscheinlich rein intuitiv könnte.

»Der Computer ist für mich«, hatte Greta ungehalten erwidert und an das Gespräch mit Bruno gedacht, als es um die Anschaffung ging. Er hatte es als Firlefanz abgetan, der nichts mit Arbeit zu tun habe, sondern ein Spielzeug sei. Wie so oft hatte Greta festgestellt, dass Bruno sich Neuem gegenüber verschloss.

Sie schaltete den Monitor an und schob die biegsame Diskette ins Laufwerk. Sie würde ihre Jahreskalkulation angleichen, um zu sehen, wo sie am Ende des Jahres stand oder ob sich eine finanzielle Lücke auftun würde.

Kaum begann Greta konzentriert zu arbeiten, klappte die Haustür. Sie horchte auf.

»Du hattest selber eins. Das sag ich Mama.« Es war unüberhörbar Jules helle Stimme. Schon stand ihre Jüngste, ein Eis in der Hand, vor ihr. »Mama, die anderen ärgern mich. Alle haben sie ihr Schblitt schon aufgegessen, und jetzt wollen sie meins, weil ich noch was habe.« Das Eis tropfte über Jules Hand auf den Boden.

Greta stand auf. »Schnell, schlecken, schlecken, du tropfst, Julchen.«

Beau kam angelaufen und schlabberte sofort die kleine Eislache auf.

Jule schob sich den Eisstil in den Mund, nicht aber ohne sich zuvor auf die Bluse zu kleckern. »Das ist sooo kalt.«

Caro, die nun ebenfalls im Arbeitszimmer stand, zeigte mit ausgestrecktem Finger auf Jules Brust. »Du hast eine Sonne auf der Brust«, sagte sie kichernd.

Das Mädchen sah in jedem Fleck, in jeder Wolke einen Gegenstand, ein Tier, ein Gesicht oder gar eine Person. Erst vor ein paar Tagen, als Greta mit ihr Pfannkuchen gemacht hatte, zum Trost, weil Jule eines ihrer Bilder übermalt hatte, und der Teig in der Pfanne zerlief, hatte Caro mit zwei

Kochlöffeln den Teig darin so hin- und hergezogen, dass Tiere entstanden. Auch in Kunst bekam sie immer gute Noten. Vielleicht sollte Greta sie bei einem Kunstkurs anmelden? Doch sie musste sich eingestehen, dass sie Caro kaum regelmäßig nach Bad Dürkheim oder sonst wohin fahren könnte. Schon jetzt war ein Tag kaum lang genug, um allem gerecht zu werden. Ihr Blick fiel auf ein Päckchen, das neben dem Computer lag. »Schau mal, Caro, für dich. Das kam vorhin mit der Post.«

Caro las den Absender. »Oh, von Onkel Matse aus Amerika!«

Die Geschwister scharten sich neugierig um sie.

»Nun mach schon auf. Ich will sehen, was drin ist«, forderte Mel sie ungeduldig auf.

»Wahrscheinlich ein Geburtstagsgeschenk«, mutmaßte Greta. Matse hatte in all den Jahren keinen Geburtstag ihrer Kinder vergessen, aber Greta wusste, dass ihm die fantasievolle, künstlerisch interessierte Caro am meisten am Herzen lag. Wenn er sie alle auf Gut Freudberg besuchte, dauerte es nie sehr lang, bis die beiden, über einen Block gebeugt, Fantasie-Kleider entwarfen.

»Der war doch schon«, meinte Mel spitzfindig.

»Aus Amerika kann die Post manchmal länger dauern«, kommentierte Greta.

Caro schnappte sich die Schere vom Schreibtisch und zerschnitt Band und Papier. Zum Vorschein kamen Wachsmalstifte. »*Crayola Crayons. Fluorescent*«, las sie von der Packung ab. Sie sah fragend zu Greta. »Was ist das, Mama?«

»Das bedeutet, dass die Farben im Dunkeln leuchten.«

»Aber ich kann doch nicht bis heute Abend warten. Und wenn ich ins Bett muss, ist es immer noch so hell«, jammerte Caro.

Leo schaltete sich ein. »Quatsch. Du musst dir eben einen dunklen Platz suchen. Kommt mit, ich habe eine Idee ...«

Schon stoben Leo, Mel und Caro aus dem Arbeitszimmer. Nur Jule stand mit zusammengekniffenen Lippen noch unschlüssig da.

»Und was ist mit dir?«

»Immer nur malen. Das ist so langweilig«, maulte sie.

»Nun, ich würde mir an deiner Stelle den Ort nicht entgehen lassen, den Leo kennt. Vielleicht findest du da ja einen Spunk?«

Zurzeit las Greta Jule abends eine Geschichte aus *Pippi in Taka-Tuka-Land* vor. Doch seit drei Abenden kamen sie nicht voran, denn Greta musste ihr immer wieder das dritte Kapitel vorlesen, in dem Pippi einen Spunk fand.

Die Aussicht, einen echten Spunk aufzuspüren, schien Jule zu überzeugen. Sie rannte aus dem Zimmer. »Hey, wartet auf mich ...«

Greta setzte sich wieder hinter ihren Schreibtisch und sah auf ihre Zahlenkolonne. Erneut korrigierte sie, bis ihre Eingaben nicht mehr auf dem Monitor erschienen. Noch einmal drückte sie eine Taste. Und erschrak. Am seitlichen Rand erschienen kleine Bomben, die nach unten fielen. Hektisch blätterte sie in dem Anleitungsheft. Was um alles in der Welt bedeuteten diese Bomben? Sie stützte ihr Kinn in die Hand und begann zu lesen.

Als sie den Abschnitt beendet hatte, lehnte sie sich seufzend in ihrem Stuhl zurück. Der Computer war abgestürzt. Jetzt konnte sie noch einmal von vorn beginnen.

Zwei Stunden später bummerte es an der Eingangstür. Noch immer hatte Greta den schweren Türklopfer nicht durch eine Klingel ersetzen lassen. Der Gedanke, dass jeder

Besucher, der um Einlass bat, ein winziges Zeichen in dem Messingknopf hinterließ, gefiel ihr. Sie öffnete.

Es war Elfriede, neben ihr Jule, die sich schnell an ihrer Mutter vorbei ins Haus drückte und nach oben flitzte.

»Hallo, Elfriede«, sagte Greta erstaunt. Höchst selten kam ihre Ziehmutter zum Gut. »Ist alles in Ordnung?«

Elfriede wiegte den Kopf hin und her. »Wie man's nimmt. Ich bringe dir dein Julchen und hier …«, sie klopfte mit der einen Hand auf einen Geigenkasten, den sie unter dem Arm trug, »… die Geige zurück.«

Greta verstand nicht, was Elfriede meinte. »Komm doch erst mal rein. Magst du einen Kaffee?«

Elfriede nickte, und Greta ging voraus in die Küche. Sie stellte die Kaffeemaschine an und nahm zwei Becher aus dem Schrank. Elfriede setzte sich auf einen Küchenstuhl, legte den Geigenkasten auf den Tisch und zog einen Zettel aus ihrer Kittelschürze. Sie reichte ihn Greta.

»*VÜR VLORI*«, las Greta die ungelenke Kinderschrift in Großbuchstaben. Sie schaute auf. »Was bedeutet das? Ist damit euer Florian gemeint?« Johanns Sohn, der inzwischen neun Jahre alt war, ging wie Caro in die Grundschule in Grünstadt.

Elfriede lächelte. »Ich kam gerade aus dem Gemüsegarten, als Jule den Geigenkasten auf den Treppenstufen ablegte und den Zettel darunterschob. In diesem Moment trat Johann aus dem Haus. Er hat sie gleich zurechtgewiesen. Dass er auch immer so harsch sein muss …« Sie schüttelte den Kopf.

Noch immer konnte sich Greta keinen Reim darauf machen. »Ich verstehe nicht, was Jule bei euch wollte. Davon mal abgesehen, dass sie eigentlich nicht allein über die Straße gehen soll.« Sie schob den Zettel mit *VÜR VLORI* auf dem Tisch hin und her. Keine Frage, es war Jules Schrift.

»Sie war schon öfter bei uns drüben. Ich glaube, sie mag Flori gern. Erst vor ein paar Tagen haben sie unten an der Auffahrt seinen Namen mit Kreide gemalt. Jeden Buchstaben in einer anderen Farbe. Das V in Rot.« Elfriede schmunzelte.

»Ach tatsächlich?« Greta nahm sich vor, ein ernstes Wort mit ihrer Tochter zu reden. Sie hatte nichts dagegen, wenn Jule mit Florian Hellert spielte. Aber sie war einfach noch zu klein, um allein in der Nachbarschaft herumzustromern. »Und woher hat sie denn nun um Himmels willen diese Geige?«

»Das wollte ich auch von ihr wissen, aber sie hat es mir nicht verraten.« Elfriede öffnete den Kasten und nahm das Instrument heraus. »Ich habe es mir ganz genau angeschaut. Mit einer Taschenlampe. Und schau, was ich gefunden habe.« Elfriede zeigte mit dem Finger auf eines der Klanglöcher und hielt die Geige so, dass ein Sonnenstrahl ins Innere fiel. »Da ist ein Name eingraviert.« Sie ließ die Geige sinken. »*Nathan Singer.*«

Greta nickte. »Das machen Geigenbauer manchmal, oder?« Sie glaubte, so etwas über Stradivari gelesen zu haben.

Elfriede flüsterte etwas, aber so leise, dass Greta es nicht verstand. »Wie bitte?«, fragte sie.

»Nathan Singer. So hieß mein Vater. Er stammte aus einer jüdischen Geigenbauer-Familie, spielte das Instrument wohl auch sehr gut, hat mir damals meine Mutter erzählt. Ich glaube, diese Geige hat ihm gehört.«

»Was ist denn mit deinem Vater passiert?« Greta konnte sich nicht daran erinnern, dass Elfriede jemals von ihrem Vater gesprochen hatte.

»Seine Familie hat ihn damals von Pirmasens nach Frankreich geschickt. Da war er sicherer vor den Nazis. Außerdem wollten seine Eltern auf keinen Fall, dass er meine Mutter heiratete. Sie war ja keine Jüdin. Aber was dann aus ihm geworden ist? Ich weiß es nicht. Meine Mutter hat während des Krieges anfangs nur ein paar Postkarten von ihm bekommen. Dann war Schluss.« Sie schwieg.

Greta wusste nur wenig über Elfriedes Vergangenheit. Ihre Ziehmutter hatte immer so getan, als ob ihr Leben erst mit ihrer Hochzeit mit Harald Hellert begonnen hatte. Sie stand auf und rief in den Flur: »Juliane Irene Bachstern! Du kommst sofort in die Küche!« Dann drehte sie sich zu Elfriede und zwinkerte ihr zu. »Wir werden gleich wissen, woher sie die hat.«

Schon erklang *tock, tock, tock,* das verräterische Fortbewegungsgeräusch, als Jule auf dem Bauch die Treppe hinunterrutschte. Als sie in die Küche kam, sah sie Greta aus großen blauen Augen unschuldig an. »Was ist denn?«

»Komm mal her, mein Schatz.« Greta zog Jule zu sich auf den Schoß. »Du wolltest ja Florian diese Geige schenken.«

Jule nickte. »Er spielt doch so gern. Und diese hier ist viel schöner als die, die er jetzt hat.«

»Woher hast du sie, Jule?«

»Gefunden.«

Greta sah ihre Tochter ernst an. »Man findet doch nicht einfach so eine Geige, Jule. Du kannst mir ruhig erzählen, woher du sie hast. Ich werde auch nicht schimpfen.«

»Aber ich habe sie gefunden! Ganz ehrlich, Mama!«

»Und wo hast du sie gefunden?«

Jule sprang vom Schoß ihrer Mutter, griff nach ihrer Hand und zog sie mit. »Ich zeige es dir.«

Oben in der Diele blieb sie stehen und zeigte zum Einstieg zum Dachboden. »Wir sind alle nach oben gegangen, weil wir sehen wollten, ob Caros Stifte wirklich fluo…, fluo… leuchten.«

Greta öffnete mit einem Stab die Bodenluke, die zum Dachboden führte, und stieg die Stufen hinauf.

Jule und Elfriede folgten ihr.

»Dort lag der Geigenkasten«, sagte Jule und lief zur hintersten Ecke. »Aber bei uns spielt niemand Geige. Das fiept auch immer so. Aber bei Flori eben nicht. Der kann das. Und deshalb dachte ich, ich schenke sie ihm. Und dass er sich freut …«, fügte sie mit zitternder Stimme hinzu.

Greta strich ihrer Tochter übers Haar. Sie hatte nicht gewusst, wie sehr Jule den Nachbarssohn mochte, mit dessen Vater sie selbst so schlechte Erinnerungen verband. »Du hast alles richtig gemacht. Komm, lass uns nun wieder runtergehen.«

Greta war ein einziges Mal hier oben gewesen, kurz nachdem sie auf Gut Freudberg eingezogen war. Nun ließ sie ihren Blick genauer über den großen, dunklen Raum schweifen, der nur vom Licht, das durch eine verschmutzte Dachluke drang, erhellt wurde. Was war das für eine alte grüne Militärtruhe dort in der Ecke?

Als sie darauf zulief, meinte Jule: »Die olle Kiste hat Leo nicht aufgekriegt.«

Keinesfalls wollte Greta, dass Jule dabei war, wenn sie hineinsah. »Lauf mal bitte in die Küche und hol den Schraubenzieher aus der Küchenschublade. Aber halt dich fest, wenn du die steile Treppe hinuntersteigst.«

Jule gehorchte. Greta zog die staubige Militärtruhe unter die Dachluke, um besser sehen zu können. Elfriede half ihr dabei.

»Ich habe in all den Jahren nicht genauer nachgesehen, was hier noch ist. Das habe ich immer wieder aufgeschoben«, sagte Greta etwas atemlos. Die Kiste war schwer. Sie fragte sich, wem sie einst gehört hatte.

»Kann ich gut verstehen«, bemerkte Elfriede.

»Mama!«, rief Jule vom Einstiegsloch. »Hier, der Schraubenzieher.«

Eine kleine Hand warf das Werkzeug auf den Boden. »Leo hat gesagt, dass ich ihm und Mel und Caro helfen soll. Wir streichen die Hundehütte von Jolie für Beau.«

Greta stand auf und holte den Schraubenzieher. »Zieht euch dazu alte Sachen an, sag das deinen Geschwistern.«

»Ja-ha.« Jule war schon wieder die Stiege heruntergeklettert.

»Lass sie uns aufmachen«, sagte Greta und begann, die Schrauben des Schlosses zu lösen.

Als sie gemeinsam den Deckel aufklappten, fanden sie in der Truhe zwei Uniformen aus dem Zweiten Weltkrieg. Elfriede nahm eine Schirmmütze hoch. »Schau, Greta«, flüsterte sie erschrocken, »das ist das Abzeichen der Waffen-SS.« Sie zeigte auf den Totenkopf über dem Schirm.

»Die Uniformen sind nicht von Fritz Freudberg«, sagte Greta entschieden. »Er hatte mit den Nazis nichts zu schaffen. Wahrscheinlich gehörte die Mütze dem Vorbesitzer des Weinguts, Anton Bender.«

»Du hast uns damals gesagt, dass Bender ein Nazi war und die Franzosen ihn zur Rechenschaft gezogen haben«, murmelte Elfriede.

Greta dachte an jenen letzten Abend vor vielen Jahren im Haus der Hellerts. Damals hatte sie ihnen erzählt, dass Fritz Freudberg das große Weingut von den Franzosen zugesprochen bekommen hatte, weil er ihnen den Kriegsverbrecher Bender ausgeliefert hatte. Es tat gut zu wissen, dass wenigstens Elfriede ihr zugehört hatte, während Harald bis zuletzt überzeugt gewesen war, dass ihr Vater ein Verbrechen begangen habe.

Greta griff nach einem alten, schweren Notizbuch mit vergilbten Seiten. »*Operation Paris. 1942–1944*«, las sie etwas mühselig, da es in Sütterlin geschrieben war. »*Durchgeführt von SS Standartenführer Anton Bender.*«

Elfriede sah ihr über die Schulter. »Was hat das zu bedeuten?«

»Es sind alles jüdische Namen, Elfriede. Sieh nur, Rahel und David Morgenstern, Benjamin Rosenbaum, Samuel Czarny, Abraham Naphtali …« Sie schlug sich die Hand vor den Mund. »O Gott, Elfriede, ich denke, das hier ist eine Deportationsliste.« Ihr fiel etwas ein. »Adela hat mir erzählt, dass Anton Bender in Paris für die Deportation untergetauchter Juden zuständig war.«

Elfriede riss ihr die Kladde aus der Hand und fuhr die Namensliste mit dem Finger ab, blätterte um und stutzte. »*Nathan Singer, 3. Februar 1944 …*«, flüsterte sie und setzte sich auf den Boden. Greta setzte sich neben sie. »Ich habe nie über meinen Vater gesprochen. Denn ich habe ihn nie kennengelernt. Auch meine Kinder wissen nichts über ihn«, begann Elfriede.

»Du musst dich mir nicht erklären, Elfriede.«

»Ich muss einmal darüber sprechen. Und mit wem könnte ich das besser als mit dir? Ich bin unehelich geboren, musst du wissen. Genauso wie du. Als meine Mutter im Sterben lag, hat sie mir von ihrer großen Liebe erzählt: Nathan Singer. Als dessen Eltern ihn nach Paris schickten, war meine Mutter bereits schwanger.« Sie sah auf das Heft. »Offenbar wurde mein Vater von Bender in Paris verraten und deportiert … Wenn ich daran denke, dass Harald mit ihm manchmal gepichelt hat … mit diesem … Gut, dass Fritz Freudberg ihn gezwungen hat, sich seinen Verbrechen zu stellen.« Elfriede war leichenblass. »Und was mache ich mit diesem Wissen?« Sie sah Greta hilflos an.

»Möchtest du es deinen Kindern sagen? Sollten sie nicht das traurige Schicksal ihres Großvaters erfahren?«, fragte Greta einfühlsam.

»Johann wird mir immer fremder. Manchmal verstehe ich mein eigenes Kind nicht mehr. Er trägt so viel Hass in sich. Nur mit Flori geht er liebevoll um …« Elfriede wirkte unentschlossen. »Renate hat so gar kein Verständnis für irgendetwas außer sich selbst. Robert und Matse – vielleicht sage ich es ihnen. Wenn es passt.«

Greta legte einen Arm um sie. »Schon gut, Elfriede. Wenn es ein Geheimnis bleiben soll, dann ist es bei mir gut aufgehoben. Alles andere wird die Zeit ergeben.«

Elfriede nickte und rappelte sich hoch. »Es gibt vieles, über das ich nachdenken muss.«

»Möchtest du die Geige mitnehmen?«, fragte Greta.

»Sehr gern. Florian soll sie bekommen. In ihm steckt wohl wie in Robert das musikalische Gen meines Vaters.«

»Was sagst du, wenn Johann dich fragt, woher du die Geige hast? Was der Name darin bedeutet?«

Elfriede stellte sich aufrecht hin. »Dann allerdings sage ich ihm, dass diese Geige meinem Vater gehört hat«, antwortete sie entschlossen. »Kann ich die Uniform auch mitnehmen?«

»Was willst du damit?«, fragte Greta.

»Verbrennen«, antwortete Elfriede schlicht.

23. KAPITEL

Kirchheim und Mainz,
Juli 1991

Greta war allein nach Mainz gefahren. Aufgeregt lief sie den Gang im Bürogebäude des VDP auf und ab. Jürgen Held hatte sie vor ein paar Tagen angerufen und sie nach Mainz gebeten. Die Besichtigung des Weinguts mit den regionalen VDP-Winzern und Jürgen Held hatte bereits im letzten Jahr stattgefunden, ebenso die Verkostung ihres Chardonnays. Dann hatte sie lange nichts mehr gehört. Doch heute waren alle Regionalvorsitzenden in Mainz zusammengekommen und hatten sie zu einem abschließenden Gespräch eingeladen, wohl auch, um zu prüfen, ob sie in die Gruppe dieser nach Qualität strebender Winzer passte. Greta war stolz, als erste Winzerin der Pfalz es bis hierhin geschafft zu haben. Es bestätigte sie darin, dass sie den ökologischen Weinbau immer weiter ausgebaut hatte. In den letzten Jahren hatte sie den Vollernter immer mehr an andere Winzer vermietet und nur selten auf ihrem Weingut eingesetzt. Sie war zu dem Schluss gekommen, dass für ihre Weine das Lesen von Hand qualitativ besser war.

Herr Wolldorf, der Vorsitzende des Verbands, trat in den Flur. »Frau Bachstern? Wenn ich bitten darf?« Mit einer einladenden Handbewegung lud er sie ein, den Sitzungssaal zu betreten.

Zwölf Augenpaare waren auf sie gerichtet, als sie an dem großen Tisch Platz nahm.

Herr Wolldorf ergriff das Wort. »Liebe Frau Bachstern, wir wollen Sie nicht länger auf die Folter spannen, nicht wahr, meine Herren?« Er blickte in die Runde. Die elf Regionalvorsitzenden nickten bestätigend. »Nun denn, willkommen im VDP als dreiundzwanzigstes Mitglied der Pfalz beziehungsweise das hundertsechzigste im gesamten VDP!« Die Herren applaudierten.

Gretas Anspannung wich. Es fühlte sich so richtig an. Mit dieser Aufnahme hatte sie das Gefühl, dass ihre Arbeit, die Art, wie sie die Weine herstellte, anerkannt wurde. Der Weinskandal in den Achtzigern hatte den Ruf der deutschen Weine im Ausland beschädigt. Mit diesem Prädikatssiegel stachen ihre Weine hervor. Und als erste Winzerin hier aufgenommen worden zu sein, erschien ihr zudem wie ein Sieg der Frauen. Jetzt durfte ihr Chardonnay den Adlerkopf auf dem Flaschenhals tragen.

Eine Mitarbeiterin kam herein und brachte ein Tablett, darauf Sektgläser.

»Lassen Sie uns anstoßen. Dieser hier ist übrigens von meinem Weingut. Ich bin gespannt, wie er Ihnen schmeckt.« Herr Wolldorf hob sein Glas.

Im Anschluss ging es zum Abendessen in das *Weinhaus Bluhm*.

Gretas Tischnachbar war Jürgen Held. Er rückte ihr aufmerksam den Stuhl zurecht, bevor er selbst Platz nahm.

»Danke schön, Herr Held«, lächelte Greta ihn freundlich an.

Er hielt ihr die Hand hin. »Jürgen.«

»Freut mich. Greta.« Sie schüttelte seine Hand.

»Wurde Zeit, dass wir mal wieder jemanden aufnehmen. Wir haben im letzten Jahr fünfzehn Austritte gehabt. Aber du machst das alles wieder wett, Greta. Die meisten kamen mit unseren veränderten Statuten nicht klar. Alles verändert sich in diesen Tagen. Sehen wir ja an der Hauptstadt-Debatte. Gut, dass das jetzt endlich geklärt ist. Wird Zeit, dass Berlin eine Weinmesse bekommt.«

Als der erste Gang serviert wurde – Rheinzander mit grünen Bohnen –, trat der Wirt an Gretas Platz. »Frau Bachstern, nehme ich an?«

»Ja«, sagte Greta.

»Ich habe einen Anruf für Sie. Wenn Sie mir bitte folgen möchten?« Er winkte einem Kellner. »Stellen Sie bitte diese Portion warm.«

Greta folgte dem Wirt beunruhigt hinter den Tresen und nahm den Hörer auf. »Greta Bachstern.«

»Hier ist Bruno. Sie haben Leo verhaftet. Du musst zur Polizei und ihn da rausholen. Ich kann die Mädchen nicht allein lassen.«

»Um Himmels willen. Was hat er denn angestellt?«

»Das wollte man mir am Telefon nicht sagen. Er ist in Bad Dürkheim auf dem Revier, in der Weinstraße.«

»Ich fahre sofort los.«

Zwei Stunden später trat Greta mit Leo aus dem Polizeirevier. Sie gingen zum Wagen, den Greta auf der gegenüberliegenden Straßenseite geparkt hatte.

»Was hast du dir nur dabei gedacht?«

»Die können mir gar nichts. Hast doch selbst gehört, dass sie mir nichts nachweisen können und es nicht zur Anzeige kommt.«

Greta sah zu ihrem Jungen.

Groß ist er geworden, auf dem Weg zum Mann, schoss es ihr durch den Kopf. Im letzten Jahr hatte Leo einen Wachstumsschub gemacht. Dreimal war sie mit ihm nach Mannheim gefahren, um neue Jeans zu kaufen. Inzwischen überragte er Greta, war selbst größer als Bruno. Mit seinem glatten dunklen Haar und den grünen Augen sah er wie eine jüngere Ausgabe seines Vaters aus. Aber ganz anders als dieser war er ausgesprochen gesprächig, teilte der Welt auch ungefragt seine Ansichten mit und geriet mit Bruno häufig politisch aneinander. Er war ein enthusiastischer Anhänger der Grünen, auch wenn sie es bei der Bundestagswahl im letzten Jahr nicht ins Parlament geschafft hatten.

»Warst du allein?«, wollte Greta wissen.

Leo zuckte mit den Schultern. »Klar.«

»Leo«, ermahnte ihn Greta.

»Von mir erfährst du nichts. Ich bin kein Verräter!«

»Also Julian und Niko. Das reicht mir schon«, stellte sie verärgert fest. »Aber ich will wissen, wieso!«

»Ihr seid doch alle blind! Hanau ist überall!«

»Mit Schmierereien bewirkst du gegen Korruption und Atommüll gar nichts.« Greta wusste, dass sich Leos politisches Engagement gegen Atomkraft richtete. Der Prozess gegen die Atommüllspedition Transnuklear war seit Wochen eines seiner Lieblingsthemen. »Das ist Sachbeschädigung. Und strafbar! Und dumm!«, fuhr sie fort.

»Ich mach wenigstens was dagegen. Ihr habt doch schon bei Tschernobyl geschlafen und den Mund nicht aufgemacht«, begehrte Leo auf.

Sie schloss den Wagen auf. »Bist du etwa stolz darauf, dass du das Gradierwerk angesprüht hast? Los, einsteigen, Freundchen!«

»Du meinst die Backsteine, auf dem es steht«, korrigierte Leo sie. Er machte keine Anstalten einzusteigen.

Greta beugte sich über das Wagendach. »Das macht es nicht besser. Du kannst froh sein, dass sie die Sprayflaschen nicht bei dir gefunden haben.«

»War doch schlau, dass ich die Dinger weggeworfen habe.«

»Weißt du, was das bedeutet – vorbestraft zu sein?«

»Mensch, Mama. Bin ich aber nicht!«

»Ich warne dich, Leo. Wähle deine Worte!«, wies sie ihn zurecht. »Woher hattest du die Dosen überhaupt?«

»Von Caro.«

»Das wird ja immer besser. Die wirst du ihr auf jeden Fall ersetzen!«

»Ich verstehe überhaupt nicht, warum du dich so aufregst, Mama. Ist doch alles cool. Der Spruch bleibt da noch eine Weile stehen und rüttelt hoffentlich die Leute wach, die ihn lesen. Und mir ist nichts passiert.«

»Das hat Harald Naegeli auch gesagt und ist irgendwann doch im Gefängnis gelandet.«

»Du meinst den Sprayer von Zürich? Der macht doch echte Kunst. Obwohl – sowohl ihm als auch mir geht es um Protest.«

»Nun, du wirst in den nächsten vier Wochen genügend Zeit haben, darüber nachzudenken«, sagte Greta streng und stieg in den Wagen.

»Wieso?«, fragte Leo alarmiert, als er sich neben sie setzte.

»Weil du Weinberg- und Weinkellerverbot hast.«

Leo zuckte zusammen, als wäre er geschlagen worden. »Du weißt ganz genau, dass ich jeden Morgen einen Abstecher zum Spätburgunder mache. Ich brauche diesen Blick.«

Greta hatte ihn da schon oft sitzen sehen, auf einem großen Findling. Auch sie mochte diese Stelle.

»Das kannst du echt nicht bringen, Mama!«

Greta sah ihren Sohn herausfordernd. »Ich wette mit dir um eine Kiste Sprayflaschen, dass ich das kann. Was glaubst du wohl, wer gewinnt?«

24. KAPITEL

Kirchheim,
Oktober 1991

Greta sah zu der gedeckten Tafel, die Frau Schütter im Hof vorbereitet hatte, zu dem langen Tisch mit dem Blumenschmuck, den Bänken und Stühlen. Alfons hatte bereits seine Position am Grill bezogen, der Duft von Gebratenem hing in der Luft. Im letzten Jahr hatte Adelas Tod alles so überschattet, dass Greta beschlossen hatte, das traditionelle Fest ausfallen zu lassen. Dieses Jahr würden sie wieder zusammen mit den Erntehelfern das Ende der erfolgreichen Lese feiern.

Das Wetter war auf ihrer Seite gewesen – es hatte keine Stürme gegeben, die an den Weinstöcken zerrten, keinen Hagel, der auf die Trauben einschlug, genug Regen, um sie prall und saftig werden zu lassen, und schließlich genug Sonne für die perfekte Reife. Greta hoffte, damit die Verluste vom letzten Jahr auszugleichen.

Unter dem Scheunenvordach baute Leo die Musikanlage auf.

Stoisch hatte er die Strafe für seine Spray-Aktion ertragen und sich bei Greta und Bruno entschuldigt, um in den vier Wochen dröhnend laute Musik zu hören, was Bruno dazu veranlasst hatte, die Strafe zu verkürzen. Greta hatte ergeben zugestimmt. Denn auch ihr gingen die immerwährenden Hip-Hop-Beats auf die Nerven.

Der fast Sechzehnjährige hatte sich letzte Woche »großzügig«, wie er betont hatte, bereit erklärt, für Musik zu sorgen. Dabei war es überhaupt kein Opfer für ihn. Wäre er nicht entschlossen, Winzer zu werden, würde er nach New York gehen und dort als DJ arbeiten. Seine gesamte Plattensammlung und noch zwei weitere Kartons seiner beiden besten Freunde, Julian und Niko, hatte er auf den Hof geschleppt und sortierte sie gerade alphabetisch nach Interpreten. »Hast du einen besonderen Wunsch für den Eröffnungssong, Mama?«, rief er zu ihr herüber.

»Entscheide du doch, welches Lied du spielen willst«, rief sie zurück.

»Wie wäre es mit ›Jetzt geht's ab‹? Ist doch geile Mucke.« Leo grinste sie breit an.

Greta wusste, dass Die Fantastischen Vier Leos aktuelle Lieblingsband war. Sie lachte. »Ganz sicher nicht. Hip-Hop kommt bei unseren polnischen Erntehelfern eher nicht so gut an. Und Lieder, die Weizenbier besingen, kannst du gleich von deiner Liste streichen. Sonst wird dir dein Vater die Leviten lesen.«

Leo zog gespielt enttäuscht eine Schnute. »Wie wäre es denn dann damit? Weil heute doch der Tag der deutschen Einheit ist«, fragte er frech und begann »›Auferstanden aus Ruinen – und der Zukunft zugewandt …‹« zu singen.

»Du bist wirklich ein Quatschkopf, Leo«, meinte Greta.

Er lachte sein bezauberndes und argloses Jungenlachen. »Wir haben gestern unseren Lehrer ziemlich gefoppt. Als er endlich mit seinem Diavortrag über die deutsche Einheit fertig war, ist die ganze Klasse aufgestanden und hat die Nationalhymne der ehemaligen DDR gesungen.«

Geschichte wiederholt sich, dachte Greta. Vor ziemlich

genau zwanzig Jahren hatte Robert die Hymne am Hambacher Schloss für sie gesungen, und sie hatte sich damals ähnlich über ihn amüsiert wie jetzt über Leo.

Wie es Robert wohl ging? Greta hatte ihn seit seiner Antrittsvorlesung vor zwei Jahren nicht mehr gesehen, und das war auch gut so. Aber zugleich wüsste sie es doch gern …

Noch ehe sie ins Grübeln kam, drehte Leo die Lautstärke auf. »Pretty Woman« dröhnte über den Hof. Seit Roy Orbinsons Song aus den Sechzigern letztes Jahr der Titelsong des gleichnamigen Films mit Julia Roberts und Richard Gere gewesen war, hatte er ein echtes Revival erlebt. Leo kam zu ihr, griff nach ihrer Hand und verbeugte sich. »Darf ich bitten? Zeit für einen Cha-Cha-Cha.«

Er hatte im letzten Winter einen Tanzkurs besucht und ließ keine Gelegenheit aus zu tanzen.

Greta ließ sich führen. Sie selbst hatte nie eine Tanzschule besucht, dafür hatten die Hellerts kein Geld. *Mein Junge macht das ganz hervorragend,* dachte sie. *Mit wie vielen Frauen wird er wohl tanzen, sie in den Armen halten? Sie lieben und die eine treffen, mit der er sein Leben verbringt?*, fragte sie sich.

Als sie endeten, erklang Beifall. Die Erntehelfer applaudierten. Formvollendet bedankte Leo sich mit einem Diener. »Danke für diesen Tanz.«

Auch Greta verneigte sich leicht. »Sehr gerne.« Sie griff nach einem Glas Wein, das Frau Schütter ihr reichte, und erhob es. »Auf euch, eure großartige Arbeit und auf die Lese! Das Fest ist eröffnet. Na zdrowie! Prost!« Sie winkte allen Anwesenden lächelnd zu und sah Bruno. Nicht nur, dass er freiwillig den Keller verlassen hatte, erstaunte sie. Sondern auch, dass er statt seiner ausgebeulten Arbeitshose eine gut sitzende dunkelgraue Stoffhose trug und statt seines Küferhemdes ein hellblaues Shirt.

»Hast du auch ›Wind of Change‹ da?«, fragte Greta ihren Sohn.

Leo ging zu seiner Plattensammlung und sah unter S für Scorpions nach.

Greta mochte diese Rockballade, die als Hymne für die Wende Furore gemacht hatte. Der Song stand für den Fall der Mauer, für die Freiheit, für Glasnost und Perestroika. Für Veränderung. Für Frieden auf der Welt, für das Ende des Kalten Krieges, für eine Zukunft ohne Panzer.

Leo hielt triumphierend die LP in die Höhe, auf dessen Cover eine Frauenhand einen Schlüssel in der Hand hielt, um sie in ein Türschloss zu stecken. »Kommt sofort.«

Als die ersten Klänge ertönten, pfiffen einige der Polen das Thema mit, mehrere Paare standen auf, um zu tanzen. Bruno kam zu Greta, griff nach ihrer Hand und zog sie an sich. Langsam wiegten sie sich im Takt.

Sie konnte sich nicht erinnern, wann sie mit Bruno das letzte Mal getanzt hatte. Nie wusste sie, was in diesem Mann vorging. Manchmal kam es ihr vor, als ob ihre Seele in seiner Nähe auf Zehenspitzen ging. Längst hatte sie aufgehört zu zählen, wie oft das Pendel ihrer Ehe ausgeschlagen hatte. Heute fühlte sich seine vertraute Nähe richtig an.

Als das Lied endete, löste er sich von ihr. »Ich kümmere mich mal um den Wein.«

Greta blieb am Rand der improvisierten Tanzfläche stehen und ließ den Blick schweifen. Alle wirkten zufrieden, aßen, tranken und unterhielten sich, einige auf Deutsch, andere auf Polnisch, manche in einem bunten Gemisch aus beiden Sprachen. Am Tisch, auf dem Leo die Musikanlage aufgebaut hatte, begutachtete Mel gerade kritisch die Platten. Wie immer trug die Elfjährige eine Latzhose und einen abgelegten Pullover von Leo. In ihrem dunkelblonden Haar, das sie, anders als ihre beiden Schwestern, jungenhaft kurz trug, hingen kleine Blätter und Ästchen aus dem Weinberg. Manchmal beschlich Greta der Verdacht, dass der jeweilige Ort, an dem ihre Töchter gezeugt worden waren, ihren Charakter und ihre Vorlieben geprägt hatte.

Mel hatte dieses Jahr ihren Willen durchgesetzt, dass sie zumindest am Nachmittag im Weinberg bei der Lese helfen durfte, so wie Leo. Auch wenn Greta nach wie vor der Meinung war, dass sie dafür zu jung war, hatte Mel es geschafft, sich bei Bruno die Erlaubnis abzuschmeicheln.

Greta nahm sich ein Glas Riesling und ging zu Mel. »Möchtest du dir nicht etwas Schönes zum Fest anziehen?«, fragte sie und zog ihr vorsichtig die Blätter aus dem glatten Haar.

Mel verzog das Gesicht. »Nö. Muss ich denn?«, fragte sie.

Im Gegensatz zu Caro und Jule, die die Kleiderfrage für das Fest bereits am Frühstückstisch ausgiebig diskutiert hatten, machte sich Mel nichts aus Kleidung. Greta musste sie jedes Mal erpressen, wenn sie neue Sachen brauchte, und meistens kamen sie vom gemeinsamen Einkauf nur mit einer neuen Latzhose zurück.

»Nein, musst du nicht«, gab Greta zurück.

»Aber die Haare kannst du dir mal kämmen«, schaltete sich Leo ein, der die nächste Platte aus der Hülle nahm – »I promised myself« von Nick Kamen.

»Hä, wieso das denn? Das habe ich heute Morgen erst gemacht«, rebellierte Mel sofort.

Leo schubste sie sanft in Richtung Haus. »Mensch, Mel, kapier's endlich. Als Jungwinzerin kannst du nicht so schludrig rumlaufen. Wir repräsentieren hier schließlich unser Weingut. Los, kämm dich. Und vor allem bürste dir die Fingernägel.«

»Na gut.« Mel zog schmollend ab.

Greta sah ihr lächelnd nach. Es stimmte sie stolz, dass ihre beiden Ältesten das Weingut genauso liebten wie sie selbst. Sie durchstöberte die Kartons mit den Platten und zog das rote Album der Beatles hervor. Das stammte wohl eher aus der Plattensammlung eines der Elternteile der Freunde, die Leo ihre Sammlungen gegeben hatten. »Legst du bitte ›A Hard Day's Night‹ auf?«, fragte sie Leo und reichte ihm das Album. Der Song, der die Mühen schwerer Arbeit thematisierte, schien ihr genau richtig für das heutige Weinfest.

Leo verzog das Gesicht. »Du immer mit diesen alten Beatles-Kamellen. Soll ich nicht lieber Billy Joel auflegen? ›We didn't start the fire‹? Das ist doch mal ein echt cooler Song.«

»Alles, aber nicht Billy Joel«, sagte Greta leise. Billy Joel bedeutete für sie Robert, der mit dem Musiker vor Jahren getourt war. An ihn wollte sie heute nicht denken.

Gegen neun Uhr zogen sich die Erntehelfer in ihre Unterkunft zurück. Sie wollten morgen früh zurück nach Hause fahren. Auch die Landfrauen und Helfer aus dem Ort waren gegangen, nachdem Greta ihnen allen noch ein kleines Dankeschön-Päckchen überreicht hatte, gefüllt mit Wein und Saumagen. Jockel hatte irgendwann Leo am Plattenspieler abgelöst. Dem Jungen waren die Augen schon fast im Stehen zugefallen. Er hatte jeden Tag bei der Lese geholfen, die körperliche Arbeit war auch für ihn anstrengend gewesen. Mit seinen kleinen Schwestern im Schlepptau war er im Haus verschwunden.

Es war frisch geworden. Die Nacht hatte sich über Gut Freudberg gelegt. Aber noch brannten die Teelichter, die Frau Schütter vorausschauend auf dem langen Tisch verteilt hatte. Greta hatte an der Stirnseite Platz genommen, Bruno saß neben ihr. Sie sah zu, wie er geschickt eine Flasche Rotberger entkorkte. Er schenkte ihnen beiden ein und reichte ihr ein Glas.

»Zufrieden?«

Greta nickte. »Sehr, was für ein schöner Abend. Und eine reiche Lese.« Sie nahm einen Schluck.

Bruno nickte. »Ja, das wird ein guter Jahrgang. Ich hoffe, die Polen kommen nächstes Jahr wieder.«

Greta lächelte. »Antek hat es mir in die Hand versprochen.«

»Ein fleißiger Mann. Mindestens so fleißig wie unser Sohn.« Als Bruno bemerkte, dass sie fröstelte, zog er seine Jacke aus und legte sie ihr fürsorglich über die Schultern.

»Hat er dir erzählt, dass er auf die Winzerschule in Neustadt will?«, fragte Greta.

»Noch nicht«, bemerkte Bruno.

In diesem Moment gingen die Hoflampen an, die von einem Bewegungsmelder gesteuert wurden. Greta und Bruno sahen zum Eingangsbogen, durch den zwei Männer den Hof betraten. Langsam kamen sie auf sie zu, der eine hatte den anderen untergehakt.

Greta sprang auf, als sie die beiden erkannte, und ging ihnen rasch entgegen.

»Hallo, Greta«, sagte Robert. »Wir haben das Kerzenlicht gesehen. Und da dachten wir …«

Flüchtig musterte Greta ihn, registrierte überrascht das Grau in seinen Locken, fand, dass er angespannt wirkte. Sie wusste, dass er im vergangenen Monat vierzig geworden war, aber er wirkte älter. Dann sah sie zu Matse – und erschrak. Letztes Jahr war er beruflich in Deutschland gewesen, hatte seine Mutter besucht und war auch zu Greta gekommen. Da hatte Adela noch gelebt, und Matse hatte ihnen vergnügt von San Francisco erzählt, von den Restaurants, der Golden Gate Bridge, von China Town und der großen Liebe zu seinem Freund Trace, einem Börsenmakler. Gut hatte er da ausgesehen. Aber jetzt war er abgemagert. Seine Wangenknochen standen hervor, er zitterte, und seine Augen waren verweint.

»Matse? Was ist denn los?«, fragte sie erschrocken und hakte ihn auf der anderen Seite unter. Zusammen schoben Robert und sie Matse mehr, als dass er lief, zu einer Bank, auf die er kraftlos niedersank. Robert nahm neben ihm Platz.

Bruno holte zwei saubere Gläser und stellte sie vor Matse und Robert. »Guten Abend, ihr zwei. Rot oder weiß?«

»Am besten von beidem«, sagte Matse müde. Er hustete und zog seinen pinkfarbenen Seidenschal enger um den Hals.

Greta versuchte, sich nicht anmerken zu lassen, wie sehr sie sein Aussehen erschreckte. »Was hast du?«, fragte sie direkt, aber liebevoll.

Er schwieg und schaute in die leise flackernde Flamme des Teelichts, das vor ihm stand. Sein Blick war traurig und verloren.

Robert half ihm. »Willst du erzählen, oder soll ich?«

Matse sah auf. »Ich bin heute aus den USA gekommen. Ich wollte drüben wohnen, aber sie haben mich zu Hause rausgeschmissen. Genauer gesagt: Johann hat mir die Tür gewiesen.«

»Warum?« Greta konnte es nicht glauben.

Tränen standen in Matses Augen. »Mimi, ich habe AIDS.«

Greta brauchte einen Moment, um diesen Satz zu verarbeiten. »Du bist HIV positiv? Seit wann?«

»Schon ein paar Jahre, aber mit Medikamenten habe ich das gut hinbekommen. Doch nun ist die Krankheit ausgebrochen. Sie hat mich im Griff.« Er weinte. »Ich bin austherapiert. Der Krebs sitzt in der Haut und im Darm. Trace ist im Frühjahr gestorben. Er hatte sich auch infiziert, bei ihm ging es am Ende ganz schnell. Wie bei so vielen unserer Freunde in San Francisco.«

»Mein Beileid, dass dein lieber Trace gestorben ist«, sagte Greta und stand auf.

Er sah sie an. »Und, Mimi, auch ich werde sterben.«

Sie streckte die Arme aus, um ihn zu umarmen.

Doch er hob abwehrend die Hand. »Hast du denn keine Angst, dass du dich ansteckst?«

Greta schob seine Hand zur Seite und umarmte ihn. »Habe ich nicht.« Einen Moment hielt sie Matse in ihren Armen, spürte unter seinem dicken Pullover seine Knochen. *Ich muss jetzt stark sein, für ihn da sein,* dachte sie. Doch die Tränen liefen bereits über ihre Wangen. Sie konnte nichts dagegen tun.

Bruno und Robert schwiegen, nippten an ihren Gläsern.

»Nicht weinen, Mimi«, flüsterte Matse.

Robert räusperte sich. »Matse rief mich vorhin an, als Johann ihn rausgeschmissen hat. Er will die ›Schwulenseuche‹ nicht in seinem Haus haben, hat er gesagt. Dieser Vollidiot.«

»Das tut mir so unendlich leid.« Greta strich Matse zärtlich über die Wange.

»Ich wollte doch nur zu Hause sterben.« Wieder flüsterte Matse, mehr zu sich selbst.

Robert legte einen Arm um ihn. »Natürlich habe ich gesagt, dass er zu uns kommen kann. Aber Valerie hat einen riesigen Aufstand gemacht. Ich hätte nie gedacht, dass sie die weibliche Ausgabe von Johann ist. So kann man sich in einem Menschen täuschen. Matse würde bei mir nicht zur Ruhe kommen.«

»Du bleibst hier, Matse. Bei uns.« Greta warf Bruno einen Blick zu. Er nickte, und sie wandte sich an Robert. »Es ist schon spät. Wenn du möchtest, kannst auch du hier übernachten.«

»Danke, aber ich muss das mit Valerie klären.«

Matse saß in dem Schaukelstuhl im Salon. Er schien zu frieren, obwohl Greta die Heizung aufgedreht hatte. Sie bezog das Bett, aber zwischendurch musste sie die Bettdecke immer wieder hinlegen, um sich die Tränen abzuwischen.

»Wein bitte nicht, Mimi. Das macht mich traurig«, sagte Matse.

Sie drehte sich zu ihm um. »Ich versuche es.«

»Ich bin wirklich so froh, dass du mich nicht wegschickst.«

»Niemals.«

»Weißt du, ich möchte nicht allein im Krankenhaus sterben. Ich glaube, das schaffe ich nicht.«

»Ich verspreche dir, du wirst nicht allein sein.« Sie reichte ihm das Flamingokissen, das er einst für sie genäht hatte.

Als am nächsten Morgen Elfriede kam, ging es Matse ein bisschen besser. Er hatte gut geschlafen, und dass seine Mutter sich seinetwegen gegen Johann stellte, tat ihm gut.

Greta wusste, welche Kraft es Elfriede kostete, sich über Johanns Anordnungen hinwegzusetzen, war sie doch, seit er den Hof übernommen hatte, abhängig von ihm. Aber Elfriede hatte Johann klipp und klar zu verstehen gegeben, dass sie Matse zumindest bei Greta pflegen und begleiten wollte. Und so verbrachte sie von nun an ihre Tage auf Gut Freudberg, saß viel in dem Schaukelstuhl am Fenster und betrachtete ihren schlafenden Sohn, der unter der Bettdecke jeden Tag weniger zu werden schien.

Greta dagegen fuhr am nächsten Tag zur Buchhandlung in Grünstadt und kaufte das Buch *Wege aus der Angst*. Nicht um sich abzulenken, sondern um zu lesen, was die frühere Bundesministerin für Jugend, Familie und Gesundheit und jetzige Bundestagspräsidentin Rita Süssmuth über AIDS schrieb. Greta erinnerte sich noch daran, dass über sie und ihr Engagement gegen die Krankheit im *Spiegel* berichtet worden war. Manche Schrecken, überlegte Greta, waren einfach besser auszuhalten, wenn man mehr darüber wusste. Wenn man das Gefühl hatte, mit seiner Angst nicht allein zu sein.

Als Greta Ende Oktober eines Abends von einem Treffen mit den Landfrauen nach Hause kam, lehnte Elfriede am Küchentresen und stippte immer wieder einen Teebeutel in eine Tasse. Sie sah so verloren aus, wie sie mit gebeugtem Rücken allein in der Küche stand, dass Greta einen Moment innehielt, bevor sie zu ihr ging und einen Arm um sie legte. »Guten Abend.«

Elfriede hatte geweint. »Ich mache einen Tee für Matse. Hagebutte, den mag er so gern. Er ist doch rot, seine Lieblingsfarbe. Kannst du dich noch an seine roten Klapperlatschen erinnern, die er als Kind unbedingt haben wollte?«

Sie griff in ihre Kittelschürze, zog ein Taschentuch heraus und schnäuzte sich. Dann lächelte sie. »Ich bleibe heute Nacht hier, Greta. Leg du dich schlafen. Ich brauche nur noch einen kleinen Moment, bis ich nicht mehr so verheult aussehe. Matse mag das überhaupt nicht. Er sagt, Weinen macht alt.«

»Da hat er recht«, stimmte Greta zu. Sie füllte zwei Gläser mit Wasser. »Ich kann heute Nacht auch bei Matse bleiben.«

»Nein, nein, das mache ich«, erwiderte Elfriede bedrückt. »Ich bin dir wirklich unendlich dankbar, dass Matse hier sein kann.«

»Das ist doch selbstverständlich.«

Elfriede trank einen Schluck. »Nein, Greta. Selbstverständlich ist das nicht. Schau dir nur Johann an. Er hat sich noch nie für seine Geschwister interessiert. Genauso wenig wie Renate. Sie lebt ihr Leben, wie es ihr gefällt. Nimmt auf niemanden Rücksicht. Und Robert, das weißt du selbst, ist schon früh seinen eigenen Weg gegangen. Und jetzt werde ich Matse verlieren.« Sie warf den Teebeutel in den Abfall. »Du bist das einzige Kind, das mir bleibt.« Sie verließ die Küche.

Greta sah Elfriede nach. Zu erkennen, dass ihr Ziehkind ihr näher war als ihre leiblichen Kinder, musste unglaublich schmerzhaft sein.

Im Haus war es noch still. Alle schliefen. Bei Sonnenaufgang klopfte Greta leise an die Tür, hinter der Matse nun schon seit drei Wochen lag. Das Bett hatten sie ans Fenster gerückt, so konnte er dem Treiben auf dem Gut zusehen, wenn er nicht schlief. Die Schmerzmittel, die er nahm, machten ihn müde. Greta hatte mit Lutz gesprochen, der über einen befreundeten Onkologen Medikamente besorgt hatte, die Matses Zustand erträglicher machten. Ein Beatmungsgerät stand ebenfalls im Zimmer. Matses Lunge war angegriffen, und wenn er mehr Sauerstoff bekam, war er wacher.

Matse sah aus dem Fenster in den noch leeren Hof. Das Steinpflaster glitzerte.

Es hat Frost gegeben, dachte Greta. Laut sagte sie »Guten Morgen« und setzte sich zu Matse ans Bett.

Elfriede, die in ihrem Schaukelstuhl eingenickt war, wurde wach.

»In der Küche ist Kaffee«, sagte Greta.

Elfriede stand auf, strich ihrem Jungen über die Wange. »Möchtest du etwas frühstücken? Hast du Appetit?«

Matse schüttelte den Kopf. »Der Mund tut zu weh«, sagte er leise. »Vielleicht ein bisschen Milch.«

Elfriede ging zur Tür. »Ich hole sie dir.«

Als sie das Zimmer verlassen hatte, griff Matse nach Gretas Hand. »Du guckst nach Mutti, wenn ich nicht mehr bin, nicht wahr, Mimi? Das versprichst du mir.«

Greta schluckte und streichelte seine knochige Hand, die mit dunklen Flecken übersät war. »Natürlich. Ihr wird es an nichts fehlen.«

»Du musst nicht traurig sein, wenn ich gehe. Denn ich war die letzten Jahre so glücklich. Ich habe heute Nacht wachgelegen und viel nachgedacht, Mimi. Wenn ich dich nicht gehabt hätte, ich glaube, ich hätte nie den Mut gehabt, meinen Weg so zu gehen, wie ich ihn gegangen bin.« Er hustete.

»Nicht so viel reden, Matse. Das strengt zu sehr an.«

»Doch, reden. Ich muss dir etwas sagen, Mimi.« Er hielt kurz inne, wie um Kraft zu schöpfen. »Ich bin glücklich, dass ich so gelebt habe, wie ich es getan habe. Denn ich habe nicht lügen müssen. Weißt du, mich selbst zu belügen, dass ich nicht zu mir gestanden hätte ... ich wäre nicht so glücklich, wie ich es jetzt bin.«

Greta nickte. »Ja, eine Lebenslüge ist das Schlimmste, was man sich selbst antun kann.«

»Wenn man das einmal verstanden hat, kann man damit aufhören.« Greta glaubte, ein kleines Funkeln in seinen Augen zu sehen. »Irgendwer wird immer schöner sein, irgendwer wird immer klüger sein, irgendwer wird immer jünger sein. Aber sie werden niemals du sein.«

»Du bist ja richtig weise geworden«, lächelte Greta.

»Ist nicht von mir. Soll Freddie Mercury mal gesagt haben.« Matse zog den Ring mit dem grünen Stein von seinem Daumen und gab ihn Greta. »Gib ihn Caro später, bitte. Ich brauche ihn nicht mehr. Sie mag ihn so gern.«

Elfriede kam mit einem Glas Milch zurück. Doch als sie es Matse vor den Mund hielt und sanft seinen Kopf anhob, damit er mit dem Strohhalm trinken konnte, schüttelte er den Kopf. »Legst du dich zu mir, Mutti, und singst mir etwas vor?«

Sie streckte sich neben ihrem Sohn aus und nahm ihn vorsichtig in die Arme.

Greta setzte sich neben sie. Sie dachte an Adela. Kurz bevor sie gestorben war, war es Greta vorgekommen, als ob ein leiser Wind durchs Zimmer streifte. Auch jetzt meinte sie, einen sachten Luftzug zu spüren.

»›Weiß, rot und bunt sind alle meine Kleider, weil mein Schatz ein Designer ist‹ ...«, begann Elfriede mit leiser Stimme.

Greta konnte ihre Tränen nicht mehr zurückhalten und schloss die Augen.

»Nicht weinen, Mimi, sonst kann ich nicht gehen«, flüsterte Matse.

Greta wischte sich über das Gesicht und nickte. Wie bejahend sah er sie noch einmal an, dann zu Elfriede, die immer die gleiche Zeile sang. Dann schloss er für immer die Augen.

Ihren Kindern, die wenig später in Schlafanzügen in die Küche kamen, zu erzählen, dass ihr geliebter Onkel Matse gestorben war, fiel Greta sehr schwer. Als die vier weinten, konnte auch sie ihre Tränen nicht zurückhalten. Sie umarmte ihre Kinder, und so standen sie, eine kleine, traurige Gruppe, in der Küche, als Robert den Raum betrat. Bruno hatte Greta den Anruf abgenommen und ihn gebeten zu kommen.

Jule schluchzte wütend laut auf. »Diese Sterberei ist so ungerecht! Ich will nicht, dass wer tot ist, den ich lieb hab!« Sie stampfte mit ihrem nackten Fuß auf.

»Ich weiß, Julchen.« Greta strich ihr über das Haar. »Aber Matse war sehr krank. Ihm ging es schlecht, er wusste, dass das passieren würde. Weißt du noch, wie er euch neulich umarmt hat, einen nach dem anderen? Das war sein Abschied. Jetzt hat er keine Schmerzen mehr, weißt du.«

Aber das schien Jule nicht zu trösten. Sie stampfte noch einmal auf und lief hinaus.

Greta sah zu Leo, Mel und Caro. »Ich weiß, dass ihr alle Matse sehr lieb gehabt habt. Und er wusste es auch. Er würde nicht wollen, dass ihr nun so traurig seid. Lasst uns lieber glücklich sein, dass wir ihn kennenlernen durften.«

Leo stand auf und umarmte seine Mutter. »Können wir uns von Matse verabschieden?«

»Wenn ihr das möchtet?« Greta sah sie fragend an, und alle drei nickten.

»Dann geht nach oben und zieht euch an. Oder wollt ihr das im Schlafanzug tun?«

Die Mädchen schüttelten vehement den Kopf und verließen zusammen mit Leo die Küche.

Robert und Greta blieben allein zurück. Voller Trauer blickten sie sich an, bis Greta aufstand und ihm einen Becher Kaffee reichte.

»Ist Elfriede bei Matse?« Er nahm einen Schluck.

Greta nickte.

»Ich habe schon mit dem Bestatter telefoniert. Ich kümmere mich. Danke für alles.« Mit hängenden Armen blieb er vor ihr stehen. Greta erwartete, dass er zu Elfriede gehen würde. Stattdessen zog er sie in einer raschen Bewegung eng an sich. Er vergrub sein Gesicht in ihrem blonden Haar. »O Greta«, flüsterte er, und sie spürte seinen warmen Atem an ihrem Ohr. »Warum nur? Warum wir?«

»Das Leben ist dazwischengekommen«, flüsterte sie.

Einen Augenblick später ließ er sie los und ging. Sie blieb regungslos zurück. Dann atmete sie tief durch. Sie durfte sich nicht fragen, was Robert mit seinen Worten gemeint hatte. Stattdessen sollte sie besser nach Jule suchen. Ihre Jüngste wollte sicher Matse auch noch ein letztes Mal sehen, wenn sie hörte, dass sie es ihren Geschwistern erlaubt hatte.

Greta stutzte, als sie ein Traktorengeräusch hörte. Wo fuhr Bruno jetzt hin? Denn nur er konnte es sein, da Jockel und Alfons heute frei hatten. Sie sah aus dem Fenster und erschrak. Jule, noch im Schlafanzug, stand in der Fahrerkabine, beide Hände an das Lenkrad des Traktors geklammert. Im Sitzen kam sie noch nicht an die Pedale heran, dazu war sie noch zu klein. Aber sie war offenbar nicht zu klein, um den Schlüssel zu drehen, der immer im Schloss steckte. Und auch nicht zu klein, um im Stehen rasant Gas zu geben.

Greta rannte los. »Jule …!«

25. KAPITEL

Kirchheim,
November 1991

Greta hielt die Hände ihrer beiden jüngeren Töchter fest umschlossen. Links von ihr stand Caro, rechts lehnte sich Jule an sie. Greta hatte ihr vorgeschlagen, einen Klappstuhl mitzunehmen, damit sie sich setzen konnte. Doch Jule hatte vehement abgelehnt. Sie hatte sich bei ihrer waghalsigen Schmerz-Wut-Fahrt, wie Jule es nannte, vor einer Woche den Fuß gebrochen, als sie vom Traktor gestürzt war. Greta war froh, dass ihr nicht mehr passiert war. Ihr rechtes Bein war bis zum Knie in Gips, und natürlich hatten schon alle Kinder mit Filzstiften ihren Namen daraufgeschrieben. Von Caro hatte Jule sich gewünscht, dass sie Matse malte. Caro hatte sich redlich bemüht, den Matse von früher zu malen, farbenfroh angezogen und mit einem dicken Ring auf dem Daumen.

Ihre Kinder vermissten ihn. Und auch wenn sich Greta sehr bemüht hatte, sie behutsam auf Matses Tod vorzubereiten, nachdem er in den Salon gezogen war, waren in der letzten Woche viele Tränen geflossen.

Für die Bestattung hatte Greta einen Kranz aus roten Rosen beim Floristen bestellt, mit einer goldenen Aufschrift auf der weißen Trauerschleife: *Jetzt ist die Welt ganz still. Für immer deine Mimi*. Darunter standen die Namen von Bruno und ihren Kindern.

Sie beugte sich leicht vor, um Mel und Leo besser sehen zu können, die rechts und links von Bruno standen. Ihr Mann nickte ihr beruhigend zu. *Alles in Ordnung,* sagte er ihr so damit.

Wortlos hatte er Greta gestern Nacht in den Armen gehalten, als sie von einem Weinkrampf geschüttelt worden war. Sie war die letzte Woche so stark gewesen, hatte nicht zugelassen, dass sie vor den anderen weinte, um ihnen allen eine Stütze zu sein. Wie sie es Matse versprochen hatte, hatte sie sich auch um Elfriede gekümmert. Jeden Tag hatte sie nach ihr gesehen, immer hatte Dagmar ihr wortlos die Tür geöffnet und sie hereingelassen. Johann hatte sich einmal drohend vor ihr aufgebaut. Greta hatte ihn mit einer sanften Bewegung beiseitegeschoben, und er war zur Seite gewichen. Sie war sich nicht sicher, ob er sie nur vorbeigelassen hatte, damit sie seine Tränen nicht bemerkte.

Sie sah zu Robert, der ans Grab trat. Pastor Altrus, mit dem Elfriede und Greta gesprochen hatten, hatte ihnen zu verstehen gegeben, dass seine Grabrede recht knapp ausfallen würde, da er Matse ja kaum gekannt habe.

Natürlich war das ein vorgeschobener Grund. Jeder im Ort wusste, dass Pastor Altrus kein Verständnis für Homosexuelle hatte. Kurzerhand hatte Greta gesagt, dass jemand aus der Familie die Rede halten würde. Und ein Stoßgebet zum Himmel geschickt, als Robert sich bereit erklärt hatte, dies zu übernehmen.

Als der Sarg in das Grab herabgelassen worden war, richteten sich alle Blicke auf Robert. Er war allein gekommen, wie Greta aufgefallen war.

Er räusperte sich, dann begann er laut und deutlich zu sprechen: »Hallo Matse. Ich bin mir sicher, dass du mich hören kannst. Denn die Vorstellung, du kannst es nicht, ist mir unerträglich. Wir sind traurig, dass du nicht mehr da bist, auch wenn deine Seele sicher nicht fern ist. Ich bin so stolz, einen kleinen Bruder zu haben, der so ist wie du. Warmherzig, kreativ und neugierig auf die Welt. Heute schäme ich mich, dass ich dir das nie gesagt habe.«

Elfriede schluchzte laut auf. Renate stand neben ihr, in ihrem schwarzen Kostüm, das sie schon bei Haralds Beerdigung getragen hatte. Wieder trug sie den kleinen Hut mit einem schwarzen Schleier, der ihr Gesicht bedeckte. Auch sie weinte. Greta sah, dass Detlef den beiden Frauen jeweils ein Taschentuch reichte.

Johann stand mit versteinertem Gesicht neben Dagmar. Diese beugte sich zu Florian hinab, um ihm die Tränen von den Wangen zu streichen. Der Junge presste die Lippen aufeinander, dann legte er unbeholfen einen Arm um Dagmar. In der anderen Hand hielt er seinen Geigenkasten.

Greta rührte diese tröstende Geste zutiefst. Der Sohn tat das, wozu sein Vater nicht in der Lage war, auch wenn Greta sich wunderte, dass Matses Tod Dagmar so traf. Vielleicht hatte sie sich verändert, seit sie selbst einen Sohn hatte.

Etwas abseits der Familie und der Dorfbewohner standen Matses Freunde. Zu fünft waren sie aus München gekommen. Robert hatte ihnen Bescheid gegeben, als Greta ihm die kurze Liste überreicht hatte, die Matse vorbereitet hatte. »Aber sagt ihnen, das ist keine Zwangsveranstaltung. Ich will nur nicht, dass sie sauer auf mich sind, wenn ich sie eines Tages wiedersehe«, hatte er gesagt.

Die jungen Männer standen nebeneinander und hielten sich an den Händen. Jeder von ihnen hatte sich eine rote Anemone ans Revers gesteckt. Greta wusste, dass Matse dieses Bild gefallen hätte.

Sie schloss die Augen und rief sich ihre Zeit mit Matse in

Erinnerung, sah, wie sie ihn das erste Mal im Arm gehalten hatte. Da war er gerade geboren worden und sie selbst war gerade mal sieben Jahre alt gewesen. Sie sah, wie er als kleiner Junge immer wieder in ihre Dachkammer gekommen war und ihr Geschenke gebracht hatte, die er oftmals gleich wieder mitgenommen hatte, weil er sie noch weiter verbessern wollte. Wie er ihr aus Stoffresten ein Lesezeichen gebastelt hatte. »Rot ist deine Farbe, denn sie ist so warm. Und hier unten, das bin ich. Das Rote wärmt das Blaue.« Obwohl es über zwanzig Jahre alt und schon etwas abgegriffen war, benutzte sie das Lesezeichen bis heute bei jedem Buch, das sie las.

Sie öffnete die Augen und sah zu Robert, der mit seiner Grabrede zum Schluss kam.

Er erwiderte ihren Blick, als er sagte: »Ein slawisches Sprichwort habe ich gefunden, lieber Matse, das gut zu dir passt:

Es sind die Lebenden,
die den Toten die Augen schließen.
Es sind die Toten,
die den Lebenden die Augen öffnen.

Du hast uns die Augen für viel Schönes geöffnet. Nun müssen wir das Schöne ohne deine Hilfe entdecken. Wir werden dich, der du uns vorausgegangen bist, für immer in unserem Herzen bewahren. Nur das tröstet uns.«

Er gab Florian ein Zeichen. Der Junge kam zu ihm, öffnete den Geigenkasten und begann, die Melodie zu »Hallelujah« von Leonhard Cohen zu spielen.

Die Trauerfeier für Matse fand auf Gut Freudberg im Gutsausschank statt. Johann hatte sich geweigert, die Trauergäste auf seinem Hof zu empfangen.

Elfriede half Greta, die Folien von den Platten zu nehmen. Greta hatte beim Italiener gemischte Gemüseplatten bestellt, die am Morgen vor der Beerdigung geliefert worden waren. Matse hatte schon als kleines Kind ungern Fleisch gegessen und sich, seit er in München und San Francisco gelebt hatte, vegetarisch ernährt. Da war es nur richtig, auch zu diesem Anlass in seinem Sinn auf Fleisch zu verzichten, hatte Greta beschlossen.

Elfriede warf die Folien in den Mülleimer unter dem Tresen. »Danke, dass du das alles so schön vorbereitet hast und wir hier zusammen sein können.«

»Das ist doch selbstverständlich.« Greta holte ein Tablett hervor und stellte kleine Schnapsgläser darauf. »Ich glaube, wir können jetzt alle einen Schnaps vertragen, was meinst du?«

Elfriede nickte. Seit sie eine kleine Schaufel Erde auf den Sarg ihres jüngsten Sohnes geworfen hatte, wirkte sie so fahrig, dass Greta sich Sorgen machte. Sie nahm den Marillenschnaps aus der Kühlung und goss ein.

»Ich gehe rum. Ich muss etwas zu tun haben, sonst werde ich noch verrückt«, sagte Elfriede und griff nach dem Tablett.

Greta beobachtete, wie sie zu Matses Münchner Freunden ging. Sie griffen zu. Elfriede wollte weitergehen, aber die fünf bestanden darauf, mit ihr anzustoßen. Als klar wurde, dass Elfriede Matses Mutter war, umarmten sie sie und begannen, von ihren Erlebnissen mit Matse zu erzählen. Nur wenige Augenblicke später lächelte Elfriede beglückt – und weinte zugleich.

Greta nahm sich ein weiteres Tablett und wollte zu Robert gehen, um auch ihm einen Schnaps anzubieten, als die Tür aufging und mehrere Personen den Gutsschank betraten. Erstaunt erkannte Greta Benno und Luke, Roberts Freunde, mit denen er in seiner Jugendzeit die Band Purple Floors gegründet hatte. Es war über fünfzehn Jahre her, dass sie die beiden zuletzt gesehen hatte. Benno hatte noch immer glattes Haar und die große Nase, Luke trug zwar seinen krausen Haarschopf kürzer, hatte aber immer noch dasselbe strahlende Lächeln, das er ihr zuwarf. Weiße Zähne blitzten in seinem dunklen Gesicht.

Benno rollte auf einem kleinen Rollwagen ein kleines Schlagzeug herein. Luke hatte ein Keyboard unterm Arm, in der rechten Hand hielt er einen Verstärker. Eine auffallend hübsche Frau folgte ihnen. Ihr kurzes krauses Haar betonte ihre Kopfform und ihr fein geschnittenes, dunkelhäutiges Gesicht. Sie war schlank und hochgewachsen, und ihre Bewegungen in dem schmal geschnittenen schwarzen Kleid wirkten elegant. Ihre überdimensional großen goldenen Creolen gaben ihr etwas Exotisches.

Greta blieb auf halbem Weg zu Robert stehen, denn er eilte auf die drei zu und umarmte sie. Sogleich machten sie sich daran, ein paar Stühle zur Seite zu rücken und ihr kleines Set aufzubauen.

Benno kam zu Greta und begrüßte sie. »Hallo Greta, ziemlich trauriger Anlass, dass wir uns wiedersehen.«

Er musterte sie, und Greta fragte sich, was er wohl in ihr sah. Eine Mutter von vier Kindern, eine Ehefrau, eine Unternehmerin, eine Siebenunddreißigjährige, die um einen Freund trauerte? Oder das Mädchen, mit dem er damals geflirtet hatte?

»Aber was für eine wunderbare Überraschung, dass ihr gekommen seid.«

»Hat dir Robert noch nichts erzählt? Na ja, war auch ziemlich spontan. Er hat uns erst gestern Abend Bescheid gegeben. Wir wollen etwas für Matse spielen.«

»Eine schöne Idee. Wie geht es dir?« Sie reichte Benno ein gefülltes Schnapsglas und goss sich auch eins ein. Es war ein merkwürdiges Gefühl, ihn wiederzusehen. Alles an diesem Tag katapultierte Greta in ihre Vergangenheit.

»Ein zweiter Charlie Watts bin ich nicht geworden. Dafür bin ich vor ein paar Jahren zurück nach Sausenheim gezogen, nachdem ich in einer Rechtsanwaltskanzlei in Berlin gearbeitet habe. Mein Vater hat mir angeboten, bei ihm einzusteigen. Läuft ganz gut. Also, wenn du mal einen Anwalt brauchst, weißt du, wo du mich findest«, erklärte er.

»Gratuliere.«

»Ja, wer hätte das von mir gedacht, nicht wahr? Und um gleich deine vielleicht nächste Frage zu beantworten: So viel Glück ich auch beruflich hatte, die richtige Frau habe ich immer noch nicht gefunden.«

»Das kann ja noch kommen.«

Benno schüttelte den Kopf. »Das bezweifle ich. Und vielleicht ist es auch ganz gut so. Ich arbeite zu viel, und wenn man lange keine Beziehung mehr hatte, fällt es immer schwerer, sich auf jemanden einzulassen und Kompromisse zu machen.« Er wies mit dem nun leeren Schnapsglas in der Hand zu Robert, der sich gerade mit der attraktiven Schwarzen unterhielt. »Robert hat sich ja auch getrennt und die Scheidung eingereicht. Wohnt jetzt erst mal bei mir, bis er etwas gefunden hat.«

Robert hatte sich getrennt? Kein Wort hatte er davon gesagt. Aber warum hätte er es auch tun sollen? Und wann?

In der Küche, da hätte er es mir sagen sollen, dachte Greta. Und wusste im selben Moment, dass er es ihr gesagt hatte, auf eine verzweifelte, hoffnungslose Weise. Sie wischte sich eine Träne fort, die zum ersten Mal an diesem Tag nicht Matse galt.

Greta fand Roberts Handeln nur konsequent, nachdem sich seine Frau so schäbig gegenüber ihm und vor allem Matse verhalten hatte. Sie sah zu ihm hinüber. Er nahm gerade Elfriede fürsorglich das Tablett aus der Hand und umarmte sie tröstend. *Wie viele Tränen werden wohl in der nächsten Zeit noch um Matse fließen?*, fragte sich Greta.

»Luke scheint richtig happy mit seiner Lucy zu sein. Da ist wenigstens einer von unserem Kleeblatt glücklich geworden«, meinte Benno. »Sie ist ja auch wirklich eine Klassefrau.«

Als hätten sie Bennos Bemerkung gehört, kamen die beiden auf sie zu. »Na, nimmt dich Benno mal wieder in Beschlag? Some things never change«, bemerkte Luke.

»Luke!« Greta umarmte ihn.

»So good to see you. Darf ich dir meine Frau Lucy vorstellen?«

Greta schüttelte ihre Hand. »Wie schön, dass ihr gekommen seid. Und dass ihr für Matse spielen wollt.« Sie wandte sich an Lucy. »Freut mich, dich kennenzulernen. Ich bin Greta.«

»Lucy«, lächelte sie Greta an. Sie trat ans Fenster. »Was für ein schöner Flecken Erde ist das hier, wo du lebst! Ich habe erst begriffen, was ich in meinem Leben alles verpasst habe, bis ich Luke nach Deutschland folgte. Ich bin in New York großgeworden«, fügte sie erklärend hinzu. Ihr amerikanischer Akzent war nicht zu überhören, auch wenn sie fließend Deutsch sprach. »Da sieht man nur Wolkenkratzer, es sei denn, man ist im Central Park.« Sie lachte herzlich. »Ach, was erzähle ich denn, auch da ist man von den Betonklötzen umgeben. So ähnlich wie in Frankfurt.«

»Wie kommst du auf Frankfurt?«, fragte Greta.

»Na, da wohnen Luke und ich doch. Luke führt seinen Club *American Champagne,* und ich arbeite als Brokerin. Das habe ich auch in New York gemacht. Bis ich mich in diesen verrückten Typen verknallt und ihn in Las Vegas geheiratet habe.« Sie lächelte Greta an. »Du musst uns unbedingt mal besuchen.«

Greta wurde ein bisschen wehmütig. Nach Frankfurt würde sie Bruno vielleicht noch bekommen. Doch New York? Wie gern würde sie diese Betonklötze, diese Wolkenkratzer mal sehen! Matse war viel gereist. Von Herzen hatte Greta ihrem Ziehbruder diese Eindrücke gegönnt und an seinen Lippen gehangen, wenn er ihr von seinen Reisen nach Goa und Mexiko erzählt hatte. Und doch war ihr immer ein wenig wehmütig ums Herz geworden, da sie so wenig von der Welt gesehen hatte. Auch wenn sie letztes Jahr auf der Weinmesse in Krems, in der Nähe von Wien, gewesen war, konnte das ihr Fernweh nicht stillen.

Greta schob die Gedanken beiseite, als sie sah, dass Leo hereinkam und auf sie zusteuerte. Sie zog ihn zu sich heran. »Darf ich vorstellen? Das ist mein Sohn Leo. Leo, das ist Lucy. Lukes Frau. Sie stammt aus New York.«

Leo riss die Augen auf. »Echt, Sie kommen aus New York? Da will ich unbedingt mal hin. Aufs World Trade Center! Für mich ist das immer noch das höchste Gebäude der Welt. Natürlich weiß ich, dass es gerade der Sears Tower in Chicago ist. Doch wenn man in New York die Antenne mitrechnet, sind sie gleich hoch. Ich muss da rauf!«

Greta ließ die beiden allein. Sicher würde Leo Lucy jetzt nicht mehr aus seinen Fängen lassen und alles über New

York erfahren wollen. Das lenkte ihn eine Zeitlang von seinem Schmerz ab. Greta wollte nach ihren Töchtern sehen, die sich zurückgezogen hatten. Für sie war der Verlust von Matse noch unverständlicher als Adelas Tod.

Rasch lief sie hinüber ins Wohnhaus. Frau Schütter war in der Küche und kochte Kakao. »Ich habe den Mädchen den Videorecorder eingeschaltet. Sie wollten unbedingt *Zurück in die Zukunft* sehen. Ich hoffe, Sie haben nichts dagegen?«

»Nein, natürlich nicht, Frau Schütter.«

Sie ging ins Wohnzimmer. Die drei Schwestern hatten es sich auf der Couch bequem gemacht. Aneinandergekuschelt lagen sie auf dem Sofa. Jule und Caro schliefen. Mel sah zu ihr auf und legte sich einen Finger über die Lippen. »Hier ist alles in Ordnung, Mama. Ich passe auf die beiden auf«, flüsterte sie.

»Danke, Mel.« Greta drückte sie kurz an sich. »Du bist mir eine große Hilfe.«

Greta eilte zurück zum Gutsausschank. Leo hielt ihr von innen galant die Tür auf. »Lucy hat mir alles über New York erzählt«, sagte er aufgeregt. »Meinst du, wir schaffen es, dass wir da mal alle zusammen hinfliegen können? Also, wenn die Mädchen größer sind?« Ohne eine Antwort abzuwarten, fuhr er fort. »Ich weiß schon, was du jetzt sagen willst: Kommt Zeit, kommt Rat. Aber wirklich, Greta, da müssen wir hin.«

Seit wann nennt er mich beim Vornamen?, schoss es ihr durch den Kopf. *So wie Robert damals, als er aus Berlin wiederkam und zu seiner Mutter Elfriede nicht mehr ›Mutti‹ sagte*. Sie wuschelte ihm kurz liebevoll durchs Haar. »Du hast dir ja die Antwort schon selbst gegeben. Kommt Zeit …«

Leo winkte gelassen ab. »Ja, ja. Schon gut. Aber du wirst schon sehen. Auch wenn keiner von euch mitkommt, ich sehe mir das mal an. Bis später.«

Greta betrat den Gutsschankraum. Elfriede saß wieder mit Matses Freunden zusammen. Wortfetzen flogen Greta entgegen »Und dann hat Matse einen Ring entworfen …«, »Weißt du noch, als er sich an Fasching als Flamingo verkleidet hat?«, »Das Kostüm war sensationell. Allein der Schnabel …«

Greta ging zum Tresen, hinter dem Bruno stand. Sie hatten, seit Matse gestorben war, nicht viel miteinander gesprochen. Es hatte so viel zu organisieren gegeben, wegen der Beerdigung und der Trauerfeier hier.

»Danke, dass du mir so den Rücken freigehalten hast«, sagte Greta und legte ihren Arm um seine Taille.

Bruno stopfte seine Pfeife. »Du hättest doch sonst keine Ruhe gehabt. Dieser Tag muss erst hinter uns liegen.« Er reichte ihr ein Glas Rotberger, als sei es ein Schluck Medizin.

Am anderen Ende des Raums schlug Robert sacht mit einem Löffel gegen sein Weinglas. Augenblicklich verstummten die Gespräche, und alle sahen zu ihm.

»Ich unterbreche euch nur ungern. Doch ich bin meinem Bruder noch etwas schuldig. Deswegen sind Benno und Luke heute hierhergekommen, damit ich ihm diesen Wunsch erfüllen kann.« Er schluckte.

Greta hatte Robert noch nie so emotional gesehen. Wenn er früher auf der Bühne mit seinen Purple Floors gestanden und vor Hunderten Zuhörern gesprochen hatte, war ihm das Reden nie schwergefallen.

»Wir sind heute hier zusammengekommen, um Matse zu verabschieden. Und das geht einfach nicht ohne seinen

Lieblingssong. Es war ihm als Kind nie gelungen, Terry Jacks ›Seasons in the Sun‹ aufzunehmen. Stundenlang hockte er mit seinem kleinen Kassettenrekorder und dem Mikrofon vor dem Radio und wartete, dass der Song gespielt wurde. Weißt du noch, Greta?«

Sie nickte, hatte genau das Bild vor Augen. An einem Nachmittag hatte sie bei Matse einen Spaltbreit die Zimmertür geöffnet, damit Robert ihr glaubte.

»Seht's mir nach, wenn ich noch ein, zwei Sätze zu diesem Song sage«, fuhr Robert fort. »Der Song basiert auf dem Chanson ›Le Moribond‹ des großen Jacques Brel. Als hätte Matse es geahnt, verabschiedet sich darin ein Sterbender von seiner Familie, seinen Freunden und seiner großen Liebe. Wer den Song auf Deutsch hören will, dem empfehle ich Klaus Hoffmann. Aber heute …«, er sah zur Decke, »… heute, mein liebster Matse, werden wir ihn nur für dich spielen und auf Englisch singen.« Er gab Benno ein Zeichen, der seine Schlagstöcke gegeneinanderschlug und damit den Takt vorgab.

Und mit einem Mal hatte Greta das Bild wieder ganz deutlich vor sich, hörte Matses Kinderstimme. Wie er mit seinem verwuschelten Haar oben am Fenster gestanden und sie ihn zu sich heruntergerufen hatte. »Und was ist mit meiner Schlagersendung? Gleich kommt Terry Jacks. Ich habe ›Seasons in the Sun‹ noch nicht«, hatte er geantwortet.

»Das wird noch hundertmal gespielt. Jetzt runter mit dir«, hatte sie gerufen.

Die ersten Takte erklangen, bevor Robert einsetzte. Bruno legte einen Arm um sie und Greta ihre Hand auf die seine.

Doch schon nach »Goodbye to you, my trusted friend«

versagte Robert die Stimme. Er ließ das Mikrofon sinken. Benno und Luke spielten weiter, wiederholten ein ums andere Mal den Takt.

»Ich muss ihm helfen«, flüsterte Greta Bruno zu und ging zu Robert. Sie sah ihn fragend an. Als er nickte, nahm sie ihm das Mikrofon und den Zettel mit dem Liedtext aus der Hand. Benno und Luke gaben ihr das Zeichen, dass sie von vorn beginnen würden, und drehten eine musikalische Schleife.

Greta wartete ihren Einsatz ab. Noch nie hatte sie vor Publikum gesungen, auch wenn hier nur Menschen waren, die sie kannte. Und sie hatte auch noch nie ein Mikrofon in der Hand gehalten, außer das kleine Kindermikro von Matses Kassettenrecorder damals.

Als sie anfing zu singen, erst leise, dann immer lauter, wurde die Tür geöffnet, und Gretas Kinder kamen herein. Sie blieben stehen und sahen sie mit aufgerissenen Augen an. Jule legte einen Arm um Caro, die Mel umarmte. Leo legte ebenfalls einen Arm um seine Schwester. Zusammen wiegten sie sich im Takt, während sie dem Gesang ihrer Mutter lauschten.

Robert und Elfriede standen hinter den Kindern.

In diesem Moment spürte Greta eine Woge des Glücks, obwohl tief in ihr auch Trauer war. Ihre Kinder waren das Wichtigste in ihrem Leben. Greta wusste, dass sie ihnen alle Kraft gab, die die vier für das Leben brauchten. Und sie nahm ihre Stärke aus der Liebe ihrer Kinder, damit konnte sie alle Schwierigkeiten ihres Lebens besiegen.

VIERTER TEIL

1998–2000

26. KAPITEL

Grünstadt, Kirchheim und Frankfurt,
August und November 1998

Glückwunsch, Abijahrgang 1998 – Alles ist möglich. Ein großes Banner war über die Bühne der Aula gespannt worden. Greta wusste, dass es von Caro stammte. Ihre Tochter hatte ihre künstlerischen Vorbilder porträtiert: Joseph Beuys, Frida Kahlo, Salvador Dalí und Niki de Saint Phalle waren darauf zu sehen.

Greta strich sich nervös über ihr blaues Pannesamtkleid, dass sie sich anlässlich ihres vierundvierzigsten Geburtstags im Mai gekauft hatte. Sie saß zwischen Bruno und Leo und beobachtete, wie ihre Tochter Mel die fünf Stufen zu der Bühne emporstieg. Hübsch sah sie aus, in dem mohnroten Sommerkleid und mit dem hellblonden Bubikopf. Seit Mel in der Oberstufe war, kleidete sie sich stilsicher. Die Zeiten der Latzhosen waren vorbei. Greta vermutete, dass ein Junge der Grund war, hatte jedoch von ihr noch nie einen Namen gehört.

Mel wurde als Erste vom Direktor aufgerufen, da sie das beste Abiturzeugnis mit einem Notendurchschnitt von 1,1 hatte.

Da steht sie nun, meine Große, dachte Greta stolz.

Leo griff nach ihrer Hand. »Nicht weinen.«

»Das sind Freudentränen.« Sie wischte sich über die Wange.

Auf der Bühne nahmen nun die anderen Abiturientinnen und Abiturienten neben Mel Aufstellung. Genau an dieser Stelle hatte auch Leo vor drei Jahren sein Abschlusszeugnis entgegengenommen, und Greta war auch da sehr stolz gewesen. Aber nun war es ihre Tochter, ihre unabhängige Mel, die immer noch das Ziel hatte, eine herausragende Winzerin zu werden. Und sosehr Greta Leo liebte – ihr Mädchen hier zu sehen, war noch etwas anderes. Es war Gretas Traum gewesen, Abi zu machen, den nun Mel lebte.

Als die Zeremonie vorüber war, warteten sie zu dritt am Ausgang der Aula auf Mel, um ihr zu gratulieren.

»Sie wirkt so zart, und trotzdem strahlt sie so viel Kraft und Energie aus. Findest du nicht, Bruno?«

»Hast du etwas anderes erwartet? Sie ist doch deine Tochter«, meinte Bruno, der aus gegebenem Anlass einen Anzug trug.

Greta trat einen Schritt zur Seite, damit sie die Tür für die herausströmenden Eltern mit den glücklichen Schulabgängern nicht verstellte. Schließlich kam Mel mit ernstem Gesicht auf sie zu.

»Das war ganz schön knapp, ich habe nur einen Punkt besser abgeschnitten als Olaf. Mann, ist der sauer auf mich. Der hat sich nicht mal von mir verabschiedet.«

Leo verdrehte die Augen, drängelte sich vor und gratulierte seiner Schwester als Erster. »Who cares! Vergiss ihn einfach, der ist nichts für dich.« Er beugte sich zu ihr und flüsterte ihr ins Ohr: »Oder willst du den etwa mitnehmen?« Laut sagte er: »Ich finde es ziemlich cool, dass ich so eine schlaue Schwester habe!«

Greta hatte vorgeschlagen, an diesem Tag gemeinsam etwas Schönes zu unternehmen. Doch Mel hatte abgelehnt und erklärt: Das Schönste sei doch, dabei zu sein, wenn die neue Anlage aufgestellt wurde.

Die letzten Sommer waren so trocken gewesen, dass Greta beschlossen hatte, eine Beregnungsanlage zu kaufen. Also fuhren sie nun alle zusammen zurück zum Weingut, statt wie viele der anderen Familien mit den frischgebackenen Abiturienten zur Feier des Tages in einem Restaurant essen zu gehen.

In der Küche schob Greta rasch die Bleche in den vorgeheizten Ofen. Sie hatte Frau Schütter gebeten, Pizza vorzubereiten, Mels Lieblingsspeise. Den Tisch deckte sie für vier. Caro und Jule hatten diese Woche noch Projektwoche. Auf sie zu warten machte keinen Sinn. Sie setzte sich neben Mel, die versonnen vor sich hin blickte. Greta legte einen Arm um sie.

»Hey, was ist denn los? So nachdenklich? An deinem großen Tag?«

»Ach, Mama, das Abi ist doch nix Besonderes.«

»Und was wäre etwas Besonderes?«

»Wenn Olaf …« Mel verstummte.

»Du meinst den jungen Mann, der nach dir auf die Bühne kam? Hübscher Kerl.«

»Ja, nicht wahr?« Mels Gesicht hellte sich auf. »Und so schlau.« Sie grinste. »Also, ich meine, auch wenn ich einen Punkt schlauer bin.«

»Und seit wann findest du ihn so ›schlau‹?«

Mel seufzte auf. »Seit der Oberstufe. Aber er hat mich nicht ein Mal angesprochen. Nur heute hat er mich mal nicht behandelt, als sei ich Luft. Der war ziemlich sauer, dass ich auf Platz eins war.«

Greta wusste, dass sie ihre Tochter kaum trösten konnte.

Eine unerwiderte Liebe war wohl mit das Schlimmste, was einem jungen Menschen widerfahren konnte.

»Dass ich mich wie ein Mädchen anziehe, hat auch nichts gebracht. Der steht einfach nicht auf mich. Und ich weiß nicht, wie ich das ändern kann.«

»Du solltest das gar nicht ändern wollen, Mel. Wer dich nicht beachtet oder dich kennenlernen will, der hat dich nicht verdient. Kennst du nicht den Spruch? ›Es gibt nicht nur eine Handvoll, es gibt ein ganzes Land voll.‹«

Mel lachte auf. »Von wem ist der?«

Greta zuckte mit den Schultern. »Keine Ahnung.«

»Was, du zitierst etwas, was du nicht belegen kannst? Seit wann das denn, Mama? Sonst weißt du doch auch immer alles.«

»Nicht alles, Mel. Aber eins weiß ich, ganz bestimmt. Wenn du dem Richtigen begegnest, spürst du das sofort.«

Mel legte ihren Kopf auf Gretas Schulter. »Danke, Mama.«

Leo kam in die Küche gestürmt. Wie Mel, hatte auch er sich umgezogen und war in seine Arbeitskleidung geschlüpft. »Hunger.« Er schnupperte. »Gibt's Pizza?«

Greta stand auf. »Was sonst.«

»Bist echt ein Gewohnheitstier, Mel«, meinte er grinsend. Dann wurde er ernst. »Wir müssen gleich etwas mit euch besprechen«, sagte er.

»Das da wäre?« Greta holte Servietten aus einer Schublade und legte sie auf den Tisch.

»Na ja, Mel und ich haben uns da was überlegt.«

Greta kannte ihren Sohn gut genug, um nicht nachzuhaken. Er würde nichts sagen, bis für ihn der richtige Moment gekommen war.

Und so war es auch. Als Bruno dazugekommen war und sie fertig gegessen hatten, setzte Leo sich aufrecht hin. »Soll ich, Mel? Oder willst du?«

Mel lehnte sich in ihrem Stuhl zurück. »Mach du mal.«

Bruno zog die Augenbrauen hoch. »Worum geht's? Was ist los?«

Leo holte tief Luft. »Folgendes. Mel und ich, wir haben einen Plan. Wie es jetzt mit uns weitergeht. Das wollten wir euch erzählen.«

»So, so«, meinte Bruno und zog seine Pfeife und den Pfeifentabak aus der Hemdtasche. »Klingt ganz so, als wenn das länger dauert.« Er blickte fragend zwischen Mel und Leo hin und her. Dann sah er zu Greta. »Weißt du, worum es geht?«

Sie schüttelte den Kopf.

Leo holte tief Luft. »Also jetzt, wo Mel ihr Abi in der Tasche hat und ich meinen Abschluss an der Winzerschule, wollen wir zusammen nach Amerika.«

Bruno und Greta sahen sich verblüfft an. *Das war es also!*, dachte Greta. Sie hatte Leo in letzter Zeit hin und wieder auf Englisch telefonieren hören. Sie hatte aber geglaubt, dass es sich um eine seiner Eroberungen aus dem Club von Luke handelte, weil Leo so gern dorthin ging. Luke bewirtete viele internationale Gäste.

»Ich habe bereits Kontakt zu einem Weingut aufgenommen. In der Nähe von Poughkeepsie, achtzig Meilen nördlich von New York.« Leo strahlte übers ganze Gesicht. »Die wollen mich unbedingt haben. Ich kann dort jederzeit anfangen. Die warten sozusagen schon auf mich.«

»Und ich habe mit einer Agentur gesprochen, die Au-pairs nach New York vermittelt. So sind wir beide nicht so ganz auf uns gestellt. Wir haben uns nämlich Folgendes überlegt: Eines Tages werden wir ja hier das Weingut übernehmen. Wenn ihr nicht mehr so viel arbeiten wollt. Und dann möchten wir es in die Zukunft führen, international bekannt machen. Dazu müssen wir gut Englisch sprechen können. Sozusagen *fluently*. Das ist aber weder bei mir mit meinem Französisch-Leistungskurs noch bei Leo der Fall. Deswegen Amerika. Da können wir dann auch gleich Kontakte knüpfen«, ergänzte Mel.

Greta sah, dass Bruno aufgehört hatte, seine Pfeife zu stopfen. »Das sind ja Neuigkeiten«, sagte sie. »Das muss ich erst mal verdauen. Habt ihr denn schon einen konkreten Zeitplan ins Auge gefasst? Und euch Gedanken gemacht, wie ihr das Ganze finanzieren wollt?«

Leo war sichtbar erleichtert, dass seine Mutter so sachlich reagierte. »Ja, natürlich! Also, ich könnte einen Vertrag mit Festanstellung bekommen. Die zahlen nicht viel, aber die Unterkunft ist umsonst. Und Mel bekommt ja ein Taschengeld als Au-pair und hat Kost und Logis frei. Wir brauchen nur den Flug.«

Greta nickte. Ihre Kinder schienen ihr von einer Minute auf die andere erwachsen geworden zu sein. Und sie hatten eine Vorstellung, wohin sie in ihrem Leben wollten. Das erfüllte sie einerseits mit Stolz, auch wenn sie ihr Fortgehen zugleich traurig stimmte.

Sie lassen uns allein, dachte sie. *Reisende soll man nicht aufhalten, aber gilt das auch für die eigenen Kinder?* »Das klingt ja alles ganz vernünf…«, setzte sie an. Doch weiter kam sie nicht.

Bruno schlug mit der flachen Hand auf den Tisch. »Was ist denn das für eine Schnapsidee. Amerika?«, fuhr er Leo an. »Es ist euch hier wohl nicht mehr gut genug? Auf dem besten Weingut in der Pfalz?« Er sah böse zu Greta. »Leo kann hier alles lernen, was er braucht, und Mel kann auch auf die Winzerschule gehen.«

»Wieso auf die Winzerschule?«, empörte sich Mel. »Wenn ich zurück bin, will ich in Geisenheim studieren. Das habe ich dir doch schon gesagt.«

»Und ich habe dir gesagt, dass es im Weinbau vor allem auf die Praxis ankommt, Melanie Maria. Sieh deine Mutter an, wie weit sie es gebracht hat. Da braucht es kein aufgeblasenes Studium, um Winzerin zu werden.« Er wandte sich an Greta. »Hast *du* ihnen die Flausen in den Kopf gesetzt?«

Bevor Greta darauf reagieren konnte, war Leo aufgesprungen. Sein Gesicht war hochrot, seine Augen funkelten wütend. »Das sind keine Flausen, Papa! Das ist die Realität. Ich muss auch mal etwas anderes kennenlernen und über den Tellerrand hinaussehen. Ich will nicht nur bei dir lernen. Und Mel ist total gleichberechtigt. Ihr habt mir erlaubt, auf die Winzerschule zu gehen, dann sollte sie sich ihren Ausbildungsweg auch aussuchen dürfen! Außerdem kannst du nicht über unsere Leben bestimmen. Wir sind nicht deine Sklaven! Wir sind nämlich schlau und handeln vorausschauend. Zukunftsorientiert nennt man das!«

»Nun mach mal halblang, Leo«, schaltete sich Greta ein. »Setz dich wieder hin. Wir werden euren Plan in aller Ruhe besprechen.«

»Heißt das, du findest ihn gut, Mama?«, fragte Mel hoffnungsvoll.

»Ihr überfallt uns ja damit. Anscheinend habt ihr euch seit Wochen damit auseinandergesetzt, und wir sollen jetzt innerhalb von fünf Minuten Ja und Amen sagen? Und euch, wenn ich es richtig verstanden haben, auch finanziell unterstützen?«

»Ich will nicht, dass sie gehen. Sie sind noch viel zu jung«, warf Bruno ein.

Greta versuchte, ihn zu beschwichtigen. »Wie alt warst du, als du im Elsass warst? Ungefähr so alt wie Leo heute?« Dann wandte sie sich an ihre Kinder. »Jetzt wollen wir eure Überlegungen erst einmal ein wenig sortieren. Wie sehen die Bedingungen des Arbeitsvertrags aus? Wirst du krankenversichert? Wie ist deine Unterkunft? Und du, Mel – welche Garantien gibt dir die Agentur? Kannst du dir eine Familie aussuchen? Ist ein Sprachkurs in dem Job enthalten?« Sie musste lächeln, als sie in die auf einmal kleinlauten Gesichter sah. »Das sind Fragen, auf die wir natürlich eine Antwort brauchen, nicht wahr, Bruno?«

»Und was ist mit der Lese? Die macht sich nicht von allein. Was ist mit …« Er winkte ab. »Ich sehe schon, es hat gar keinen Zweck.« Er stand auf.

»Geh nicht, Papa«, bat Leo. »Wir wollen das doch mit euch klären!«

»Ich will dir sagen, was ich klären muss«, erwiderte Bruno aufbrausend. »Was deine Mutter und ich tagtäglich klären. Nämlich, dass dieser Betrieb hier läuft. Jeden Tag. Tag für Tag. Und ich dachte, das wolltest du auch eines Tages.«

Sofort grätschte Mel dazwischen. »Wir, das wollen wir, Papa.«

»Wir wollen und werden eines Tages Gut Freudberg führen. Und weißt du auch warum? Weil wir es können. Und wahrscheinlich besser als du!«, platzte Leo raus und fuhr mit seiner Hand horizontal durch die Luft. Es war die gleiche Geste, mit der sein Vater oftmals Gespräche für beendet erklärte.

Greta hielt die Luft an. Bruno hatte die Kinder nie geschlagen, aber in diesem Moment hätte es sie nicht überrascht, wenn er Leo für seinen letzten Satz eine Ohrfeige gegeben hätte. Doch er sah seinen Sohn nur streng an. Dann wandte er sich ab und verließ die Küche.

»Das war jetzt weder klug noch vorausschauend noch fair, Leo«, rügte Greta ihren Sohn. »Und sehr respektlos.«

»Entschuldige, Mama«, meinte Leo zerknirscht.

Heute bin ich nicht Greta, sondern Mama, dachte Greta bei sich, und eine Welle von verfrühtem Trennungsschmerz überkam sie. »Du musst dich nicht bei mir entschuldigen, sondern bei deinem Vater.«

Es hatte vieler Gespräche mit Mel und Leo bedurft, um ihren Plan, nach New York zu gehen, umzusetzen. Die meisten hatte Greta mit ihnen geführt. Als alle Unklarheiten gelöst waren, vom Blackcliff Vineyard ein Vertragsentwurf für Leo vorlag, den Benno als Jurist einmal abgeklärt hatte, konnte auch Bruno seine Bedenken nicht mehr aufrechterhalten. Allerdings hatte sich herausgestellt, dass die Agentur, mit der Mel Kontakt gehabt hatte, unseriös war. Doch Lukes Frau Lucy hatte sich bei ihren New Yorker Freunden umgehört und eine Familie in der Upper Westside gefunden, die gern ein deutsches Au-pair aufnahm.

Und so kam ein Vierteljahr nach dem großen Streit der Tag des Abschieds. Bruno trat aus der Scheune und ging langsam auf Greta zu, während er sich die Hände an seinem Küferhemd abwischte. Sie war erleichtert, dass sie ihn nicht erst darin erinnern musste, dass sie die Kinder gleich zum Flughafen nach Frankfurt bringen würde. Seit sich Leo einige Tage nach dem großen Streit durchgerungen hatte, sich bei seinem Vater zu entschuldigen, hatten sie gemeinsam die Lese gut bewältigt. Bruno hatte die Entschuldigung sofort akzeptiert. *Man kann ihm vieles nachsagen,* dachte Greta, *aber nicht, dass er nachtragend ist.*

»Und du möchtest wirklich nicht mit zum Flughafen kommen?«, fragte sie, als Bruno neben ihr stehen blieb.

Er grinste, aber sah dabei alles andere als fröhlich aus. »Ich bin nicht für Abschiede gemacht.«

Gestern Nacht hatte Greta ihn zum ersten Mal in ihrer Ehe dabei ertappt, dass ihm Tränen über die Wangen liefen, als sie über den heutigen Tag gesprochen hatten. Nächstes Jahr würden sie Silberhochzeit feiern. Noch immer waren Gretas Gefühle für Bruno vielschichtig, noch immer ärgerte es sie, wenn er schwieg, anstatt zu reden. Aber Mitleid war bisher nicht dabei gewesen. Tröstend hatte sie ihn in den Arm genommen.

In diesem Moment kamen Leo und Mel, gefolgt von Caro und Jule, aus dem Haus. Jule hielt Beau fest an sich gedrückt. Bruno öffnete den Kofferraum des dunkelblauen Mercedes, ein großer Kombi mit Allradantrieb, den er erst vor ein paar Wochen gekauft hatte. Er hatte den alten Wagen in Zahlung gegeben und war mit dem neuen eines Nachmittags auf den Hof gefahren. Und obwohl Greta verärgert gewesen war, weil er sich nicht mit ihr abgesprochen hatte, hatte sie den Kauf nicht weiter kommentiert. Sie wusste, dass er sich zurückgesetzt fühlte, weil sie die beiden Älteren in ihren Amerika-Plänen unterstützte. Bruno gab ihr damit wohl zu verstehen, dass auch er etwas zu sagen hatte – und sei es nur ein Autokauf.

Jetzt wuchtete er Leos großen Koffer in den Kofferraum. »Himmel, was schleppst du denn da alles mit?«, fragte er.

»Ich habe ein paar Flaschen von unserem Wein eingepackt. Die Amis müssen doch wissen, aus was für einem Stall ich komme.«

Bruno klopfte ihm anerkennend auf die Schulter. »Recht so, mein Sohn.«

Leo legte Mels Koffer dazu, der so halb so groß war wie seiner.

»Bist du sicher, das reicht?«, fragte Greta ihre Tochter skeptisch.

Mel verdrehte die Augen. »Ganz sicher. Ich mache da ja schließlich keine Modenschau. Außerdem kann ich mir in New York auch was kaufen.«

Nacheinander umarmten sie sich alle. Vor allem Caro und Jule wollten ihre Geschwister gar nicht mehr loslassen, und Beau, der spürte, dass etwas Ungewöhnliches vor sich ging, lief aufgeregt um sie herum. Schließlich klatschte Greta in die Hände. »Wir müssen los. Sonst verpasst ihr noch den Flieger.«

Als sie am Frankfurter Flughafen eingecheckt und die Koffer aufgegeben hatten, nahm Greta ihre beiden Großen in die Arme und drückte sie an sich. »Versprecht mir, dass ihr gut auf euch aufpasst, ja? Jeder auf sich und auch auf den anderen?«

»Mach dir keine Sorgen. Wir schaffen das«, kam es wie aus einem Mund zurück.

Greta lachte. »Ihr seid mir schon so zwei. Immer einig, nicht wahr?« Sie versuchte, dem Abschied die Traurigkeit zu nehmen. »Und geht nicht zu spät ins Bett, putzt euch die Zähne …«

Jetzt lachten auch Mel und Leo. »Das hast du uns immer mit auf den Weg gegeben, wenn es auf Klassenfahrt ging«, meinte Leo. Er drückte seine Mutter an sich. »Danke, Mama, für alles, was du für uns getan hast.«

Es fühlte sich so richtig an, ihre Kinder ziehen zu lassen,

und es fiel Greta zugleich unendlich schwer. Sie riss sich zusammen. »Na, los, ab mit euch. Ihr müsst noch durch die Sicherheits- und Passkontrolle.«

Die beiden gingen los. *Es wird das erste Mal sein, dass eines meiner Kinder an seinem Geburtstag nicht zu Hause ist,* dachte Greta. Seinen dreiundzwanzigsten Geburtstag würde Leo in den USA verbringen.

Plötzlich machten Mel und Leo wie abgesprochen nach wenigen Schritten gleichzeitig auf dem Absatz kehrt und kamen zu ihr zurück. »Nicht traurig sein, versprochen?«, flüsterten sie links und rechts unisono in ihre Ohren, als ob sie ihre Gedanken gehört hätten, um gleich darauf loszuspurten.

Ein Gefühl von Stolz und Wehmut durchflutete Greta, als sie ihnen nachsah. Ihr großer, schlaksiger Sohn und ihre zierliche Tochter waren dabei, eine neue Welt zu erobern.

27. KAPITEL

Kirchheim,
Juni und September 1999

Greta öffnete die Fenster im Schlafzimmer und sah wie jeden Morgen auf die Weinberge. Als sie sich umwandte, fiel ihr Blick auf das Bett, auf ihre ungemachte Seite mit der aufgeschlagenen Decke und auf die andere Seite, auf der keine Decke und kein Kissen lagen. Bruno schlief schon seit Monaten unten im Salon. Greta wusste, dass manche Menschen, wenn sie traurig waren, die Nähe zu anderen suchten. Andere wiederum zogen sich in die Einsamkeit zurück. Bruno gehörte zu letzteren.

Das Familienleben fand, seit Mel und Leo in Amerika waren, meist nur zwischen Greta, Caro und Jule statt. Brunos Anteil daran bestand lediglich darin, an den gemeinsamen Mahlzeiten teilzunehmen. Eines Abends hatte Greta ihn gesucht. Zu ihrem Erstaunen hatte Bruno in Leos Zimmer gestanden, versonnen auf die Weinbücher geblickt, die sein Sohn ordentlich auf seinem Schreibtisch aufgereiht hatte. Als Greta ihn angesprochen hatte, hatte er sich wie ertappt zu ihr umgedreht. Da war Greta klargeworden, wie sehr er seinen Sohn vermisste. Sie erkannte, dass Leo der einzige Mensch war, den Bruno bedingungslos liebte. Sosehr sie diese Vater-Sohn-Bindung berührte, so sehr bedauerte sie, dass er nicht die gleiche Nähe zu seinen Töchtern verspürte.

Beau schien zu merken, dass Greta traurigen Gedanken nachhing, denn er stupste sie ans Bein und lief zur Tür. Der Hund hatte wieder mal bei ihr übernachtet.

»Na, komm, Beau, auf in den Tag.« Sie nahm ihre Strickjacke aus der Kommode und schlüpfte hinein. So früh am Morgen war es immer noch etwas frisch. Gegen Mittag war dann die Hitze ohne Sonnenhut im Weinberg kaum auszuhalten. Im Flur klopfte sie an die Tür des Badezimmers, aus dem Duschgeräusche drangen. »Beeil dich, Jule, sonst verpasst du den Bus«, rief sie gegen das Plätschern an.

Wie immer war Jule morgens spät dran. Während sie ihre drei älteren Kinder selten hatte ermahnen müssen, nicht zu spät zur Schule zu kommen, hatte Jule schon diverse Einträge wegen ihrer Unpünktlichkeit. Letzte Woche hatte Greta sogar einen Anruf von der Klassenlehrerin erhalten, weil ihre Tochter geschwänzt hatte. Greta hatte ihr ins Gewissen geredet, doch Jule hatte ihr bis heute nicht erzählt, was sie in der »gewonnenen Zeit« unternommen hatte. Jule war sicher nicht weniger intelligent als ihre beiden Schwestern. Es fehlte ihr vielmehr an Ernsthaftigkeit. Das Lernen fiel ihr leicht, doch meist hatte sie etwas Besseres vor.

Als Greta die Treppe herunterkam, hörte sie, dass Caro mit ihrem Vater stritt. Das kam in letzter Zeit häufiger vor, denn Bruno wollte Caros künstlerische Ambitionen nicht unterstützen. »Brotlose Kunst« und »Spinnerei« hatte er es bei der letzten Diskussion genannt und Caro mit seiner harschen Einstellung gekränkt. Nächste Woche würde ihre mittlere Tochter ihr Abiturzeugnis überreicht bekommen, und es sah so aus, als ob es genauso gut wie Mels werden würde.

»Wenn ich schon nicht nach Brüssel ans Institut Saint-

Luc darf, dann gehe ich eben nach Berlin an die HdK.« Caros Stimme überschlug sich fast.

»Du bist viel zu jung, um alleine zu wohnen«, hörte Greta Bruno sagen.

»Was kann ich denn dafür, dass ich mit fünf eingeschult worden bin und die sechste Klasse übersprungen habe?«, konterte Caro prompt.

Greta atmete tief durch, bevor sie die Küche betrat. Vor einiger Zeit hatte Caro ihnen eröffnet, dass sie Comiczeichnerin werden wollte. Inzwischen hatte sie beschlossen, Kunst zu studieren. Die Diskussion führten sie jetzt seit Wochen und drehten sich dabei im Kreis. Bruno bestand darauf, dass Caro etwas »Reelles«, wie er es nannte, studieren sollte. Von der Kunst könne sie später nicht leben.

»Ich verstehe einfach nicht, warum du nicht verstehst, dass das mein Lebenstraum ist!« Als Caro Greta bemerkte, drehte sie sich zu ihr um. »Mama, hilf mir!«

Greta sah in Caros dunkelblaue Augen, die sich mit Tränen gefüllt hatten. Sie war ein hübsches Mädchen mit ihrem rotblonden, dicken Haar, das ihr wie ein schwerer Vorhang über die Schultern fiel – wenn sie eben nicht so abgrundtief unglücklich aussah wie jetzt.

»Wollt ihr denn nicht, dass ich glücklich bin?«, fügte sie verbittert hinzu, bevor Greta antworten konnte.

»Natürlich wollen wir das!«, blaffte Bruno. »Aber mit einem richtigen Beruf. Malen ist ein Hobby, keine wirtschaftliche Grundlage für dein Leben.«

Caro biss sich auf die Lippen und schwieg.

»So ein Schritt will wohlüberlegt sein, Caro«, warf Greta beschwichtigend ein.

»Ich weiß, was ich will. Ich bin richtig gut, das finden alle. Ich will Künstlerin werden. Und sagst du nicht immer,

Mama, man soll weder aufgeben noch nachgeben, sondern alles geben? Und du, Papa, deine Devise ist doch: Das Beste ist gerade gut genug. Die HdK ist spitzenmäßig!«

»Und was, wenn du es dir in einem halben Jahr anders überlegst? Das ist doch vergeudete Zeit«, sagte Bruno abschätzig.

»Warum sollte ich das tun? Mein ganzes Leben lang male und zeichne ich. Es ist das, was mir am meisten Spaß macht, und ich möchte das machen, wozu ich Lust habe. Das habt ihr mir mein Leben lang vorgelebt. Warum darf *ich* das denn nicht?«

»Das war bei mir damals eine ganz andere Entscheidung. Und eine ganz andere Zeit. Ja, ich wollte Kellermeister werden. Aber deine Mutter hatte ja nicht wirklich eine Wahl. Sie musste Winzerin werden, dabei hätte sie auch sehr gern studiert, nicht wahr?«

Greta nickte.

»Das kannst du nicht miteinander vergleichen«, sagte Bruno abschließend und führte seinen horizontalen Karateschlag aus, als wollte er alle Argumente, die ihm nicht passten, köpfen. Es reicht, hieß das.

Vielleicht war es genau diese Bewegung, die Greta nur zu gut von Bruno kannte, dass sich etwas in ihr veränderte. Hatte sie sich bis jetzt diplomatisch in der Diskussion zurückgehalten, um Bruno nicht in die Parade zu fahren, bezog sie nun Stellung: »Du musst es wirklich wollen, Caro. Mit allen Konsequenzen. Berlin ist weit. Du weißt selbst, wie stark dein Heimweh sein kann.« Mit vierzehn hatte Caros Klasse eine Klassenreise an den Bodensee gemacht. Nach zwei Tagen hatte Greta ihre heulende Tochter abholen müssen. Die Klassenlehrerin hatte sich keinen anderen Rat mehr gewusst, als Greta anzurufen.

»Gibt es denn hier in der Nähe keine Möglichkeit, Kunst zu studieren?«, hakte sie nun nach.

»Ich will nach Berlin, Mama. Da schlägt der Puls der Kunst! Die Museen, die Nationalgalerie, der Hamburger Bahnhof, das Pergamonmuseum. Und die Galerien. Kunstprojekte überall in der Stadt, so wie die Verhüllung des Reichstags von Christo. Das ist doch bahnbrechend!« Caro sah ihre Mutter bittend an. »Nichts darf zurückbleiben als die Erinnerung an die Kunst. Das ist so ein großartiger Gedanke, den Jeanne-Claude und Christo mit ihrer Kunst verfolgen.«

»Absolute Spinnerei ist das«, warf Bruno ein. »Nur die Erinnerung soll Kunst sein? Hörst du nicht, was das für ein schwachsinniger Gedanke ist? Dafür bist du viel zu intelligent. Du könntest alles studieren. Medizin, Jura oder BWL. Wirf dein Talent nicht weg.«

Caro sah ihren Vater fassungslos an. »Du verstehst wirklich gar nichts. Mein Talent, das ist die Kunst! Ihr könnt euch auf den Kopf stellen. Ich gehe. Auch ohne euer Geld!« Damit stürmte sie aus der Küche.

Greta sah zu Bruno. »Ich denke, wir sollten sie es versuchen lassen. Geben wir ihr ein Jahr Zeit.«

»Du weißt, dass das rausgeschmissenes Geld ist. Und vertane Zeit.«

»Das ist nicht gesagt«, meinte Greta nachdenklich. »Caro hat immer ihre Kunst geliebt. Weißt du nicht mehr, wie oft sie manchmal tagelang in ihrem Zimmer an etwas gebastelt oder etwas gemalt hat? Völlig von der Welt abgewandt? Wie sie stundenlang in dem Dalí-Buch geblättert hat, das du mir geschenkt hast? Und wo steht eigentlich geschrieben, dass man mit einem guten Abitur nicht Kunst studieren sollte?«

Bruno funkelte sie an. »Und wo steht geschrieben, dass alle Kinder über den ganzen Erdball verteilt sein müssen?«

»Berlin ist nicht aus der Welt.«

Bruno winkte ab. »Ich hätte Mel und Leo niemals nach Amerika gehen lassen dürfen. Und jetzt Caro nach Berlin? Und Jule? Die geht dann eines Tages nach Afrika?«

»Sie sollen glücklich werden. Nur das zählt doch.« Greta hielt inne, denn in Brunos Blick konnte sie lesen, dass die Glücksrechnung in seinem Leben nicht aufgegangen war.

»Vor was hast du Angst? Eines Tages mit mir allein zu sein?«

»Unsinn. Die Mädchen sollen nur nicht so unglücklich werden, wie wir es sind.«

Sie sahen sich an. Dann umarmten sie sich, still, schweigend und doch einvernehmlich, zwei Menschen, die zugeben konnten, dass sie nicht füreinander bestimmt waren.

Kaum hatte Caro ihren Eltern das zögerliche Ja abgerungen, setzte sie zielstrebig ihren Plan um. Sie bestellte sich die Berliner Szenezeitschriften *Tip* und *Zitty*, durchforstete darin die WG-Zimmer-Angebote, telefonierte und fand tatsächlich eines in einer WG für Kunststudenten. Jetzt erst gestand sie, dass sie schon vor einiger Zeit ihre Mappe mit Kunstarbeiten eingereicht hatte, ohne ihren Eltern etwas davon zu erzählen. Als sie die Zusage bekam – Greta glaubte, dass der Jubelschrei bis in den Riesling-Weinberg zu hören war –, rückte sie mit der Wahrheit heraus: Sie hatte nichts erzählt, weil eine Absage nur Brunos Argumentation in die Hände gespielt hätte.

Greta hatte Bruno gefragt, ob er mit ihr und Caro nach Berlin kommen wollte, und war kein bisschen überrascht gewesen, als er es weit von sich gewiesen hatte. Die Weinlese würde beginnen, sobald Greta zurück war, er musste noch vieles vorbereiten … Sie kannte seine Argumente. Doch auch wenn sie stimmen mochten, hätte sie viel dafür gegeben, sie nicht von ihm zu hören. Zudem wollte sie noch am selben Tag zurückfahren, es wäre schön gewesen, sich mit Bruno auf der langen Fahrt abzulösen.

Es war ein warmer Spätseptembermorgen, in dem bereits die erste Herbstkühle lag, als sie und Caro mit dem vollgepackten Wagen losfuhren. Sechs Stunden später parkte Greta vor einem hohen Altbau in Berlin-Charlottenburg. Sie drehte sich zu Caro, die fasziniert und zugleich irritiert zu dem Haus sah, in dem sie jetzt wohnen würde.

»Geschafft.« Sie öffnete die Wagentür, doch Caro hielt sie am Ärmel zurück.

»Mama?« Caro hatte Tränen in den Augen.

»Sind das Angst- oder Freudentränen?«, wollte Greta wissen.

Caro zog die Nase hoch. »Beides?« Sie faltete den Stadtplan zusammen, mit dem sie Greta in die Niebuhrstraße gelotst hatte.

Greta legte tröstend einen Arm um sie. »Jetzt schauen wir uns erst mal dein Zimmer an, und dann essen wir etwas. Einverstanden?«

Eine junge Frau mit krausem schwarzem Haar, barfuß und in einem indischen Batikkleid, öffnete ihnen die Tür. »Hey, du bist Caro, richtig? Wir haben gestern telefoniert. Hereinspaziert und willkommen. Ich bin Evelyn. Die anderen sind alle unterwegs oder schlafen noch.« Sie zeigte auf die Gepäckstücke, einen Koffer und zwei prall gefüllte Reisetaschen, die Caro und Greta in den vierten Stock geschleppt hatten. »Braucht ihr Hilfe? Ach kommt, ich zeige euch erst mal dein Zimmer.«

Evelyn lief einen langen Korridor entlang, an dessen Wänden Zeitungspapier, in Form menschlicher Körper geschnitten, hing. Als Greta sie genauer betrachtete, sah sie, dass über jedem Körper gelbe Post-its mit Vornamen klebten.

»Hier haben sich alle Mitbewohner verewigt. Auch ehemalige«, erklärte Evelyn. »Bald hängst du auch da, Caro. Können wir gern zusammen machen.« Lachend zeigte sie zu einem Hut, der über der Badezimmertür befestigt war. »Den haben wir hier hingehängt, weil wir alle total auf Joseph Beuys stehen. Schade, du hast seine Ausstellung verpasst. War echt toll.« Sie öffnete die Tür zu einem Zimmer. »Bitte schön.« Sie machte eine ausladende Handbewegung.

Caro stellte Koffer und Reisetasche ab und sah sich um. Das Zimmer war hell und geräumig, hatte ein schönes Fischgrätenparkett, das allerdings schon etwas in die Jahre gekommen war.

»Hast du es dir so vorgestellt?«, wollte Greta wissen. Unter ihren Schritten knarrte das Parkett leise.

»Es ist überwältigend«, hauchte Caro.

Greta trat ans Fenster. Der Blick in den Hinterhof gefiel ihr. Ein hoher Kastanienbaum reckte seine Äste bis dicht ans Fenster, darunter standen einige Biertische und Bierbänke. An einem Metallständer war ein kunterbuntes Durcheinander von Fahrrädern angeschlossen. Evelyn trat neben sie. »Cool, nicht? Und das mitten in Charlottenburg. Man kann von hier locker zur HdK laufen. Manchmal kommt das ganze Haus zusammen, und dann grillen wir gemeinsam. Ist echt eine super Hausgemeinschaft.« Sie ging zur Tür. »Na, ich lasse dich erst mal ankommen, Caro. Wenn du Hilfe brauchst, ich wohne gleich vorn im ersten Zimmer. Bis später.«

»Ja, danke, bis später«, meinte Caro und stellte sich neben Greta. »Die ist ja echt nett.«

»Komm, wir holen erst mal den Rest hoch.«

»Vor allem den Karton mit meinen Zeichensachen.« Caro war schon an der Tür.

Als sie wieder oben waren, ließ Caro sich aufs Bett fallen. Unvermittelt begann sie zu weinen.

Greta setzte sich zu ihr, hob ihr Kinn. »Was ist los? Freust du dich denn nicht? Jetzt bist du hier, in Berlin! Das wolltest du doch so unbedingt!«

Caro sah sie aus tränenverhangenen Augen an. »Aber du fährst ja gleich wieder. Und dann bin ich ganz allein.«

»Du bist hier doch nicht allein, Caro. Evelyn ist da, und später wirst du die anderen Mitbewohner kennenlernen. Und übermorgen fängt schon dein Vorbereitungskurs für das Semester an. Du wirst ganz schnell Freunde finden. Da bin ich mir sicher.«

»Kannst du nicht wenigstens eine Nacht hierbleiben, Mama?« Caro sah Greta bittend an.

Die Kinder lassen die Hände der Eltern los, aber lass du ihre niemals los, dachte Greta und gab sich einen Ruck. »Also schön, wenn du das gern möchtest, dann suchen wir mir jetzt ein Hotel. Aber ich muss morgen ganz früh los.«

»Nicht ins Hotel, Mama. Du kannst hier in meinem Bett schlafen, und ich nehme die Isomatte. Bitte.«

Greta seufzte innerlich, nickte aber. »Wir machen es uns schon irgendwie gemütlich.« Sie erinnerte sich an die vielen Nächte, in denen Caro zu ihr ins Bett gekrochen war. Das hatten alle ihre Kinder getan. Aber Caro hatte erst damit aufgehört, als sie zehn Jahre alt war. Nach außen hin tat sie immer sehr taff. Aber in ihrem Innersten war sie noch das kleine, schüchterne Mädchen, das zwar gut mit sich allein sein konnte, aber um sich herum erst ein Nest bauen musste, um an einem neuen Ort anzukommen.

»Komm, wir rufen Papa an und sagen ihm, dass wir gut angekommen sind. Dann gucken wir mal, wie du das Zimmer hier noch etwas gemütlicher machen kannst. Einverstanden?«

»Wollen wir uns nicht auch die Stadt anschauen?«, fragte Caro.

Kurze Zeit später schlenderten sie über den Kurfürstendamm. Ein buntes Treiben herrschte an diesem Spätsommertag. *Es ist das erste Mal, dass ich mit einem meiner Kinder in einer fremden Stadt bin,* stellte Greta erstaunt fest. *Warum eigentlich? Wenn Bruno nicht reisen will, wieso bin ich nicht mit meinen Kindern verreist?* Eine plötzliche Müdigkeit überfiel sie, und sie konnte nicht sagen, ob es an der vertanen Chance oder der langen Fahrt lag. Als sie am *Hotel Kempinski* vorbeikamen, vor dem kleine Bistrotische aufgestellt waren, zog sie ihre Tochter mit sich. »Komm, ich brauche ganz dringend einen Kaffee.«

Die Bedienung hatte ihnen gerade zwei Cappuccinos gebracht, als vor ihnen ein junger Mann mit einem Gitarrenkasten stehen blieb. Er öffnete ihn, nahm sein Instrument heraus und ließ den Kasten geöffnet stehen, vermutlich in der Hoffnung, dass Passanten Geld hineinwerfen würden. Er schaute sich um, bis sein Blick auf Caro fiel. Einmal blinzelte er ihr zu, dann begann er, Neil Youngs »Heart of Gold« zu singen.

Etwas zog sich schmerzhaft in Greta zusammen. Robert hatte ihr damals erzählt, dass er als Straßenmusiker in Berlin sein Geld verdient hatte. War er so gewesen wie dieser junge Mann hier? Und warum musste sie in diesem Moment eine kaum kontrollierbare Sehnsucht nach Robert empfinden?

»*Und ich werde alt*«, übersetzte sie in Gedanken das, was der junge Musiker gerade sang. *Wie wäre mein Leben verlaufen, wenn ich damals fortgegangen wäre? Wenn ich Roberts Brief bekommen, auf mein Erbe verzichtet und Bruno nicht geheiratet hätte? Mich irgendwie durchgeschlagen hätte, gleich an dem Tag, als ich volljährig geworden war?* Hastig trank sie ihren Cappuccino aus. »Lass uns weitergehen.«

Der Ku'damm ging in den Tauentzien über, und an dessen Ende fanden sie das KaDeWe. Sie kauften hübsche Vorhänge und einige Kunstdrucke von Frida Kahlo, Paula Modersohn-Becker, Niki de Saint Phalle und Emy Roeder. Sie wolle nur Frauen an der Wand haben, hatte Caro gemeint.

Die Verkäuferin verstaute die Kunstdrucke in einer Papprolle. »Zufrieden? Brauchst du noch etwas?«, wollte Greta wissen. Caro gab ihr einen Kuss auf die Wange. »Nein, das ist schon super, dass jetzt meine Vorbilderinnen immer bei mir sind.«

Greta lachte über diese feministische Wortschöpfung. »Gut, dann lass uns noch einen Blick in die Weinabteilung werfen, wo wir schon mal hier sind.«

Caro seufzte auf. »Nee, Mama, echt nicht. Schalt mal ab. Du bist ja schon wie Papa, der nur Wein im Kopf hat.« Sie zog sie mit sich. »Komm, wir fahren lieber zum Reichstag. Den müssen wir uns doch unbedingt ansehen als gute Touristen.«

Greta hatte Caro noch nie so aufgekratzt erlebt. Sie war eher ein zurückhaltendes Kind gewesen, gern für sich, allein mit ihren Gedanken, ihrer Kunst und ihren Ideen. Vielleicht war Caro ihr am ähnlichsten.

So wie Greta als junges Mädchen in ihre Bücher geflüchtet war, flüchtete Caro in ihre Kunst. Ihr Sandwichkind, wie Greta sie manchmal bei sich nannte, wurde erwachsen. Mel und Leo hatten von klein auf eine Einheit gebildet, und Julchen bekam als Jüngste von allen besondere Aufmerksamkeit. Vielleicht hatte Caro sich für die Kunst entschieden, weil sie ihr die Einsamkeit nahm.

Caro studierte den Busfahrplan, während Greta ihr Gesicht in die Sonne hielt, wie sie es so oft im Weinberg tat, wenn sie zwischen den Reben stand. *Meine Tochter, noch nicht mal volljährig, geht einen großen Schritt. Aber sie weiß, dass sie jederzeit nach Hause kommen kann*, dachte sie.

Lautes Hupen riss sie aus ihren Gedanken. Sie öffnete die Augen. Caro zog Greta in den Bus, der gerade hielt. Gemeinsam stiegen sie die schmale Treppe nach oben und setzten sich in die erste Reihe. Greta lehnte sich zurück, genoss die Fahrt durch den Tiergarten, vorbei an der Siegessäule bis zum Reichstagsgebäude.

Wenig später stand Caro andächtig vor dem Reichstag. »Ist das nicht der reinste Wahnsinn, Mama? Ich muss unbedingt irgendwann in diese Kuppel hinauf. Ich weiß alles über dieses Gebäude. So wie du über das Hambacher Schloss.« Sie grinste frech.

Greta schluckte. Die Erinnerungen an Robert fingen an, in dieser Stadt überhandzunehmen. Sie räusperte sich. »Willst du dich jetzt hier vor einen Zaun werfen und rufen: ›Ich will hier rein‹? Wie unser Bundeskanzler es vor Jahren in Bonn getan haben soll?«

Greta hatte Caro und Jule erst letzte Woche diese Anekdote, die Gerhard Schröder nachgesagt wurde, erzählt. Jule hatte ein Geschichtsreferat über die Bundeskanzler halten müssen, und wie immer hatte Caro ihrer jüngeren Schwester dabei geholfen.

Caro schüttelte den Kopf. »Ich glaube, ich muss das Gebäude von innen sehen, um ein Gefühl dafür zu bekommen.«

»Du meinst, in den Kern vordringen?«

Caro nickte ernst. »Muss man das nicht, wenn man etwas verstehen will?«

Greta nickte. »Ja, ich denke, das ist der richtige Weg.«

»Was möchtest du noch von Berlin sehen, bevor du morgen wieder fährst, Mama?«, fragte Caro, während sie zurück zur Bushaltestelle gingen.

»Sehr gern den Checkpoint Charlie.«

Caro sah sie verwundert an. »Warum das denn?«

Greta wollte nicht sagen, dass sie an diesen Ort wollte, weil Robert ihr davon erzählt hatte. »Ich werde dir West-Berlin zeigen, versprochen«, hatte er damals gesagt. Doch dazu war es nie gekommen.

»Weil ich mal etwas darüber gelesen habe«, redete sie sich rasch heraus.

Caro begleitete sie am nächsten Morgen zu ihrem Wagen.

»Du hast wirklich sehr nette Mitbewohner. Erkunde dein Viertel hier. Guck, wo du einkaufen kannst und …«, begann Greta.

Caro fiel ein. »Vergiss nicht, dir die Zähne zu putzen. Und ja, ich gehe immer früh ins Bett.«

»Genau so.«

Caro wurde ernst. »Ich weiß nicht, ob ich das hier hinbekomme, Mama. Ich meine, gleich bin ich in Berlin ja ganz allein. Und …«

Greta lehnte sich an den Wagen und sah erst zu ihrer Tochter, die auf dem Bürgersteig stand, und dann hoch zu Caros Wohnung. »Da oben, das ist dein neues Zuhause. Wobei du dein Zuhause in der Pfalz natürlich nie verlieren wirst. Du kannst jederzeit kommen. Das weißt du?«

Caro nickte.

»Ich will jetzt nicht so Sätze sagen wie ›Aller Anfang ist schwer‹, das hilft dir nämlich jetzt nicht weiter. Aber denk mal an den gestrigen Tag. Da warst du so selbstsicher, frei von Zweifeln. Versuch, dich daran zu erinnern. Denn das ist ein gutes Gefühl. Du bist nicht allein, Caro. Du hast schon immer deine Kunst gehabt. Du musst nur an dich glauben. Versprich mir, dass du das tust.«

Die beiden umarmten sich.

»Danke, Mama.«

Greta ging zum Kofferraum und nahm ein schuhkartongroßes Päckchen heraus, das sie in Geschenkpapier eingewickelt hatte.

»Für mich? Schuhe?«, fragte Caro überrascht und riss das Papier ab.

»Nicht ganz«, schmunzelte Greta.

Caro stieß einen kleinen Freundenschrei aus. »Mama, du bist einfach die Beste! Ein Handy. Wie toll ist das denn.«

»Pass auf dich auf, Caro. Die Welt ist hier eine andere als in unserer beschaulichen Pfalz. Wenn was ist, ruf an. Und wenn nichts ist, ruf auch an.«

»Klar, wenn du im Weinberg stehst, hörst du es auch in der Küche klingeln«, lachte Caro.

Greta öffnete ihre Handtasche und zog ein Handy heraus. »Ganz genau!« Sie umarmte ihre Tochter, schwor sich, das Gefühl, wie diese sich an sie schmiegte und ihren Kopf an ihre Wange drückte, niemals zu vergessen. Dann stieg sie in den Wagen. Zweimal drückte sie auf die Hupe und winkte aus dem Fenster, bevor sie von der Niebuhrstraße in die Leibnizstraße abbog.

Und wieder tauchte eins ihrer Kinder in eine neue Welt ein, während Greta in ihrer alten Welt blieb, die ihr so eng und festgefahren schien.

Greta schloss gerade die Haustür auf, als sie das Telefon klingeln hörte. Sie lief in die Küche und nahm ab.

»Hello, Mom!«, erklang Leos Stimme.

»Huhu, Mama.« Das war Mel.

»Hallo, ihr zwei. Ist was passiert? Bist du bei Mel in Manhattan, Leo?«

»Uns geht es gut, Mama.«

Greta setzte sich. Es musste einen Grund haben, dass die Kinder sie anriefen. Sie meldeten sich telefonisch sonst nur zu Geburtstagen.

»Ich bin gerade zurück aus Berlin. Ich habe Caro hingebracht. Hat Mel ihren Rückflug schon gebucht?«

»Wir haben uns etwas überlegt«, hörte sie Mel sagen.

Greta horchte auf. »Das da wäre?«

»Wenn meine Zeit als Au-pair vorbei ist, gehe ich zu Leo aufs Weingut.«

»Wieso das denn?«, entfuhr es Greta.

»Ich will eben auch woanders praktische Erfahrungen sammeln.«

»Mel, wir hatten doch ausgemacht, dass du spätestens im Winter zurückkommst.«

Es raschelte etwas, als Mel offenbar Leo den Hörer übergab. »Mel kann da wirklich irre viel lernen. Wir haben schon alles geklärt. Wir bekommen sogar ein kleines Apartment gestellt. Wir schreiben dir alles in Ruhe. Kannst du ja schon mal mit Papa bequatschen. Und grüß alle, hier ist gleich Schluss. Wir haben nichts mehr auf der Telefonkarte.«

»Tschüss, Mama. Wir haben dich lieb.« Das war wieder Mel.

Klick. Die Verbindung war unterbrochen.

Nachdenklich legte Greta den Hörer auf die Gabel. Irgendetwas irritierte sie an dem Anruf. Bildete sie es sich nur ein oder hatte Mels Stimme bedrückt geklungen? Normalerweise war sie es, die das Wort führte. Leo telefonierte ungern und hielt sich in den wenigen Telefonaten stets zurück. Doch heute nicht. Musste sie sich Sorgen machen? Sollte sie in die USA fliegen und nachsehen, wie es ihren Kindern ging?

Hör auf rumzuspinnen, schalt sie sich. *Mel und Leo sind erwachsen! Die melden sich, wenn sie deine Hilfe brauchen. Es ist alles in Ordnung.*

Sie schrak zusammen, als der Türklopfer ertönte. »Komme«, rief sie.

Robert stand vor der Tür, in hellblauen Jeans, schwarzem Rolli und die Haare noch grauer als bei ihrem letzten Wiedersehen. Robert, an den sie gestern so oft hatte denken müssen. Was wollte er hier?

»Kann ich reinkommen?«, fragte er. Er mied ihren Blick.

»Natürlich.« Noch immer konnte Greta nicht unbeschwert mit ihm umgehen. »Kann ich dir etwas anbieten? Tee, Wasser?«

Sie ging voraus in die Küche. Robert folgte ihr. Er lehnte sich an den Küchentresen. »Ein Wasser wäre gut.«

Greta drehte den Wasserhahn auf und reichte Robert ein volles Glas. Er nahm einen Schluck, bevor er es auf der Arbeitsfläche abstellte. »Elfriede ist heute Nachmittag gestorben.«

Greta starrte ihn an. »Wie …?«

»Im Schlaf. Der Arzt meinte, es war wohl ein Herzinfarkt. Heute Morgen fühlte sie sich nicht gut, hat sich gleich nach dem Frühstück wieder hingelegt. Als Dagmar später ins Zimmer kam, war sie tot.« Er rieb sich über das Gesicht. Greta konnte nicht sehen, ob er weinte oder einfach nur erschöpft war.

»Kann ich sie noch einmal sehen?«, fragte Greta leise.

Robert schüttelte den Kopf. »Der Bestatter hat sie schon abgeholt.«

Greta versuchte, die Tränen zu unterdrücken, aber vergeblich. Sie fing an zu weinen.

In den letzten Jahren hatte sie so viele gemeinsame Momente mit Elfriede gehabt. Jetzt würde sie sie nie wiedersehen. Vergeblich tastete sie nach einem Taschentuch in ihrer Hose. Und dann war Robert auch schon bei ihr und nahm sie in den Arm.

»Nicht traurig sein, Gretchen«, flüsterte er und zog sie an sich. Eng umschlungen blieben sie stehen, und Greta schluchzte gegen seinen Pullover um alles, was sie an diesem Tag verloren hatte.

Die Zeit verstrich, bis Robert sie etwas von sich hielt.

Greta griff nach einem Stück Küchenpapier und putzte sich die Nase. »Entschuldige, ich bin total egoistisch. Wie geht es dir?«, fragte sie.

Robert zuckte mit den Achseln und griff nach ihrer Hand. »Sie war meine Mutter und hat alles für uns Kinder getan. So richtig nah war sie mir nie. Ich glaube, das war sie nur dir. Aber ich komme irgendwie klar.«

»So wie du immer klargekommen bist in deinem Leben.«

Robert sah sie an. Sein Blick war voller Zärtlichkeit. »Ja, halt irgendwie. In drei Tagen ist die Beerdigung. Vielleicht realisiere ich erst dann, dass Elfriede nicht mehr lebt. Das Geräusch von Erde, wenn sie auf den Sarg fällt, hat etwas Endgültiges.«

»Schon in drei Tagen? So schnell?«, wunderte sich Greta.

»Ich habe Johann darum gebeten, weil ich noch da sein möchte. Mich verabschieden will. Ich gehe fort, Greta.«

»Wohin?«, fragte sie erstaunt.

»Ich habe eine Gastprofessur in L.A. angenommen, an der University of California. Erst mal für zwei Jahre, aber wenn ich will, kann ich verlängern.«

»Wovor läufst du dieses Mal weg, Robert?«, fragte Greta. »Oder ist es das Geld?«

Er winkte ab. »Ich habe in Mainz gut verdient, und die Telekom-Aktien haben mich saniert. Microsoft auch. Benno kennt sich inzwischen gut an der Börse aus. Nein, das Geld ist es nicht. Ich flüchte vor der Leere in meinem Leben.«

»Du hast die Musik.«

»Musik kann Menschen nicht ersetzen. Ich bin allein. Du hingegen hast eine Familie, Kinder, einen Mann.«

»Die Kinder werden flügge, gehen ihre eigenen Wege. Das Nest wird leerer. Warum ausgerechnet Los Angeles?«

»Warum nicht? Ich mag diese Stadt. Sie hat mir damals meinen Schmerz genommen, auch wenn du mir jeden Tag gefehlt hast. Das hatte ich dir ja geschrieben.«

»Ich wusste viele Jahre nichts von diesem Brief. Renate hat ihn abgefangen und verbrannt. Ich habe ihn bis heute nicht gelesen.«

»Dieses Biest. Soll ich dir sagen, was ich dir geschrieben habe?«

Greta schüttelte den Kopf. »Ein Vierteljahrhundert später? *Ewig mein, ewig dein, ewig uns.* Lass uns diesen Schmerz nicht auch noch haben.«

Robert lächelte traurig. »Tut so schon verdammt weh, nicht?«

»Und da ist es einfacher, wieder zu gehen«, stellte Greta traurig fest.

»Ich kann nicht länger hierbleiben. Elfriede war die letzte Verbindung, die ich hier hatte. Matse ist tot, und weder zu Johann noch zu Renate habe ich einen Draht. Leid tut es mir, dass ich dich dann nicht mehr sehe. Und Florian. Ich mag den Jungen. Er hat Talent. Sein Geigenspiel ist erstaunlich. Liegt wohl an den Genen unseres Großvaters.«

»Elfriede hat dir von Nathan Singer erzählt?«

»Das wenige, was sie wusste, ja. Kam mir gleich komisch vor, dass der Junge so eine kostbare Geige spielt. Johann weiß es bis heute nicht.«

»Das heißt, dass er nie danach gefragt hat?«

Robert nickte. »Ich muss los.«

»Moment, ich habe noch etwas für dich.« Rasch lief sie hinüber ins Wohnzimmer und nahm ein schmales Buch aus dem Regal.

Robert war ihr gefolgt. »Du findest dich hier blind zurecht, was?«

»Du machst ja auch beim Gitarrespielen die Augen zu.« Sie reichte ihm das Buch.

»Erich Fried?«, fragte er, als er den Namen des Autors las.

»Solange du Literatur hast, bis du nicht einsam.«

Robert blickte auf den Einband. Und Greta glaubte, dass er sich genau wie sie an den Moment erinnerte, als sie in der alten Scheune der Hellerts gesessen und ein Gedicht von Erich Fried interpretiert hatten. Damals, als Greta den Gedichtband zu ihrem sechzehnten Geburtstag von ihrer Lehrerin Fräulein Heuser geschenkt bekommen hatte. »Ich mag immer noch Gedichte, die sich nicht reimen.«

»›Das ist so, als hätte jedes Wort mehr als nur eine Bedeutung‹, hast du damals gesagt.«

Es waren genau ihre Worte gewesen, die Robert jetzt, nach fast dreißig Jahren, wiederholte.

Sie gingen zusammen zur Tür. Robert nahm ihre Hand und drückte sie. »Greta, eine Frage noch. Hätte es etwas geändert, wenn mein Brief dich damals erreicht hätte?«

Sie entzog ihm ihre Hand. »Alles, Robert. Alles.«

28. KAPITEL

Kirchheim,
Silvester 1999

Greta holte Eier und Milch aus dem Kühlschrank. Sie würde heute Mittag Pfannkuchen machen, die Jule auch zum Frühstück essen konnte. Ihre Tochter war eben erst aufgestanden. Gestern Abend hatte sie gemeint, dass sie vorschlafen müsse für die Party bei Steff Fritsch, ihrer besten Freundin.

Geschichte wiederholt sich, dachte Greta, während sie gedankenverloren den Teig rührte. Ihre Fünfzehnjährige feierte in Bad Dürkheim in Lutz' Elternhaus, das er seit vielen Jahren mit Gabi, ihrer Tochter und dem gemeinsamen Sohn bewohnte, ins neue Jahrtausend. So wie Greta selbst vor vielen Jahren dort einmal Silvester gefeiert hatte.

Damals hatte Lutz die Party geschmissen, weil seine Eltern wie jedes Jahr ihren Winterurlaub in Kitzbühel verbrachten. In diesem Jahr gab Lutz seinen Kindern »sturmfrei«, wie Jule freudestrahlend verkündet hatte, und es war Lutz, der mit seiner Frau nach Kitzbühel fuhr.

Dass Steff und Jule Freundinnen waren, freute Greta. Denn so riss der Kontakt zu Lutz nicht ganz ab. Gelegentlich telefonierten sie, tauschten sich aus, wer die Mädchen zu einem Turnier fuhr. Jule und Steff hatten sich, als sie zehn Jahre alt waren, in einem Reitstall angefreundet. Erst nach Wochen stellte sich raus, dass ihre Eltern sich kannten. Lutz war Steffs Adoptivvater, der ihre Mutter Gabi geheiratet hatte.

Jule kam im Bademantel in die Küche. Sie hatte geduscht, um ihre nassen blonden Locken hatte sie ein Handtuch wie einen Turban gebunden. Sie stippte ihren Zeigefinger in die Rührschüssel und schleckte daran. »Ui, da fehlt wohl eine Prise Salz.«

Greta schlug ihr leicht auf die Finger. »Das schmeckt doch noch nach gar nichts.«

Seit Jule im Sommer mit ihren Freundinnen im Kino *Notting Hill* gesehen hatte, hatte sie das Kochfieber gepackt. Manchmal sah sie freitags nachmittags aufmerksam die Kochshow *alfredissimo!*, die Alfred Biolek moderierte und in der er mit einem Prominenten eine halbe Stunde zusammen kochte. Die Rezepte der einzelnen Sendungen forderte Jule per Post an.

»Ich kann sowieso nicht so viel essen, Mama. Höchstens einen. Vielleicht zwei. Wir kochen ja heute Abend bei Steff.«

»Lass mich raten, es gibt Perlhuhn?«

Jule grinste. »Das habe ich ja nun diese Woche schon zweimal verhunzt. Ist gar nicht so einfach mit der Kocherei. Komme mir vor wie dieser Max aus *Notting Hill*.«

»Und ich dachte schon, du wolltest heute Nachmittag vor der Party noch mal ins Kino«, zog Greta sie auf. Sie hatte aufgehört zu zählen, wie oft Jule in diesem Film gewesen war.

»Dafür habe ich keine Zeit. Ich muss mich doch für die Fete fertig machen.«

Greta wusste, dass das bei Jule Stunden dauern konnte. »Das Badezimmer ist also den Nachmittag über blockiert.«

»Was macht ihr denn heute Abend?« Jule war schon an der Küchentür.

»Wir haben nichts vor.«

»Steigt bei Selma denn keine Fete?«

»Die ist mit Otto in Venedig.«

»Mensch, Mama, da wolltest du doch auch schon immer mal hin. Ihr hättet doch mitfahren können, und dann hätte ich hier Fete machen können.«

Greta drohte ihr spielerisch mit dem Zeigefinger. »So weit kommt es bestimmt nicht.«

Jule kam zu ihrer Mutter und schmiegte sich kurz an sie.

»Dann hättest du ja Zeit, mich nach Bad Dürkheim zu fahren?«

Als Greta vor Lutz' Villa hielt, gab Jule ihr zum Abschied ein Küsschen auf die Wange. »Wenn Papa von seiner Silvesterwanderung zurück ist, lad ihn doch in ein gutes Restaurant ein.«

»Mal sehen«, meinte Greta leichthin, wusste aber bereits, dass sie das nicht tun würde. Bruno hatte es immer abgelehnt, auswärts zu essen. Nicht einmal in die Restaurants, die Greta über die Jahre als Kunden gewonnen hatte und mit ihrem Wein belieferte, wollte er mit ihr gehen.

»Jetzt sieh zu, dass du aussteigst und dich um das unglückliche Perlhuhn kümmerst. Oder was auch immer ihr heute kochen wollt. Papa und ich werden sicher etwas Schönes unternehmen.«

»Da bin ich aber mal gespannt, was du mir dann morgen erzählst. Zum Neujahrsspaziergang bin ich zurück. Reicht zwölf?«

Solange Greta zurückdenken konnte, waren sie gemeinsam am Neujahrstag in den Weinbergen spazieren gegangen. Es war zum festen Ritual geworden. Zuerst waren Bruno und sie mit Leo unterwegs gewesen, dann kamen die Mädchen hinzu. Einige Jahre hatten sie zu sechst das neue Jahr begrüßt, doch dann hatte sich Bruno ausgeklinkt. Im letzten Jahr war Greta mit Caro und Jule gegangen. Morgen also würden sie nur zu zweit sein.

Und irgendwann würde sie ganz allein am Neujahrstag im Weinberg stehen. So weit war es noch nicht, und doch beschlich Greta bei dem Gedanken ein Gefühl von Einsamkeit.

»Natürlich reicht zwölf. Ruf mich an, wenn ich dich abholen soll«, sagte sie.

»Mache ich.« Jule öffnete die Wagentür und wollte schon aussteigen. Doch Greta hielt sie noch einmal kurz zurück, als sie einen schlanken Jungen mit dunklen Locken aus dem Haus treten sah. »Ist das da vorn nicht Florian?«

»Welcher Florian?«, meinte Jule leichthin.

Greta runzelte die Stirn. »Hellert, Florian, geboren 1982 und unser Nachbarssohn. Dem du damals eine Geige geschenkt hast. Erinnerst du dich?«

»Ach, deeen Florian meinst du. Ja, kann sein.«

»Du wirst doch wohl wissen, wer zur Party deiner besten Freundin kommt.«

»Ja, okay, Steff meinte, glaube ich, dass sie ihn einladen wollte.«

»Na, dann hätten wir ihn doch mitnehmen können?«

»Spinnst du, Mama? Ich kenne den doch kaum. Der weiß doch gar nicht, wer ich bin.«

»So, so«, meinte Greta nachdenklich. Erst letzte Woche hatte sie die beiden zufällig aus dem Edeka in Kirchheim kommen sehen, lachend, schwatzend und sehr vertraut. Doch sie hatte Jule nicht darauf angesprochen. Greta hatte immer nach dem Satz gehandelt: Was mir meine Kinder erzählen wollen, das erzählen sie mir. Früher oder später. In Jules Fall war das offenbar später.

Es klopfte an der Wagenscheibe – Florian. Jule zuckte zusammen und öffnete abrupt die Tür. Sie hatte es auf einmal sehr eilig, das Auto zu verlassen. »Tschüss, Mama, bis morgen.«

»Guten Rutsch, Frau Bachstern«, hörte Greta Florian noch rufen, dann warf Jule die Tür zu.

Greta beobachtete, wie die beiden auf den Hauseingang zuliefen. Florian legte einen Arm um Jules Schulter, den Jule aber sofort abschüttelte und einen Schritt zur Seite trat.

Schon einmal hat ein Hellert eine Freudberg unglücklich gemacht, schoss es Greta durch den Kopf. Jule und Florian – ein Hellert und die Enkelin von Freudberg. Romeo und Julia. Zwei Kinder, die die schwere Last der tiefen Abneigung zwischen ihren Familien trugen. War aus Jules Kinderschwärmerei eine Teenagerliebe geworden? Hatte ihr ihre Tochter deshalb nichts davon gesagt? Hatte Florian Jule erzählt, dass Greta und Robert früher ein Paar gewesen waren – etwas, das sie selbst ihren Kindern verschwiegen hatte? Ob Jule wusste, wie verhasst sie bei den Hellerts war? Und ob Johann und Dagmar ahnten, dass ihr einziger Sohn den Abend mit Jule verbrachte? Ganz sicher nicht!

Greta ließ den Wagen an und trat aufs Gaspedal. Das Gute am Älterwerden war die Erkenntnis, dass man nichts erzwingen konnte. Die Zeit richtete es von allein. Oder auch nicht.

Als sie die Auffahrt von Gut Freudberg hochfuhr, lag der Hof im Dunkeln. Im Haus schaltete sie das Flurlicht an und stolperte fast über Brunos verdreckte Wanderstiefel.

Sie blieb stehen. Aus Ilses Salon drang kein Licht. Sie sah auf die Uhr. Es war erst kurz vor acht, und Bruno war wohl schon zu Bett gegangen. Der Silvesterabend zur Jahrtausendwende lag einsam und trostlos vor ihr.

Nachdem sie sich Gerhard Schröders Neujahrsansprache angeschaut hatte, zappte sie lustlos durch die Fernsehkanäle. Sie fand keine Sendung, die ihr zusagte. Wenn es wenigstens das *Literarische Quartett* gegeben hätte. Sie sah Marcel Reich-Ranicki gern zu. Schließlich schaltete sie den Fernseher auf stumm. Selbst Admiral von Schneider und Mr. Pommeroy in *Dinner for One* vermochten sie nicht zu amüsieren.

»Wir hören lieber etwas Musik, Beau«, sagte sie zu dem Hund, der sich unter dem Wohnzimmertisch zusammengerollt hatte. Sie blätterte durch die CDs. Die meisten hatten ihr die Kinder geschenkt. Sie griff nach einer CD von Tina Turner und legte sie ein. Die tiefe Stimme der Sängerin erklang. »Tolle Frau, Beau. Ich glaube, sie hat viel mehr vom Leben verstanden als ich.« Greta wiegte sich im Takt zu »What's Love Got to Do with It«, tanzte zu »Simply the Best« und sang laut zu »When the Heartache is Over«, bevor sie in die Küche ging und eine Flasche ihres Lieblingssekts entkorkte, den Chardonnay brut. Sie mochte den Geschmack von gereiften Äpfeln, Birnen und einem Hauch von Brioche.

Beau war ihr auf dem Fuß gefolgt. Sie holte ein paar Leckerlis aus der Schublade und gab sie ihm. »Wir zwei, wir machen es uns jetzt richtig schön.«

Zurück im Wohnzimmer sah sie auf die ungelesenen Bücher im Regal. Wonach stand ihr der Sinn? Siegfried Lenz' *Arnes Nachlass*? Sie entschied sich dagegen, sie war nicht in der Stimmung für diese traurige Geschichte. Stattdessen griff sie nach *Die Blechtrommel*. Den Roman hatte sie damals nicht gelesen, auch die Verfilmung nicht gesehen. Aber jetzt, wo Günter Grass den Nobelpreis bekommen hatte, kam man in den Buchhandlungen nicht mehr an ihm vorbei. Doch nach den ersten zehn Seiten stellte sie fest, dass sie nichts aufnahm von dem, was sie las. Ihre Gedanken schweiften immer wieder zu ihrem eigenen Leben ab, das sich, seit die Kinder erwachsen wurden, veränderte. Mit Bruno fand ein gemeinsames Leben kaum noch statt. Und das Bett? Das teilten sie schon seit geraumer Zeit nicht mehr.

Wie willst du leben?, fragte sie sich. *Wie willst du in das nächste Jahrtausend gehen? Nichts bleibt, wie es ist – aber für dich ändert sich nichts. Nur du selbst kannst etwas verändern.*

Sie sah zu dem Stapel mit Reisemagazinen, die auf dem Couchtisch lagen. Selma hatte sie ihr letzte Woche vorbeigebracht. »Zur Inspiration«, hatte sie gemeint. Ihre Freundin wusste um Gretas persönliche Situation und dass sie darunter litt, aus Kirchheim kaum herauszukommen. Fast schon beschwörend hatte sie auf Greta eingeredet, sich doch endlich ihren Reisewunsch zu erfüllen. Wann, wenn nicht jetzt?

Greta nahm sich das oberste Heft und blätterte darin. London, Paris, Rio, Tokio! Natürlich, sie würde reisen, sich die Welt anschauen, jedes Jahr ein bisschen. Warum auch nicht? Die Kinder waren groß und aus dem Haus, bis auf Jule.

Jedes Mal, wenn sie zu einem Foto kam, das sie besonders ansprach, ließ sie das Magazin an dieser Stelle geöffnet liegen: eine verträumte Bucht auf Menorca, eine Faultier-Station in Costa Rica, verwilderte Gärten in Südengland, ein Hausboot auf dem Gelben Fluss. Und Paris, wie gern würde sie diese Stadt sehen! Nach kurzer Zeit waren die Magazine quer auf und vor dem Sofa verteilt.

Greta griff nach ihrem Glas. Leer. Hatte sie tatsächlich die ganze Flasche Sekt allein getrunken? Ihr Blick fiel auf den Fernseher, wo sich am Brandenburger Tor die Menschen versammelt hatten. Die Uhr auf dem Bildschirm zeigte fünf Minuten vor zwölf, der Moderator Cherno Jobatey schien es kaum erwarten zu können, die letzten Sekunden herunterzuzählen. Sie würde es gerade noch schaffen, eine weitere Flasche aus dem Weinkeller zu holen, um mit sich selbst auf das neue Jahrtausend anzustoßen. Kichernd und ein bisschen beschwipst eilte sie aus dem Haus.

In der Halle schaltete sie das Licht ein, lief die Kellertreppe hinunter und ging dann zielstrebig zu dem Regal im hintersten Nebenraum, wo der Chardonnay-Sekt lag. Sie wollte sich schon eine Flasche vom oberen Regalbrett nehmen, da fiel ihr ein: Die älteren Jahrgänge lagerte Bruno immer unten. Greta bückte sich und nahm eine Flasche. Als sie sie hervorzog, flatterte ein weißes Kuvert zu Boden, und ein Foto fiel heraus.

Sie hob es auf und betrachtete es. Darauf war ein junger Mann mit dunklen Haaren zu sehen, der lässig an ein Tor gelehnt stand. Greta runzelte die Stirn. Wer war das? Sie schaute in den Umschlag, aber da war nichts weiter. Sie drehte das Foto um. *Il s'appelle Max,* stand darauf. Verwundert steckte Greta den Umschlag mit dem Foto zurück zwischen Regal und Wand. Wahrscheinlich war Max ein Verehrer einer ihrer Töchter, und es war ihr zu riskant vorgekommen, es in ihrem Zimmer zu verstecken. Es war nicht das erste Mal, dass sie irgendwo im Haus eine heimliche Liebesbotschaft gefunden hatte. Allerdings bis jetzt noch nie im Keller. Und noch nie mit einer französischen Aufschrift. *Il s'appelle Maxim* – Er heißt Maxim.

Als sie zurück in die Küche kam, hörte sie Böller knallen jenseits der Straße. Es konnte nur Johann sein, der da zündelte. So ein Spinner. Knallte er allein auf seinem Hof oder vielleicht mit ein paar Winzerkollegen?

Sie nahm einen Pfannkuchen vom Teller, der mittags übrig geblieben war, und biss hinein. Langweilig schmeckte er, ein bisschen wie Gummi. Kauend überlegte sie, wie viele Silvesterabende sie wohl noch allein in der Küche stehen würde, mit einem kalten Pfannkuchen in der Hand, und wann sie sich endlich eingestehen würde, dass ihre Ehe vorbei war. *Aufgeben, nachgeben, alles geben,* dachte sie. Diesen Satz hatte sie ihren Kindern so häufig gesagt, dass sie sich selbst auch daran halten musste. *Ich werde nicht aufgeben! Eine Greta gibt nicht auf! Niemals!* Sie öffnete den Chardonnay-Sekt und goss sich ein. »Auf die Welt«, prostete sie sich laut zu.

»Bekomme ich auch einen Schluck?«, fragte Bruno hinter ihr.

Greta wirbelte herum und schenkte ihm ein Glas ein. »Auf dich und die Welt«, prostete sie ihm zu.

Leise klirrten die Gläser, als sie anstießen.

Greta nahm einen Schluck. »Ich will sie sehen, diese Welt. Zusammen mit dir.«

Sie nahm seine Hand und zog ihn ins Wohnzimmer. Dort griff sie nach einem der aufgeschlagenen Reisemagazine und hielt es ihm hin. »Kommst du mit mir in die Stadt der Liebe?«

KAPITEL 29

Kirchheim,
Januar und Februar 2000

Wo war bloß ihr Handy? War es ihr aus der Hosentasche gefallen? Im Haus hatte Greta bereits alles abgesucht. Verärgert über sich selbst, ging sie über den Hof in die Halle. Sie hatte schließlich Caro versprochen, immer erreichbar zu sein. Manchmal meldete sich die Tochter tagelang nicht, dann wiederum rief sie Greta dreimal täglich an, um ihr von ihren neuesten Projekten zu erzählen. Das Studium gefiel ihr, und sie schien sich gut in Berlin eingelebt zu haben, sonst wäre sie nicht gleich am zweiten Weihnachtsfeiertag mit der Bahn zurückgefahren, um mit ihren Künstlern, wie sie ihre neuen Kommilitonen nannte, zu feiern. An der Abfüllanlage war das Handy auch nicht.

Bruno betrat die Halle. »Hast du es gefunden?«

Greta schüttelte den Kopf. »Dann kann ich es nur oben beim Riesling verloren haben. Ich fahre rasch hoch und laufe die Reihen ab.«

»Wenn das Ding überhaupt noch funktioniert. War ja Frost heute Nacht.«

Greta setzte sich in den roten Citroën, der ihren alten Flugfrosch ersetzt hatte. Sie benutzten ihn nur für die Fahrten in den Weinberg. Der Schlüssel steckte immer, sodass jeder damit jederzeit fahren konnte.

Als sie beim Riesling ankam, warf die frühe Morgensonne ein diffuses Licht auf die kahlen Rebstöcke, als wenn sie sich noch nicht entschieden hatte, ob sie heute den Kampf mit den Winterwolken aufnehmen wollte.

Langsam, den Blick nach unten gerichtet, schritt Greta die Reihen ab. Ihr kleines, robustes blaues Panasonic-Handy musste man doch gut sehen können; das Blau sollte auf dem hart gefrorenen dunklen Boden leuchten. Als sie in die dritte Reihe einbog, sah sie es in der Mitte des Reihenwegs liegen und hob es auf. Das Display leuchtete zwar nicht mehr, aber vielleicht war ja auch nur der Akku leer.

Als sie sich umdrehte, stieß sie einen kleinen Schrei aus. Ein hochgewachsener, breitschultriger Mann in einer dunkelblauen Winterjacke stand am Ende der Reihe. Zuerst konnte Greta sein Gesicht nicht erkennen, denn er trug einen Hut, der es in Schatten tauchte. Aber ihr Körper und ihre Seele erkannten ihn sofort. Wie erstarrt blieb sie stehen.

»Hallo, Chefin«, sagte er und lüftete den Hut. Mit ausholenden Schritten kam Henry auf sie zu. Sechzehn Jahre war es her, dass sie ihn das letzte Mal gesehen hatte.

»Was machst du hier?«, fragte sie verblüfft.

Er hatte sich verändert, war nicht länger der junge Mann von damals, sondern ein gestandener Kerl mit ausnehmend breiten Schultern. Aber seine Augen leuchteten noch immer in diesem verhängnisvollen Meerblau.

Henry musterte sie, und sie fragte sich einen Moment, welche Veränderungen er an ihr wahrnahm.

»Ich musste dich sehen.«

»Wieso?« Henrys Auftauchen irritierte Greta. Es war ihr völlig unverständlich, dass er nach all den Jahren, ohne sich anzukündigen oder Kontakt zu ihr aufgenommen zu haben, jetzt hier vor ihr stand.

Er lachte leise auf. »Du hast dich kein bisschen verändert, kommst immer gleich zum Punkt.«

Greta ging nicht darauf ein. Sie blickte abwartend in seine Augen, um die sich tiefe Lachfältchen gebildet hatten.

Er steckte die Hände in seine Jackentasche und trat noch näher auf sie zu. »Ich habe dich nicht vergessen können, Greta. Ich dachte, ich könnte das im letzten Jahrtausend lassen, aber meine Gefühle haben sich auch im neuen nicht geändert. Ich weiß, es klingt naiv und kitschig, aber ich musste dich sehen, ob ich mich dann vielleicht entlieben kann. Nun, ich kann es nicht. All die Jahre, in denen ich dich nicht sah, waren verlorene Jahre. Ich will nichts unversucht lassen, dass wir endlich zusammenkommen.« Er sprach so flüssig und schnell, dass Greta überzeugt war, dass er sich diese kleine Ansprache zurechtgelegt hatte.

»Du bist aus Südafrika gekommen, um mir eine Liebeserklärung zu machen? Und was soll ich jetzt deiner Meinung nach tun?«, gab sie kühler als beabsichtigt zurück.

»Ich bitte dich noch um eine Chance. Ich weiß, wir haben einmal gesagt: Aller guten Dinge sind drei. Drei Mal waren wir uns ganz nah. Aber vielleicht brauchen wir ein Mal mehr, um zu erkennen, dass wir zusammengehören?«

Vorsichtig strich er ihr über die Wange, und einen Augenblick lang schloss Greta die Augen. Ihre Gedanken schlugen Purzelbäume. Henry übte immer noch eine starke Anziehungskraft auf sie aus.

Doch dann zog sie seine Hand sanft von ihrem Gesicht. »Henry, das wird nicht passieren. Ich habe dir schon damals gesagt: Mein Leben ist hier. Daran hat sich nichts geändert.«

»Bist du glücklich?«

»Geh bitte. Du bist umsonst gekommen.« Greta drehte

sich um und lief, ohne noch einmal zu Henry zurückzublicken, die Rebreihe zurück zu ihrem Wagen. Sie sah Bruno auf der Bank sitzen, neben der sie geparkt hatte. Hatte Bruno Henry gesehen? Vielleicht sogar, wie er ihr Gesicht gestreichelt hatte?

Bruno hielt sein Gesicht in die Sonne. Ein seltenes Bild. Greta konnte sich nicht erinnern, wann sie ihn das letzte Mal im Weinberg gesehen hatte. Sie setzte sich zu ihm und strich Beau übers Fell, der sich neben der Bank zusammengerollt hatte. »Ich habe das Handy gefunden.«

»Hm«, brummte Bruno und öffnete die Augen. Als er sich übers Gesicht wischte, wunderte sich Greta. Hatte er geweint? »Ich wollte dir suchen helfen, bin durch die erste Reihe gegangen, aber du hast das Handy ja schon gefunden. Die Sonne blendet so, findest du nicht? Das nächste Mal sollte ich besser eine Sonnenbrille aufsetzen.« Er griff nach ihrer Hand. »Lass uns nach Hause fahren.«

Als Greta Bruno in der Silvesternacht vorgeschlagen hatte, zusammen nach Paris zu fliegen, hatte er ohne zu zögern zugestimmt und die Planung ihr überlassen. Sie wollten Anfang Februar zur Wine Paris und sich danach noch ein paar Tage die Stadt ansehen.

Doch nach der merkwürdigen Begegnung mit Henry im Weinberg war Bruno wieder in Schweigen verfallen.

Am Abend vor der Reise waren die Koffer gepackt, Alfons war instruiert und Jule ermahnt, auf Frau Schütter zu hören, die die Zeit über auf dem Gut wohnen würde.

Als Greta Bruno den Reiseführer geben wollte, in dem sie markiert hatte, was sie ansehen wollte, winkte er ab, drehte sich auf die Seite und löschte das Licht. »Das wird sich morgen alles finden.«

Jetzt stand sie in der Küche und schrieb rasch einen Zettel für Frau Schütter, was diese bitte während ihrer Abwesenheit erledigen sollte. Schon hupte Bruno draußen. Greta griff nach ihrer Handtasche und klemmte die Notiz mit einem Magneten neben den Postkarten von Mel und Leo aus New York an die Kühlschranktür.

Jule kam in die Küche und füllte den Wasserkocher. »Morgen, Mama. Du bist ja noch da.« Sie sah zur Küchenuhr. »Wolltet ihr nicht um halb sieben los?«

»Guten Morgen. Ja, ich bin spät dran. Bruno ist schon draußen. Und ich jetzt auch gleich. In einer Minute.«

Jules Blick fiel auf den Zettel für Frau Schütter. »Du hättest Frau Schütter ruhig freigeben können. Das kann ich doch auch erledigen.«

Greta runzelte die Stirn. »Du, junge Dame, hast genug zu tun. Frau Schütter wird ein Auge auf dich haben. Du wirst wie versprochen jeden Morgen pünktlich in der Schule sein.«

»Ach, Mama.« Jules Stimme klang genervt.

»Nix ›ach, Mama‹«, gab Greta zurück. »Und bitte auch keine Küchenschlachten, wenn wir nicht da sind. Du kannst natürlich kochen, aber bitte räum hinterher auf und überlass nicht alles Frau Schütter. Okay?«

»Okay, okay«, maulte Jule, die erst letzte Woche ein ziemliches Chaos hinterlassen hatte, nachdem sie ein Vier-Gänge-Menü zu Brunos sechsundfünfzigsten Geburtstag zubereitet hatte. Sie hatten Alfons, Lutz und Gabi eingeladen, und Steff hatte Jule beim Kochen geholfen, was das Chaos verdoppelt hatte.

»Wir sind weg, Süße.« Greta gab ihr ein Küsschen auf die Wange. »Und mach keine Dummheiten. Versprochen?«, meinte sie plötzlich besorgt.

»Was denn für Dummheiten?«, empörte sich Jule. »Was unterstellst du mir!«

»Wie heißt doch der Junge gleich? Florian?«, gab Greta neckend zurück.

Jule schnappte nach Luft. »Also, das ist doch, das ist doch wirklich …«

»Ein guter Ratschlag«, sagte Greta, als ihr Mobiltelefon, das sie in der Hand hielt, klingelte. Sie nahm ab. Es war Caro.

»Ich wollte euch nur einen guten Flug wünschen. Und dir erzählen …«

»Schätzchen, jetzt passt es gerade ganz schlecht. Dein Vater sitzt schon im Auto und hupt.« Sie winkte Jule ein letztes Mal zu.

»Du kannst doch das Handy mitnehmen, du musst nicht stehen bleiben, Mama«, sagte Caro lachend am anderen Ende.

Auch Greta lachte. Das Handy am Ohr, ging sie zur Garderobe und griff nach ihrer Jacke. »Also, was wolltest du mir erzählen?« Sie schloss die Haustür ab und stieg zu Bruno in den Wagen, während Caro begeistert von ihrem neuesten Projekt berichtete: eine Collage zum Thema »Erinnerung«, die sie aus unterschiedlichen Materialien herstellen wollte. Die Leinwand hierfür musste sie mit einer speziellen Grundierung bearbeiten. Greta hörte aufmerksam zu, bis Caro sich verabschiedete.

»Ich muss Schluss machen. Ich zeige sie dir, wenn du mal nach Berlin kommst. Denn mitbringen kann ich sie nicht. Dazu ist sie zu groß. Habt es schön in Paris. Und wenn ihr auf dem Montmartre seid, fotografier mal die Künstler da! Kuss für Papa.«

Greta drückte auf die Taste und legte das Handy in die

Ablage. Sie beugte sich zu Bruno und gab ihm einen Kuss auf die Wange. »Soll ich dir von Caro geben.«

Normalerweise reagierte Bruno auf die Weitergebe-Küsschen mit einem »So, so«. Doch er schwieg. Stattdessen stellte er das Radio an.

Zügig fuhren sie über die Autobahn nach Frankfurt zum Flughafen. Als die ersten Hinweisschilder auftauchten, wies Greta nach rechts. »Du musst die Spur wechseln. Wir müssen zu den Langzeitparkplätzen«, sagte sie.

Doch Bruno reagierte nicht und fuhr zum Abflug, wo es Kurzzeitplätze gab. Dort hielt er an, schaltete den Motor aus und starrte aus dem Fenster, ohne Greta anzuschauen. »Ich fliege nicht mit«, sagte er.

Greta sog scharf Luft ein. »Was soll das denn, Bruno? Wir haben doch alles abgesprochen. Ich habe dich gefragt, und du wolltest gern mit nach Paris.«

Er schüttelte den Kopf. »Ich kann nicht.«

Bittere Enttäuschung stieg in ihr auf. Woher kam dieser abrupte Wandel nur? Sicher, sie war an Brunos Stimmungsschwankungen über all die Jahre gewohnt. Doch dieses Mal hatte sie wirklich fest daran geglaubt, dass er mit ihr reisen wollte. Dass er sich auf Paris mit ihr freute. »Und warum willst du nicht mit?«

»Du bist nicht ehrlich zu mir.«

Greta hatte sich geschworen, Brunos wohl einmaliges Fremdgehen niemals anzusprechen, ihm keine Vorwürfe zu machen. »Ich bin so ehrlich, wie ich nur sein kann, Bruno«, gab sie zurück.

Bruno ging nicht darauf ein. »Der Mann vor ein paar Tagen im Weinberg – er war doch vor Jahren einer unserer Erntehelfer, nicht wahr? Zweimal war er bei uns, oder dreimal? Ich erinnere mich noch an seinen Hut. Und an die

Blicke, die er dir zuwarf. Ich habe mir nichts dabei gedacht. Aber ich habe gehört, was er zu dir gesagt hat. Vielleicht solltest du ihn doch besser kennenlernen.«

»Das ist über sechzehn Jahre her. Und es war schon damals vorbei«, bemerkte Greta leise.

Endlich sah Bruno sie an. »Bist du sicher? Der kommt nach all den Jahren hierher und bettelt dich an, mit dir zu leben? Ich glaube, da ist gar nichts vorbei!« Er holte tief Luft. »Du musst dich schon entscheiden, wer die Nummer eins in deinem Leben sein soll.«

»Du weißt, dass das meine Kinder sind.«

»*Meine* Kinder«, wiederholte Bruno leise. Er klang so resigniert, dass es Greta einen Stich ins Herz gab.

»Bin ich denn bei dir die Nummer eins?«, bemerkte sie verletzt.

Als er nicht antwortete, stieg Greta aus, öffnete die hintere Wagentür und holte ihre Reisetasche heraus.

Sie glaubte, Brunos Blick in ihrem Rücken zu spüren, bis sie durch die Schwingtür das Flughafengebäude betrat.

Wie paralysiert blickte Greta auf die Anzeigentafel. Sie wusste nicht, wie lange sie hier bereits stand. Zehn Tage hatten Bruno und sie in Paris verbringen wollen. *In der Stadt der Liebe*, dachte Greta bitter. Oder war sie ihm gegenüber ungerecht? Sollte sie seine Absage, mit ihr zu reisen, nicht vielmehr als Chance begreifen, wirklich herauszufinden, was sie in ihrem Leben wollte? Wen sie wollte?

Ihre Ehe, aufgebaut auf einer testamentarischen Bedingung ihres leiblichen Vaters, hatte sich nun endgültig als Lügengebilde, gespickt mit Untreue, entpuppt. Dennoch war sie ein fester Bestandteil in ihrem Leben, den Greta nie wirklich infrage gestellt hatte. Denn die Beständigkeit hatte ihnen beiden Halt gegeben. Hatte Bruno also recht, wenn er sagte, dass sie sich selbst überprüfen sollte? Hatte er all die Jahre ebenso gelitten und sich so einsam gefühlt wie sie? Hatten sie beide an dieser Ehe der Kinder wegen festgehalten, ohne wirklich um sie zu kämpfen? Und jetzt, wo bis auf Jule alle aus dem Haus waren, fühlten sie sich der alten Gewohnheit noch verpflichtet, ohne sich für ihr jeweiliges Lebensglück zu hinterfragen?

Wo sollte sie hin? Warum stand sie hier wie angewurzelt herum, unfähig, sich zu bewegen? Warum war sie nicht in das Flugzeug nach Paris gestiegen?

Greta blickte zur Tafel. Der Flug nach Paris wurde nicht mehr angezeigt. *Los Angeles, Reykjavik, Kapstadt, Friedrichshafen, Kiew, New York* stand dort.

Greta sah sich um und entdeckte den Lufthansa-Schalter. Zielstrebig ging sie darauf zu. Der junge Mann in seiner Uniform lächelte sie an. »Wie kann ich helfen?«

»Ich hätte gern ein Ticket.«

EPILOG

Kirchheim,
Februar 2018, zehn Tage später

»Nach Spanien? Das erlauben meine Eltern nie! Wie soll ich denen das denn verklickern?« Jule lauschte nach draußen. »Ich muss Schluss machen, Flori«, unterbrach sie Florian, der am anderen Ende der Leitung war. »Ich glaube, sie sind zurück. Ich höre einen Wagen. Wir sprechen morgen, okay?« Sie legte auf und sah zu dem Küchentisch, auf dem sie ein kleines Büfett arrangiert hatte.

Ihre Mutter hatte ihr zu Weihnachten das Kochbuch von dem französischen Sternekoch Paul Bocuse und dem Münchner Koch Heinz Winkler geschenkt, aus dem sie einige Rezepte ausgewählt und nachgekocht hatte, um Gretas Rückkehr zu feiern. Sie sah zu Beau, der ihr den ganzen Tag nicht von der Seite gewichen war, wohl in der Hoffnung, dass etwas für ihn abfiel.

»Na, freust dich auch schon auf Mama?« Wie zur Bestätigung bellte Beau einmal laut auf.

Vor zehn Tagen hatte Jule versucht, ihren Vater auszufragen, warum er nicht mitgeflogen war. Doch er war ihr eine Antwort schuldig geblieben. Jule hatte mit Caro telefoniert, dass es wohl ziemlich dicke Luft bei den Eltern gegeben hatte. Caro hatte Greta sofort anrufen wollen. Doch Jule hatte Gretas Handy in der Ablage im Wagen entdeckt.

Sie hatten keine Chance, ihre Mutter zu erreichen. Daraufhin hatte Jule Leo und Mel über den AOL-Chat angefunkt. Doch auch die hatten keinen Rat gewusst. Also blieb den Geschwistern nichts anderes übrig, als Gretas Rückkehr abzuwarten.

Jule wunderte sich, dass immer noch niemand ins Haus gekommen war, und ging hinaus auf den Hof. Ihr Vater saß im Wagen, umklammerte mit beiden Händen das Lenkrad. Jule ging zu ihm. Der Beifahrersitz neben ihm war leer. Vorsichtig öffnete sie die Fahrertür.

»Wo ist Mama?«, fragte sie.

Tränen liefen über seine Wangen. Nie zuvor hatte Jule ihren Vater weinen sehen.

»Ich habe sie weggeschickt. Sie hat mich beim Wort genommen und ist gegangen.«

Jule erschrak zutiefst. Wo war ihre Mutter?

PLAYLIST

The Beatles ›Get Back‹
Rocco Granata ›Marina‹
Gilbert Bécaud ›Nathalie‹
Gloria Gaynor ›Never Can Say Goodbye‹
The Beatles ›Goodnight‹
Silver Convention ›Fly, Robin, Fly‹
Konstantin Wecker ›Wenn der Sommer nicht mehr weit ist‹
Walter Scheel ›Hoch auf dem gelben Wagen‹
Udo Jürgens ›Griechischer Wein‹
Dean Martin, Nat King Cole ›White Christmas‹
›Es ist ein Ros' entsprungen‹
›Stille Nacht‹
Dean Martin ›That's Amore‹
Roland Kaiser ›Schachmatt‹
Olivia Newton-John, John Travolta ›You're the One That I Want‹
Village People ›YMCA‹
Ravi Shankar ›The Origins‹
John Lennon ›Woman‹
Edith Piaf ›Non, je ne regrette rien‹
Paul Simon ›50 Ways to Leave Your Lover‹
ABBA ›The Visitors‹
Willie Nelson ›Always on My Mind‹
Fehlfarben ›Ein Jahr (Es geht voran)‹
Frank Sinatra ›My Way‹

›So nimm denn meine Hände‹
›Ade zur guten Nacht‹
Udo Lindenberg ›Sonderzug nach Pankow‹
David Bowie ›Heroes‹
AC/DC ›Highway to Hell‹
Sting ›Englishman in New York‹
Spliff ›Carbonara‹
Komponist Detlev Kühne, Texterin Rosita Blissenbach
›Mir fehlen zwei Zähne …‹ (Sendung mit der Maus)
Roy Orbison ›Oh, Pretty Woman‹
Scorpions ›Wind of Change‹
Nick Kamen ›I Promised Myself‹
The Beatles ›A Hard Day's Night‹
Billy Joel ›We Didn't Start the Fire‹
Leonard Cohen ›Hallelujah‹
Terry Jacks ›Seasons in the Sun‹
Jacques Brel ›Le Moribond‹
Klaus Hoffmann ›Adieu Emile‹
Neil Young ›Heart of Gold‹
Tina Turner ›What's Love Got to Do with It‹
Tina Turner ›When the Heartache Is Over‹

LITERATURLISTE

Heinrich Böll *Die verlorene Ehre der Katharina Blum*
Erich Fromm *Haben oder Sein*
Christa Wolf *Der geteilte Himmel*
Walter Kempowski *Tadellöser & Wolff*
Ephraim Kishon *Kein Öl, Moses?*
Lilli Palmer *Dicke Lilli – gutes Kind*
Euripides *Der Wein erfüllt uns*
Sabine Leibholz-Bonhoeffer *Weihnachten im Hause Bonhoeffer*
Hugh Johnson *Der neue Weinatlas*
Tania Blixen *Out of Africa*
Stanislaw Lem *Der Schnupfen*
E.T.A Hoffmann *Lebensansichten des Katers Murr*
Michael Ende *Die unendliche Geschichte*
John Irving *Garp und wie er die Welt sah*
Johann Wolfgang von Goethe *Gesang der Geister über den Wassern*
Salvador Dalí *Die Weine von Gala*
Erich Kästner *Der kleine Mann*
Paul Watzlawick *Anleitung zum Unglücklichsein*
Astrid Lindgren *Pippi in Taka-Tuka-Land*
Rita Süssmuth *AIDS. Wege aus der Angst*
Siegfried Lenz *Arnes Nachlaß*
Günter Grass *Die Blechtrommel*
Paul Bocuse und Heinz Winkler *Meisterhaft kochen leicht gemacht*

TV UND FILM

Der Clou
Die Familie Semmeling – Einmal im Leben. Geschichte eines Eigenheims
Einer wird gewinnen
Zurück in die Zukunft
Notting Hill
alfredissimo!
Das Literarische Quartett
Dinner for One
Die Blechtrommel

DANKSAGUNG

Wie beim ersten Band »Gretas Erbe« unserer Winzerin-Trilogie möchten wir uns an dieser Stelle ganz herzlich bedanken.

Allen voran danken wir unseren wundervollen Agenten Petra Hermanns und Dr. Sebastian Richter, die uns jederzeit beratend, Mut machen und inspirierend zur Seite stehen. Martina Vogl, die uns beim dtv als Lektorin begleitet, und dem ganzen Taschenbuch-Team danken wir für ihr großes Engagement. Es ist eine Freude, mit Euch zu arbeiten!

Unverzichtbar für diese Trilogie ist die kluge Winzerin Freya Lichti von lichti & astroh. Ihre Anmerkungen geben uns wertvollen Input – danke für Deine Zeit und Deine Geduld, liebe Freya.

Für die wunderbaren pfälzischen Ausdrücke – »Isch glaab, dir brennt de Kittel« – bedanken wir uns ganz herzlich bei Friederike Werner und ihrem Mann Rolf, dem »native« Pfälzer.

Je mehr man weiß, desto klarer wird einem, dass man zu wenig weiß. So war es auch, als wir über den VDP recherchiert haben. Viele unserer Fragen konnten uns Theresa Olkus und Cecily Nagel vom Verband deutscher Prädikatsweingüter beantworten.

Trotz aller Recherchen haben wir uns fiktionale Freiheiten erlaubt. Den ›Flammenpfad‹ als Einzellage gibt es nicht!

Und selbstverständlich sind sämtliche Personen in diesem Roman ausschließlich unserer Fantasie entsprungen.

Wie schon im ersten Band bedanken wir uns bei unseren Familien: Ohne euch ist alles nichts.

DANKE, liebe Leserin und lieber Leser, dass auch Ihr unsere Greta ins Herz geschlossen und sie auf ihrem Winzerin-Weg bis ins neue Millennium begleitet habt. Wie ihre Reise weitergeht, erzählen wir im dritten Band »Gretas Versprechen«, und freuen uns auf ein Wiedersehen mit Euch.

Eure Nora Engel,
Juni 2022